DER SEE
DER UNZÄHLIGEN WUNDER

Friederike Twardella

Für alle,
die sich ein Leben voll von
Lebendigkeit, gutem Miteinander
und Respekt wünschen.
Für alle,
die die Melodie in ihrem Innern
wichtig nehmen
und danach leben möchten.
Für alle,
die Spaß an phantasievollen,
bunten
Geschichten haben.

Morgenlicht,
nimm deinen Lauf.
Lass mich wandern,
bis ich Sterne finde,
Sterne, die bei mir bleiben,
auch wenn alles
in das Dunkel fällt.

Sterne,
die
dann endlich
mir enthüllen
meine Welt.

(von Friederike Twardella)

DER SEE
DER UNZÄHLIGEN WUNDER

Friederike Twardella

Bibliografische Information der Deutschen Nationalbibliothek
Die Deutsche Nationalbibliothek verzeichnet diese Publikation in der deutschen Nationalbibliografie; detaillierte bibliografische Daten sind im Internet über http://dnb.d-nb.de abrufbar.

Impressum:
© 2016
Friederike Twardella
Herstellung und Verlag:
Books on Demand GmbH, Norderstedt
Titelbild: Friederike Twardella
ISBN: 9783741297441

INHALT

Vorwort 7
Der See der unzähligen Wunder 8
Freigeister 27
In unserem Garten 38
Alles für die Insel 61
Die Wölfin 73
Rotraud, Stimme des Lebens 77
Das magische Band der Freundschaft 83
Annika 91
Das Kamel Edda 104
Unser Lied 109
Marieluise - Ein Leben als Star 112
Die Sicherheitsfabrik 120
Der Stein „Pferdefuß" 123
Flügel, um so weit zu gehen 125
Das Mädchen in Blau 128
Die Kuhflüsterin vom Unkental 133
Der Schatz aus Rom 147
Larry Otter und die sieben Strahlen des Glücks 152
Der goldene Kompass 160
Die Melodie der Bäume 166
Die Stimme der Vergänglichkeit 175
Die Wette 183

Whelma 190
Eine Zukunft in Bremen 197
Back To Life 207
Jeany und die Motte des Glücks 243
Feuer und Eis 255
Nessie 268

Teil I –   Viel Dampf um gläserne Badewannen   268
Teil II – Tanz im Park   271
Teil III – La Dampf kauft Eis   274
Teil IV – Im Krankenhaus   277
Teil V   Kunst und Kultur in Haus und offener Flur   282
Teil VI – Nessie feiert Geburtstag   288
Teil VII – Geöffnete Türen   293
Teil VIII – Happy birthday, liebe Erde   297
Teil IX –   Die Reise in die Zukunft   302
Teil X –   Warum bauchig?   308
Teil XI - – La Dampf contra Lady In Black   318
Teil XII –   Nessie verliert eine Freundin   327
Teil XIII – Schottland, wir kommen!   330
Teil XIV – Du bist ein Wunder   344

Quellen und Anmerkungen   348

VORWORT

Diese bunte, phantasievolle Mischung von Geschichten lädt dazu ein, mit den Hauptpersonen auf die Reise zu gehen. In uns selbst und in der Welt um uns herum warten doch so viele kleine und große Wunder auf uns. In „Der See der unzähligen Wunder" begeben Joleen und Lynn sich nach Amerika und finden an einem sagenumwobenen See einige Antworten. In „Rotraud, Stimme des Lebens" geht es um den Mut, Selbstverwirklichung und Erfüllung im eigenen Leben wahrzumachen. Wo ist der Weg, diese Antworten in sich selbst und in der Welt zu finden? Wo sind passende Begleitpersonen, mit denen wir uns zuhause angekommen fühlen? Auf diese Fragen möchte das Buch durch die lebendigen Geschichten einige Antworten geben und zum Nachdenken anregen. Dabei geht es auch immer wieder um die Kraft der Freundschaft. Die Geschichtenreihe um Nessie, eine lebendige, kraftvolle Frau, der durch die Kraft ihrer Phantasie und ihrer inneren Freiheit so vieles möglich ist, runden das Buch ab. Auch mit Nessie gibt es viele Wunder zu erleben!

Zu vielen Geschichten, die an realen Orten spielen, habe ich einiges recherchiert. Einzelne Personen, deren Namen Abwandlungen von berühmten Personen sind, tauchen in einigen Geschichten auf. Zu all diesen Besonderheiten gibt es am Ende des Buches eine umfangreiche Liste, wo bei Interesse zu jeder einzelnen Geschichte nachgesehen werden kann.
Viel Spaß beim Lesen!

Friederike Twardella

DER SEE DER UNZÄHLIGEN WUNDER

1

„Zweimal nach Baltimore, bitte!" Lynn und ich standen am Schalter des Pariser Flughafens. „Hältst du bitte mal kurz meine Taschen, Joleen?" bat Lynn mich. Wir freuten uns auf unsere gemeinsame Reise in die Staaten. Wir waren beide in Amerika aufgewachsen und hatten mehr als die Hälfte unseres Lebens dort verbracht. Seit einigen Jahren lebten Lynn und ich nun zusammen in Deutschland, in Bad Pyrmont.

In größeren Abständen überquerten wir gemeinsam den Ozean, um Personen in den USA zu besuchen, die Lynn und mir wichtig waren. Meistens verschlug es uns dabei wieder nach Maryland, dem Bundesstaat, in dem wir uns kennengelernt hatten. So auch dieses Mal. Unser Ziel war der kleine Ort Waldorf in der Nähe von Baltimore.

Beim Erwähnen des Ziels unserer diesjährigen Sommerreise, hatten uns immer wieder irritierte Blicke getroffen. „Waldorf? Ist das nicht diese besondere Pädagogik, für die es spezielle Schulen gibt?" Diese Frage kam dann unvermeidlich. Dass ein Ort in Amerika denselben Namen wie diese Pädagogik trägt, schienen viele ebenso wenig zu wissen, wie dass es in jener Gegend auch einen kleinen Ort namens Berlin gibt. Unsere Freundin Muriel lebte in Waldorf und wir freuten uns darauf, mit ihr einige Ausflüge ins Umland zu machen. Sehr geheimnisvoll hatte Muriel uns am Telefon mitgeteilt, dass dabei auch ein ganz besonderer Platz sei, den sie uns zeigen wolle. Um was genau es sich dabei handelte, hatte sie Lynn und mir jedoch noch nicht verraten.

Lynn und ich hatten einander während unseres Studiums an der „Maryland University Of Integrative Health", der „MUIH", kennengelernt. Inzwischen kannten wir uns 14 Jahre. Damals hatte ich noch in dem schönen Ort Chesapeake City in Maryland gewohnt, unweit der wundervollen Chesapeake Bay.

Ich liebte diese Gegend, die von klein auf mein Zuhause gewesen war, und hatte eigentlich vorgehabt, sie niemals zu verlassen. Auch Lynn, die schon in verschiedenen amerikanischen Städten gelebt hatte, schloss Chesapeake City schnell in ihr Herz. Doch sie war die Veränderung gewohnt. Sie wollte noch so viel von der Welt sehen und war auch schon viel herumgereist. Ihr Wunsch, die Welt zu entdecken, war ansteckend und bald war auch mein Kopf voll von Träumen von der großen weiten Welt.

Lynn und ich waren sehr interessiert an alternativen Heilmethoden und da war die Universität in Maryland, kurz „MUIH" genannt, genau das Richtige. An der „MUIH" gibt es drei verschiedene Doktortitel, die erworben werden können. Genau wie Lynn studierte ich auf den „D.O.M." hin, den Titel „Doctor Of Oriental Medicine".

Bereiche unserer Ausbildung waren dabei Ernährung, Yoga Therapie, Akkupunktur, Pflanzenkunde und das für uns beide besonders spannende Gebiet der Gesundheits- und Wellness-Beratung. Menschen dabei zu unterstützen, ihren ganz eigenen Weg zu Gesundheit und Wohlbefinden zu finden, das war Lynns und mein wohl größter Traum. „Wie ist Heilung möglich?" war eine Frage, die für uns beide sehr wichtig war, und Lynn und ich waren fasziniert von der nicht enden wollenden Flut von Antworten und Möglichkeiten. Aus dieser Studienzeit nahmen wir beide eine große Tasche voll Wissen mit, die wir beruflich und privat umsetzen wollten.

Nach dem Studium - beide mit dem Doktortitel D.O.M. in der Tasche - beschlossen Lynn und ich, gemeinsam nach Deutschland zu gehen. „Warum ausgerechnet Deutschland?" hatte Lynn mich an jenem Morgen gefragt, als ich ihr meinen Traum zum ersten Mal eröffnete. „Du und deine verrückten Ideen, Joleen!" seufzte Lynn und sah zum Fenster hinaus. Ich wusste, sie liebte Chesapeake City mittlerweile fast ebenso wie ich. Hatte Lynn womöglich den Wunsch hier zu bleiben, sie, die sich mit Ortswechseln doch so leicht zu tun schien? Stundenlang sprachen wir an jenem Morgen über unsere Zukunftspläne. Immer wieder legte ich Lynn nahe, wie wertvoll es sein könne, all unser kostbares Wissen nach Deutschland zu bringen. Am Ende stimmte sie zu.

Inzwischen wohnten Lynn und ich nun schon 9 Jahre zusammen in Deutschland. Immer mal wieder zog es uns in unsere alte Heimat, nach Maryland, und dieses Mal freuten Lynn und ich uns besonders darauf, Muriel wieder zu sehen. Wir liebten das Fliegen nicht unbedingt, aber wir waren immer wieder dankbar über diese doch verhältnismäßig sichere und schnelle Art des Reisens. Lynns lange Haare sahen ziemlich zerzaust aus und auch sie war müde. Tiefe Ringe gruben sich unter ihre Augen. Sie hakte sich bei mir ein und wir liefen zum Flugzeug, das uns von Paris nach Baltimore in meine Heimat Maryland bringen sollte.

Wir überstanden den Flug mittels Stunden langer Konzentration bei Meditationsmusik und ich war einander abwechselnden Verfassungen unterworfen. Mal packte mich, gebannt von der Majestät, über den Wolken zu fliegen, ein besonderes Gefühl von Freiheit. Dann wieder fühlte ich mich eingezwängt in die engen

Sitze der Maschine und ohne festen Boden unter den Füßen sehr beengt und mir war unwohl. Beide waren wir dankbar, als wir den Fuß auf amerikanischen Boden setzen konnten.

2

Am Flughafen in Baltimore empfing uns Muriel und wir verstauten unser Gepäck in ihrem Jeep. Diesmal hatte sich Lynn, die mit ihren 48 Jahren sonst an die Freiheit ihres Autos gewöhnt war und auf Reisen meist massenweise Dinge mitnahm, auf ihren großen Wanderrucksack nebst zwei Umhängetaschen beschränken müssen. Verständlich also, dass sie selbst jetzt, bei 25 Grad im Schatten, ihre geliebte Outdoor-Jacke trug, die sie für mögliche Kälteeinbrüche mitgenommen hatte. Immerhin hatte sie das Innenteil aus Fleece herausgeknöpft und trug es über dem Arm. Wahrscheinlich wäre sie sonst vor Hitze explodiert, denn normalerweise ist Lynn ein lebendiger Heizkörper und schwitzt bei der kleinsten Anstrengung. Dennoch macht ihr Kälte zu schaffen und sie geht gern auf Nummer sicher. Muriel wusste all dies und umarmte uns daher herzlich, ohne überflüssige Fragen zu Lynns Verpackung zu stellen. Als wir dann über endlose Straßen düsten, vergaß ich all diese Gedanken und Lynn vergaß ganz zu schwitzen. Der Anblick der wunderschönen Landschaft, getaucht in sanftes Abendlicht, war einfach zu schön. Ewig hätten wir so fahren mögen. Doch Muriel, die hier lebte, war nach 2 Stunden Fahrt schließlich froh, endlich daheim zu sein.

„Herzlichen willkommen in Waldorf!" rief Muriel fröhlich, als ihr Jeep am Ortseingangs-Schild vorbeifuhr. Nun waren wir gespannt auf das süße kleine Häuschen, in dem Muriel lebte. Sie hatte uns so oft am Telefon davon vorgeschwärmt. Dann standen wir endlich davor. „Wow!" sagte Lynn nur. Mir fehlten die Worte. Muriel hatte uns erzählt, wie sie das Haus damals mit einigen

Freundinnen und Bekannten gebaut hatte. Sie hatte uns sämtliche Besonderheiten dieses Häuschens beschrieben. Die schöne Atmosphäre, die das Häuschen verstrahlte und wie wohl wir uns auf Anhieb darin fühlten, übertraf allerdings unsere kühnsten Vorstellungen von Muriels Zuhause.
„Toll, dass wir dein trautes Heim endlich mal kennen lernen dürfen, Muriel!" sagte Lynn. „Ich freu mich so, dass wir hier bei dir zu Besuch sein können", fügte ich hinzu. Gemeinsam umarmten Lynn und ich Muriel, bis diese quietschte und sagte: „Dann wollen wir mal euer Gepäck in die gute Stube bringen. Ich habe euch ein schönes Willkommens-Essen vorbereitet. Lasst uns gemütlich in der Küche zu Abend essen. Ich erwarte euch dort in einer halben Stunde." Muriel drückte Lynn und mich noch einmal liebevoll an sich, dann löste sie sich aus der Umarmung und ging ins Haus.

Nach dem überaus leckeren Abendessen, saßen Lynn und ich satt und zufrieden in Muriels heimeliger Küche. Schließlich stand unsere Freundin auf und begann den Tisch abzuräumen. „Morgen brechen wir um 6 Uhr früh auf", sagte Muriel. „Lasst uns daher bald schlafen gehen. Ich kenne keine Gnade, euch morgen zu wecken, so müde ihr auch sein mögt. Wir schaffen sonst den Teil der geplanten morgigen Reise nicht, denn ich möchte mit euch um 11 Uhr am Vormittag da sein. Wenn es mittags so heiß wird, ist es nämlich unerträglich, im Auto zu sitzen. Stattdessen werden wir dann am See unter den Bäumen liegen, Geschichten erzählen, uns ausruhen, schwimmen, essen und es uns einfach gut gehen lassen. Der „Lake Of First Birth" ist ein sehr magischer Platz. Von einer Indianerin erfuhr ich einst, dass dieser schöne kleine See, der ganz versteckt liegt, von den Indianern und vielen anderen Leuten so genannt wird. Offiziell hat dieser See einen anderen Namen, den ich ehrlich gesagt vergessen habe. Für mich ist es einfach der „Lake Of First Birth". Die Indianerin, die mir von diesem schönen Platz erzählte, sagte außerdem, dass nur wenige Leute sich dorthin verirren. Die Frau fügte geheimnisvoll hinzu, er würde nur von Leuten gefunden, denen es bestimmt sei, an ihm zu verweilen. Ich war schon öfters an diesem See. Es ist für mich ein ganz besonderer Platz und ich wollte ihn euch gern zeigen. Freut euch schon mal darauf und träumt schön davon." Wir wünschten einander eine „Gute Nacht" und dann legten Lynn und ich uns auf das von Muriel liebevoll bereitete Lager. Bald hörten wir aus dem Nebenraum Muriels Schnarchen. Wir flüsterten noch eine Weile, dann waren auch Lynn und ich tief und fest eingeschlafen.

3

Pünktlich um 5 Uhr des nächsten Morgens goss Muriel Zitronenspritzer über unsere noch schlafenden Gesichter. Im Nu waren Lynn und ich wach, denn der klare saure Geist der Zitrone dringt in die tiefsten Sphären des Schlafs. Dies sei ein altes Rezept aus ihrer Familientradition, erklärte Muriel uns, halb ernst, halb belustigt über unsere doch leicht erschreckten Mienen. „Daran werdet ihr euch schon noch gewöhnen", lachte sie. „Es sei denn, ihr wacht von selbst so früh auf. Dann brauche ich das natürlich nicht mehr zu tun. Aber es macht mir Spaß", gab sie lachend zu. Ich sprang aus dem Bett und begann, spielerisch ein wenig mit Muriel zu balgen. Der Geist der Zitrone hatte tatsächlich gewirkt und hatte mich so frisch und wach gemacht, dass ich trotz einer recht kurzen Nacht gewann. Muriel liebte es, uns auf spielerische Art herauszufordern, ein wenig abgehärteter zu werden. Ich mochte die freundliche Art, wie sie uns gern einen Streich spielte. Muriel war mit ihren 44 Jahren genau 2 Tage älter als ich. Sie war eine tolle Freundin, von der Lynn und ich schon vieles gelernt hatten. Kennengelernt hatten wir sie vor zwei Jahren, in einem besonders kalten Winter in Deutschland. Damals war sie mit einigem Geld in der Tasche durch das Weserbergland gereist. Ihr ursprünglicher Plan für jene Reise hatte sich aufgrund zerschlagener Kontakte in Wohlgefallen aufgelöst. So stand Muriel eines Abends vor unserer Haustür in Bad Pyrmont.

Bad Pyrmont war der Ort, für den Lynn und ich uns von Amerika aus entschieden hatten. Diese Wahl hatten wir nie bereut.
Von Anfang an liebten Lynn und ich das Weserbergland.
Bad Pyrmont schien uns mit allem, was der Kurort Menschen mit gesundheitlichen Problemen zu geben hatte, genau der richtige Platz für unser Leben und Arbeiten zu sein. Die alternativen Heilmethoden, die wir anboten und vermittelten, kamen gut an. Unsere gemeinsame Praxis lief gut, wurde von den Menschen in Bad Pyrmont angenommen und geschätzt.
„Deine Idee mit Deutschland war goldrichtig!" sagte Lynn immer wieder zu mir. In dem schönen Kurort Bad Pyrmont fühlten wir uns rundum wohl. Wir waren am richtigen Platz angekommen.

Als Muriel damals zu uns kam, lebten Lynn und ich bereits seit 5 Jahren in Deutschland. Auf Anhieb merkten Lynn und ich, dass wir dieser Frau, die um Hilfe suchend vor unserer Tür gestanden hatte, vertrauen konnten und nahmen sie vorübergehend bei uns auf. Schon möglich, dass unser gutes Gefühl, dass wir von Anfang an hatten, auch damit zusammenhing, dass Muriel Amerikanerin wie wir war und in Maryland lebte. Oft saßen wir abends zusammen und tauschten Erlebnisse aus, die wir dort gehabt hatten. Dass Muriel Maryland ebenso liebte wie wir, gefiel Lynn und mir sehr. Sie gab auch uns, die wir nun in Deutschland lebten, mit ihren Erzählungen aus unserer alten Heimat sehr viel und half uns im Haus, wo sie nur konnte. Muriel war sehr dankbar für die Unterkunft bei uns.

Seit jenem Winter, in dem Muriel 3 Monate bei Lynn und mir in Bad Pyrmont gelebt hatte, waren wir in Kontakt geblieben. Meist mailten wir uns, ab und zu telefonierten wir stundenlang. „Kommt mich doch mal besuchen!" hatte Muriel schon oft zu Lynn und mir gesagt. Nun hatte es auf beiden Seiten gepasst und wir freuten uns sehr, endlich bei ihr zu sein.

4

Nachdem ich Muriel noch einmal umarmt hatte, drehte ich mich zu Lynn um. Auch sie war durch den Geist der Zitrone hellwach. Sie hatte sich bereits umgezogen. Gerade goss sie Wasser in die Kanne, um Kaffee zu kochen. „Hey, ich bin hier die Gastgeberin!" rief Muriel lachend und riss Lynn die Kanne aus der Hand. Wasser spritzte, ein Stuhl fiel um, wir alle lachten. So viel Munterkeit um 5 Uhr morgens! Trotz des Schreckens im ersten Moment, beschloss ich, mir den Zitronen-Weck-Trick zu merken. Es hatte eine Menge für sich, morgens früh so fit zu sein. Lynn fragte Muriel nach der Route für die heutige Fahrstrecke. Muriel breitete die Karte vor uns aus. Der Weg zum „Lake Of First Birth" schien es in sich zu haben. „Wirklich abenteuerlich", dachte ich. „Das liegt ziemlich abseits der großen Straßen, Muriel. Möglicherweise ein bisschen risikoreich, oder?" fragte ich sie und sah auch zu Lynn hinüber. Diese jedoch sah ganz entspannt und voll freudiger Erwartung auf die Karte. Da ließ auch ich die Unsicherheiten davonfliegen, die mich soeben kurz angefallen hatten. „Eine tolle Landschaft, die du uns da zeigen willst, das steht außer Frage. Außerdem sind wir ja bestens auf alles vorbereitet, oder?" fügte ich daher, an Muriel gewandt, hinzu. „Eben, Joleen", antwortete diese. „Drei Powerfrauen wie wir – was soll denn da passieren? Und ich bin eine alte Trapperin. Ich sagte euch doch: ich war schon oft am „Lake Of First Birth". Macht euch keine Sorgen. Nun aber los: lasst uns mal frühstücken!" bat Muriel sanft zur Eile.

Kurz darauf saßen wir in Muriels Jeep und während der Fahrt bestaunten Lynn und ich die wunderschöne Gegend. Mit festem Blick auf die Straße enthüllte Muriel uns: „Früher einmal, vor dem Eintreffen der Europäer, lebten in dieser Gegend viele Indianer vom Stamm der Piscataways. Heutzutage wird ihre Kultur im „American Indian Cultural Center" in Waldorf dokumentiert." Lynn und ich seufzten. In unseren Augen war das, was den indianischen Ureinwohnern Amerikas angetan worden war, ein sehr trauriges Kapitel der USA. Lynn und ich hatten uns viel mit der Kultur und Geschichte der indigenen Völkern, der Indianer befasst. Als wir noch in Amerika gelebt hatten, hatten wir ja auch einige indianische Bekannte gehabt. Leider hatten wir durch den Umzug nach Deutschland den Kontakt zu ihnen verloren.

Doch in unserer Wohnung in Bad Pyrmont erinnerten Lynn und mich ebenso wie in unserer gemeinsamen Praxis täglich viele, für uns sehr kostbare, Dinge an die Indianer. Diese Dinge hatten wir in Amerika teils gekauft, teils geschenkt bekommen. Da waren z.B. mit Leder, Holz und Federn geschmückte Kraftgegenstände, schöne Bilder mit Wölfen und Bären, Schmuckstücke mit Perlen und Silber. Zudem liebten wir schöne Steine, besondere Hölzer aus dem Wald und Naturfotos, die wir zu Postern vergrößerten. Mit all diesen Dingen dekorierten wir unsere privaten und auch die Praxis-Räume. Lynn und ich hatten, ebenso wie unsere Freundin Muriel, großen Respekt vor der Kultur, den Weisheiten und der Naturverbundenheit der Indianer. Viele Menschen in Deutschland - das hatten wir im Lauf unserer Jahre in Bad Pyrmont immer wieder festgestellt - wussten so wenig über die Indianer. Daher legten Lynn und ich auch häufig Infomaterialien in Form von tollen Büchern und Flyern zu Veranstaltungen rund um die Thematik in unserer Praxis aus. Denn immer mal wieder fanden auch im Weserbergland Veranstaltungen zur Lebenssituation und Geschichte der Indianer statt, die Lynn und ich gern besuchten.

Während wir noch unseren Gedanken nachhingen, waren wir schon, ganz ohne Komplikationen, am „Lake Of First Birth" angekommen. Fernab der großen Straßen gelegen, wirkte alles ruhig und vollkommen ungestört. Offenbar waren wir die einzigen menschlichen Lebewesen weit und breit. Oder schien das nur so? Der See war von dichtem Wald umgeben. Darin hätten sich gut Menschen verstecken und uns beobachten können. „Leben hier Indianer?" fragte ich Muriel. „Ja", antwortete sie. „Hier lebt ein ganz besonderes Volk von Indianern, das sich und seine ureigene Kultur und Lebensweise erhalten konnte. Es ist schon extrem, dass sie sich hier im Wald in ihre eigene Welt zurückziehen müssen, um ungestört auf ihre ursprüngliche Art leben zu können." Muriel seufzte und zeigte auf den wundervollen See, der vor uns lag. „Der Bereich um den „Lake Of First Birth" ist irgendwie ein magischer Bereich, in dem die Indianer immer beschützt waren. Ich traf einmal eine Frau dieses Volkes hier am See. Sie sind sehr sensibel und wunderschön."

5

Ich dachte noch über Muriels Worte nach, als Muriel und Lynn sich schon ihre Badesachen angezogen hatten und in den See gesprungen waren. Sie schwammen bereits weit draußen. Der Wind wehte ihr Lachen und Kreischen über das Wasser zu mir herüber und sie winkten mir gerade zu, als ich ein Rufen aus dem Wald hörte. Leise stand ich auf und spähte vorsichtig in das Dickicht hinein. Waren dort Menschen? Der Wald schien unendlich groß und verworren und ohne meine Begleiterinnen fürchtete ich mich, weiter hineinzugehen und mich vielleicht zu verirren.

Daher lief ich schnell zu unserem Platz am See zurück. Doch was war das? Nebel hatte sich über das Wasser gelegt und ich sah und hörte nichts von meinen Begleiterinnen. Unsere Sachen lagen am Ufer, doch sie sahen verlassen und irgendwie alt aus. War so viel Zeit verstrichen? Oder war ich in eine andere Erlebnisebene geraten? Vielleicht machte der Geist der Zitrone für all dies empfänglicher? Oder war es die magische Aura, die den „Lake Of First Birth" umhüllte? Was hieß das überhaupt, „See der ersten Geburt", was hatte das zu bedeuten?

Der Nebel lag grau um mich und mein geheimnisvolles Verlassen-Sein machte mir Angst. „Muriel!" rief ich. Und lauter noch: „Lynn!" Keine Antwort kam. Plötzlich war mir sehr kalt und ich wünschte, wir wären daheim geblieben. Muriel immer mit ihren verrückten Idee, ich mit meiner Empfänglichkeit dafür und meiner Begeisterung für neu entdeckte Natur und Lynn, die zu einer Reise größeren Umfangs nie „nein". sagen konnte. Drei schräge Frauen, dem Zufall unterworfen? Oder machte dieser kühle, eigensinnige Moment voller Fragen hier am „Lake Of First Birth" für mich und für mein Leben irgendeinen Sinn?

Während ich mich noch nach einer Art Zeichen umsah und all das zu begreifen versuchte, stand plötzlich eine Indianerin neben mir. Ich war nur wenig erschreckt, hatte ich in dieser ungewöhnlichen Situation doch mit beinahe allem gerechnet. „Ich grüße dich", sagte sie. „Vorhin hatte ich dich gerufen, doch du bist nur bis zum Waldrand gekommen, weil du Angst hattest. Ich musste deine vertraute Welt sowie deine Gefährtinnen in Nebel hüllen und dich so ganz deiner Angst stellen, um dir überhaupt begegnen zu können. Denn du kannst mir nur begegnen, wenn du dich deiner Angst stellst und dennoch losgehst."
„Wieso heißt dieser See „Lake Of First Birth"? fragte ich die Indianerin. Es war das Erste, was mir in den Sinn kam und es schien mir das Wichtigste zu sein, über das ich mit ihr zu reden

hätte. Sie nickte still und senkte die Augen. „Ich weiß, du fragst dich dies."

6

Die Indianerin sah mir einen Augenblick still und unverwandt in die Augen. „Es ist kein Zufall, dass dein Weg dich zu unserem Platz geführt hat. Ich werde dir die Geschichte des „Lake Of First Birth" erzählen." Ruhig blickte die Indianerin über das Wasser und schien ganz in Gedanken versunken, als sie dann begann: „Schau, vor langer, langer Zeit lebten hier viele, viele Wesen: Tiere, Elfen, Geistwesen, Menschen verschiedener Hautfarben und Klanggestalten. Sie lebten in Frieden miteinander, einmal abgesehen vom alltäglichen, normalen Maß des Streites, das zum Frieden gehört. Das Wasser des Sees schenkte ihnen mit jedem Tag Licht und tiefe, tiefe Freude. Sie alle wunderten sich oft über die Reinheit von Schmerz, die es ihnen schenkte. Sogar Krankheiten fielen oftmals von ihnen ab. Die heilsame Wirkung des Seewassers war am stärksten, wenn die Wesen, die damals hier lebten, im See badeten. Daher wurde selbst im Winter das Eis oft aufgeklopft und viele tauchten kurz in das eisige Wasser ein. Doch da das Wasser damals noch so rein und klar war, konnte es auch problemlos getrunken werden. Normalerweise wurde das Wasser aus den Quellen getrunken, doch für Heilungszwecke nahmen sie das Wasser aus dem See. Manche füllten auch einfach ein bisschen Wasser in eine Schale ab und benetzten damit verletzte Stellen. Immer wieder staunten sie alle, was das Wasser des Sees zu bewirken vermochte. Es konnte nicht nur körperliche, sondern auch seelische Wunden heilen. Damals nannten alle, die hier lebten, diesen Ort den „See der unzähligen Wunder".

Eines Tages kam eine fremde Frau von weit, weit her. Die Seele dieser Frau war von Angst und Schmerz erfüllt. Sie hatte Schweres erlebt, das sie sehr belastete.
Mehr vermochte die arme Frau den Wesen am See nicht mitzuteilen. Sie alle boten der Frau ihr Wasser der Heilung an, den See. Doch diese Frau hatte so starken Kummer, dass ein Bad im See nie reichen wollte, um froh und leicht zu werden. Sie weinte Tag und Nacht. Bald legte sich ein leichter Nebel über die Gemüter aller, die hier lebten, und die lichtvolle Gegenwart wich der bangen Frage, wie sie jemals diese schier nach dem Wasser des Sees unersättliche Frau zum Frohsein bringen könnten.
Die Weisesten aller Völker – Menschen wie Tiere - trafen sich und berieten viele Tage und Nächte, ohne Erfolg.

Eines Tages kam eine Krähe geflogen, die meinte, Rat zu wissen. „Hört zu", sprach sie. „Ihr alle, Groß und Klein, solltet für einige Zeit spurlos im Wald verschwinden. Irgendwann wird diese Frau aus ihrem Trauma erwachen und zum ersten Mal richtig merken, wo sie sich befindet. Sie wird sich an die Schemen eurer Gestalten erinnern und sie wird euch sehr vermissen. Sie wird sich an Momente erinnern, wo euer Lachen ihr Herz fröhlich machte und sie wird an den Anblick eurer Schönheit denken. Ihr alle werdet ihr fehlen. Sie wird euch suchen und wenn sie euch wiedergefunden hat, wird ihr Herz voll Freude sein. Der Schock von all dem Erlebten wird endlich von ihr abfallen können, und sie wird mit ihrem vollen Bewusstsein unter euch zur Ruhe kommen. Eine von euch soll sie dann im See reinwaschen und sie wird geheilt sein. Es wird für sie sein wie die Geburt zu neuem Leben."
Die Weisen hatten in tiefem Schweigen den Worten der Krähe gelauscht. Jetzt nickten sie und sprachen einig: „Ja, das wollen wir versuchen." So zogen sie denn los, an einem sonnigen Tag, alles, was hier lebte, flog, kroch, tanzte – sie alle entfernten sich in den Wald, in einer unbeachteten Stunde, als die gequälte Frau

wieder einmal sehr lange in den Tiefen des Sees nach Korallen tauchte, die sie nie fand.

Als die Frau wieder auftauchte, was es eigentümlich still im und um den See herum. Auch ihr Auge konnte keine Gestalt erfassen. „Wo seid ihr?" rief sie bang. Nur die Bäume standen still um den See herum. Die Frau schwamm ans Ufer und kleidete sich an. Vor Schreck vergaß sie sogar zu weinen, was sie sonst immer getan hatte, wenn sie ans Ufer zurückkehrte. Allein im See selbst hatte sie nie geweint. Eine Weile saß sie ruhig am Ufer. Plötzlich dachte sie über vieles nach. Wie sie hierhergekommen war. Die schrecklichen Zeiten davor, die ihr wie eine Ewigkeit erschienen waren. Plötzlich war ihr, als ob sie seit langer, langer Zeit in einem Dämmerzustand gelebt hatte, aus dem sie mit einem Mal aufgewacht war. Sie schüttelte ihre nassen Haare, so dass die Wassertropfen nur so flogen. Wie leicht ihr Kopf sich doch anfühlte. Früher war er stets so bleischwer gewesen und hatte sie geschmerzt von all der Angst, den schweren Gedanken, dem vielen unterdrückten Kummer und all dem, was sie erlebt hatte. Ihr Kopf war ihre rettende Burg gewesen, in die sie geflohen war, und gleichzeitig ein bleischweres Gefängnis, aus dem sie endlich erwachte. Ja, sie war geflohen, von da, wo sie gelebt hatte, doch es zum Glück hatte sie niemand verfolgt.

Allein die Tränen waren aufgetaucht, waren aus ihr gebrochen wie ein nie enden wollendes Meer der Verzweiflung, hatten sie niedergekämpft und zu Boden geworfen: Tränen, die sie zuvor nie zu weinen gewagt hatte und die sie zuvor nie ertragen hatte. Diese Tränen hatten sie in Besitz genommen und manchmal war sie richtig froh über diesen Strom des Vergessens ihrer Kraft, der sie forttrug an die Ufer der Nacht. Sie ließ sich im Weinen fallen in diesen Strom, der sie aller Verantwortung enthob, der sie zudeckte mit seiner scheinbar endlosen Tiefe und sie schließlich benommen machte, bis sie erschöpft in Schlaf sank. Manchmal schien ihr dieser Tränenstrom wie eine Mutter, die sie auf ihre Schultern nahm und forttrug von der schweren Realität. Diese Tränenmutter wiegte sie in ihren Armen und dankbar hielt die Frau sich daran fest, auch wenn sie manchmal erkannte, dass ihre Tränenmutter sie gar nicht so sicher trug. Denn oftmals tanzte diese mit der Frau in ihren Armen hoch über den Abgründen tiefer, tiefer Schluchten. Doch Leben oder Tod – was bedeutete das noch? Oft schien es der Frau das Gleiche zu sein.

All dies überdachte die Frau, als sie am Ufer des Sees saß und das Verschwinden all der anderen Lebewesen bemerkte. Und plötzlich fühlte sie Einsamkeit. Sicher, dieses Päckchen Verlassen-Sein hatte sie all die Zeit in sich getragen. Doch plötzlich merkte sie, dass all die freundlichen Wesen um sie herum ihr gut getan hatten, auch wenn sie viel zu sehr mit ihrem Schmerz beschäftigt gewesen war, um das bewusst zu spüren. Ja, jetzt fehlten sie ihr und sie spürte sogar Sehnsucht nach der ein oder anderen Gestalt, die ihr ab und an zugelacht hatte. Voll Liebe dachte sie plötzlich an all die Schönheit, die diese wunderbaren Wesen um sie herum verbreitet hatten. Was für ein Geschenk, hier mit ihnen in Frieden und an diesem Zauber-See leben zu dürfen. Und sie hatte nie begriffen, wie beschenkt sie war! Und nun waren sie fort! War es zu spät, ihnen zu danken, war es zu spät, ernsthaft zu versuchen, mit ihnen zu leben, ja *mit* ihnen, nicht nur neben ihnen?

Die Frau stand auf. Sie blickte über den See, tauchte mit ihren Augen tief in das Blau und in die sanften Wellen ein und fühlte plötzlich, wie all der Schmerz wie ein schwerer Stein von ihr abfiel. Dort, wo dieser Stein gelegen hatte, breitete sich die Schönheit des Sees in ihrem Herzen aus, die Stille und auch der Wunsch, der nie gekannte Wunsch, neu und wirklich zu leben.

Sie streckte sich und dankte dem See. Dann wanderte sie in den Wald.

Lange wanderte die Frau so. Um ihre Willenskraft zu prüfen, hatten sich alle Lebewesen tief in den Wald zurückgezogen und hatten dafür viele Tage den Ort verlassen, den sie so liebten: ihren See. Doch die Frau, die endlich ihren Lebenswillen, ihre Kraft und ihre Sehnsucht gefunden hatte, wurde nicht müde und gab nicht auf, bis sie alle im tiefsten Wald fand.
Das war eine Freude für sie alle! Sie feierten die ganze Nacht lang. Endlich waren sie eins. Das machte sie stark.

Und alle am See lebenden Völker nahmen auch das Weinen der Frau an. Diesen Kummer, der die Frau in seiner Heftigkeit so sehr niedergedrückt hatte, dass er ihr beinahe die Tür zum Leben versperrt hatte, weil sie nichts anderes mehr sah. Beide Seiten – die schon so lange am See lebenden Völker und die Frau - sahen einander offen in die Augen, bereit, voneinander zu lernen. Denn wenn auch der Dämmerzustand ewiger Trauer von der Frau gefallen war, so hieß das ja nicht, dass sie nie mehr traurig gewesen wäre. Und sie umarmten einander in Frieden.
Gemeinsam zogen sie alle dann zum See zurück.

Die Frau hatte ihren bisherigen Namen nie erwähnt. Vielleicht wollte sie auch nicht mehr so genannt werden? Mit solchen Gedanken hatten sich ein paar von den Weisen beschäftigt und hatten eine Idee. Als Zeichen eines Neubeginns schenkten sie der Frau den Namen „Emerald". Die Bedeutung des Namens wurde weitergereicht als: „du schöne Kraft, wir freuen uns an dir". Emerald schenkte dem See in einem feierlichen Ritual ihre große Kraft und Fähigkeit zu trauern und sprühte in einem Schälchen eingefangene Tränen von sich über den See hinaus.
Und sie gaben dem See den Namen „Lake Of First Birth".

Fortan lebte Emerald als eine akzeptierte Weise unter all den Wesen am See und sie lebten in Frieden."

Die Indianerin legte ihre Arme um meine Schultern. „Sicher möchtest du jetzt wissen, wo all diese wundervollen Wesen geblieben sind. In dieser heutigen Welt voll Krieg und Gier haben sie sich auf eine Bewusstseins- und Existenzebene zurückgezogen, die wir weder sehen noch berühren können. So sind sie geschützt. Sie sind immer noch hier. Manchmal, wenn wir, die wir hier im Wald leben, ein besonderes Fest feiern, zeigen sie sich für unsere Augen und sprechen mit uns. Ihr Geist wohnt in uns, und viel mehr noch, ihr Frieden."

„Wie schön", sagte ich. „Danke, dass du mir all dies erzählt hast."
Die Indianerin sah mich aus ihren dunklen, ernsten Augen freundlich an und sagte: „Ja, deshalb rief ich dich ja zu mir und musste nun so, auf diese neblige Weise, zu dir kommen – ich wollte und musste es dir erzählen. Ich weiß, dass du diese Geschichte brauchst und dass du sie gut hüten wirst.
Und du hast Ähnlichkeit mit Emerald."
Die Indianerin zwinkerte mir zu. „Ich werde sie von dir grüßen."
„Ja", bat ich sie. „Hab Dank für alles", sagte ich und wir umarmten uns zum Abschied.

7

Plötzlich war die Indianerin verschwunden und nichts, rein gar nichts, deutete auf die Richtung hin, in die sie gegangen war. Ich sollte ihr also nicht folgen. Sie hielten ihre Welt im Wald sehr gut geschützt, die Indianer, die hier am „Lake Of First Birth" lebten. Das stellte ich mit Dankbarkeit im Herzen fest.

Der Nebel war wieder verschwunden und der See glänzte in vollem Sonnenlicht. „Hey, schläfst du im Stehen?" rief Lynn mir vom See aus zu. „Bist du taub?" rief Muriel. „Wir rufen dich schon

seit 2 Minuten pausenlos." 2 Minuten? Schlafen im Stehen? Scheinbar hatten die beiden sich sehen können, während ihr Anblick für mich verhüllt war. Und was in meiner Welt, wo immer ich gerade gewesen war, ein langes Gespräch gewesen war, waren hier 2 Minuten gewesen.
Naja, egal. Das war so unwesentlich wie der Geist der Zitrone mir zu sein schien. Aber vielleicht fing schon da mein Fehler an? Nahm ich die falschen Dinge wichtig? Der Geist der Zitrone hatte mich nicht in diese Welt versetzt, aber er hatte mich frisch und stark gemacht, vielleicht auch, geistig klar genug, um all dies hier heute zu erleben.

„Will eine von euch noch eine Zitrone?" schrie ich übers Wasser und feuerte behände ein gelbes Etwas mitten zwischen die zwei im See planschenden Frauen. Diese kreischten halb belustigt, halb empört und verdattert. Aber das war mir egal.
Mein Auge verfolgte nur die Zitrone. Denn die – das konnte ich und vielleicht nur ganz allein ich, sogar von der Entfernung aus sehen – sank im Wasser immer tiefer, wurde dort von einem funkelnden Strudel erfasst und empfangen und landete schließlich am Boden des Sees, wo sie sich in eine Koralle verwandelte. Hier war sie, die Koralle, nach der die gequälte, von Tränen der Verzweiflung zerfurchte, Emerald stets getaucht und die sie nie gefunden hatte. Hier war diese Koralle und ich allein konnte sie sehen, verstehen, begreifen und die Wunder, den Sinn und die tiefe Magie des Sees in meinem Innern spüren. Ich fühlte mich eins mit dem wunderschönen „Lake Of First Birth", eins mit Emerald nach ihrer Befreiung und eins mit den Indianern, die heute hier im Wald lebten. Und ich war eins mit mir selbst, eins mit der leuchtenden Koralle im See, eins mit der Freude. Ich fühlte Emeralds Geistwesen in Frieden neben mir ruhen, fühlte sie leben, tanzen im Wind, leise, leicht.

Was für einen schönen Namen die weisen Wesen dieser Frau geschenkt hatten, die so viel durchmachen musste! In Bad Pyrmont kannten wir auch eine Esmeralda – was ja die deutsche Form von Emerald ist – fiel mir plötzlich ein.
Es war eine alte Frau von nahezu 80 Jahren, die ganz in unserer Nähe wohnte. Alle nannten sie nur bei ihrem Vornamen und es hieß, sie sei ein wenig eigentümlich. Waren Lynn und ich zu beschäftigt gewesen, um wahrzunehmen, welch wertvolle Person sich möglicherweise hinter ihrem ungewöhnlichen Verhalten verbarg? Wir mochten Eigenheiten an Menschen, schätzten es, wenn Menschen sich offen und lebendig zeigten, sich nicht vom Druck der Normen und gesellschaftlichen Zwänge daran hindern ließen, sie selbst zu sein. Ich nahm mir vor, Esmeralda einmal besuchen zu gehen, wenn wir wieder zuhause waren. Wer weiß, was für spannende und bereichernde Dinge aus ihrem Leben sie mir möglicherweise mitteilen würde.

„Hey, was ist mit dir, Joleen?" Lynn und Muriel traten ans Ufer und schauten mich fragend an. „Ya´at´eeh" kam es aus mir heraus und wir fühlten uns in einem höheren Verstehen verbunden, ohne den Sinn der Worte zu kennen. Schweigend umarmten wir uns im Kreis und blickten über den See. Dass Lynn und Muriel klatschnass waren, störte mich dabei kein bisschen. Ich war einfach froh, wieder bei den beiden zu sein.

„Deine Zitronen sind ein Gedicht, Muriel", sagte ich und wir lachten. Was alles geschehen war, würde ich in mir bewahren - so war es versprochen, so war es gut. Allein durch meinen Gesichtsausdruck konnten Lynn und Muriel vielleicht erahnen, was mich und den See jetzt an tiefem Wissen verband.
Und sie beide wussten, dass der tiefe Zauber des „Lake Of First Birth" in mich geflossen war. Mein Lächeln sagte alles.

FREIGEISTER

Der Fluss trägt unsere Träume und Gedanken durch das Tal. Wenn das Wasser glitzert und sich kräuselt, wissen wir, dass unsere Träume sich im Wasser verwandelt haben und nun zu den Sternen aufsteigen. Uns solche Dinge vorzustellen, gibt uns Kraft, macht uns reich und neugierig auf die Zukunft. Gemeinsam in die Zukunft zu schreiten, ist etwas Schönes. Ja, da hatten wir alle Glück. Wir konnten diese Träume teilen und gemeinsam mit unseren Visionen über die Wellen des Lebens gleiten. Denn uns verband ein tiefes Band der Freundschaft.

Neulich saßen wir mal wieder zu siebt am Fluss. Pauline, Eva-Mae, Krümelchen, Janine, Bille, meine Wenigkeit Kerstin und Silva. Ihr kennt Silva nicht? Doch, bestimmt! Es ist keine andere als die berühmte, mittlerweile auf die 80 Jahre zugehende Sängerin aus Italien. Mit Sicherheit habt ihr schon mal das ein oder andere Lied von ihr gehört, auch wenn sie mittlerweile im Ruhestand ist. Silva lebt ja inzwischen recht zurückgezogen hier bei uns in Kempten im Allgäu. Die Frau weiß eben, wo es schön ist, die hat Geschmack! In unserer Mitte möchten wir die Gute jedenfalls nicht mehr missen. Wir sind eine Gruppe von Frauen verschiedener Altersstufen. Was uns vereint, ist der Wunsch nach Freiheit und die lassen wir einander auch – sei es im Geiste, sei es im Lebensalter, in verschiedenen Lebensweisen und Einstellungen. Wir sind glücklich, einander an all unseren Unterschiedlichkeiten und Lebenserfahrungen teilhaben zu lassen. Die Freude daran ist es, die uns zusammenhält.

Mit dem festen Kern unserer Gruppe waren wir auch diesmal an unserer Lieblingsstelle am schönen Fluss Iller versammelt. Bille war, wie meistens, mit ihren 23 Jahren die Jüngste von allen. Krümelchen und sie hatten sich vor 3 Jahren in einem VHS-Kurs zum Thema „Internetseiten selbstgestalten" kennengelernt. Krümelchen nannten wir Angie deshalb, weil sie mit ihren 63 Jahren einfach die Größte war. Sie war fast 2 Meter lang und hatte immer einen Witz auf Lager. Die Frau hatte einfach die Sonne im Herzen.

Es war Anfang Februar und wir trugen wegen des rauen Wetters alle Regenjacken mit dicken Wollpullovern darunter. Janine ritzte gerade mit ihrem roten Taschenmesser ein dickes Herz in die Rinde ihres Lieblingsbaumes, als Silva mal wieder wie aus der Pistole geschossen anfing, eins ihrer alten Lieder zu trällern. Wir hatten es schon so oft live und in Farbe von ihr gehört, aber um ehrlich zu sein, hatten wir sie allesamt so gern, dass es uns immer wieder aufs Neue gefiel. Ja, sie konnte uns damit regelrecht in eine Gruppentrance versetzen: „Ich hab keine Furcht" sang Silva. Das war so mehr oder weniger unser aller Lieblingslied, mit dem sie uns immer wieder wie mit einem magischen Staubsauger alle Sorgen und Kümmernisse aus den Klamotten zu ziehen schien. Wir blickten auf das Wasser, Eva-Mae und Pauline holten ihre Gitarren raus und der Rest summte mit. Unten am Fluss haben wir übrigens unser kleines Bootshaus mit der megabreiten Überdachung, unter der wir wie immer auf den alten Plastikstühlen saßen. Ein paar Kerzen brannten auf dem Tisch.

Als sie geendet hatte, sagte Silva mit ihrer heiseren Stimme: „Was für ein Abend, Kinder! Mit euch ist es immer noch am schönsten. Euch und das Wasser vom Fluss, mehr brauch ich nicht." Die italienische Sängerin, die es einst mit 10 Alben zu internationaler Berühmtheit gebracht hatte, fühlte sich in unserer Runde immer wieder pudelwohl. Sie lebte nun seit 10 Jahren in Kempten im Allgäu und wir waren sehr froh, dass sie den Weg in unsere kleine Frauenrunde gefunden hatte. „Wie bist du damals,

kurz nachdem du ins Allgäu kamst, auf unsere Gruppe aufmerksam geworden?" fragte Pauline. Sie alle liebten es nicht nur, wenn Silva sang, sondern auch wenn sie erzählte.
Silva sah Pauline an und lachte: „Ach, Pauli, das weißt du doch! Ihr hattet diese Anzeige in die Kemptener Frauenzeitschrift „Frauenzimmer am Start" gesetzt. Euer Text hat mir sehr gut gefallen. Ich weiß ihn immer noch auswendig:
„Die Freiheit ruft uns hier inmitten der Berge zum Träumen auf!
Wir wollen segeln - nicht über das Meer,
doch an die Strände unserer Visionen!
Kemptener Frauencrew sucht inspirierende Sängerin für lauschige Abende. Bezahlung nach Absprache."

Aber, du hast ja Recht", sagte Silva und sah Pauline in die Augen, „zu dem Zeitpunkt warst du ja noch gar nicht dabei. Du kamst sogar später als Krümelchen und Bille zur Gruppe dazu. Zum Zeitpunkt der Zeitungsanzeige bestand der feste Kern der Gruppe ja zunächst mal aus Janine, Eva-Mae und Kerstin.
Ab und zu gesellten sich auch mal andere Frauen dazu, manche für nur einen Abend, andere kamen hin und wieder mal. Bille und Krümelchen kamen ja ebenso wie du erst später dazu. Meist waren an den Abenden, wo ich als Sängerin eingeladen war, natürlich noch viel mehr Frauen da. Das war ja aus Sicht der Mädels ein vorrangiger Grund dabei, mich einzuladen: die Gruppe zu vergrößern. Dass dies durch mich persönlich geschehen würde, das war allerdings nicht geplant!"

Silva fuhr sich in Gedanken vertieft durch ihre grauen Haare und fuhr fort: „Krümelchen lernten wir kennen, als wir vor 7 Jahren mal wieder in unserem tollen Kemptener Freizeitbad Cambo Mare schwimmen waren. Ich liebe dieses wundervolle Schwimmbad. Aber allein darin herumstrolchen, so als Seniorin, das behagt mir nicht so, um ehrlich zu sein. Mit euch zusammen fühle ich mich dort – wie auch überall sonst – sicher und wohl. An jenem Tag im Juli, als wir Krümelchen, unsere Angie, kennenlernten, da spielten wir gerade Wasserball. Mit euch kann ich mich auf Anhieb so jung fühlen, das ist einfach toll! Ihr gebt mir auch nie das Gefühl, für irgendetwas zu alt zu sein. Ihr schaut mich nie komisch von der Seite an, wie das manche andere Leute schnell tun, wenn ein alter Mensch ausgelassen ist. Von Senioren wird immer nur Ernst und Ruhe erwartet. Ich möchte aber genau wie ihr auch lebensfroh und bunt sein dürfen. Die Leute erwarten von alten Menschen oft, sich als graue Maus zu geben, sich immer schön im Hintergrund und den Ball flach zu halten. Dazu habe ich aber gar keine Lust. Allein jedoch wäre mir wohl nichts anderes übrig geblieben, als so zu leben. Um im Alter nicht in jene Ecke zu rutschen, braucht es zweifellos die richtige Gesellschaft. Und die hab ich mit euch, was für ein Glück!"

Janine sah Silva liebevoll an und sagte: „Du hast verdammt viel Pepp für dein Alter und das lieben wir an dir." Silva strahlte. „Genau das hat auch mir von Anfang so an dir gefallen!" rief Angie. „Ich sah diese Gruppe von Wasserball spielenden Frauen, die kreischten und lachten. Interessiert ging ich langsam näher. Und dann sah ich dich, Silva. Eine so vergnügt lachende ältere Frau, die sich mit vielen Falten im Gesicht einfach ganz beherzt wie ein Jungspund mit den anderen im Wasser tummelt, johlt und lacht, das fand ich super. Die schöne Gemeinschaft, die ihr alle ausstrahltet und all der Spaß – das hat mich angezogen." Silva sah Angie an und fuhr fort zu erzählen: „Dass auch du nicht mehr die Allerjüngste bist, dich aber gern noch jung und frei verhalten möchtest, fiel mir auch an deiner Ausstrahlung sofort auf. „Darf ich mitmachen?" hast du gefragt und ich wusste auf Anhieb, dass du nicht eine von den Frauen bist, die mal kurz in unsere Gruppe reinschneien, um sich nach ein paar kurzen Einblicken rasch wieder zu verabschieden. Ich wusste, dass du genau zu uns passt. Ich warf dir den Ball zu, du lachtest, warfst ihn Kerstin direkt in die Arme und riefst: „Volltreffer!" Ich wusste sofort: das warst auch du für uns."

Angie, genannt Krümelchen, nahm sich ein Stück Streuselkuchen von dem großen Teller, der in der Mitte des Tisches stand. Dann reichte sie den Teller an Eva-Mae weiter. Silva beobachtete, wie der Kuchenteller von Frau zu Frau gereicht wurde und spürte auch in diesem Moment wieder so deutlich die stille Harmonie, die diese kleine Frauengruppe verband. Silva sah die Frauen liebevoll an und fügte hinzu: „Ja, und ein Volltreffer ist jede einzelne von euch für diese Gruppe. Ihr seid allesamt spitzenmäßig. Ich möchte keine von euch in meinem jetzigen Leben vermissen. Hab ich auch alles gehabt, wovon andere Menschen nur träumen - Erfolg, Reichtum, internationale Berühmtheit - so kann ich nur immer wieder sagen: ein Teil dieser wunderbaren Gruppe zu sein, das ist das, was mich heute reich macht. Ich bin wirklich froh, nach Kempten gekommen zu sein. Es war damals eine schwere Entscheidung für mich, denn ich bin Italienerin aus Fleisch und Blut, wie ihr ja wisst. Aber ich brauchte Abstand zu allem, was hinter mir lag und hier in Kempten habe ich ja zumindest meine geliebten Berge, die ich von meiner Heimat gewöhnt bin."

Silva trank noch einen Schluck und räusperte sich. „Ich habe euch ja schon oft erzählt, dass ich ursprünglich gar nicht singen wollte. Ich habe mit dem Singen begonnen, um meiner Familie finanziell zu helfen. In späteren Jahren bin ich durch Enttäuschungen mit Männern (einmal innerhalb einer Ehe, ein paarmal in lockeren Beziehungen) auch lange Zeit richtig depressiv gewesen. Hier in Kempten zu leben, ist die pure Erholung, hier bin ich wieder aufgeblüht. Die Bergluft und die schöne Gegend tun mir so gut. Auch das Städtchen hat so viel zu bieten – und damit meine ich nicht nur das tolle Schwimmbad

Cambo Mare. Ich bin glücklich hier zu leben, vor allem, seit ich mit euch zusammen bin." Silva sah in die Runde und lächelte die Frauen zufrieden an. „Wenn ich bedenke, dass ihr mir ja in eurer Anzeige in der Frauenzeitschrift „Frauenzimmer am Start" sogar Geld für das Singen angeboten hattet! Ich habe nicht wegen des Geldes Kontakt zu euch aufgenommen. Es war der frische Wind, der in eurer Anzeige rüberkam, der mich angesprochen hat. „Die Truppe schau ich mir mal an!" dachte ich so bei mir. Ich sang dann an ein paar Abenden gegen Geld für euch, doch dann merkte ich ja schnell, dass ich das so nicht weiter handhaben möchte. Ihr habt mir so gut gefallen, dass ich lieber ein Teil eurer Gruppe sein wollte, als Geld für meine Lieder zu erhalten. Ihr habt mich auf meine Anfrage hin augenblicklich als neues Gruppenmitglied akzeptiert. Das werde ich euch nie vergessen und habe euch das alles, so gut ich kann, mit vielen Liedern gedankt."

Eva-Mae reichte Silva eine Decke, da sie gemerkt hatte, dass diese doch leicht zu frieren begonnen hatte. Sie waren ein munterer Haufen und ließen sich von keinem Wetter davon abhalten, gemütlich am Fluss zusammenzusitzen. Wenn es mal ein bisschen frischer wurde, legten die Frauen sich halt zusätzlich zu den angemessen dicken Klamotten noch ein oder zwei Decken über. In ihrem Bootshaus hatten sie genügend Getränke, haltbare Nahrungsmittel, Decken und viele andere Sachen gelagert, um es sich hier am Fluss so richtig gemütlich zu machen. Der Iller ist ein wunderbarer Fluss", sagte die italienische Sängerin und sah auf das Wasser, das so friedlich und beruhigend vor ihnen lag.

„Das Bootshaus habt ihr tatsächlich selbst gebaut, Mädels?" fragte Silva. Sie liebte das hübsche Häuschen aus Erlenholz, das ich mit Pauline und Eva-Mae gebaut hatte. Dass die Sängerin manche Fragen zum wiederholten Male stellte, übersahen wir

freundlich und geflissentlich. Sie war eben schon ein wenig in die Jahre gekommen, doch das minderte unsere Wertschätzung für sie nicht im Geringsten. „Ja, Silva, was denkst du denn, wen du hier vor dir hast?" lachte ich. „Wir sind Frauen, aber das heißt nicht, dass wir nicht anpacken könnten! Wie du weißt, bin ich von meinem ersten Beruf her Tischlerin und baue auch nach wie vor ab und zu mal ein Möbelstück. Falls du mal einen Schrank, ein Bett oder sonstiges in Auftrag geben möchtest, weißt du ja, an wen du dich wenden kannst." Silva sah mich an und ihre Augen wurden ganz groß. „Warum hast du das nicht eher schon mal gesagt? Ich dachte, das Bauen mit Holz ist Vergangenheit für dich und wollte dich da nicht zu irgendwas drängen. Du arbeitest doch seit 10 Jahren im Kindergarten." Ich lachte: „Das eine schließt das andere nicht aus, oder? Ok, ich arbeite nur noch selten mit Holz, aber für besondere Anlässe stehe ich gern zur Verfügung und für Anfragen von Freundinnen sowieso.
Sorry, dass ich das noch nicht so klar zu dir gesagt hab. Brauchst du was, Silva?"

Verträumt blickte die italienische Sängerin über das Wasser und seufzte: „Mein absoluter Traum war von Kindheit an eine Hollywoodschaukel. Frag mich nicht, warum ich bisher nie zu einer gekommen bin, so viel Geld ich auch hatte. Vielleicht war einfach nicht die richtige, glückliche Stimmung dafür da." Silva sah in die Runde, verschränkte ihre Hände ineinander und sah mich dann auf diese niedliche Art an, die kleine Kinder haben, wenn sie einen besonders großen Wunsch haben. Mit großen Augen fragte unsere Lieblingsitalienerin mich: „Kannst du eine Hollywoodschaukel bauen? So eine hätte ich zu gern für meinen kleinen Garten hinter dem Haus. Da abends zu sitzen und zu träumen, das wäre wundervoll." Ich nickte. „Kein Problem, Silva! Für dich mach ich das gern. Aber nur unter einer Bedingung: dass du uns alle dann auch ab und zu einlädst, mit dir darauf zu schaukeln und uns von deinen Liedern singst." Nun sah Silva erstaunt aus. „Wie kommst du darauf, dass es anders wäre? Wie oft seid ihr schon zum Grillen in meinem Garten gewesen! Als ob ich euch nicht auf meine Hollywoodschaukel lassen würde!" Ich lachte und umarmte unsere alte Freundin. „Das war doch ein Scherz!" sagte ich. „Ich weiß doch, dass wir bei dir immer willkommen sind, ob mit Hollywoodschaukel oder ohne." Ich zog meine Jacke enger um mich. Auch mir wurde langsam etwas frisch. „Du kennst doch Kerstin!" sagte Pauline jetzt zu Silva. „Die macht halt immer gern mal einen Spaß. Damit hält sie uns ja auch oft genug bei Laune!" Silva lächelte und winkte ab: „Ja, das weiß ich doch. Manchmal bin ich vielleicht einfach zu alt, um immer so schnell mitzukommen." Eva-Mae erhob sich und begann aufzuräumen. „Das stimmt doch gar nicht!" sagte Eva-Mae. „Von uns kriegst du diese Sprüche in Bezug auf dein Alter nicht zu hören, also lass sie doch auch selber! Du hast das nicht nötig! Immerhin bist du Silva, die weltberühmte Sängerin! Die kann sich nahezu alles erlauben, oder?" Wir lachten.

Plötzlich stand Silva wie von der Tarantel gestochen auf und begann ihr berühmtes Lied „Juchhu, wir leben noch" zu singen. Pauline und Eva-Mae schnappten sich ihre Gitarren und begleiteten ihren Gesang. Einige von Silvas bekanntesten Songs folgten, darunter auch die beiden immer wieder gern von uns allen mitgesungenen Lieder „Wenn der Wind weht" und „Du hast es toll". Um sich ein wenig aufzuwärmen, begannen Janine, Krümelchen und ich zu tanzen. Bille, die im Umgang mit Feuer sehr gewandt war, erkannte die Lage und brachte an unserer Feuerstelle ein Feuer in Gang. Zuvor waren wir noch zusammen kegeln und essen gewesen. „So eine Kugel ist mordsschwer, aber es macht einfach immer wieder riesigen Spaß!" hatte Silva gesagt, als wir in unserem Lieblingsrestaurant „Alte Bleiche", direkt am Fluss, nach dem Kegeln gegessen hatten. Nach sportlichen Aktivitäten hatte Silva immer ziemlich viel Farbe im Gesicht. „Na, das hält die Leute wenigstens davon ab, mir den selben Namen zu geben, den unser Lieblingslokal trägt!" kommentierte Silva ihre Gesichtsfarbe bei solchen Anlässen.

Nachdem wir alle in unserem Lieblingslokal mal wieder die hausgemachten Käsespätzle genossen hatten, hatte es uns doch noch an unseren geliebten Platz am Fluss gezogen. Es war zunächst als kurzer Ausklang des Abends am Wasser gedacht gewesen und daher hatten wir es erstmal ohne Feuer probiert. Doch unser Ausflug hierher hatte sich unerwartet in die Länge gezogen und nun war es kalt geworden. Im Bootshaus hatten wir einiges Holz gelagert. Während unserer Unterhaltung war Bille ins Häuschen gegangen und hatte schon begonnen, ein paar Holzscheite am Feuerplatz zu stapeln. Bille war nicht nur sehr gewandt im Umgang mit Feuer, sie war unglaublich naturverbunden und wusste vieles über die Natur und über viele Tiere. Sie war vor zwei Jahren zu unserer Gruppe dazu gekommen und wir alle empfanden sie als Bereicherung. Bille konnte gut zuhören, war sehr gutmütig, hilfsbereit und zuverlässig. Obwohl sie mit Abstand die Jüngste von uns allen war, kam sie uns oftmals sehr weise vor. Pauline war 37 Jahre alt, Eva-Mae 53, Janine 44 und ich war 50 Jahre alt. Krümelchen und Silva nannten wir manchmal spaßeshalber unsere „Stammesältesten". Aber Bille mit ihren 23 Jahren konnte in so vielem locker mit uns allen mithalten. Wir alle genossen die Altersunterschiede innerhalb der Gruppe, die verschiedenen Lebensstile und fühlten uns eng verbunden und wohl in unserem Gruppengefühl.

Als das Feuer langsam nicht mehr nur knisterte, sondern auch Wärme zu verbreiten begann, fuhr Silva mit dem Erzählen fort.

An manchen Abenden hatte sie diesen Drang, im Mittelpunkt zu stehen, sei es durch Lieder oder Erzählungen. Für uns war das ok. Wir hörten ihr gern zu. Silva sah in die Runde, während Pauline und Eva-Mae die Gitarren ablegten und ihre Hände über dem Feuer wärmten. „Wie ich euch ja bereits erzählte, war ich auch mal verheiratet. Mein Mann war genervt, wenn ich sang, daher habe ich es bei ihm gelassen. Das ist, als wenn du dich mit einem ganz wesentlichen Teil von dir nicht verstanden fühlst. Es fehlt etwas. Und das macht einsam. Da konnten wir stundenlang zusammen sitzen, aber es war eine furchtbare Leere da." Pauline, die auch mal verheiratet gewesen war und sich dabei ähnlich gefühlt hatte, nickte. Sie konnte das alles nur zu gut verstehen und sagte: „Ich denke, in vielen Fällen ist das so, wo sich im Zusammenleben eine Art Gewohnheit einschleicht, die die Freude und das Interesse aneinander regelrecht abtötet. Am Ende schweigen die beiden einander nur noch an. Das ist schon traurig. Für viele ist das ein Gefängnis, aus dem sie sich nie mehr heraustrauen." Pauline seufzte, doch da rief Krümelchen beherzt: „Da haben wir es gut, oder? Wir sind frei!"

Silva summte ein Lied. Das Singen war so sehr ihr Leben gewesen, dass sie immer mal wieder zwischendrin ins Summen oder Singen verfiel. Das konnte beim Spazierengehen sein oder im Restaurant, überall eigentlich, wo Silva gerade die Puste dazu hatte. Sogar manchmal wenn wir alle gemeinsam im Kino saßen, begann Silva plötzlich zu singen. „Entschuldigung!" flüsterte Silva dann gelegentlich, wenn sie sich dessen plötzlich bewusst wurde. „Das ist bei mir ein derartiger Automatismus geworden! Obwohl ich mit dem Singen ja eher zwangsweise, aus finanziellen Gründen begann. Aber wenn du mal so viele Alben aufgenommen hast und die Stimme so geölt ist, wird das Singen mehr und mehr zum Lebenselixier. Auf einmal kannst du gar nicht mehr ohne!"

Da wir dies wussten, lauschten wir Silvas Summen einfach still, bis sie weiter sprach: „Ich kann gar nicht oft genug betonen, wie froh ich bin, dass ich euch kennenlernte, Mädels! Mit euch bin ich zuhause angekommen. Ich wohnte ja bereits 3 Jahre in Kempten, liebte die Berge, aber mir fehlte menschlich die richtige Anbindung. Mit euch hab ich sie gefunden. So eine Gruppe zu haben, wo ich so tolle Freundinnen hab, die ich jederzeit anrufen kann, wo ich mich von allen verstanden fühl und für niemanden der Star sein muss, das ist so schön. Die schönen Ausflüge, die wir machen – zum Glück keine stundenlangen Wanderungen, da ich das gar nicht mehr kann - mal ein schöner Stadtbummel, ein Treffen in einem netten Cafe, schwimmen, kegeln oder essen gehen, eine gemeinsame Feier .. Das alles ist so abwechslungsreich. Ich glaube, mit euch könnte mir niemals langweilig werden. Und immer wieder freut ihr euch, wenn ich für euch singe." Silva sah in die Runde der inzwischen so vertrauten Gesichter. „Wenn ich mit euch zusammen bin, fühl ich mich auch gar nicht alt, wisst ihr das?" sagte Silva. „Das bist du doch auch gar nicht!" meinte Eva-Mae. „Eben!" rief Bille, „im Innersten sind wir alle gleich alt!" Ein zustimmendes Murmeln erfüllte unsere Runde.

Zum Abschied umarmten wir uns alle. „Wann singst du uns mal wieder dein Lied „Miteinander Leben"?" fragte Bille. „Ein andermal", antwortete Silva, „da leg ich mich nicht fest.
Wir sind schließlich Freigeister, oder?"
„Wie Recht du hast", stimmte Bille zu und löschte das Feuer.

IN UNSEREM GARTEN

1

Ich steige die lange Treppe zum Herkules, dem Wahrzeichen von Kassel, hinauf. Dort oben steht meine alte Freundin, ich kann ihre weißen Haare im Wind wehen sehn. Damals hatte ich bei ihr im Haus gewohnt und wir waren die besten Freundinnen geworden. Seit meinem Auszug vor 8 Jahren haben wir uns immer mal wieder getroffen. Auch wenn es nicht allzu oft war, so blieb unsere tiefe Verbundenheit doch immer erhalten. Meine alte Freundin Ray Huber ist dieses Jahr im März 80 Jahre alt geworden. Als ich endlich japsend vor ihr stehe, überreicht sie mir den Schlüssel zu Haus Nr. 34 in der Burgfeldstraße. Hinter Ray warten drei Hunde, es sind Bernhardiner. Damals hatte sie vier Schäferhunde. „Kannst du auch die Hunde zu dir nehmen, Jackie?" fragt sie mich und ich sehe die Tränen in ihren Augen. „Natürlich, Ray, mach dir mal bloß keine Sorgen", antworte ich mit trockener Stimme. Sie drückt mich kurz, aber innig an sich. „Ich habe nicht viel Zeit", sagt Ray. „Um 15 Uhr geht mein Flieger nach Rom. Wärst du so lieb, mich zum Flughafen zu bringen?" Der Schlüssel in meiner Hand wiegt plötzlich so schwer. Ja, es macht mich froh, dieses Geschenk zu bekommen, aber der Abschied tut auch weh. Ich versuche ein munteres Lächeln und nehme Ray am Arm. „Komm, Mädchen", sage ich betont locker. „Dann lass uns mal starten."

2

Das Haus, Burgfeldstraße 34, gefiel mir von Anfang an. Als ich Frau Huber zum allerersten Mal sah, war sie mir auf Anhieb sympathisch. Artig streckte sie mir ihre kräftige Hand entgegen und schenkte mir ein warmherziges Lächeln, das mich an ein sattes Stück Sahnetorte denken ließ. Manche Menschen schienen ihr Herz ja auf Sparflamme zu drehen, wenn sie ihre Gesichter nur verkrampft zu einem Lächeln verzogen und mit dem größten Gut, das ein Mensch besitzen kann, der Warmherzigkeit, geizten. Musste es ihnen im Innern nicht sehr eng werden? Verglichen damit schienen Frau Hubers Türen weit offen zu stehen. Ich ordnete Frau Huber daher gleich den Großzügigen zu und ich sollte nicht enttäuscht werden. Allein schon meine Wohnung, die sie mir dann zeigte, war auf den ersten Blick ein Geschenk: helle Räume, viel Platz, ein toller Ausblick auf Frau Hubers Garten, die ruhige Lage und eine total günstige Miete.

„Vier Bedingungen habe ich allerdings an die Dame, die hier einzieht", sagte Frau Huber und sah mich ernsthaft an. „Erstens: die Pflege meines 1000 qm großen Gartens mit all den Obstbäumen, Beeten, dem Rasenmähen - das wird mir allein zu viel, da brauche ich Hilfe. Die Miete ist entsprechend niedrig, da ich pro Woche 6 Stunden Gartenarbeit erwarte. Zu welchen Zeiten Sie die erledigen, ist mir völlig egal. Zweitens: montags und freitags um 19 Uhr ist Bridgeabend. Gemeinsames Kartenspielen, Teetrinken, bei schönem Wetter im Garten oder auf der Terrasse, ansonsten in meinem Wohnzimmer. Ich bereite dafür auch immer entweder Kuchen oder Salat vor und im Sommer können wir dann draußen grillen. Drittens: zweimal im Jahr richte ich ein großes Fest für das gesamte Viertel aus. Wir haben in unserem Stadtteil eine Gruppe von vielen engagierten Leuten, die abwechselnd dieses Fest ausrichten. Wir haben hier gelebte Nachbarschaft. Ich weiß nicht, ob Sie sowas schon mal erlebt haben. Vielleicht ist Ihnen das alles auch zu viel und Sie wollen nur Ihre Ruhe. Dann sollten Sie sich eine andere Wohnung suchen, denn ich wünsche mir schon eine gewisse Hausgemeinschaft und habe da so meine Vorstellungen. So", Frau Huber sah mich freundlich und aufmerksam an, „und nun komme ich zu Punkt vier: meinen Hunden." Gemeinsam mit Frau Huber stand ich in meinem zukünftigen Wohnzimmer und blickte zu der offenen Balkontür auf den Garten hinaus.

Hatte ich bereits erwähnt, dass bei meinem Empfang in der Burgfeldstraße 34 vier wunderschöne, schwarze, kroatische Schäferhunde um mich herum tobten? Ich mochte die vier auf Anhieb. Sie sprangen an mir hoch, leckten meine Hände, bellten und freuten sich so sehr über meinen Besuch, dass mir das Herz aufging. „Das sind Bill, Jill, Mary und Tommy. Wie es scheint, mag meine Bande Sie bereits, das verschafft Ihnen schon jetzt viele Punkte auf meiner Liste. Die Bedingung ist, dass Sie jeden Tag eine Stunde mit den vieren spazieren gehen. Ich gehe zweimal täglich eine Stunde mit Bill, Jill, Mary und Tommy raus. Sie brauchen aber noch eine zusätzliche Stunde. Und zwar am besten vor der Nacht, so zwischen 21 und 22 Uhr. Ja, wenn Sie in einzelnen Fällen noch spät unterwegs sind, ist das auch mal ok, aber es sollte schon mindestens 5-mal in der Woche klappen. Und wenn Sie verhindert sind, müsste ich vorher Bescheid wissen, damit ich mich entsprechend darauf einrichten kann. Ich weiß, das sind eine Menge Bedingungen. Das ist schon ganz schön ungewöhnlich, was? Habe ich Sie damit abgeschreckt?"

Verstohlen grinsend sah die in die Jahre gekommene Frau mich an, der ich all diese Pläne so wahrscheinlich nie zugetraut hätte, wenn sie mir z.B. nur mal an der Bushaltestelle begegnet wäre. Ich schnippte eine imaginäre Feder des Zweifels aus der Luft zwischen uns zur Seite und grinste zurück: „Nein, wieso? Das geht alles klar für mich. Ich weiß nicht, ob ich es erwähnte, aber ich bin aus einer Großfamilie und habe bereits in diversen WGs Erfahrungen gesammelt. Hunde mag ich sehr. Ich habe mir schon so lang selbst eine Hündin gewünscht, von daher gefällt mir das sehr! Insgesamt fühle ich mich durch Ihre Ideen nicht eingegrenzt, sondern empfinde das alles als große Bereicherung und bin sehr gespannt auf unsere Zeit!" Ich streckte ihr meine gebräunte Hand hin und wir schlugen ein, ohne zu wissen, dass 10 Jahre gemeinsamer Hausgemeinschaft vor uns lagen, die unser beider Leben grundlegend verändern sollten.

3

Drei Jahre nach meinem Einzug in die Burgfeldstraße 34 hatten wir gemeinsam Frau Hubers Garten in den wohl schönsten Garten des Viertels verwandelt. Über die große Gartenfläche verteilt prangten Unmengen von Pflanzen – Büsche, Sträucher, Bäume und Blumen - und verschenkten sich in ihrer Schönheit. Des Öfteren klingelte es bei Frau Huber, weil wieder mal irgendwelche Touristen, die eigentlich zum Herkules, Kassels berühmtem Wahrzeichen, wollten, von unserem tollen Garten gehört hatten und fragten, ob sie sich diesen kurz ansehen dürften. Da Frau Huber Besuch stets liebte und fast nie abwies - es sei denn sie war ernsthaft krank - stromerten sehr häufig irgendwelche Leute durch unseren Garten. Auch wenn ich gerade bei der Gartenarbeit war, störte mich das nicht.
Einmal war eine Reisegruppe aus Japan da, die unsere Rhododendronbüsche in sieben verschiedenen Farbtönen aufs Äußerste lobte. Häufig erfreuten sich Kindergruppen an unserem, mit tatkräftiger Hilfe aus der Nachbarschaft gebauten, 50 qm großen Schwimmbecken, in dem wir im Sommer gern schwimmen gingen.

Die Obsternte unserer vielen Apfel-, Birnen- und Pflaumenbäume konnten wir allein gar nicht bewerkstelligen und auch nicht so viel Obst verbrauchen. Daher kamen ab und zu Leute aus dem Viertel, um bei uns zu ernten. Als Gegenleistung brachten sie dann Kuchen und Salate mit. So war es ein großes Geben und Nehmen in unserem Viertel. Wir wurden natürlich auch zu den

Festen in den umliegenden Gärten eingeladen. Fast jede Woche gab es so ein Fest. Frau Huber und ich gingen nicht jedes Mal hin, da wir in unserem Garten sehr viel zu tun hatten und uns beide dort so wohl fühlten. Natürlich waren Frau Huber und ich längst dazu übergegangen, einander zu duzen. Mir gefiel ihr Vorname: Ray.

Montags und freitags saßen wir zusammen und spielten Karten. Wie versprochen hatte Ray jedes Mal entweder Salat oder einen Kuchen gezaubert. Wie ihr euch denken könnt, verstanden wir uns prächtig. Wie hätten wir wohl sonst so viel Zeit miteinander verbringen und das beide so genießen können? Ray erzählte mir gern von ihrer Weltreise, die sie im Alter von 24 Jahren gemacht hatte. Sie erzählte von ihrer geschiedenen Ehe und ihren drei Kindern James, meist Jamie genannt, Ellen und Meredith. „Meredith, wow, was für ein Name!" sagte ich. „Den habe ich hier in Deutschland noch nie gehört."

Ray seufzte. „Den Vater der Kinder, Jack, habe ich vor einer halben Ewigkeit auf meiner Weltreise kennengelernt. Ich war damals 4 Monate innerhalb von Australien unterwegs. Jack lebte auf einer Ranch, wo ich zwei Monate aushalf. Als ich von meiner Weltreise wieder heimgekehrt war, stand er eines Abends vor meiner Wohnungstür hier in Kassel. Wir hatten noch nicht einmal geschrieben oder telefoniert in den vergangenen Monaten! Jack hatte einfach alles auf eine Karte gesetzt, Australien verlassen und wollte nun mit mir leben. Er hatte alles aufgegeben für dieses Leben mit mir. Wie hätte ich ihm, den ich ja durchaus gern hatte, diese Bitte abschlagen können? So lebten wir erst gemeinsam in meiner damaligen kleinen Wohnung und dann, als Jack und ich gut verdienten, zogen wir in dieses Haus." Ray ließ einen kurzen Blick über den Garten schweifen und sah mich dann an.

„Am Anfang lief es eigentlich ganz gut. Nichts hätte mich ahnen lassen, wie er sich eines Tages verhalten würde. Erst nach einigen Jahren begann er, diese andere Seite zu zeigen. Oft war er dann launisch, aggressiv, betrunken und zerstörte so einiges im Haushalt. So gut ich konnte, habe ich das vor den Kindern zu verbergen versucht, was da alles geschah. Das meiste davon wissen die drei bis heute nicht. Als es nicht mehr zu ertragen war mit ihm, habe ich Jack in aller Deutlichkeit gebeten zu gehen. Die Zwillinge waren damals 10 Jahre alt, Meredith war 9. Dass das für die drei nicht leicht war, liegt auf der Hand. Für mich war es das auch nicht. Ich gründete eine Rechtsanwältin-Kanzlei und verdiente gutes Geld. Ich arbeitete sehr viel, ermöglichte den Kindern tolle Reisen, Musikunterricht, machte ihnen teure Geschenke. Schließlich kaufte ich uns sogar dieses wunderschöne Haus in der Burgfeldstraße 34. Die Kinder dankten es mir nicht, meckerten an mir herum und blieben immer häufiger abends sehr lange weg. Sie vermissten ihren Vater und hielten mir dies an allen Ecken und Enden vor, ohne zu sehen, dass ich wie eine Wölfin um das Überleben der Familie kämpfte. Es war sehr hart für mich, als Jamie, Ellen und Meredith dann mit Anfang 20 alle das Haus verließen. Aber ein Stück weit war es ehrlich gesagt auch eine Entlastung. All die Jahre diese Vorwürfe! Ich habe alles gegeben, um ihnen ein gutes Leben zu ermöglichen. Ich gab ihnen auch einiges an Geld mit, als sie auszogen. Doch dass ich mich aus der Ehe löste, das haben mir die Kinder nie verziehen." Ray nahm einen Schluck der Erdbeermilch, die sie für unseren gemütlichen Abend gemixt hatte. Manchmal gab es alternativ Bananen-, Heidelbeer- oder Vanillemilch. Jedes Mal mischte sie nicht nur große Mengen Sahne und Zitrone in diesen köstlichen Mix, sondern auch viel Eis. Ich liebte Frau Rays köstliche Kreationen.

„Jamie und Ellen sind ja Zwillinge. Ein Jahr nach ihrer Geburt kam auch schon Meredith dazu, die wir meist Medy nannten." Wieder seufzte Ray. "Da Meredith irgendwie von klein auf das Sagen hatte bei meinen drei Kindern, hat sie auch damals, als sie auszogen, das Ruder in die Hand genommen. Die Kinder hatten sich zunächst gemeinsam eine große Wohnung hier in Kassel gesucht. Wir trafen uns wenige Male und dann erfuhr ich, was Meredith geplant hatte. Sie wollten nach Australien gehen. „Unsere Wurzeln liegen in Australien", sagte Medy zu mir. „Schließlich kommt unser Vater von dort. Vielleicht finden wir in Australien ein Stück von ihm wieder, wenn auch vermutlich nicht ihn selbst." Jack hatte sich in all den Jahren, seit er gegangen war, nie bei den Kindern gemeldet. Dennoch idealisierten sie ihn, wo sie nur konnten. Bei allem, was ich für die Kinder getan hatte, so sehr ich auch stets für sie dagewesen war, stellten sie Jack doch immer über mich." Ich sah Ray an und fühlte großen Respekt in mir aufsteigen. Vor mir saß zweifellos eine starke Frau, die nicht nur alles gegeben, sondern die sich auch nie hatte unterkriegen lassen. Das alles musste sehr hart für sie gewesen sein. Dennoch strahlte Frau Ray eine Warmherzigkeit und Tatkraft aus, die ich an vielen anderen, die nicht so hart hatten kämpfen müssen, nicht gesehen hatte.

„Dann kam der letzte Abend, an dem wir zusammen saßen", fuhr Ray fort. „Jamie, Ellen und Meredith hatten mich zum Abschied in ein feines Lokal eingeladen. Nie zuvor hatten sie mich zum Essen eingeladen. Alles war vom Feinsten. Sie hatten sich schick gemacht und waren fröhlich. Doch für mich war es die reine Ironie des Schicksals, diesen Abschied so zu feiern. „Weißt du, wo wir hingehen werden?" hatte Medy mich schließlich gefragt, als ich ziemlich erschöpft mit ihnen das Lokal verließ. Ich sah in die Gesichter meiner Kinder und hatte das Gefühl, als wenn sie schon in diesem Augenblick auf die Reise gegangen wären. „Wir gehen nach Meredith. Das ist ein kleiner Ort im Bundesstaat

Victoria. Der Ort Meredith hat ca. 800 Einwohner und liegt 111 km von Melbourne entfernt. Da wir in Melbourne alle Möglichkeiten für Jobs, eine großartige Universität und vieles andere haben, was uns wichtig ist, ist Meredith optimal. Es ist ländlich und ruhig gelegen und Melbourne ist gut zu erreichen. Wie du dir ja denken kannst, gefiel mir natürlich auch der hübsche Name des Ortes!" Du kannst dir gar nicht vorstellen, wie selbstzufrieden Meredith mir in diesem Augenblick vorkam! Das alles tat weh, doch ich wollte meinen Kindern nicht im Wege stehen. Daher zeigte ich meinen Schmerz nicht, wünschte ihnen von Herzen alles Gute und ging heim." Ray sah auf ihre Hände und schwieg einen Moment.

„Ja, an jenem Abend habe ich meine drei Kinder das letzte Mal gesehen", fuhr Ray dann fort. „Sie schrieben später, dass sie ihre Entscheidung, nach Australien zu gehen, nie bereut hätten. In Meredith haben sie sich gut eingelebt und fühlen sich wohl dort. Das war so ziemlich das Letzte, was ich von ihnen hörte. Kurze Zeit später brachen sie den Kontakt zu mir endgültig ab. Ein paar Mal versuchte ich noch, Kontakt aufzunehmen, dann ließ ich es. Wenn sie es so möchten… Sie wissen, dass sie sich jederzeit an mich wenden können. Mein Haus ist ihr Haus. Aber wenn sie es so wünschen, dann werde ich es respektieren." Ray atmete tief ein und sah mich an. Ich sah die Erleichterung in ihren Augen, sich endlich einmal von jemandem verstanden zu fühlen. Sie hatte mir diese Erlebnisse aus ihrem Leben nun anvertraut, in der Hoffnung, dass ich ihr einfach wertfrei zuhörte. Ray fühlte sich angenommen, das konnte ich spüren. Ich schwieg, um ihren aufgewühlten Gefühlen Platz zu lassen.

„Im ersten Moment nahm mir dieser komplette Kontaktabbruch, trotz all der Gängelei die ganzen Jahre, die Luft", fuhr Ray mit ruhiger Stimme fort. Ich konnte fühlen, dass es ihr trotz ihres

Schmerzes, den ich spürte, gut tat, das alles zu erzählen und nickte ihr freundlich zu. Sie trank noch einen Schluck Erdbeermilch und sah mir dann ganz direkt in die Augen. „Aber dann habe ich beschlossen, dass mein Leben jetzt erst recht richtig anfangen soll. Ich wollte nicht in zu tiefer Trauer versinken wegen Dingen, die ich nicht ändern konnte. Ja, natürlich belastete mich all das und das tut es immer noch. Aber ich wollte auf keinen Fall, dass dies mein Lebensgefühl brechen und bestimmen könne. Daher stürzte ich mich wie eine Wilde in die Gartenarbeit und entwarf die vier Bedingungen für eine Mitbewohnerin. Ich plante, dass mit diesem neuen Zusammenwohnen ein neuer Lebensabschnitt beginnen solle, eine schöne Gemeinschaft mit Respekt und Achtung. Und dann kamst du." Ray lächelte mich warmherzig an. Sie blickte zum Garten hinüber, den wir wie immer so schön gepflegt und gestaltet hatten und fügte hinzu: „Da merke ich, dass mein Traum Wirklichkeit geworden war."

Ich liebte die Montag- und Freitagabende. Ray pflegte sich sogar extra für unsere Abende in Schale zu werfen und wenn sie richtig gut drauf war, putzte sie dafür sogar alles. Ich genoss es, wie schön sie alles herrichtete, wie liebevoll sie mich empfing und bewirtete, wenn ich abends nach einem langen Tag bei ihr auftauchte. Ich machte mich kurz in meiner Wohnung frisch, ruhte mich ein wenig aus und ging dann voll Vorfreude zu ihr hinunter. Ich zeigte ihr auch diverse andere Kartenspiele, so dass wir da immer eine schöne Auswahl hatten. Und dann das Essen! Nie in meinem Leben hatte ich so tolle Salate und so leckeren Kuchen bekommen. Ray pflasterte mich regelrecht mit Köstlichkeiten zu. Sie buk sogar Berliner Ballen, Muffins und Torten. Ihre Salate verschönerte sie häufig mit Walnüssen, gebratenem Speck, Rosinen, Anis, Eiern, Schafskäse und Früchten. Immer wieder beglückte Ray mich mit neuen Kreationen.

Wie vereinbart richteten wir zweimal im Jahr das große Nachbarschaftsfest aus. Im Sommer bevölkerten dann um die 100 Leute unseren Garten, spielten Federball, Frisbee, Tischtennis, schwammen im Schwimmbecken, tanzten auf der Terrasse und aßen und tranken von all den wunderbaren Speisen, die alle mitgebracht hatten. Denn das Fest auszurichten, das hieß ja nicht etwa, dass wir die Riesenmenge Leute zu verköstigen gehabt hätten. Als eine unserer Aufgaben sahen Ray und ich es, den Garten vorher von herumliegendem Obst zu befreien, damit niemand fiel. Wir hängten Girlanden auf der Terrasse auf, stellten die Musikanlage auf, suchten Musik-CDs für den Abend heraus. Wir verteilten Einladungen an alle und mussten natürlich nach dem Fest unseren Garten aufräumen. Auch die Tischtennisplatte aufzustellen, Schläger dafür bereitzulegen, Frisbee-Scheiben, Bälle etc. anzubieten gehörte für uns dazu. Das Schwimmbecken säuberten wir zudem vor und nach dem Fest. Es war natürlich immer gechlort.

So war unsere Party im Viertel sehr beliebt, weil unser großer Garten Raum für viele Aktivitäten bot. Selbst die Mitglieder des örtlichen Sportvereins beklagten, dass auf ihrer Feier nie ein solcher Andrang sei wie bei uns. Und die Leute brachten aus Dankbarkeit für diese tolle Feier die allertollsten Speisen und Getränke mit. So brachte z.B. ein befreundeter Besitzer eines türkischen Restaurants jedes Mal Döner für 20 Personen mit. Allein das zog natürlich viele Leute an. Ein Pizzabäcker brachte Pizzen, die Bäckerin jede Menge Kuchen und Brote und alle anderen zauberten ihre Lieblingsspeisen für uns. So schlemmten wir uns in der Großgruppe durch das Jahr, mal bei uns, mal in der Nachbarschaft. Ja, denn wenn wir, wie gesagt, auch nicht zu jedem Fest gingen, so besuchten Ray und ich doch meist zwei

Mal im Monat ein Nachbarschaftsfest. So hätte man meinen können, dass wir dick und kugelrund wurden, doch natürlich tat die viele Gartenarbeit ihr Übriges, dass dem nicht im Geringsten so war.

Im Winter feierten wir das Nachbarschaftsfest im Haus. Dazu baten wir alle, Wolldecken mitzubringen, denn unsere drei großen Sofas boten natürlich für all die Leute nicht genug Platz, wenn es auch im Winter etwas weniger Personen waren. Dann brachten wir den Kamin zum Glühen und eröffneten einen Geschichten-Wettbewerb. Wer eine Geschichte erzählte, musste sich vor den Kamin stellen. Die beste Geschichte bekam stets einen Preis. Dafür strickte Ray tolle Socken, sicherheitshalber in verschiedenen Größen, damit der Preis auf jeden Fall passte. Da Ray gern und oft strickte, waren nach der Preisverteilung immer noch einige Paare Socken übrig. Diese Sockenpaare warf sie am Ende des Abends - mit dem Rücken zu allen vor dem Kamin stehend - wie einen Brautstrauß nach hinten über ihre Schulter und wer die Socken fing, durfte sie behalten. Da Ray mit ihren Socken ebenso wenig wie mit allem anderen geizte und ihre Farbkombinationen sehr beliebt waren, war auch unser Winterfest ein ziemlicher Magnet unter den Nachbarschaftsfesten unseres Viertels. Ray strickte sogar in jedes Paar Socken ein paar Reihen mit Leuchtfäden hinein, die den Effekt hatten, dass die Socken im Dunkeln leuchteten.

Die Spaziergänge mit Rays vier schwarzen Schönheiten, den Hunden Bill, Jill, Mary und Tommy, liebte ich ganz besonders. Die vier benahmen sich ganz brav und treuherzig, tobten zwar sehr ausgelassen über die Wiesen und Felder, kamen aber auf mein Rufen auch zuverlässig zu mir. Gern lief ich mit den Hunden den Bergpark so weit hinauf, bis wir direkt unter der wunderschönen Anlage mit den riesigen Treppenstufen standen, mit Blick auf den Herkules. Ich fühlte mich glücklich, mit diesen vier schönen Geschöpfen durch den Abend zu laufen und hatte vor nichts Angst. Die vier um mich herum zu haben, das war ein Gefühl, als wenn die Welt mir gehörte. Wenn die Hunde um mich herum stromerten, jeden Grashalm mit ihren Nasen erschnupperten und mit ihren Pfoten die warme Erde unter sich spürten, war es als wenn sie all ihre Erfahrungen mittels einer unsichtbaren Schnur zu mir herübertrugen. Ich sah und spürte die Welt mit ihren Augen, mit ihren Ohren, ich fühlte all das Leben, das uns umgab, pulsieren und war nicht allein.

Wenn ich die vier dann bei Ray ablieferte, dann lag sie meist schon im Tiefschlaf auf ihrem Bett. Ich sah im Halbdunkel, wie die Hunde sich von allen Seiten an sie ankuschelten und schloss zufrieden und glücklich die Tür zu Rays Wohnung, um in meine hinauf zu gehen.

5

„Die Rechtsanwältin-Kanzlei habe ich dann vor 7 Jahren aufgegeben, als ich mit 60 in den Ruhestand ging", erzählte Ray mir eines Abends, als wir auf der Terrasse saßen. Ich wohnte nun bereits fünf Jahre in ihrem Haus und wir fühlten uns sehr wohl miteinander. „Ich habe meinen Beruf geliebt und vielen Menschen wirklich helfen können, das war ein tolles Gefühl. Es gibt so viel Unrecht auf dieser Welt. Es ist ein wertvolles Gefühl, dazu beitragen zu können, dass Menschen zu ihrem Recht kommen, gerecht behandelt zu werden. Das hat mir so gut gefallen. Es fehlt mir manchmal. Ich habe aber vor ein paar Jahren begonnen, Krimis zu schreiben, wo ich manchmal ansatzweise Erfahrungen aus meiner Arbeit in der Kanzlei einwebe, ohne dass annähernd zu erkennen wäre, um wen oder um welchen Fall es sich da gehandelt hätte. Die Krimis veröffentliche ich unter dem Namen Jana-Lea Birkenholz. Hast du noch nie von den Büchern gehört?" Beinahe wäre mir der Kuchen von meiner Gabel gefallen, als ich das hörte. "Das Buch *Leise rieselt die Zeit* ist eins meiner totalen Lieblingsbücher! Das ist von dir?" rief ich. „Ich fass es nicht! Ich habe es schon viermal gelesen!" Ich konnte meine Begeisterung kaum bremsen, als ich in meinem Kopf nach dem Titel des anderen Krimis von Jana-Lea Birkenholz kramte, den ich in einer Nacht verschlungen hatte. Dann fiel es mir ein: „*Mythos der Frischgebackenen!*" rief ich, beinahe atemlos. „Diese Story um eine frischgebackene Bäckerin, die ist so atemberaubend. Was die so in ihren Broten schmuggelt und um was es letztlich dahinter geht. Wahnsinn, ich war echt beeindruckt, du hast Ideen!" Ray wurde rot vor Freude. „Danke, Jackie, das freut mich sehr, dass meine Bücher dir gefallen!" sagte sie glücklich.

Ray stand auf und ging zu ihrem alten Nussholzschrank hinüber. „Und hier ist der Band, den ich letzte Woche rausgebracht habe – ich nehme an, das hast du noch gar nicht mitbekommen." Ray reichte mir ein gelb eingebundenes Buch. „Letzte Woche?" rief ich. „Nein, schade, das habe ich leider nicht mitgekriegt."
Laut las ich den Titel: *„Die Unendlichkeit der Schatten*. Wow, das klingt toll!" sagte ich. „Das werde ich mir gleich morgen kaufen." „Das brauchst du nicht", antwortete Ray und sah mich an. „Ich möchte dir das Buch schenken. Und wenn du willst, schreib ich dir eine Widmung rein. Du kannst dir aussuchen, ob ich mit Ray Huber oder mit Jana-Lea Birkenholz unterschreiben soll." Ich lachte. „Tausend Dank, Ray, du bist ein Schatz! Klar hätte ich gern eine Widmung von dir, aber am liebsten unterschrieben von meiner guten alten Ray, so wie ich dich kenne! So, und jetzt wird es Zeit, mit den Hunden zu gehen!" Ich erhob mich und pfiff die Truppe an meine Seite. „Schlaf gut, Ray, und träum was Schönes", sagte ich und umarmte meine alte Freundin. „Wir sehen uns morgen in alter Frische." Dann brach ich mit den vier

schwarzen Schönheiten zu unserem allabendlichen Spaziergang im Bergpark Wilhelmshöhe auf.

6

An einem goldenen Septemberabend hüllte das warme Licht der Sonne den gesamten Garten in einen besonderen Zauber. Ray und ich harkten gerade gemeinsam das Laub von der riesigen Wiese, als aus Rays Hosentasche eine Kastanie in den großen Laubhügel fiel. Blitzschnell kam aus dem einen Rhododendronbusch ein Eichhörnchen über die Wiese geflitzt, riss sich die Kastanie unter den Nagel und fegte wie der Wind davon.

„Hast du bemerkt, Jackie", fragte Ray mich, „dass unsere hier im Garten lebende Eichhörnchen-Großfamilie sich schon wieder vergrößert hat? Ich kann sie alle unterscheiden, habe einigen sogar schon Namen gegeben. Das eben war mein *Füchschen*, so nenne ich das Eichhörnchen. Inzwischen dürften es insgesamt 18 Eichhörnchen sein, die in unserem Garten leben. Meist verstecken sie sich ja in den Rhododendronbüschen, wenn Menschen sich nähern. Aber ich beobachte sie auch gern von oben im Haus mit dem Fernglas. Dann sehe ich sie in den Bäumen sitzen und über die Wiesen laufen. Manchmal versammeln sie sich sogar in Kleingruppen auf der Wiese. Das ist so süß. Ich frage mich dann immer, ob sie eine Tagung in ihrer Eichhörnchen-Sprache abhalten. Tja, wer weiß? Sicher ist jedenfalls, dass es auf dieser Welt viel mehr gibt, als unser Menschenverstand begreifen und wahrnehmen kann. Ich finde es eher traurig, dass es viele Menschen gibt, die sich einbilden, dass sie mit ihrem Verstand im Vergleich zu den Tieren die höheren Wesen wären, und die meinen, mit dem Kopf alles regieren zu können. Dabei sind es oftmals diese aus unserer

Sicht so einfachen Dinge wie z.B. die Art, wie ein Eichhörnchen den Baum hinuntergleitet und sich eine Nuss schnappt, die so zauberhaft und erhaben sind. Oder das goldene Licht der Septembersonne, wie es auf *unserer* Wiese liegt. Sagte ich „*unsere* Wiese"? All das sehen zu dürfen, das wunderschöne Licht, die Tiere und in diesem Garten und Haus leben zu dürfen, das sind Geschenke. Nein, ich bilde mir nichts darauf ein, ein Mensch zu sein. Höhere Kreaturen? Warum führen die Menschen dann immer wieder Kriege und verhalten sich so unmenschlich zueinander? Ich persönlich lerne viel von der Natur und *unser* Garten, der ist jeden Tag eine Offenbarung für mich, ein Wunder."

Ja, *unser* Garten sagte Ray an diesem Tag, Ende September, als ich nun schon 7 Jahre bei ihr lebte. Sie konnte sich mich aus ihrem Leben gar nicht mehr wegdenken und betrachtete ihr Eigentum mittlerweile als das unsere – so eine Gemeinschaft waren wir geworden. Ich war nun mittlerweile 40 Jahre alt, Ray war inzwischen 69. „Ein Garten ist wie eine Freundschaft", sagte Ray einmal zu mir. „Beides benötigt viel Liebe, Aufmerksamkeit und Pflege, um zu blühen und zu gedeihen. Bei uns ist das eine Spiegel des anderen und beides ist voller Farben und Licht." Meinen 40. Geburtstag hatten wir mit ca. 150 Leuten in unserem Garten gefeiert. Es war ohne Frage die unvergesslichste und schönste Geburtstagsfeier meines Lebens. Das schönste Geschenk machte Ray mir, als wir alle in einem riesigen Pulk um das Schwimmbad herumstanden. Auf dem Wasser im Becken schwammen unzählige kleine Schwimmkerzen, die das Wasser mit ihrem Licht zum Funkeln brachten. Die vielen kleinen Lichter erinnerten mich beinahe an einen Sternenhimmel. Es sah wunderschön aus. Mittlerweile war es bereits gegen 22 Uhr, einige Frauen hatten Wunderkerzen angemacht. Sie wussten, dass Ray eine kleine Rede für mich halten wollte.

„Liebe Jackie, meine liebe Freundin!" begann Ray. Ihre kräftige Stimme schien auch ohne Mikrofon den gesamten Garten bis in den letzten Winkel auszufüllen. „Es ist ein großes Glück, dass du vor 7 Jahren in mein Leben getreten und in mein Haus gezogen bist. Was wäre dieses Haus, was wäre dieser Garten, was wäre jeder einzelne Tag ohne dich? Du hast nicht nur viele wunderschöne neue Pflanzen im Garten gepflanzt, ihn so liebevoll und aufmerksam gepflegt als er wäre er dein eigenes Kind. Du hast nicht nur meine geliebten Hunde und unser Viertel mit deiner herzlichen Art bereichert, sondern vor allen Dingen mein Leben." Ray sah einen Moment lang hinauf in den Sternenhimmel und atmete tief durch. Ich tat es ihr nach, sah hinauf zu all den wunderschönen Lichtern und fühlte mich sehr glücklich.

Da hörte ich auch bereits schon wieder die vertraute Stimme meiner Freundin, die weiter sprach: „Ja, ihr kennt mich als Ray und so werde ich gerufen seit eine alte Indianerin mich so nannte. Ich war damals 13 Jahre alt und mit meiner Mutter in Amerika auf Reisen. Aufgewachsen bin ich, wie ihr vielleicht wisst, hier in Kassel. Meine Mutter und ich lebten allein, wir verstanden uns sehr gut. Oft reiste sie mit mir in verschiedene Länder, am häufigsten jedoch flogen wir dabei nach Amerika. An jenem Tag war meine Mutter in den Straßen von New York einkaufen gegangen und hatte mich auf einem großen Platz, dem Times Square, gebeten auf sie zu warten. Mir war langweilig und so lief ich zu einem großen Haus hinüber, vor dem einige Jugendliche Fußball spielten. Ich beobachtete sie eine Weile und vergaß darüber die Zeit. Plötzlich merkte ich, dass es bereits dunkel geworden war. Erschrocken lief ich zu dem großen Platz zurück. Doch der Times Square war verschwunden. Plötzlich war ich inmitten eines Waldes und eine alte Indianerin stand vor mir. Sie reichte mir ein Stück Brot und strich nachdenklich über mein

Haar. Das war mir nicht unangenehm, es war alles so magisch. Aus einem kleinen Beutel holte sie einen glitzernden Stein hervor. Ich hielt ihn ins Sonnenlicht und er funkelte. Ich war bezaubert von dem Licht und sah die Indianerin an. Da sagte sie: „Dies sei dein Name: Ray. Du bist die Hüterin des Lichts. Möge dein Weg mit diesem Strahlen tausendfach gesegnet und behütet sein." Dann verschwand sie und ich fand mich wieder auf dem Platz in New York wieder. An einem schmutzigen alten Denkmal lehnte meine Mutter und weinte. Ich rannte zu ihr und sie schrie vor Erleichterung auf, als sie mich sah. Meine Mutter schloss mich in ihre Arme. Ich blickte auf den Stein in meiner Hand und auf sein Funkeln. Seit jenem Tage habe ich immer, bei jeder noch so kleinsten Frage, meinen Stein angesehen und auf seine Antwort gelauscht. Er hat mich nie betrogen, nie in die Irre geschickt. Auch an dem Tag, als ich wusste, dass du dir die Wohnung anschauen kommst, liebe Jackie, da hab ich ihn vorher gefragt, ob du die Richtige bist und er hat geleuchtet. Sicher, er schimmert stets ein wenig, aber wenn er mir auf eine Frage antworten will, dann funkelt er richtig. Seit der Begegnung mit der Indianerin habe ich mich Ray genannt. Ray ist das englische Wort für Lichtstrahl. Mein ursprünglicher Name war Renate, aber das müsst ihr euch nicht merken. Ich bin für euch einfach Ray, so wie eh und je. Heute, an deinem Geburtstag, liebe Jackie, möchte ich dir nun das Geschenk machen, dir auch einen neuen Namen zu geben, wenn du es möchtest. Natürlich kannst du dich trotzdem auch zwischendurch immer mal Jackie nennen lassen. Ganz wie du magst. Möchtest du einen neuen Namen, Jackie?" Ray sah mich liebevoll und ernst an. Ich nickte. „Gut, dann komm mit mir zu dem alten Pflaumenbaum dort hinten." Gemeinsam mit all den anderen im Schlepptau liefen wir in den hintersten Winkel des Gartens. Was mochte Ray dort für mich versteckt haben?

Da - tatsächlich hob Ray dann ein kleines blaues Kästchen hoch, das sie offenbar vorher in der kleinen Mulde am hintersten

Pflaumenbaum versteckt hatte. Das Kästchen war mit Samt eingekleidet und als ich es berührte, erklang aus seinem Innern ein feiner Ton, wie ein Summen. Ich öffnete das Kästchen und fand darin ein Foto von mir, auf einem Spaziergang mit den vier Hunden im Bergpark Wilhelmshöhe. Manchmal gingen wir ja auch gemeinsam mit den Hunden spazieren und offenbar hatte Ray bei einer solchen Gelegenheit ein Foto gemacht, ohne dass ich es bemerkt hatte. Obwohl es mich von der Seite zeigte, mit den Hunden spielend, und mein Gesicht nicht so gut zu sehen war, war deutlich zu erkennen, wie glücklich ich war. Dieses Glücksgefühl schien aus dem Foto ebenso wie aus dem Kästchen mit diesem eigenartigen Summen regelrecht heraus zu strahlen. Ich ahnte daher meinen Namen schon, als Ray ihn dann sagte: „Joy, das soll dein neuer Name sein. Ich begrüße dich hier, liebe Joy, in diesem Leben mit uns, das dir so gut gefällt. Und du gefällst uns auch, da kannst du dir sicher sein!" Alle klatschten, wie um Rays Worte zu bestätigen. Ein paar Leute umarmten mich. Einige hatten mir Ketten und Armbänder gebastelt, in die sie meinen Namen eingearbeitet hatten. Offenbar hatten sie diesen zuvor von Ray erfahren. Ich bedankte mich für die Geschenke und die Glückwünsche. Was für ein Geburtstag! Nicht nur, dass ich 40 Jahre alt geworden war, was ja ein tolles Alter war. Ich hatte auch noch einen neuen Namen erhalten.

Wir standen unten am Ende des Gartens, um meinen Hals lagen die wunderschönen Ketten mit meinem neuen Namen, die Hunde tobten im Gras. Ray erzählte und lachte mit einigen Leuten aus der Nachbarschaft und ich sah in den Sternenhimmel, der über uns prangte. Was für ein Glück, dass ich hierhergekommen war! Konnte ein Mensch dankbarer und glücklicher sein, als ich es war? Ray kam herüber und umarmte mich. „Danke für diesen wunderschönen Namen!" sagte ich zu ihr. „Willkommen, Joy", sagte sie „und vergiss niemals, dass dies deine Quelle ist, die Freude."

7

Ray, ich danke dir, denn du warst der Lichtstrahl, der meine Augen das Sehen neu lehrte und du wirst es für alle Zeit sein, wo immer du weilst. Wann immer ich ein Foto von dir ansehe, ein Geschenk von dir in den Händen halte, an dich denke, erfüllt mich dieselbe Freude und tiefe Dankbarkeit, ein großes Glück, dich in meinem Herzen und Leben zu haben.
Dieses Gefühl kann nichts und niemand auslöschen und es benötigt deine direkte Gegenwart nicht.

Nun sitze ich hier in der Burgfeldstraße 84, allein. Die drei Bernhardiner liegen jetzt ruhig vor dem Kamin und schlafen, nachdem ich noch eine ausgiebige Runde mit ihnen im Park Wilhelmshöhe spazieren war. An jenem Tag, als ich dich nach all den Jahren wiedersah und du mir die Schlüssel gabst, war ich in jeder Richtung überwältigt. Überwältigt von dem Schmerz, dich zu verabschieden und gleichzeitig von der großen Freude, die du mir mit dem Geschenk deines Hauses samt Garten machtest.
Ich brachte dich auf deinen Wunsch zum Flughafen und wir nahmen Abschied. Ja, nun bist du in Rom oder wer weiß wo. Du sagtest lediglich zu mir: „Ich muss auf unbestimmte Zeit nach Rom. Ich weiß nicht, für wie lange. Ich weiß nicht, ob ich wiederkehren werde."

Du hast mich gebeten, nichts weiter zu fragen, damit es uns beiden Kummer erspare. Ich habe deinen Wunsch respektiert. Du hast mich gebeten, nicht weiter den Kontakt zu dir zu suchen - sei es telefonisch oder schriftlich - dich einfach gehen zu lassen. Da du nicht wusstest, wohin dich diese Reise führt, wolltest du dich lieber gleich verabschieden. „Du wirst auch diesen letzten Weg nicht alleine gehen, egal wo immer er dich hinführt und wie lange er sein wird", sagte ich zu dir. „Ich werde immer bei dir sein, ganz egal wo du bist."

Insofern gibt es keinen Abschied zwischen uns. Wir begleiten einander für immer. Der Gedanke ist so beruhigend und wunderschön und er überstrahlt alle unruhigen Gedanken, die mich manchmal anfallen, kurzfristig zwar, aber dennoch. Ich blase sie schnell hinfort, auch wenn ich manchmal traurig bin, natürlich - damit sie mir das Glück meiner Gewissheit nicht zerstören können, dass diese Verbundenheit für immer gilt. Und daran glaube ich.

Ja, es tut mir leid, Ray, dass ich in den letzten drei Jahren, die wir gemeinsam in diesem Haus wohnten, immer mehr unterwegs war. Dabei versäumte ich immer häufiger unsere Kartenspielabende auf der Terrasse und vergaß immer öfter, deine vier schwarzen Schönheiten auszuführen. Mit Recht warst du sauer, verständlicher Weise warst du enttäuscht. „Wir hatten eine Vereinbarung!" sagtest du aufgebracht zu mir. „Das war meine Bedingung für deinen Einzug und unser gemeinsames Wohnen." Wie konnte ich nur ausgerechnet nach dieser wunderschönen Geburtstagsfeier, die du mir zu meinem vierzigsten Geburtstag beschertest, in einen solchen Strudel geraten, der uns ein Stück voneinander entfernte? Vielleicht war ich mir unserer Verbundenheit zu sicher, vielleicht fühlte ich mich ein wenig erdrückt. Sei dir sicher, dass, was auch immer ich mit anderen unternahm, der größte Platz in meinem Herzen dir gehörte. Und dass ich bei all dem dich immer bei mir trug, dich, meine allerbeste Freundin. Ich habe dich enttäuscht, ich weiß. Aber ich bin froh zu wissen, dass du trotz deiner Enttäuschung doch so sicher wusstest, was du mir bedeutet hast, nach all den Jahren noch. Und dass das niemals vergeht. Sonst hättest du mir ja nicht den Schlüssel von deinem Haus geschenkt und deine neuen Hunde.

Damals hast du mich dann, nach 10 Jahren gemeinsamem Wohnens, gebeten auszuziehen, damit du dir eine andere Mitbewohnerin suchen könntest, die sich an deine Wünsche und Regeln halten würde. Obwohl uns beiden das wehtat, zog ich auf deinen Wunsch aus. Ich verstand deine Enttäuschung durchaus und es tat mir aufrichtig leid. Ich zog in eine andere Wohnung in Kassel, allein. Immer mal wieder trafen wir uns mal in der Stadt, aber das war verhältnismäßig selten. Wir telefonierten ab und zu, schrieben einander Briefe. Es war auf der einen Seite im Vergleich zu dem engen Zusammenwohnen sehr wenig, aber vom Herzen her hatte sich nichts geändert. Denn wenn wir uns trafen, waren wir dennoch so glücklich wie in den gemeinsamen Stunden damals auf unserer Terrasse.

„Der Wind kann noch so oft durch die Wüste blasen
und so manchen Stein weitertreiben
– die Wurzeln, die eine wirkliche Freundschaft
einmal in einem Herzen geschlagen hat,
kann er nicht vertreiben."
Das last du mir bei einem unserer letzten Treffen vor, Ray. Es war ein Ausschnitt aus der Widmung deines letzten Buches, das du kürzlich veröffentlichtest und mir gewidmet hast. *„Verlorene Zeit gibt es nicht"* hast du das Buch genannt. Ausnahmsweise hast du mal keinen Krimi geschrieben, sondern einen Roman über zwei Frauen, die gemeinsam durch die Welt reisen, die verrücktesten Dinge erleben, Schönes, Schreckliches, aber immer auf das Gemeinsame, Tragende zurückgreifen können und daraus ihre Stärke beziehen. Am Schluss des Buches sagt die eine zu der anderen:
„Ich weiß nicht, ob ich so manches ohne dich
noch länger hätte ertragen können im Leben.

Aber mit dir wuchs jeder einzelne Tag
trotz so vieler Kümmernisse zu einem großen Wunder
und dafür danke ich dir.
Meine Sanduhr wäre möglicherweise
relativ früh leer gewesen oder sie hätte still gestanden
– ich weiß es nicht.
Doch mit dir an meiner Seite
fand ich immer wieder die Kraft und den Mut,
das alles zu lieben und glücklich zu sein."

Ich danke dir, Ray, für all das, was du mir indirekt über dieses Buch sagtest. Ich gebe dir denselben Dank aus vollem Herzen zurück. Wo immer ich jetzt stehe, da steh ich mit dir und das macht mich reich. Ich möchte dir danken für diese wundervollen gemeinsamen Jahre, für alles was du mir gabst, für alles was ich sein durfte mit dir, für dich. Morgen werde ich in den Garten gehen und einen weiteren Rhododendronbusch pflanzen. Der Garten würde dir gefallen, wie er jetzt ist. Die Hunde sind toll, Ray, ich mag sie sehr. Wir haben uns sehr schnell aneinander gewöhnt. Ich werde sie auf keinen Fall vernachlässigen, das verspreche ich dir. Für nächsten Samstag habe ich mal wieder ein Nachbarschaftsfest im Garten geplant. Sei dir sicher, dass ich dich nie vergessen werde. Danke, dass du mir verziehen hast und mich mit deinem Haus so glücklich gemacht hast. Nun bin ich für immer wirklich zuhause. Und du, wo immer du jetzt sein magst, ob hier oder da, ich bin bei dir.

Gestern las ich nochmal einen Abschnitt aus deinem Buch *Die Unendlichkeit der Schatten*. Falls du nun in ihnen weilst, denk daran: so wie der Wind die Wurzeln nicht aus Herzen vertreiben kann, so kann auch keine Unendlichkeit das auflösen, was für immer Bestand hat. Ich begleite dich, wohin auch immer.

Lass nur ein wenig Platz für mich auf den Schwingen deines Adlers, denn ich fliege mit.

ALLES FÜR DIE INSEL

1

An einem stürmischen Oktoberabend trafen sich drei alte Freundinnen in dem gemütlichen Fischrestaurant „Fish For Fantasy" in dem Ort Klein Zicker auf Rügen. Später am Abend wollten sie noch über das nahegelegene hohe Steilufer spazieren und den leicht steinigen Badestrand entlanglaufen.
Gemeinsam hatten Hella, Nana und Berny die „Regionale Schule Tom Beyer" in Göhren auf Rügen besucht. Die Schule war nach dem Künstler Tom Beyer benannt, der in seinen Bildern viel von dem Leben auf der Insel verewigte. Der Künstler musste Rügen sehr geliebt haben. Dies war die einhellige Meinung von Hella, Berny und Nana. Sie bewunderten Tom Beyers Bilder, doch unvergleichlich mehr liebten die Freundinnen ihre Heimat, die Insel Rügen, und fühlten sich mit dem Meer, dem Strand und den Wellen zutiefst verbunden.
In Göhren waren die drei in ihrer Jugend oft zusammen an dem wunderschönen Strand mit der Seebrücke gewesen. Später hatte es alle drei nach Klein Zicker verschlagen. Da Rügen viele verschiedene Ortsteile hat, waren sie froh, wieder so nah beieinander zu wohnen. Mittlerweile waren Hella, Berny und Nana 40 Jahre alt.

Wie so oft hatten sich die drei Freundinnen wieder an ihrem Lieblingstisch in einer gemütlichen Ecke des Fischlokals zusammengefunden und tauschten sich über die Ereignisse des Tages aus. Ihre Bestellung hatten sie bereits aufgegeben. Hella bestaunte die schönen, frischen Blumen, die mal wieder auf allen Tischen standen, und sah sich dann nach der Wirtin um.
„Stellt euch vor", rief Nana plötzlich in die traute Runde, „unsere

alte Klassenkameradin Nadine ist aufs Festland gezogen, nach Kiel!" Die Neuigkeit versetzte ihre beiden Freundinnen in Erstaunen. Für alle drei war es unvorstellbar, ihre geliebte Insel jemals zu verlassen. „Was?" rief Berny. „In so eine Stadt würden mich keine 10 Pferde kriegen! So weit weg und ohne mein Meer! Ich geh hier niemals weg!"

Vergnügten Schrittes kam nun die Wirtin Darleen, meist Sister D genannt, an den Tisch der drei Freundinnen. Ihre langen, grauen Haare hatte Sister D heute mit einem wild-fröhlichen Tuch zusammengebunden. Trotz ihrer knapp 60 Jahre war Sister D allem Bunten gegenüber aufgeschlossen. Herzlich begrüßten sie einander. Während die Wirtin die Getränke an die Freundinnen verteilte, sang sie ihr übliches Lied vom Meer-Mädel, das Sister D immer wieder gern in ihrem Lokal zum Besten gab:

„Ich bin ein Meer-Mädel,
die See ist rau und weit.
Ich bin am Hafen zuhaus',
lebe am Strom der Zeit.
Wo ich auch geh und steh,
da ist mein Meer.
Im rauen Wind fühl ich mich frei,
all das geb' ich nicht mehr her!"

Obwohl die drei Freundinnen das Lied schon tausendmal gehört hatten, wurden sie es nie leid und summten mit. Sister D hatte diese kernige, raue Stimme, die von sturmzerfetzten Wochen auf dem weiten Meer erzählte. Gern hüllte sie ihre Gäste in Erzählungen von ihrer Zeit als Piratin ein. Sister D bestand darauf, einst die Anführerin der berühmt-berüchtigten Piratencrew „Wilde Brut Der Wellen" gewesen zu sein. Manche Leute auf der Insel tuschelten über Darleen, sie phantasiere wohl gern. Es gab Leute, die wegen Sister D's Piratengeschichten ihr Lokal

„Fish For Fantasy" mieden, aber die Mehrzahl der Insulaner und Urlauber ließ sich davon nicht abhalten, hier zu speisen. Im Gegenteil! War es nicht umwerfend, zu dem ohnehin unverwechselbar guten Essen auch noch so spannende Geschichten erzählt zu bekommen? Auch die drei Freundinnen Hella, Berny und Nana liebten Sister D's Berichte von ihrer Zeit auf dem Meer. Ob es wahr war oder nicht – war das so wichtig?

Sister D kam aus Kanada. Hella, Nana und Berny liebten ihren kanadischen Slang. Manchmal summte Darleen auch Songs von Billy Idol, ihrem Lieblingsmusiker. Billy Idols Hit „Flesh For Fantasy" hatte Darleen zu dem Namen ihres Lokals inspiriert. „Phantasie, Inspirationen und Kreativität sind beinahe so wichtige wie das tägliche Brot", pflegte Sister D zu sagen. „Alle drei Zutaten habe ich in meine wundervollen Fischgericht-Rezepte gemixt. Ich hoffe, dass der Besuch meines Lokals „Fish For Fantasy" nicht nur sättigend, sondern auch belebend ist." Nana sah Darleen mit großen Augen an, wenn die Wirtin dies wieder einmal sagte, und meinte nur: „Was glaubst du eigentlich, warum wir so gern und oft zu dir kommen? So ein Lokal wie deines, das gibt es nicht nochmal." Immer wieder wurde Sister D von Gästen, die sich für ihre Lebensgeschichte interessierten, gefragt, was sie von Kanada auf die schöne Insel Rügen verschlagen habe. Sister D's Antwort darauf war stets: „Ich kam mit meinen Piraten über das Meer hierher, mit meiner „Wilden Brut Der Wellen"."

2

Eines Abends war Sister D gerade ganz vertieft in eine Erinnerung und alle Zuhörenden tauchten mit hinein.
Die Meerespiratin setzte sich dann meist auf die kleine Bühne, die sie für solche Zwecke eingerichtet hatte. Wer Lust hatte,

konnte einfach dazu kommen und sich mit in den Kreis setzen. Diese Erzählabende hielt Darleen ganz spontan, ohne Ankündigung, ab. Für Gäste bestand ebenso die Möglichkeit, spontan mal die Bühne in Anspruch zu nehmen und den anderen Gästen eine Darbietung zu bieten. Dies war natürlich aus organisatorischen Gründen spätestens einen Tag vorher mit Sister D abzusprechen. Regel des Hauses war dabei, dass es nie so laut sein sollte, dass die Leute an den Tischen nicht mehr in Ruhe hätten essen können.

Sister D saß nun in ihrem blauen Lieblingssessel und alle Interessierten hatten es sich auf bereitliegenden Hockern, Wolldecken und Sitzkissen gemütlich gemacht. Darleen hatte ein paar Kerzen angezündet und lud alle ein, in Gedanken mit ihr auf die Reise zu gehen. Mit ihrer tiefen Stimme begann sie: „Das Meer war wieder einmal rau und wild. Kinder, Kinder, das war schon manches Mal eine Herausforderung, kann ich euch sagen! Während unser Schiff sich durch den hohen Wellengang kämpfte, wurden wir alle hin und her geschleudert. Wieder krachte eine riesige Welle über die Reling. „Hat noch jemand Durst?" rief Joe, einer unserer fleißigsten Jungs. Selbst in den krassesten Situationen verlor er nicht seinen Humor. Es waren wilde Jungs, das kann ich euch sagen! Die musste man zu bändigen wissen. Und das konnte ich, oh, ja! „Hey, Nauke, hol mal den Wischlappen und mach hier oben sauber!" rief ich Lionel zu, dessen extrem lange graue Barthaare im Sturm wehten. „Ist das dein Ernst?" rief Lionel zurück. „Ja", sagte ich nur und das reichte. Was ich anwies, führten die Jungs aus."

Sister D sah die Zuhörenden mit diesen leuchtenden Augen an, die sie immer bekam, wenn sie von jenen Zeiten auf dem Meer erzählte. „Kennt ihr euch ein bisschen in der Sprache aus, die auf einem Schiff herrscht?" Die gesamte Zuhörerschaft verneinte. Darleen lachte vergnügt. Nun war sie vollends in ihrem Element. „*Nauke* ist die Bezeichnung für das „Mädchen für alles" an Bord.

Dieser Mann hat am wenigsten zu melden und muss die schmutzigsten und gefährlichsten Arbeiten machen. Wir suchten für jede Tour einen anderen heraus, der Nauke war. Auf dieser Fahrt war es Lionel. Er hat das Deck schön gründlich geschrubbt und gewienert, während der Sturm tobte und uns die Wellen immer wieder ins Gesicht klatschten. Ja", schloss Sister D, „so ist die See. Sie ist nicht immer friedlich, aber wenn man sie einmal so ins Herz geschlossen hat wie ich, liebt man sie mit all ihren Ecken und Kanten."

Einen Moment war Stille, denn alle wussten, Sister D hatte ihre Geschichte für den heutigen Abend beendet. Doch sie war auch offen für Fragen im Anschluss, das wussten alle. „Du hast uns ja schon oft erzählt, dass du seit deiner Zeit auf dem Meer mit der „Wilden Brut Der Wellen" Sister D heißt. Getauft wurdest du ja auf Darleen. Haben die Piraten dich je gefragt, wofür das D steht?" fragte ein junger Mann aus der Zuhörerschaft. Auch Hella, Berny und Nana saßen mit auf der Bühne und waren nun gespannt auf Darleens Antwort. Diese seufzte kurz, dann antwortete sie: „Ja, gefragt haben die Jungs, klar, und nicht nur einmal. Doch ich sagte zu ihnen: „Das D in meinem Namen steht für *Daylight*. Ich bin *Sister Daylight*." Die meisten nahmen es mir ab und sagten, es passe gut zu mir. „Ja, wenn die Nacht das Morgenlicht mal nicht rausrücken würde, der würdest du schon ordentlich Bescheid geben. Du würdest schon dafür sorgen, dass das Licht wieder den Tag erhellt, das ist mal klar!" gab da Mitch, ein richtiges Raubein, grunzend von sich", erzählte Sister D. „Das fand ich schwer in Ordnung von dem alten Knaben. Was für ein Hitzkopf das sein konnte, dieser Mitch!"

Sister D schien sich kurz in Erinnerungen zu verlieren und fügte dann hinzu: „Aber letztlich haben sie sich alle an meine Regeln gehalten, die Jungs. War schon ein frischer Haufen, diese verrückte Bande!" Sister D sah kurz in die Runde, holte tief Luft und schloss mit den Worten: „Nie im Leben hätte ich diesen Wildfängen gesagt, dass ich Darleen heiße. Noch dazu wo die Bedeutung meines Namens Darling ist, also Liebling. Die Piraten sollten schließlich Respekt vor mir haben. Mit dem Namen Sister D hat das gut geklappt." Ein paar Leute klatschten zum Dank für Sister D's Erzählung und auch Hella, Berny und Nana erhoben sich, um wieder an ihren Tisch zurück zu gehen.

„Darleen ist einfach einzigartig", sagte Berny, als die drei sich wieder hinsetzten und ihren Nachtisch in Angriff nahmen.

„Ja, auf unser altes Mädel lass ich nichts kommen", sagte Hella und Berny und Nana nickten.

3

Mit ihren kräftigen Händen stellte Sister D nun einen Teller vor Berny, so dass diese Darleens Lieblingsring mit dem rot schillernden Schädel direkt vor Augen hatte. „Hier, Berny, deine übliche „Fluten-Gazelle"." Sister D drehte sich einmal um sich selbst, winkte zu den Nachbartischen hinüber und nahm dann den nächsten Teller von dem kleinen, bunt verzierten Teewagen, auf dem mehrere bestellte Gerichte und Getränke standen. Sie balancierte den Teller auf zwei ihrer kräftigen Finger, bis er vor Nanas Nase landete. „Hier, Nanitschka, deine üppige „Strand-Mischung"." Nanas Augen weiteten sich vor Begeisterung, als sie auf den prall gefüllten, bunten Teller blickte. „Hm, das sieht mal wieder vielversprechend aus! Danke, Darleen!"

Sister D zwinkerte nun Hella zu und lachte. Dann reichte sie Hella mit einer galanten Verbeugung ihren Teller. Offenbar war Sister D in aufgekratzter Stimmung. In anderen Lokalen wurde man meist mit so strengem und erstem Blick bedient. Da durfte den Bediensteten kein Knopf fehlen, beim Servieren kein Husten oder gar ein Lachen aus der Kehle schlüpfen. Das ging in Darleens Lokal anders zu. Auch all ihre Bediensteten hatten gleich zu Anfang die freundliche Anweisung erhalten, locker und natürlich zu sein. „Wenn mal was kaputt geht, das ist nicht schlimm", pflegte Sister D zu allen Neuen zu sagen, die sie im Lokal für das Servieren einarbeitete. „Das Wichtigste ist, dass meine Leute keine Wachsfiguren sind. Dies ist ein lebendiges Lokal. Hier sollen die Leute sich wohlfühlen. Da gehen wir mit gutem Beispiel voran und schaffen mit unserer Offenheit und Lockerheit gute Laune." Und die Atmosphäre, die dadurch im Lokal „Fish For Fantasy" existierte, lockte immer mehr Gäste an.

Unnötig zu erwähnen, dass auch Nana, Hella und Berny die ungezwungene, lebendige Art an Sister D und ihrem Lokal liebten. Sister D's unangepasste, quirlige und so emotionale Art in ihrer Position als Chefin zu erleben, empfanden die drei immer wieder als Bereicherung. Spiegel dieser bunten, vielseitigen und erfrischenden Art war auch heute wieder das Gericht auf Hellas Teller. Hella blickte begeistert in ein buntes Wirrwarr aus Kartoffeln, Fisch, Speck, Eiern, Brot und diversen Gemüsesorten. „Viel Spaß mit deiner „Party am Meer"!" rief Darleen lachend. Eins musste man Sister D lassen: die Gerichte basierten nicht nur auf selbst-kreierten Rezepten vom Feinsten und schmeckten so gut wie nirgends sonst. Die Restaurantchefin hatte jedem einzelnen Gericht auch einen phantasievollen Namen gegeben. Das sprach sehr viele Leute an und so kamen die Leute von ganz Rügen in ihr Fischlokal.

„Hat eure Klassenkameradin Nadine noch alle Tassen im Schrank, von Rügen wegzugehen? Wo kann es schöner sein als hier, auf unserer Insel?" rief Sister D jetzt und holte rasch von der Anrichte eine Flasche „D's Special" und drei kleine Gläser herbei. Auch dieser von Sister D selbstkreierte Mix war einzigartig. Er schmeckte wie immer so wunderbar erfrischend und brannte zugleich wie Feuer den Rachen hinunter. Nana hatte mal darüber spekuliert, ob Sister D ihnen ihren Spezialtrunk immer *vor* dem Essen reichte, weil sie evtl. etwas Magenschonendes mit hineingemixt hatte. Ob es an „D's Special" lag oder an den so sorgsam zubereiteten Gerichten – selbst Nana, die oft unter Magenproblemen litt, vertrug Darleens Gerichte immer gut.

Nachdem Berny einen Schluck ihres „D's Special" genommen hatte, wandte sie sich voller Begeisterung ihrer „Fluten-Gazelle" zu. Dieses köstliche Fischgericht hatte seinen Namen nicht umsonst. Es war so bekömmlich und leichtfüßig wie eine Gazelle, während der Geschmack der verschiedenen Fischarten und speziellen Meeresgewürze alle, die dieses Gericht aßen, mitriss wie eine Flut. Diesem Gericht konnte niemand widerstehen. Manche nannten Sister D spaßeshalber auch „Fluten-Gazelle", wenn sie über die Meerespiratin sprachen. Sie taten dies mit großem Respekt. Denn mit ihrem Lokal hatte Sister D den Ort Klein Zicker regelrecht gerettet. Eine Zeitlang hatte der Tourismus in den größeren Teilen der Insel sehr viele Leute angelockt, was dazu führte, dass Klein Zicker ärmer und ärmer wurde. Zu diesem Zeitpunkt hatten Berny, Nana und Hella noch im etwas entfernter gelegenen Ort Göhren auf Rügen gelebt. Die Leute in Klein Zicker lebten damals sehr einfach und bescheiden. Sie alle liebten das Meer und die Insel. Nichts auf der Welt hätte sie fortlocken können. Was waren schon Geld und Luxus gegen ein Leben am Meer? Die Insel Rügen hatte so viel zu bieten. Viele von den Leuten in Klein Zicker hatten noch nicht einmal die ganze Insel gesehen. Was also sollten sie auf dem Festland?

4

So lebten die Menschen in Klein Zicker sehr bescheiden, aber zufrieden, als eines Tages Sister D auftauchte. Woher diese Frau all das Geld gehabt haben mochte, würde wohl für immer ein Rätsel bleiben. Es kursierten die Geschichten von der Piratin Sister D und ihrer Crew „Wilde Brut Der Wellen". Nicht alle glaubten daran. Fest stand nur: vom Festland kam sie nicht und auf Rügen hatte sie zuvor niemand gekannt. Wie aus dem Nichts stampfte Sister D ihr Lokal „Fish For Fantasy" aus dem Boden. Mit 200 Sitzplätzen, einem kleinen Kinderspielplatz im Außenbereich, einer großen, angehängten Dampfsauna und dem Dorfladen „Alles für die Insel" zog Sister D von allen Teilen der Insel Rügen die Leute an. In ihrem Dorfladen gab es nicht nur die tollsten Leckereien und eine große Auswahl an sehr außergewöhnlichen und schicken Klamotten. Hier gab es neben vielen tollen Büchern, Gesellschaftsspielen, Schmuck, Bildern von Inselkünstlern, Tiernahrung etc. auch von Inselkindern selbst getöpferte Tassen, Krüge und Teller.

Darleens Fischlokal „Fish For Fantasy" war die Zentrale, mit der alle von Sister D ins Leben gerufenen Projekte auf der Insel vernetzt waren. Die Inselkinder, deren Produkte sie zu Schnäppchenpreisen anbot, waren Kinder eines Waisenhauses, die nach der Schule im inseleigenen Kreativ-Haus Kurse besuchten. Diese Kurse für die Kinder waren kostenlos. Neben musikalischen und Bewegungs-Angeboten, gab es dort für die Kinder die Möglichkeit, mit verschiedensten Materialien zu arbeiten. Das Kreativ-Haus, das in der Stadt Bergen, also ziemlich zentral auf der Insel Rügen stand, hatte Darleen bauen lassen. Alle sehenswerten Produkte aus dem Kreativ-Haus wurden an Darleens Insel-Laden geliefert und dort von ihr günstig verkauft. Die entsprechenden Einnahmen gingen wiederum in die Erhaltung des Kreativ-Hauses.

Über die Projekte, die Sister D über die ganze Insel verteilt aufgebaut hatte, war weltweit in der Presse berichtet worden. So

etwas hatte es noch nie gegeben! Eine Privatperson, die großzügig für die Insel das 300 qm große Kreativ-Haus, drei frei zugängliche Minigolfplätze, einen kleinen Zoo und eine große Bibliothek mit 100000 Büchern hatte errichten lassen, alles samt Einrichtung auf ihre Kosten! Die laufenden Kosten dieser Orte wurden im Weiteren von der Inselverwaltung übernommen, der Sister D die Projekte ja geschenkt hatte. All diese, von Sister D errichteten, Plätze erhöhten die Lebensqualität der Insulaner und trugen zur Attraktivität der Insel für Touristen bei.
Gut, mochte sie Piratin gewesen sein! Für die Insel Rügen hatte Sister D so viel getan – das war das, was die Insulaner wirklich interessierte und sie fanden es großartig.

Als Berny, Nana und Hella damals nach Beenden der Schulzeit von Sister D's gewaltigem Einfluss auf das Inselleben auf Rügen erfahren hatten, hatte es sie in den Fingern gejuckt. Sie wollten die Quelle dieser Wunder aus nächster Nähe miterleben. So trafen sie alle drei sehr schnell die Entscheidung, nach Klein Zicker zu gehen. Berny bewarb sich bei einer dortigen Farm als Tierpflegerin und wurde eingestellt. Mittlerweile war Berny so in die Farm mit dem schönen Namen „Meeresliebe" hinein gewachsen, dass sie zum Inventar gehörte und viele Freiheiten hatte, ihren Tag zu gestalten. Sie gehörte nun quasi zur Familie und besaß mittlerweile auch 7 Schafe und 2 Pferde. Die 2 Kinder der Farmbesitzerin waren für sie fast wie eigene Kinder.
Berny war glücklich dort.

Nana hatte sich bei Sister D als Geschäftsleiterin für den Dorfladen „Alles für die Insel" beworben. Mit Begeisterung führte sie seit Jahren den 120 qm großen Laden. Darleen vertraute ihr blind und überließ Nana völlig freie Hand mit der Gestaltung der Preise, im Umgang mit den weiteren 10 Beschäftigten und in der gesamten Organisation. „Was wäre unser Insel-Laden ohne meine Nana?" sagte Sister D oft.

Hella hatte sich beim Schwimmbad von Klein Zicker beworben. Sie leitete Schwimmkurse für Jung und Alt, hatte diverse Hausmeisterinnen-Aufgaben und fühlte sich wohl dort. Hella war nicht nur handwerklich sehr begabt, sondern allgemein sehr praktisch veranlagt. Was für ein Glück, dass sie alle seit so vielen Jahren weiterhin so nah beieinander auf der Insel Rügen leben konnten! Darleen war nur einer von vielen Schätzen, die sie in den Jahren in Klein Zicker dazu gewonnen hatten.
Aber – in diesem Punkt waren die drei Freundinnen sich einig – ein ganz besonderer.

5

Nach dem Essen planten die drei Freundinnen, ihren Abendspaziergang über das Steilufer zu machen und dann den steinigen Badestrand entlang zu laufen – wie schon so oft. Es konnte gar nicht oft genug sein, fanden sie alle und genossen schweigend ihre leckeren Fischgerichte, die Sister D ihnen gebracht hatte. Als Nana, Berny und Hella sich zum Aufbruch fertig machten, kam Sister D zum Kassieren. „Hat's geschmeckt, Mädels?" fragte sie wie immer. „Alles vom Feinsten!" sagte Berny strahlend und Nana und Hella nickten pappsatt und zufrieden. „Ja, unsere Nadine, die verpasst was, da in Kiel!" sagte Nana, als sie sich dann erhoben. „Was wir hier auf unserer Insel so erleben, das gibt es in Kiel nicht!"

„Tja", zuckte Darleen mit den Schultern: „Wie heißt es so schön: „Reisende soll man nicht aufhalten"! Durch meine eigenen Erfahrungen kann ich durchaus verstehen, dass es gut ist, auch mal woanders neu anzufangen. Für mich ist die Hauptsache, ihr drei bleibt hier bei mir! Da sind wir uns doch wohl einig, oder?"
„Na, klar, Darleen!" antworteten Berny, Nana und Hella im Chor

und umarmten Sister D alle auf einmal. „Dann ist ja gut!" rief die Meerespiratin und drückte Berny, Nana und Hella fest an sich.

Während Sister D die drei Freundinnen fest an sich gedrückt hielt, sang sie ihnen zum Abschied noch eins ihrer Lieder aus ihrer Zeit auf dem Meer. Sister D hatte ihnen oft davon erzählt, wie sie bei sehr starkem Sturm über das Deck geeilt war und all ihre Männer mit festen Seilen an die Planken gebunden hatte, damit sie ihr nicht an die See verloren gingen. Nana, Hella und Berny wussten, Darleen sang dieses Lied jetzt für sie drei:

„Wenn das Schiff auch schwankt
hier mitten in der wilden Flut,
Sturm und Wellen mir den Atem nehmen,
dann will ich leis ans Meer mich wenden:
„Lass mir nur meine Brut -
*die „***Wilde Brut Der Wellen***" -*
dann ist alles gut.""

DIE WÖLFIN

Es ist ein kalter Novemberabend. Dichter Nebel hüllt die kleine Stadt ein. Am Waldrand steht die Wölfin. Ruhig blickt sie hinüber zu den Häusern, den Lichtern, hört Stimmen, Rufe, Klänge. Wer würde sie um Hilfe fragen? Die Wölfin ist alt und weiß sehr viel. Sie weiß auch, dass die Menschen viele Sorgen, Probleme und Kummer haben. Manches Weinen drang zu ihr herüber und mancher Schrei riss sie in tiefer Seele auf. Geholfen hat sie ihr ganzes Leben lang. So manches Tier im Wald wird immer an sie denken. Denn der Gesang der Wölfin und ihr Trost halfen schon vielen Tieren in Not. Aus ihren Augen, silbern wie Kristall, spricht Sehnsucht, auch den Menschen zu helfen. Doch diese wollen ihren Blick nicht sehen. Die Wölfin weiß, wie sie sich vor ihr fürchten und dass sie wohl kaum ihre Heilkraft suchen würden. Traurig läuft sie jetzt über den moosbedeckten Waldboden zurück, in Richtung ihrer Grotte. Die Grotte ist seit vielen Jahren ihr Heim. Fast scheint es der Wölfin ein Palast zu sein, der ihr vom Wald geschenkt wurde, damit sie Kraft bekomme, viele Wesen zu heilen. Plötzlich hält sie im Laufen inne. Was ist das? Vor der Grotte sitzt eine Frau und wartet auf sie.

Nevalaja sieht sie kommen. Zielstrebig kommt die alte Wölfin auf sie zu. „Runa" - so nennen die Leute aus dem Dorf die weise Wölfin - hebt den Kopf fragend, als sie nun vor Nevalaja steht. „Was willst du?" fragen Runas alte Augen. „Dich sehen", antwortet Nevalaja und dann legt sie ihre Arme um den Kopf der Wölfin, lehnt ihren Kopf an Runas weichen Bauch und weint. Lange verharren die beiden so und die warme, trostreiche Gegenwart der Wölfin hüllt Nevalaja in tiefe Geborgenheit. Danach hat sie sich solange gesehnt. Alle erzählen im Dorf von der Wölfin und ihrer besonderen Kraft, doch bislang traute sich niemand zu ihr. Doch nun hat Nevalaja sich aufgemacht und ihre Angst überwunden. Sie ist glücklich, sich diesen Ruck endlich gegeben zu haben, denn Runa strahlt so viel Liebe und Wärme aus, dass Nevalaja ihre Angst total vergisst.

Plötzlich hebt sich überm Wald der Mond, hell und klar, und streckt seine silbernen Arme über den Bäumen aus. Das wunderbare Licht ist wie eine große Umarmung und es strömt wie eine reine Melodie in Nevalajas und Runas Herzen. „Komm", sagt Runa mit ihren Silberaugen, „lass uns gehen." Nevalaja folgt ihr still. Verzaubert vom Mondlicht wandern die beiden lange durch den Wald. Endlich kommen sie zu einem großen Brunnen, der in sieben Farben funkelt. „Dies ist der *Sieben-Brunnen*", erzählen Runas Augen. „Er erscheint hier in jeder Vollmondnacht. Aber nur ich weiß den Weg zu ihm, denn er ist eine sehr heilige, alte Quelle. Ich hüte diese Quelle. Und manchmal bringt mir der Mond auf seinen geheimnisvollen Pfaden Wesen, die mich zum *Sieben-Brunnen* begleiten sollen. Heute bist *du* zu mir gekommen."

Nevalaja blickt lange in die funkelnden Strahlen, die den Brunnen umgeben. Ihr ist, als wäre sie bislang blind gewesen und als erreiche alles Licht sie erst jetzt wirklich und öffne ihre Augen. Die schwere Dunkelheit all der vergangenen Jahre, die trauervolle Einsamkeit und all die Hoffnungslosigkeit sind wie ein schwarzes Loch, wie eine Kammer ohne Licht und Segen. Urplötzlich strömen nun die Wellen des Lichts in diese Kammer ihres Herzens und rostig quietschend öffnen sich für immer versperrt geglaubte Türen. Ein Lufthauch, leicht wie ein Vogel im Flug, huscht leise durch nie begangene Korridore und sie sieht Wege, die sie nie, niemals beschreiten zu können glaubte. Ihre Seele fühlt sich plötzlich wieder jung an, mutig, sehnsuchtsvoll und leicht. Wie stark war ihr all die Jahre dieses bleischwere Gramgefühl einer alten Frau in die Seele eingebrannt gewesen!

Fast schien sie tot zu sein. Doch nun... Mit einem Schrei springt Nevalaja nach vorn und schaut in den Brunnen. Sie will endlich wissen, was in seinem Innern ist. Eben noch stand sie niedergedrückt von Kummer, aber auch in Ehrfurcht, gebannt von all dem Licht. Neue Lebensgeister, die das Licht ihr gab, lassen sie nun Neugier und Mut fassen. „Wölfin, sag mir: was birgt der Brunnen?" fragt Nevalaja. Doch die starken Silberaugen Runas schweigen. Still und unverwandt sieht sie Nevalaja nur an, bis diese spürt: sie muss es ganz allein erkunden. So nimmt sie allen Mut zusammen und springt in den Brunnen hinein.

> Inmitten deiner Fluten
> wirst du geborgen sein.
> Die heil'gen, alten Lieder
> sind nun für immer dein.
> Und in der Mitte von dem Kreis,
> den du tagaus, tagein
> dein eigen nennst
> und doch niemals zu füllen wagtest,
> wird endlich, endlich
> deine Liebe sein.
> Drum lass die Spuren der Vergangenheit
> von selbst im Sand verwehen
> und setze deine Füße Schritt um Schritt
> auf neue Wege -
> nur so kann endlich
> deine neue, wunderbare Welt entstehen.
> Und wenn du dich dann fragst,
> warum der schwere Schmerz gewesen:
> sieh nur die *Mitte* von dem Kreis, dein Herz,
> und wisse still: es wird genesen.

Lange Zeit lag Nevalaja im Innern des Brunnens und lauschte den Klängen des Liedes nach, das da für sie gesungen worden war. Wieder fühlte sie sich innig umarmt. Nach all der schmerzvollen Zeit schien ihr dieser starke Trost ein Zauber zu sein, der sie zu neuem Leben aufrief und viele Wunden heilte. Sie war dankbar und glücklich und wäre fast am liebsten für immer in diesem Brunneninnern liegen geblieben, das ihr vorkam wie ein magisches Himmelbett aus Licht, Wolken und Kraft. Aber etwas war da, das zog an ihr, das rief sie. Ja, das war ihr Leben, das waren ihre Aufgaben, die auf sie warteten und die Menschen, die sie liebte. Und da war noch etwas: Runa, die Wölfin, stand vor dem Brunnen und wartete auf sie.

Nevalaja stand auf und kletterte aus dem Brunnen heraus. Als sie den Waldboden wieder betrat, begann Runa, für sie zu singen. Es schien Nevalaja, als sei dies ein Einweihungslied, für sie allein und für ihr neues Leben. Tränen liefen über Nevalajas Gesicht und zum ersten Mal waren es Tränen der Freude und des Glücks. Sie umarmte die alte Wölfin und dankte ihr. Dann liefen sie zusammen den Weg zurück durch den Wald. Doch diesmal führte Nevalaja, denn jetzt konnten ihre Augen im Dunkeln sehen. Als die beiden schließlich am Waldrand, ganz nah beim Dorf, angekommen waren, umarmte Nevalaja Runa noch einmal. „Ich werde den Menschen erzählen, wie es bei dir war", sagte Nevalaja. „Sie sehnen sich so sehr nach dir. Nun werden sie es wagen, dich zu suchen. Und die dich treffen sollen, werden dich dann finden." „Ja", sagen Runas weise Silberaugen, „auch ich danke dir sehr. Du hast mir mit deinem Vertrauen ein großes Geschenk gemacht."

Über das Dorf wehte ein kalter Wind, als Nevalaja dann zurückkam. Doch der warme Segen der Wölfin begleitete sie und erhellte für immer die Fenster ihrer Seele.

ROTRAUD, STIMME DES LEBENS

Immer wenn ich im Herbst zuhause sitze und in gemütlicher Atmosphäre Kekse knabbere und Kakao trinke, fällt mir Rotraud ein. Wir lernten uns in jenem besonders heißen Sommer kennen, als ich gerade von meinen Eltern ausgezogen war.
In meiner neuen Wohnung, wo ich allein hauste, war ich nun zwar ganz frei und eigenständig, aber ich fühlte mich oft einsam und deprimiert.
Wie gut tat es da, dich kennenzulernen, Rotraud! Du warst heiter und fröhlich, wie der laue Sommerwind, du hattest die verrücktesten Ideen und zusammen träumten wir die größten Träume von einer wundervollen Zukunft.

Es waren diese Träume, Rotraud, die mir in jener Zeit des Abschieds von Kindheit und Elternhaus so viel Kraft schenkten und die wie ein riesengroßer Pfeil nach vorne zeigten, auch wenn manchmal meine Füße nach hinten laufen wollten. Du sprachst mir immer Mut zu, dem Leben alle Möglichkeiten offenzuhalten. Denn ich in meiner Einsamkeit war oft so resigniert und erstarrt, dass ich zu wissen glaubte, für immer würde mein Leben so sein und bleiben, wie es immer gewesen war: ein trauriges Vögelchen, ins falsche Nest abgeladen, unverstanden und mit viel zu kleinen Federn.

„Wie soll es jemals anders werden, wenn du so denkst?" fragtest du mich, Rotraud. Du lehrtest mich, dass in der Realität meiner Welt nur das Wirklichkeit werden kann, was ich für möglich halte, woran ich glaube. Du schenktest mir all die unzahligen Bilder von den Möglichkeiten meines Lebens und ich prägte sie mir tief in meine Seele ein.

Und du lehrtest mich das Zaubern.

Gemeinsam bastelten wir Wunder in die Dinge, die wir schufen: Kunstwerke aus Holz und Federn, Gras und Steinen, Bilder, die wir malten, unsere Räume, die wir schmückten, das Essen, das wir kochten. Du zeigtest mir, dass ich durch all diese mit Licht, Liebe und Freude verzauberten Dinge Kraftquellen erschaffen konnte. Die Welt war kein Jammertal. Ich konnte meine Welt verändern. Und so wie ich all diese Dinge mit Liebe tat, begann ich auch, mich selbst zu lieben.

Es gibt Freundinnen wie dich, Rotraud, und auch das zähle ich zu den Wundern und Geschenken dazu, die das Leben für mich bereithält. Ich begann davon zu träumen, dass liebevolle, ehrliche und unterstützende Freundinnen mich wie ein Lichterreigen umgeben könnten. Ich träumte vom Zauber des Verständnisses zwischen Menschen. Ich träumte von miteinander geteilter Ruhe und Kraft. Ich träumte vom Frieden. In all dem warst du mir zur Seite, Rotraud. Du lehrtest mich auch die Geduld.

Denn oftmals wollte ich nicht mehr weiter an eine schöne und kraftvolle Zukunft glauben, wenn Träume zerbrachen und ich nicht so schnell am Ziel war, wie ich es gerne gehabt hätte. Dann war ich zornig und verzweifelt und wollte alles am Boden zerschmettern. Ich wollte aufgeben. Ich wollte zurücksinken in jene altvertraute, bleierne Müdigkeit und mich dem Schicksal anheimgeben wie einer fremden großen Hand. Dann meinte ich wieder, doch nichts ändern zu können, abgrundtief hilflos zu sein und ganz allein in einer bösen, fremden Welt.

Du verstandst meine Enttäuschung, Rotraud, und du fühltest meinen Schmerz. Du wusstest, dass ich glaubte, es sei leichter, alle meine Träume zu vergessen und zu kapitulieren, als weiterzugehen und weiter zu träumen. Das Leben schien mir wie ein großer Kampf, in dem ich verzweifelt um einen Bruchteil

dessen kämpfte, was mich von ganzer Seele satt gemacht hätte.
Ich sah mich selbst als eine hungernde Bettlerin, verurteilt, eines
Tages so zu sterben. Ich wünschte, anders zu sein, andere
Fähigkeiten zu haben, anders zu fühlen, um in dieser
Gesellschaft anerkannt und angenommen zu werden.
„Nein", sagtest du. „Das ist nicht dein Weg. Du bist nicht auf
dieser Welt, um wie eine Nummer von vielen durch die Straßen
zu irren, gesichtslos und kalt. Sei du selbst. Hab Mut.
Du schaffst es."

Und ich träumte weiter. Ich träumte tagsüber und ich träumte
nachts, denn ich wusste, es ging um mein Leben. Ich wollte keine
Roboterin sein, kein funktionierendes Etwas ohne Sinn, Herz und
Verstand. Ich wollte keine Leere in gesellschaftsgerechter
Verpackung sein. Ich wollte Sinn und Erfüllung für mein Leben.

Rotraud, deine bestärkende Freundschaft war wie Wasser in
meiner damaligen, inneren Wüste. Deine Phantasie setzte erneut
Farben und Lichter in mein eintöniges Grau. Dein Lachen war wie
langersehnte Musik in meiner Grabesstille. Deine warme
Umarmung ließ mich meinen leblosen Körper wieder spüren.
Dein Zuspruch war ein leuchtendes „Ja" im Urwald meiner vielen
„Neins". Deine Liebe war die Kraft, die die Tür meines Herzens
wieder öffnen konnte, die mir neuen Lebensmut schenkte. Deine
Augen waren Kristalle, die mich verzauberten und die mich
lehrten, selber Zauberin zu sein.

Ich lege meine Hände auf das große Bild, das wir einst malten.
Wir schmückten es mit Federn, sangen dabei und tanzten um
das Bild, als wäre es ein Feuer. Dieses Bild war der Traum
unserer Zukunft und wir zauberten, es würde Wirklichkeit. Die
Sehnsucht verlieh uns Flügel, riesige Schwingen, und ich war

nicht länger jenes winzige Vögelchen im fremden Nest.
Denn ich glaubte an unsere Träume, an unser Leben.

Alt bin ich geworden. Ich habe mein Leben gelebt.
Jeden Tag aufs Neue erprobte ich meine Schwingen und wenn ich zusammenbrach und mit Scherben in den Händen da stand - weil ich mich wieder einmal verabschieden musste, von Freundinnen, von einer Liebe, von Orten, Plänen,
von vielem, an dem mein Herz hing - dann dachte ich an dich.
Ich verkroch mich dann für eine Zeit in meine dunkle, alte Trauerhöhle. Doch neben mir wachtest du, Rotraud, und ich wusste, eines Tages würde ich mit dir, Seite an Seite, von neuem losgehen. Immer war dein Lachen stärker als die schwarze Melodie des Todes. Immer fingst du mich im Fallen auf und wiegtest mich in deinen Armen.

In meinem Gesicht lese ich aus den Zeichen der Zeit, aus meinen Falten, meine Geschichte. Dieses Gesicht, das endlich meines wurde, auf diesem langen, langen Weg. Weißt du noch, Rotraud, wie wir davon träumten, ganz wir selbst zu sein?
Wenn ich durch die Straßen lief und alle diese Menschen sah, die das Leben hinnahmen wie einen aufgedruckten Stempel, die ihre wichtigsten Entscheidungen nur nach Kriterien wie Anpassung an die Norm, vorgegebenen Maßstäben und Sicherheiten ausrichteten, dann weinte ich mich abends in den Schlaf.
Oftmals verlor ich dann den Glauben, dass ich die Kraft haben sollte, mein ganz eigenes Leben zu leben. Ich wusste, dass es für mich nur diesen einen, eigenen Weg gab, doch manchmal packte mich die Furcht wie eine eiserne Klaue, die Furcht, es nicht zu schaffen.

Dann dachte ich an dich, Rotraud. Und ich sah dich vor meinem inneren Auge tanzen, alles um dich herum brach zusammen, verbrannte, schrie – doch du tanztest weiter. Mit der Gewissheit und dem festen Glauben daran, dass wir hier auf der Erde sind, um mit unserer ganz eigenen, individuellen Kraft unser eigenes, geliebtes Leben zu führen, so tanztest du, still, innig, unbeirrbar.

Ich lege mein Gesicht in meine Hände. Ich spüre diese weiche, feste Hauf, gegerbt von den rauen Winden meines Lebens und gestreichelt von den Lichterfluten. Ich bin dankbar, ich selbst geworden zu sein. Ich habe den Raum gefüllt, der mir geschenkt wurde, um, darin zu leben: meinen Körper, meine Seele und mein Herz, meine Fähigkeiten, meine Wege, meine Aufgaben. Ich bin zufrieden mit mir selbst.

Rotraud, ich danke dir für all das, was du mir schenktest. Mit deiner Hilfe begann ich ganz von vorn, als ich mich total am Ende glaubte. Ich öffnete mich für neues Leben, wagte den Schritt ins Licht und wurde reich belohnt: mit mir selbst.
Rotraud, deine Träume sind die Hoffnung, dass das Leben Selbstverwirklichung und Erfüllung bereithält. Ich streue deine Träume wie Sterne über dem Himmel aus und male unzählige Bilder für alle die, die mit uns gehen wollen, Rotraud, die Straße des eigenen Weges. Ich werfe dein Lachen in die Musikzentrale des Universums, damit es mit dem nächsten Regen über uns allen niedergeht. Ich spreche dein „Ja" laut und deutlich gegen alle „Neins" dieser Zeit und werfe dieses „Ja" all denen zu, die mitspielen wollen im großen Spiel des Lebens. Und ich reiche deinen wundervollen Kristall, Rotraud, in alle jene Hände, die Sehnsucht haben nach sich selbst, damit sie zaubern lernen.

Verständnis wünschten wir, Rotraud, wir träumten von Verständnis, wir sehnten uns danach. Und doch schüttelte ich so oft den Kopf und sagte zu dir: „Es ist unmöglich. Das geht einfach nicht. Ich kann diesen Weg nicht gehen." Jetzt endlich habe ich verstanden und habe jenes Verständnis, das wir zu bekommen träumten, mir selbst gegeben. Denn es ist möglich, den eigenen Weg zu gehen, den wir in unserem Innersten spüren, der Sehnsucht nach uns selbst zu folgen. Denn diese Sehnsucht ist die Stimme, die da zu uns spricht, und es ist wichtig, nötig, dass wir auf sie hören, nach ihr handeln, an sie glauben, denn sie ist unser Leben.

Das Verständnis, das wir uns so selbst schenken, Rotraud, ist das Brot, das unseren Hunger stillt. Du lehrtest mich, dass ich nicht hungern muss. Du erzähltest mir, dass es die Freude gibt. Du flogst mit mir bis über den Horizont und weiter noch...

Und wieder ist es Herbst. Ich sitze daheim, knabbere Kekse und trinke Kakao und ich denke an dich, Rotraud. Dich zu kennen war wie der Händedruck des Lebens, das sich mir bekanntmachte mit einem liebevollen Lächeln. Ich reiche dieses Lächeln weiter, Rotraud, und deine Kraft und deinen Traum.

DAS MAGISCHE BAND DER FREUNDSCHAFT

1

Es war einmal eine wunderschöne Kette, die das magische Band zwischen drei Freundinnen war. Diese drei, Ruby, Lee und Soy, lernten sich als junge Mädchen in New York kennen. Am 27. August 2016 fand die 7-jährige Rita die Kette mit den drei Namen, umringt von vielen Edelsteinen, an einem Sommermorgen auf einer Wiese in Berlin. Was war geschehen? Normalerweise trug immer eine der drei Freundinnen die Kette.

Die wunderschönen Perlen funkelten im Sonnenlicht. Dann sah Rita die kleine Ledertasche im Gras liegen, aus der die Kette offenbar gefallen war. In der Tasche fand Rita ein kleines Adressbuch, ein Handy, einen kleinen Ball, eine Trillerpfeife und vier Fotos. Auf jedem der Fotos waren drei Frauen abgebildet. Sie umarmten einander und lachten.
Rita rannte wie der Blitz zu ihrer Mutter Megan. Diese sah die Sachen einen Moment an, dann checkte sie das gefundene Handy. Auf allen Fotos, die Megan in der Tasche fand, waren dieselben drei Frauen zu sehen. Auf einzelnen der Bilder standen darunter sogar ihre Namen: Ruby, Lee und Soy. Auf manchen Fotos sahen die Frauen noch sehr jung aus, auf anderen stand unten rechts das Datum vom letzten Jahr. Auch Fotos von einer Hochzeit waren dabei. Im Handy standen die Nummern von Lee und Soy. Also musste dies Rubys Handy sein. Ruby war hier gewesen. Doch wo war sie jetzt?

In der Tasche fand Megan nach einigem Kramen noch ein Seitenfach, in dem ein Brief steckte. Gespannt las sie:
New, York, 21.08.2016,
„Liebe Ruby! Seit unserer Hochzeit im letzten September geht es

*bei uns drunter und drüber. Du weißt ja, wieviel es uns bedeutet, dass es seit letztem Sommer in Amerika für gleichgeschlechtliche Paare möglich ist, zu heiraten. Für Soy und mich war es ein großes Glück, das auch mit dir zu teilen.
Toll, dass du dabei sein konntest! Es mag dir merkwürdig erscheinen, dass ich dies in meinen Briefen an dich immer wieder betone. Doch Soy und mir hat all das viel bedeutet und du bist ein wichtiger Teil unseres Lebens.*

Soy und ich sind sehr glücklich mit unseren 3 afrikanischen Kindern Malia (12), Jamila(14) und Tayo(13), die wir adoptiert haben. Durch unsere kleine Firma sind wir in der glücklichen Lage, den Kindern ein gutes Leben, eigene Zimmer, Urlaub etc. zu bieten. Manchmal ist es uns alles etwas viel, das gebe ich zu. Doch zum Glück hatten Soy und ich ja im Vorfeld alles genauestens geplant, wie wir das alles managen. Da die drei Geschwister auf jeden Fall zusammen bleiben wollten, haben wir gleich alle drei adoptiert. Das ist schon eine Aufgabe, aber Soy und ich sind fest entschlossen, es zu schaffen. Und die Kids sind toll – wir würden keins von ihnen hergeben wollen!

*Wie du weißt, leben die drei Geschwister jetzt nun schon 7 Monate bei uns. Wir alle haben uns bei deinem letzten Besuch darüber gefreut, wie gut du dich mit ihnen verstanden hast. Es war so schön, dass du dir da drei Wochen Zeit für uns nehmen konntest! Das hat auch den Kindern so gut getan!
Sie fragen immer wieder nach dir, Ruby!
In ihren jungen Jahren haben die drei, die ja mittlerweile 6 Jahre in Deutschland leben, schon so viel Unstetes erlebt. In der Schule prasselt viel Neues auf die Kinder ein. Die drei haben schon tolle Freundinnen und Freunde gefunden. Die ganze Situation ist für sie halt eine ziemliche Umgewöhnung. In ihren ersten Jahren in Deutschland haben die drei ja im Heim*

gewohnt. Es gefällt ihnen gut bei uns, doch Soy und ich merken immer wieder, dass das alles für die Kinder neu und viel ist.

Da du dich mit den Kindern so gut verstanden hast, wollten Soy und ich dich gern fragen, ob du nicht Lust hast, mal wieder zu Besuch zu uns zu kommen. Vielleicht könntest du sogar ein paar Monate bei uns bleiben und den Kindern helfen, sich noch besser einzugewöhnen? Ich glaube, Malia, Jamila und Tayo würden sich riesig darüber freuen. Ich habe den Eindruck, dass die Kinder zu dir sehr viel Vertrauen haben, vielleicht auch deshalb, weil ihr dieselben afrikanischen Wurzeln habt. Ich glaube an dich, Ruby, du bist etwas Besonderes. Wir wollten dich nie verletzen – ich hoffe, du weißt das.

Du bist von daher herzlich eingeladen, mal wieder zu Besuch zu kommen oder auch für eine Weile bei uns zu wohnen – ganz wie du magst. In unserem großen Haus ist genügend Platz. Wir könnten dir das schöne kleine Zimmer direkt am Garten herrichten. Da stündest du morgens direkt am Garten. Sowas hattest du doch immer schon gern. Und ich backe und koche dir alles nach deinen Lieblingsrezepten. Wir könnten uns eine richtig gute Zeit machen, alle miteinander.
Und noch was, Ruby: du hattest jetzt 2 Jahre lang unsere Kette. Wir wollten sie immer abwechselnd tragen. Bringst du sie bitte mit? Wir würden ihr Glück sehr brauchen.
Ich danke dir, deine alte Freundin Lee."

2

Megan zögerte keine Sekunde und wählte in Rubys Handy die Nummer von Lee. Sie erklärte der verwunderten Lee, wie sie an die Tasche, die Nummer und die Kette gekommen war.
„Erzählen Sie mir bitte, wie Sie sich damals kennengelernt haben. Ich verspreche, dann suche ich Ihre alte Freundin Ruby."

„Na gut, das bin ich Ihnen ja wohl schuldig", seufzte Lee.
„Es war ein kalter Novembermorgen im Jahre 1988. Ich war 13 Jahre alt und auf dem Weg zur Schule. Die Straßen von New York waren von kaltem Raureif überzogen. Wie immer beeilte ich mich, um pünktlich zu sein. Ich gab mir alle Mühe, gute Leistungen zu bringen, da die weithin bekannte „Blackyeard School" mir „für meine Zukunft gute Türen öffnen könne", wie meine Eltern immer sagten. Sie waren sehr wohlhabend und wollten, dass ich hoch hinaus käme. In meiner Klasse war unter vielen anderen Mädchen auch die extrem brave Ruby. Ihr ursprünglicher Name war Rubanza, doch sie wurde von allen nur Ruby genannt. Sie war so still, lachte nie, machte keine Scherze. Ihr einziger Wunsch war es wohl, nicht aufzufallen. Ruby war stets sehr schick und trug eine Pracht schwarzer Locken." Einen Moment lang schwieg Lee in Erinnerungen versunken und Megan wartete gespannt auf die Fortführung der Erzählung.

„An jenem Novembermorgen traf ich Ruby vor dem Einkaufsladen auf dem Weg zur Schule", hörte Megan Lee dann weiter sprechen. „Still gingen wir nebeneinander her, denn mir fiel nie ein, was ich zu diesem Mädchen sagen könnte. Plötzlich rannte uns ein Indianermädchen hinterher. Sie bettelte und flehte uns an, dass wir ihr helfen sollten, auch auf unsere Schule gehen zu können. Ihre Eltern hatten kein Geld, doch sie wünschte es sich so sehr. Da hörte ich zum ersten Mal Ruby unaufgefordert reden. Es überraschte mich so sehr, dass ich für einen Moment zu atmen und zu schlucken vergaß. „Wie ist dein Name?" fragte Ruby das Indianermädchen. „Ich heiße Soyala", antwortete dieses und fügte hinzu: „Alle nennen mich Soy."

Ruby schlug vor, dass Soy mitkäme und wir gemeinsam zum Lehrerzimmer gingen. So setzten wir uns für ein Stipendium für Soy ein. Unsere Schule, die „Blackyeard School", war multikulturell und sehr aufgeschlossen. Ruby ist Afrikanerin, ich selbst bin chinesischer Abstammung. An der Schule genossen wir alle dieselben Rechte, guten Umgang und Respekt. Diesen und natürlich vor allem all das wertvolle Wissen wollten wir Soy auch gern ermöglichen. Daher taten wir unser Bestes und sie kam zum nächsten Schuljahr in unsere Klasse."

Ein beeindruckter Laut entschlüpfte Megan, die davon sehr angetan war, was die beiden Mädchen für Soy getan hatten und wie erfolgreich sie mit ihrem Einsatz gewesen waren.

„Wie Sie sich denken können, hängte Soy sich voller Dankbarkeit an Ruby", fuhr Lee fort. „Dies hatte großen Einfluss auf Rubys Entwicklung. Sie war nicht länger das stille Mauerblümchen. Sie wurde gebraucht, war in der Klasse plötzlich total beliebt. Es verging in den darauffolgenden Jahren kein Tag, an dem wir nicht über Rubys Witze lachten und wir waren auf der ganzen Schule als unzertrennliches Dreier-Team bekannt. Ein paar Jahre nach unserem gemeinsamen Schulabschluss kam der Tag, an dem Soy und ich unsere Liebe zueinander erkannten. Wir zogen in unsere erste gemeinsame Wohnung. Ruby kam sich aus unserer Clique ausgestoßen vor, auch wenn Soy und ich das nie so sahen. So beschloss Ruby mit 25 Jahren, von New York wegzuziehen. Sie war so verletzt, dass sie die erstbeste Möglichkeit beim Schopfe ergriff, ins Ausland zu gehen. Sie ging nach Berlin." Einen Augenblick lang war Stille am anderen Ende der Leitung. Der Abschied von Ruby war für Lee und Soy sehr hart gewesen, das kam auch ohne Worte bei Megan an.

„Die letzten 15 Jahre haben wir einander jedes Jahr mindestens einmal besucht", erzählte Lee dann weiter. „Ruby war auch bei unserer Hochzeit im letzten Jahr dabei. Sie hat erst kürzlich einige Wochen bei uns verbracht und sich mit unseren 3 Adoptivkindern sehr gut verstanden. Soy und ich haben Ruby kürzlich eingeladen, die Kids und uns doch mal wieder besuchen zu kommen. Bisher hat sie uns darauf noch nicht geantwortet. Bevor Ruby nach Berlin ging", berichtete Lee, „haben wir von einer Magierin eine Freundinnenkette erstellen lassen, die unsere drei Namen trägt. Stets soll eine von uns dreien die Kette tragen und dies soll unser magisches Band stärken. Die Kette hat außergewöhnliche Kräfte, die zudem der Frau, die sie trägt, große Unterstützung schenken kann. Ihr Zauber ist aber gebunden an die Bestimmung, dass sie unter uns dreien wandern soll. Bleibt sie zu lange bei einer von uns, kann der Zauber kippen. Da Sie die Kette und die Tasche gefunden haben, befürchte ich nichts Gutes."

3

Nachdem Lee ihre lange Erzählung am Telefon beendet hatte, war einen Moment Stille. „Machen Sie sich keine Sorgen, Lee", bat Megan dann. „Ich kümmere mich darum. Ich habe hier mit ca. 20 Freundinnen eine Helpgroup gegründet. Wir können jederzeit die gesamte Gruppe abtelefonieren und alle, die abkömmlich sind, werden helfen. Wir werden Ruby finden. Alles klar", sagte Megan dann optimistisch. „Ich werde den Ausschnitt mit Rubys Bild kopieren, so dass alle, die mitsuchen, es mit sich tragen. Ich rufe Sie spätestens morgen Abend an, um Ihnen über die Lage zu berichten."

Lee bedankte sich herzlich und verabschiedete sich. Megan griff nach Ihrem eigenen Telefon und klapperte die gesamte Helpgroup ab. 12 Frauen konnten sich spontan freiklopfen und standen eine halbe Stunde später vor Megans Haus. Megan verteilte die Kopien von Rubys Foto. Ein paar der Frauen hatten Hunde dabei. In Kleingruppen verteilt kämmten die Frauen in einem Umkreis von ca. 7 km das Gebiet um die große Wiese ab. Um 18 Uhr kam der erlösende Anruf von Vicky, der jüngsten

Teilnehmerin der Helpgroup. Mit ihren 23 Jahren quietschte Vicky aufgeregt in Megans Telefon: „Ich hab sie, ich hab Ruby gefunden, kommt alle her!"

Eilig rannten alle zu dem Café *„La Belle"*, in dem Vicky die Gesuchte gefunden hatte. Dort hing tatsächlich eine offenbar sehr müde Frau mit langen dunklen Haaren über dem hölzernen Tisch und war eingeschlafen. Als Megan kam, weckte sie sie. Alle standen ringsum, als Megan fragte: „Sind Sie Ruby?" „Ja, die bin ich", antwortete die erschöpfte Frau überrascht und sah mit erfreutem Blick auf die Kette und die Tasche, die Megan über den Tisch schob. „Oh, meine Sachen! Du meine Güte, wo haben Sie denn die gefunden?" fragte sie und sah in all die interessierten Gesichter der Umstehenden. Megan lächelte sanft und sagte nur: „Ich glaube, die Kette sollten sie mal wieder weiterreichen. Und in New York werden sie erwartet."

Megan sah die Frau mit den müden Augen an und war froh, dass sie Ruby dank ihrer tollen Helpgroup gefunden hatten. Während sie beobachtete, wie Ruby langsam aufstand und ihre Jacke überzog, ging Megan in Gedanken die nächsten Schritte durch. Sie würde Ruby mit zu sich nach Hause nehmen, ihr alles erzählen und dann zunächst Lee anrufen, dass Ruby gefunden war. Nun würde alles in Ordnung kommen. Wer weiß, vielleicht könnten sie und ihre kleine Tochter Rita auch für ein paar Tage mitkommen nach New York?

Megan war nun über 20 Jahre nicht in Amerika gewesen. Auch sie war dort aufgewachsen und lebte seit langen Jahren in Berlin. Mit ihrer gesamten Familie war sie damals nach Deutschland gekommen. Nahestehende Personen hatte Megan in Amerika nicht mehr und daher war es viele Jahre her, dass sie in den Staaten gewesen war. Rita war noch nie dort gewesen.

Megan war froh, dass ihre kleine Rita die magische Kette gefunden hatte. So konnte sie, Megan, vielleicht dazu beitragen, dass zwischen den drei Freundinnen Ruby, Soy und Lee wieder alles in Ordnung kam. Und die Kette würde endlich weitergereicht. Die Magie der Kette würde Soy und Lee kräftig dabei unterstützen, dass alles mit ihren drei Adoptivkindern zum Besten gedeihen würde. Ja, und falls Megan und Rita mit nach New York kommen könnten, würden sie alle sechs kennenlernen: Lee, Soy, Ruby und die Kinder Malia, Tayo und Jamila. Natürlich, vom Sehen her kannte Megan Ruby schon jetzt. Doch Megan hatte den deutlichen Eindruck, dass es sehr spannend werden könnte, Ruby, ihre alten Freundinnen und deren Kinder so richtig kennenzulernen und viel von ihnen zu erfahren. Megan nahm sich vor, Lee zu fragen, ob sie und ihre Tochter Rita Ruby nach New York begleiten und mit zu Soy und Lee kommen könnten. Fast war Megan sich schon sicher, dass Lee zusagen würde. Kam das von dem Kribbeln, das die Kette bei ihr ausgelöst hatte, als sie diese an Ruby gereicht hatte?

Als Megan Lee dann von der wiedergefundenen Ruby erzählte, hörte sie am anderen Ende der Leitung ein erleichtertes Aufseufzen. Die erschöpfte Ruby hatte sich in Megans Wohnzimmer erstmal aufs Sofa gelegt und schlief nun. Sicher würde auch sie sich später bei Lee melden. „Oh, vielen Dank! Ich weiß gar nicht, wie ich Ihnen danken soll!" sagte Lee. „Darf ich mir was wünschen?" fragte Megan. „Ich hätte da eine Idee."

ANNIKA

- EIN MÄRCHEN

1

Es war einmal ein sehr hoher Berg, auf dem fünf Ziegen wohnten. Sie lebten dort oben in Frieden miteinander und waren es gewohnt, dass jeder Tag wie der andere war. Morgens aufstehen, Gras fressen, den Himmel betrachten, durch die Wiesen rennen, lachen, streiten, zusammen toben. Den meisten von ihnen genügte dieses einfache Leben. Doch eine der Ziegen, die 4-jährige Trixi, lief eines Tages weg. In donnerndem Galopp jagte sie den Berg hinunter. Es stank ihr gewaltig, dass jeder Tag wie der andere war. Sie wünschte sich ein anderes Leben und jagte hinaus in die weite Welt.

Eines Abends lehnte Trixi müde an einem Baum und trank gerade gierig das Wasser aus dem kleinen Fluss, der das riesige Tal durchquerte, als plötzlich eine Stimme hinter ihr erklang: „Na, da hat aber jemand Durst, was?" Trixi blickte sich um und erblickte die 45-jährige Annika Morein, die in einem schicken Overall da stand und sich ein paar Haare aus der Stirn strich. Auf Anhieb waren die beiden einander sympathisch. Als Annika dann ein Tuch aus ihrer Umhängetasche zog, dieses im Gras ausbreitete und darauf Platz nahm, legte Trixi sich neben Annika ins Gras. Eine Weile genossen die beiden das schweigende Einvernehmen und beobachteten das Wasser des Flusses, wie es mal wild, mal sanft seinen Weg durchs Tal nahm. In dieser entspannten Atmosphäre bekam Annika Lust, ein wenig von sich zu erzählen. „Weißt du was?" begann Annika daher vorsichtig, stoppte und sah fragend die Ziege Trixi an. Hatte ihre neue Bekanntschaft Interesse daran, etwas aus ihrem Leben zu erfahren? Zu oft hatte Annika diese schaurige Leere empfunden, in die sie stets gefallen war, wenn sie erzählt und sich geöffnet hatte und dann merkte, wie bei ihrem Gegenüber alles an einer Wand abprallte. Daher hatte Annika schon recht lange niemandem mehr etwas Persönliches von sich erzählt. Doch Trixi, die eine sehr einfühlsame Ziege war, nickte nur und sah Annika freundlich an. Erleichtert atmete Annika auf. Offenbar schien es noch Wesen unter diesem wunderbaren Himmel zu geben, die zuhören konnten! Dieses Glück war ihr lange nicht widerfahren. Dankbar holte Annika ein belegtes Brötchen aus ihrer Umhängetasche und reichte es Trixi. „Hier, du hast doch sicher Hunger." Die Vorräte, die Annika sich am Morgen dieses Tages eingesteckt hatte, gingen damit deutlich zur Neige, doch sie war eine Frau, die nach dem Prinzip von Geben und Nehmen lebte. Sie freute sich über Trixis nette Gesellschaft und fand, die Ziege hatte sich dieses Geschenk absolut verdient. Begeistert begann Trixi, an dem leckeren Käsebrötchen mit Salatblättern und Ei zu knabbern. Dann nickte sie Annika noch einmal auffordernd zu.

Annika seufzte kurz und fuhr schließlich fort: „Ich mache hier gerade Urlaub mit meinem Gatten, aber ich sag's dir, nur dir, ganz im Vertrauen: ich langweile mich mit seit Jahren ganz schrecklich mit ihm und da bin ich vorhin heimlich ausgebüxt. Da, wo ich herkomme, habe ich zudem eine ziemlich hohe Position und das kann auf Dauer ganz schön anstrengend sein. Unzählige Male lag ich abends im Bett und stellte mir die immer gleichen Fragen:
Habe ich alles richtig entschieden?
Habe ich an alles Wichtige gedacht?
Habe ich niemanden benachteiligt?
Sind meine Entscheidungen für meine Mitarbeiterinnen und Mitarbeiter zuträglich?
Ja, ich bin Chefin der Firma „MORE-IN", einer der größten Firmen

im IT-Bereich. Unsere Firma ist weltweit aktiv und hat viele tausend Mitarbeiterinnen und Mitarbeiter, rund um den Globus. Kannst du dir vorstellen, wie schwer es ist, bei all diesen super wichtigen Fragen und Themen mal den Kopf abzuschalten? Ja, der Erfolg, der Reichtum, das gesellschaftliche Ansehen sind schön und gut. Mein Mann und ich verkehrten in sehr noblen Kreisen, wir gehörten zur High Society, wenn du weißt, was ich meine. Doch was nutzt mir das alles, wenn es mich total erdrückt? Ich möchte leben! Ich bin auch nur ein Mensch wie alle anderen und will einfach mal wieder durchatmen und frei sein."

Annika holte tief Luft und breitete mit einem tiefen Atemzug die Arme aus. „Frei, ich bin endlich frei!" rief sie dann laut und sah Trixi ernsthaft an. Annika spürte, dass Trixi ein offenes Ohr für all ihre Sorgen hatte. „Ach, ich bin so froh, dass ich einfach abgehauen bin!" brach es aus der Firmenchefin heraus. „In meiner Ehe, die nach außen toll aussah, habe ich mich seit vielen Jahren nur noch gelangweilt. Das war früher einmal anders. Mein Mann und ich hatten in vielen Dingen große Wertschätzung und Respekt voreinander. Dass Randolph, der ja Amerikaner ist, ohne mit der Wimper zu zucken bereit war, meinen Namen zu übernehmen, habe ich ihm immer hoch angerechnet. Welcher Mann macht das schon? Für mich war das Bedingung, um ihn zu heiraten. Schließlich ist der Name unserer Firma weltbekannt. Das ist unsere Existenz. Naja", Annika seufzte kurz und lachte dann ein etwas unfrohes Lachen. „Randolph hat ja auch mehr als genug davon profitiert, in eine so reiche Familie einzuheiraten. Er wuchs schnell und geschickt in die Abläufe unserer Firma hinein, erfreute sich bei unseren Leuten großer Beliebtheit und war mit einem Schlag all seine finanziellen Sorgen für immer los. Im Laufe der Jahre konnte er sich auf seinem Privatkonto einige hübsche Rücklagen anlegen, die ihn zeit seines Lebens absichern. Es dauerte leider nicht lange, da schien in seinem

Kopf mehr die Firma zu sein als ein größeres Interesse an unserem privaten Glück." Wieder seufzte Annika, dann schien sie sich innerlich einen Ruck zu geben. Trixi sah, wie Annikas Rücken sich streckte, bevor sie weiter sprach: „Ach, was soll's! Vielleicht hat auch in meinem Kopf die Firma und die Arbeit Vorrang gehabt, vielleicht war ich genauso. Fakt ist: wir haben uns schon lange auseinandergelebt. Ich denke daher, mein Mann Randolph wird keine unnötigen Tränen vergießen und ohne mich genauso prima zurechtkommen. Auch er ist jetzt frei. Wir waren ja nur noch aus Verpflichtungsdruck zusammen."

Einen Moment schwieg Annika und sah Trixi an, die sie freundlich ansah und jedes ihrer Worte so ernsthaft aufzunehmen schien. „Weißt du was? So hat mir lange niemand zugehört, das tut richtig gut." Annika lächelte Trixi an und zum ersten Mal in ihrem Leben wurde ihr bewusst, dass es manchmal sein kann, dass ein Tier einen mehr wahrnimmt als andere Menschen. Früher hätte sie jedem, der ihr vorhergesagt hätte, einmal mit einer Ziege zu sprechen, einen Vogel gezeigt und laut gelacht. Plötzlich schossen viele Fragen durch Annikas Kopf. Doch es waren ganz neue, ganz andere Fragen als die, die ihr Denken und ihr Leben vorher beherrscht hatten.
Ist es nicht eines der wertvollsten Dinge im Leben, sich verstanden zu fühlen?
Warum geht der Wert von gegenseitigem Respekt und Wertschätzung in unserer Welt voller Leistungsdruck, Konkurrenzdenken und Geschäftssinn so leicht verloren?
Wieso ist für viele Menschen das Leben von Tieren weniger wert als das von Menschen?
Bin ich am Ende genauso blind für das Wesentliche gewesen?
Wo kamen all diese Fragen und Gedanken auf einmal her, die zuvor niemals in Annikas viel zu vollem Kopf gewesen waren? Wie gut das tat, mal wieder über so ganz schlichte und ihr doch plötzlich so viel wichtiger erscheinende Dinge nachzudenken!

Mit einem Mal war Annika einfach nur froh, hier inmitten der kanadischen Wälder mit der Ziege Trixi zu sitzen. Kurz flackerte das Bild ihrer Firma vor ihren Augen auf, doch Annika wischte es schnell wieder weg. „Bei „MORE-IN" wird es ein riesiges Tohuwabohu geben, wenn mein Leitungsteam herausgefunden hat, dass ich verschwunden bin", teilte Annika Trixi ihre Gedanken mit. „Meine Leute werden da einige Zeit zu rudern haben, bis sie alles wieder ins Lot gebracht haben. Doch sie kriegen das hin, da bin ich mir sicher. Was mich betrifft, so wird mir das alles jedenfalls zu viel. Permanent diese riesige Verantwortung, das ist so anstrengend! Ich will einfach mal was anderes erleben. Immer so unfrei und jeden Tag dasselbe, das ertrag ich nicht mehr!" „Mensch, das klingt ja richtig hart, was du da hinter dir hast!" antwortete Trixi mitfühlend. „Wenn du magst, komm einfach mit mir. Ich habe auch einiges hinter mir gelassen und möchte frei sein. Gemeinsam werden wir schon was Schönes erleben." So hatten sich mitten in der größten Einöde zwei Seelengefährtinnen getroffen: die Ziege Trixi und die Firmenchefin Annika Morein (im Weiteren nur Annika genannt).

2

Die nächsten Wochen verbrachten sie gemeinsam in den Weiten von Kanadas Wiesen und Wäldern (dort war es nämlich, wo sie einander begegnet waren). Nachts kuschelte Annika sich an die Ziege, so dass beide es warm und bequem hatten. Zur Nacht bauten sie sich stets ein Lager aus Tannenzweigen und Moos. Mit der Zeit sah Annika auch mehr und mehr aus wie ein wildes Tier, da sie nicht allzu oft an Wasser kamen, wo sie sich waschen konnten. „Ach, tut das gut, mal endlich all das scheinbar so Wichtige hinter mir zu lassen", seufzte Annika eines Abends am Lagerfeuer. Verträumt blickte Annika zu den Bergen hinüber. „Ich muss nur drei Monate verschollen bleiben", vertraute sie Trixi an,

„dann wird eine neue Firmenleitung bestimmt! So haben Lucie, Bernadette, Corinne und ich es damals beschlossen, als wir die Firma gemeinsam gründeten. Ich habe mich damals bereit erklärt, die Führungsposition zu übernehmen, da ich dachte, dass mir das liegt. Die anderen drei hatten auf so viel Verantwortung und Stress keine Lust. Vom heutigen Standpunkt aus kann ich das gut verstehen. Naja, es ist jedenfalls auch gut gelaufen und alle haben von meinen Fähigkeiten und von meinem Verantwortungsgefühl profitiert. Doch mein Leben blieb dabei mehr und mehr auf der Strecke. Nun kann ja Lucie, Bernadette oder Corinne die Führung übernehmen. Wäre ich geblieben, hätte das wieder nur endlose Diskussionen gegeben und ich weiß nicht, ob mein Versuch, eine von den dreien für die Führungsposition zu begeistern, von Erfolg gekrönt gewesen wäre. Jetzt müssen sie halt mit den Fakten leben. Sie werden sich schon einigen. Irgendwann ist auch bei mir mal Schluss."
Trixi schmunzelte verständnisvoll. Trotz ihres bisherigen, vergleichsweise recht einfachen, Lebens auf dem Berg, konnte die Ziege das Gefühl, dass einem irgendwie alles zum Hals raushing, absolut nachvollziehen. Nur zu gut verstand Trixi ebenso den Wunsch aus allem auszubrechen, der Mensch wie Tier überkam wie ein Vulkan und dann nicht mehr zu bremsen war.

Was das Essen betraf, so ernährten sie sich meist von Fisch, Beeren und Nüssen. Je weiter Annika sich innerlich von der Zivilisation entfernte, umso mehr veränderte sie ihre Esskultur. Hatte sie vorher manierlich und gesittet an einem großen Tisch mit weißen Kerzen getafelt - mit einer Serviette um den Hals und frisch gewaschenen Händen - so war sie jetzt regelrecht verwildert. Und sie genoss es. Gemeinsam mit der Ziege Trixi schwamm Annika im Fluss, fing mit offenem Mund Fische und aß sie zugleich. Oder sie kletterte auf Bäume und genoss die weite Aussicht. Beim Runterklettern schnappte Annika mit einer Hand nach Nüssen und Beeren und warf sie in den weit geöffneten Mund. Sie merkte, was für eine elende Zwangsjacke dieses gesittete Benehmen gewesen war und entwickelte eine Freude am Leben und am Essen, die sie nie zuvor gekannt hatte. Einmal sagte sie lachend zu Trixi: „Für mich sind die Nüsse und die Beeren, die ja recht leicht zu finden sind, eine schnelle Zwischenmahlzeit – ein Fast Food also – während die Fische eher eine Hauptmahlzeit sind." Trixi nickte freundlich, obwohl sie die Begriffe gar nicht kannte.

3

Die beiden Vagabundinnen näherten sich nach sieben Wochen fröhlicher Rumtreiberei einem kleinen Städtchen. „Geh du mal vor, Trixi", schlug Annika vor, da sie ja nicht gesehen werden wollte. Annikas Firma „MORE-IN" war ebenso wie ihr Gesicht aus den Medien weltweit bekannt. „MORE-IN" hatte neben dem deutschen Firmensitz viele weitere Niederlassungen auf der ganzen Welt. Durch Annikas fleißiges Bestreben hatte „MORE-IN" zudem eine enge Zusammenarbeit mit einigen anderen großen Firmen in vielen anderen Ländern erlangt. Auch hier in Kanada gab es einige solcher Firmen. Annikas Foto war nicht nur auf der Website von „MORE-IN", sondern auch auf sämtlichen Websites der mit „MORE-IN" verknüpften Firmen zu sehen. „So bekannt zu sein, kann ganz schön unfrei machen, weißt du das?" fragte Annika die Ziege Trixi. Dieses Problem kannte Trixi nun wahrlich nicht, aber leise mähend rieb sie ihren Kopf an Annikas Hand und drückte so ihr Mitgefühl aus.

„Ich glaube kaum, dass dich irgendjemand erkennt", sagte Trixi dann, „da du selbst für mich nicht mehr aussiehst wie die, die ich vor sieben Wochen kennenlernte." Ja, Annikas Haare standen wild und zottelig in alle Richtungen ab und ihre Klamotten sahen ziemlich zerfetzt aus. „Na gut", dachte Annika, fuhr sich durchs Haar und strich über ihren stark gefleckten und zerknitterten Overall. „So erkennt mich wirklich niemand."

Langsam liefen Trixi und Annika in den Ort hinein, als sie dort einen großen Brunnen sahen. Gierig rannten beide darauf zu und stürzten ihre Köpfe hinein. „Na, was sind denn das für zwei durstige Ziegen?" rief da eine Stimme. Neben dem Brunnen standen plötzlich zwei Frauen und sahen Trixi und Annika mit freundlichem Lachen zu. Als die beiden durstigen Wanderinnen ihre klatschnassen Köpfe wieder aus dem Brunnen zogen und aufblickten, stellten die beiden Frauen sich ihnen mit Handschlag vor. Es waren Jane und Ramona, die beiden Organisatorinnen der Frauendisco in Köln. Sie machten gerade Urlaub in genau jenem Örtchen in Kanada. Ist es denn zu glauben? Was für eine magische Begegnung, was für ein schicksalsträchtiger Tag! Ja, es gibt keinen Zufall! All das war Bestimmung.

Die beiden Kölner Mädels luden das etwas verdreckte, aber muntere Dreamteam erstmal zu einem deftigen Essen in einem gemütlichen Lokal ein. Es kam Annika vor, als hätte sie ewig nicht mehr auf einem Stuhl gesessen. Beinahe hätte sie sich der Gemütlichkeit halber zu Trixi auf den Boden gesetzt.
„Hört mal, ihr zwei Hübschen", sagte Jane aus Köln schließlich. „Bei der Kölner Frauendisco suchen wir immer noch Verstärkung. Habt ihr beiden nicht Lust, mitzumachen? Ihr seht ganz so aus, als hättet ihr schon so manchen Karren aus dem Dreck gezogen!" Erfreut nickten die beiden Weggefährtinnen und stimmten zu. „Party machen! Oh, toll", sagte Annika, „das war schon immer mein Traum." Sie nickte den Kölnerinnen begeistert zu. „Und meiner erst!" rief Trixi. „Endlich geht mal was ab hier!" Alle lachten.

„Ja, nur leider nicht hier", lenkte Ramona ein, „sondern in Köln. Habt ihr zwei Goldstückchen denn das nötige Kleingeld, um das Flugzeug dorthin zu bezahlen und euch dort ein Leben aufzubauen?" Interessiert sahen Ramona und Jane die Ziege Trixi und Annika an, die sehr zerzaust, aber so sympathisch und fröhlich bei ihnen saßen. „Das ist mal das allergeringste Problem!" rief Annika gut gelaunt und zog aus ihrem von Bibern zerfressenen Brustbeutel ihre Bankkarte hervor. „Na, dann!" rief Jane aus Köln beherzt. Drei Tage später brachen alle vier gemeinsam auf, nach Köln.

4

Annika und Trixi gründeten mit weiteren sieben Frauen eine Frauen-WG in einem tollen großen Haus mit riesigem Garten.
In dem Haus hatten Annika und Trixi eine 80 qm große Etage für sich allein. Hin und wieder wurden mit allen Frauen aus der WG im großen Stil Geburtstage und andere wichtige Anlässe gefeiert. Dann füllten viele Besucherinnen Haus und Garten.
So führten Annika und Trixi in ihrem Haus in Köln mit ihren Mitbewohnerinnen ein sehr schönes Leben.

Auf einem dieser Feste sagte eine Besucherin zu Annika, die mittlerweile schon ein halbes Jahr mit Trixi in Köln lebte:
„Sag mal, kenne ich dich nicht von irgendwoher? Hast du früher schon einmal in Köln gewohnt?"
„Nö, keine Ahnung", sagte Annika nur, zwinkerte und lachte.
Sie trug inzwischen rotgefärbte Haare mit einer Dauerwelle, hatte ihr Gesicht liften und leicht verändern lassen, machte viel Sport und war in der Frauenszene total beliebt. Die Firma „MORE-IN" vermisste weiterhin ihre frühere Chefin und wählte schließlich Lucie Dollinger als Nachfolgerin – dies verfolgte Annika hin und wieder in der Tageszeitung. Einzig Trixi, der Ziege, hatte Annika

ja bei ihrem Kennenlernen in den Wäldern Kanadas von ihrer Vorgeschichte erzählt. Wenn allerdings jemand ein Geheimnis bewahren konnte, dann war es die Ziege Trixi. So lebten die beiden friedlich und frei.

Auf der Frauendisco in Köln ging es dank Trixi und Annika seitdem hoch her. „Was für ein Glück, dass wir hierhergekommen sind!" sagte Annika an einem Discoabend zu Trixi. „Ja", stimmte Trixi zu und umarmte Annika. Plötzlich fiel aus Annikas Umhängetasche das goldene Kästchen mit dem roten Stern auf dem Deckel zu Boden. Das kleine Kästchen trug Annika stets mit sich, das wusste die Ziege. Während ihrer gemeinsamen Zeit in Kanadas Wäldern hatte Trixi Annika manchmal heimlich beobachtet, wenn diese verstohlen das goldene Kästchen aus ihrer Tasche holte und es öffnete. Dann, eines Abends, als sie schon einige Zeit in Köln wohnten, hatte Annika Trixi endlich in das Geheimnis ihres kleinen Schatzkästchens eingeweiht.

„Von meiner Uroma habe ich", begann Annika zu erzählen, „als ich noch klein war, dieses Kästchen samt Inhalt geschenkt bekommen. „Dieses magische Kästchen wird dich eines Tages zum Glück führen, Annika", sagte meine Uroma zu mir, als sie es mir überreichte. „Solltest du dich auch noch so verirren in deinem Leben und abkommen vom Pfad deines Glücks, das Kästchen wird dich heimführen. Allein der Blick in sein Inneres wird dir jedes einzelne Mal Kraft verleihen." Ach", seufzte Annika. „Meine Uroma, die war wirklich weise. Was bin ich dagegen? Ich habe mich so viele Jahre vom wesentlichen Kern der Dinge entfernt. Was für ein Glück, dass meine Uroma das nicht mehr miterlebt hat!" Trixi schüttelte liebevoll den Kopf und sagte: „Du bist wieder einmal viel zu streng mit dir, Annika! Du hast doch so viel erreicht. Und dein Leben liegt doch noch vor dir!"

Während die beiden nun so inmitten des Partyraumes zusammen standen, umringt von den vielen Tanzenden, wurde Annika versehentlich von einer Frau angestoßen. Das goldene Kästchen fiel zu Boden. „Oh, je!" rief Annika und sah, dass der feine, goldene Staub, der den Boden des Kästchens bedeckt hatte, sich über ca. einen Quadratmeter der Tanzfläche verteilt hatte. „Warte, Trixi, ich hole eine Kehrschaufel und fege es mir zusammen. Oh, je, hoffentlich tragen all die Tanzenden es jetzt nicht so durch den Raum, dass ich es nie mehr zusammen kriege!"

Da die Ziege Trixi sah, dass keine Zeit zu verlieren war, reagierte sie blitzschnell. Mit ihrer kräftigen Zunge begann sie, den goldenen Staub vom Boden aufzulecken. Sie wollte Annika den Staub in ihr Kästchen bringen. In der Eile hatte die hilfsbereite Ziege nicht bedacht, dass sie den feinen Goldstaub nahezu automatisch runterschlucken würde. „Trixi, nein! Bist du total verrückt geworden?" rief Annika und schlug die Hände über dem Kopf zusammen. Doch da hatte Trixi ganz offensichtlich schon einiges von dem magischen Staub geschluckt. Denn in diesem Augenblick erkannte Annika, was der magische Goldstaub ihrer Uroma zu bewirken vermochte. Plötzlich war die Ziege Trixi verschwunden und vor Annika stand eine etwa gleichaltrige große Frau mit blonden langen Haaren und einem strahlenden Lächeln. „Trixi, bist du das?" fragte Annika ungläubig, da schloss diese sie auch schon in ihre Arme. Ja, es war Trixi, das spürte Annika durch und durch. Nie hatte jemand sie so verstanden, nie hatte jemand ihr so zugehört. So einfühlsam, achtsam und liebevoll war Annika nie zuvor von jemandem behandelt worden. Sie würde diese Seele erkennen, in was auch immer sie sich verwandeln mochte. Überrascht applaudierten die umstehenden Frauen, als sie dann sahen, wie Annika und Trixi zusammen tanzten. „Wie wunderbar die zwei zusammen passen!" dachte so manche Frau bei sich. An diesem Abend tanzten und feierten Annika und Trixi noch lange.

Nur wenige Wochen später wurden Annika und Trixi ein Paar und ein halbes Jahr später heirateten sie. Dass Trixi nun ein Mensch war, hatten mittlerweile alle in der Frauenszene mit großer Begeisterung zur Kenntnis genommen. „Ja, die Trixi, die hatte von Anfang an Extraklasse!" sagten manche und „Die hatte schon immer Stil! Ich wusste, dass etwas Besonderes in ihr steckt." Ja, alle wollten das gewusst haben, doch Annika war auf irgendeine Weise stolz, dass sie und niemand anderes diesen wunderbaren Schatz in den Wäldern Kanadas entdeckt hatte. „Was für ein schönes Paar die beiden doch sind!" fanden alle.

Auf dem großen Frauenfest, das zu ihnen zu Ehren gefeiert wurde, blieb kein Auge trocken. „Ihr zwei habt Köln zum Rocken gebracht", waren sich die Kölnerinnen einig und stießen auf das Dreamteam an. „Ja, ihr beiden habt Megapower", sagte Ramona. „Das haben Jane und ich gleich erkannt, als wir euch in Kanada trafen. So als hättet ihr vorher schon Großes bewegt."
„Tja, wer weiß", lachte Annika nur und zwinkerte Trixi verschwörerisch zu. Nie wieder würden sie sich trennen, niemals diese schöne Stadt und die nette Frauenszene verlassen, in der sie ein solches Zuhause gefunden hatten.

Das kleine goldene Kästchen von Annikas Uroma jedoch bekam einen Ehrenplatz über dem Kamin. „Ich brauche es nun nicht mehr mit mir herumzutragen und ich muss auch nicht mehr ständig hineinsehen, damit es mich stärkt. Ich bin jetzt so glücklich und voller Kraft, weil du bei mir bist, Trixi!" sagte Annika zu ihrer Freundin. Diese lächelte Annika an, nahm sie liebevoll in ihre Arme und sagte: „Ich bin wirklich froh, dass ich den Goldstaub aufgeleckt habe. Im ersten Moment war es eine Überwindung. Ich dachte, es würde scheußlich schmecken, aber für dich wollte ich das tun. Aber weißt du was, Annika?" lachte Trixi. „Es hat richtig lecker geschmeckt!"

DAS KAMEL EDDA

1

Ganz allein in der Wüste. Weit und breit nichts als Sand. Ich habe mich verirrt.

Ja, ihr denkt wohl, das Leben eines Kamels sei eine ganz schlichte Angelegenheit – aufstehen, um sich blicken, wandern, essen, trinken, schlafen.
Tut mir leid, da muss ich euch enttäuschen. Ja, ich gebe zu: diese unendliche Schlichtheit eines Daseins hätte ich mir manches Mal durchaus gewünscht. Doch mein Leben sieht anders aus. Meine Mutter, edle Prinzessin einer ägyptischen Königsfamilie von Kamelen, wurde schon im zarten Alter von 3 Jahren von Räubern entführt. Fortan lebte sie unerkannt im rauen Klima eines Kamel-Harems. Der Besitzer war ein derber Rohling, den meine Mutter eines Abends mit ihren Hinterhufen derart heftig in seinen Allerwertesten trat, dass er nicht einmal mehr sitzen konnte. Die Kameldamen nutzten die allgemeine Aufregung zur Flucht. Meine Ma, Cynthi, fand sich nach einem wilden Galopp durch die Nacht in einer Großstadt wieder. Dort lernte sie am Brunnen meinen Vater kennen, das Kamel Beppo. Beppo führte sie zu einer Oase, wo Cynthi sich erholen konnte und die beiden blieben zusammen.

Einige Jahre später brachte Cynthi mich zur Welt. Meine älteren Geschwister Sue, Blue und True waren ein sehr alberner, chaotischer Haufen. Diese Atmosphäre half uns allerdings, das raue Regiment des Kameltreibers, in dessen Herde wir jahrelang durch die Wüste zogen, zu ertragen.
Ja, ihr habt richtig gehört. Ich weiß, ihr könnt es kaum fassen, aber, ja, es ist wahr: wir lebten jahrelang als Sklaven in dieser fürchterlichen Herde von total verwahrlosten,

heruntergekommenen Kamelen.

Eines Nachts war meine Familie noch vor meiner Geburt im Schlaf überfallen und versklavt worden. Mitten in dieser riesigen, stinkenden Truppe von versklavten Kamelen krochen wir, Mitglieder eines Kamel-Adel-Clans, total entwürdigt unter der sengenden Sonne durch endlose Weiten von Wüste. Weit fort schien das Leben an der Oase und die Erinnerung an frisches Brunnenwasser. Nachts lagen wir unter den Sternen und hörten die anderen Kamele im Schlaf nach Wasser jammern. Und tagsüber die Peitsche. Was mich aufmuntern konnte, waren allein meine albernen Geschwister True, Blue und Sue und die Augenblicke, wenn meine Ma Cynthi mich in ihre warmen Arme nahm und ich mich bei ihr einkuscheln durfte.

Die letzte Zeit war Ma immer schwächer geworden. Die Strapazen unserer Karawanenzeit nahmen Cynthi sehr mit. Sie war alt geworden. Beppo, unser Vater, hatte sich seit geraumer Zeit einer anderen Kameldame angeschlossen. Die Pflichten des Familienlebens waren ihm offensichtlich inzwischen zu viel geworden. Beppo zog nun an der Seite von Chilly, einer recht ausgeflippten Kamel-Lady, durch die Wüste, die, wie man erzählte, alles gern locker anging. Unsere Gruppe von schätzungsweise 80 versklavten Kamelen, war jedoch groß genug, um Beppo und Chilly aus dem Weg zu gehen.

Manchmal bewunderte ich meine Ma insgeheim darum, wie es ihr gelang, sich auf das Notwendige und das Positive zu konzentrieren. Ihre Gedanken waren ganz bei uns, ihren vier Kindern und sie tat alles ihr irgendwie Mögliche, um True, Blue, Sue und mir im Rahmen dieses Lebens ein paar gute Erfahrungen mitzugeben. Dabei ließ Cynthi sich auch nicht davon niederdrücken, dass sie die Verantwortung für ihre vier Kinder nun alleine trug. Immerhin waren True, Blue, Sue und ich mittlerweile ja auch schon groß und kümmerten uns auch gern und oft um unsere Ma, wenn sie erschöpft war. Uns war klar, dass Cynthi dieses harte Leben in der versklavten Karawane nicht mehr allzu lange verkraften würde, doch wir ließen uns solche Gedanken nicht anmerken.

Eines Abends saßen wir am Lagerfeuer und brieten uns heimlich Würstchen am Feuer. Der Kameltreiber Alfred schlief schon und wir hatten die Würstchen aus seinem Rucksack geklaut. Wir tranken Alfreds Wasserschläuche leer und dachten zum x-ten Male über eine Flucht nach. Ja, ihr denkt jetzt sicher: meine Güte, was für Trottel! Wenn Alfred schläft, könnten die Kamele doch fliehen! Ja, nur ganz so einfach war die Lage leider nicht, denn Alfred pflegte uns alle einzeln zur Nacht mit langen Ketten an Pflöcken festzubinden. Die Ketten waren lang genug, um sich noch ein wenig bewegen zu können, doch frei waren wir nicht.

Da saßen wir also in geselliger Runde, sehr matt und erschöpft, aber doch aufgeheitert durch das Festmahl und durch Trues und Blues Witze um das Lagerfeuer herum, als Sue plötzlich mit den Hufen schnippte und rief: „Was sind wir doch für Kamele! Da die Pflöcke der Ketten hier nur in Sand geschlagen sind, dürfte es doch nicht allzu schwer sein, dass wir uns befreien!"

Der Morgen nahte schon, als wir fünf – Ma, meine drei Geschwister und ich – uns endlich alle losgemacht hatten. Pech war nur, dass die Ketten fest an unseren Beinen hingen und so rannten wir, mit den Ketten im Schlepptau, davon. Leider kamen wir wegen der Ketten nur sehr langsam vorankamen und hinterließen deutliche Spuren im Sand. So war es auf der einen Seite ein großes Glück, dass wenige Stunden später ein gnadenloser Wirbelsturm durch die Wüste fegte. Der Sturm verwischte unsere Spuren, das war gut. Aber er machte uns

Angst und drohte, uns die Luft zu nehmen. Gemeinsam legten wir uns ganz eng aneinander gekuschelt auf den Boden und hofften nur, dies zu überleben. Als ich wieder zu mir kam, waren sie alle weg – Ma, True, Blue und Sue.

2

Um mich herum nichts als Sand. Nur ich und meine elende Kette. Am liebsten würde ich jetzt im Sand einknicken und heulen. Aber wenn ihr mal in der Wüste unterwegs gewesen seid, wisst ihr: dort ist Zeit Geld. Wer einen Moment zu lange zögert, hat verloren. Denn es gibt ein Tier, das dich erbarmungslos anfällt und dieses Tier heißt Durst. Also warte nicht zu lang damit, dich in Bewegung zu setzen. Denn wenn deine Beine in der gnadenlosen Hitze einmal vor Trägheit beginnen, steif zu werden, dann ist es zu spät. Dann kannst du mit trockener Kehle dein Abschiedslied krächzen und dir schon mal ein Grab schaufeln. Nein, und genau das wollte ich nicht! Bin ich ein Kamel?
Ja, natürlich schon, aber nicht so eins, das sein Leben wegwirft. Also rannte ich so schnell wie möglich von Ost nach West, von Nord nach Süd und zurück.

Nichts. Nun steh ich hier. Die Zeit scheint sich wie ein nicht enden-wollender Atemzug auszudehnen und offenbar sind meine Chancen vertan. Ich kann nicht mehr. Das war's dann wohl. Macht's gut, True, Blue und Sue, leb wohl, Cynthi, liebe Ma!
Langsam sacken mir die Beine im Sand ein.
Mein Kopf beginnt, schwer zu werden.

Doch halt, was ist das? Da kommen meine drei Geschwister und Ma auf mich zu und in ihrer Mitte geht eine Menschenfrau. Die Frau ist sehr edel gekleidet und hat, wie ich sehe, ganz viel Wasser dabei. Wasser? Ist das jetzt eine Fata Morgana? Doch da hält die Frau auch schon einen Krug an mein Maul und ich trinke gierig. Das Zittern in den Beinen lässt nach und vor Erleichterung muss ich ein wenig lachen, als Ma mich überglücklich an sich drückt. Während True, Blue und Sue um mich herum springen, erzählt meine Ma Cynthi mir, wie sie diese Frau gefunden haben und dass sie tatsächlich Mas frühere Besitzerin ist. Die Frau, Nana, hat Ma an ihrem Tattoo am vorderen rechten Bein erkannt. Nana weiß, dass Ma und wir alle von königlichem Blut abstammen. Vorbei sind die Zeiten in der stinkenden Karawane. Wir haben unsere Ehre zurück. Vor uns liegt ein gutes Leben. Cynthi, die seit einiger Zeit so erschöpft war von dem Karawanenleben, wird an diesem guten Ort bestimmt noch eine schöne Zeit haben, gestärkt und frei. Auch True, Blue und Sue, meine lustigen Geschwister sind glücklich, dass diese Frau uns gefunden hat. Aber am allermeisten freuen die drei sich darüber, mich noch rechtzeitig gefunden zu haben, dass sehe ich an ihren Gesichtern.

Noch einmal atme ich tief durch, während ich erneut einen großen Schluck Wasser aus dem Krug trinke. Die Menschenfrau sieht mich sehr freundlich und respektvoll an. Meine Geschwister stehen um mich herum, und Ma gibt mir einen warmen Stupser mit ihrer weichen Kamelnase. Die Panik, die mich eben – so verloren in der Wüste – angefallen hatte, fällt wie ein Stein von mir ab. Ich bin nicht mehr allein. „Kommst du, Edda?" sagt Ma liebevoll zu mir. „Wir gehen jetzt nach Hause."

UNSER LIED

Gut gelaunt summte Britta ihr Lieblingslied, als sie beschwingten Schrittes auf das Kaufhaus zuging. Wahnsinn, die Jahrgangsstufen-Party gestern war der totale Knüller gewesen! Vor drei Wochen hatte Britta sich für die Castingshow „Deutschland Sucht Dich, Du Talent" – kurz „DSDDT" - beworben und sollte nun tatsächlich nächste Woche vor Dustin Howlen und Co. auftreten. Was konnte umwerfender sein? Einfach der Hammer! Für den Auftritt wollte sie sich nun noch schwarzen Glimmer-Lippenstift kaufen.

Da sah sie auf der Parkbank neben dem Aldi eine alte Frau mit einer ultra-dicken Brille sitzen. Die Frau trug einen Mantel, unter den sie wohl die gesamte Belegschaft des Deutschen Roten Kreuzes von Münster packen wollte. Gähnend kramte die alte Frau gerade in ihrer offenbar selbstgenähten Umhängetasche aus Jeansstoff. Die Tasche war im Lauf der Jahre sicher viel benutzt worden, denn an allen Seiten lugten viele Fransen hervor. Auf den blauen Jeansstoff waren ein paar kleine gelbe Sonnen und Smileys gebügelt worden. „Coole Tasche", dachte Britta bei sich.

Jetzt zog die alte Frau einen komischen kleinen Haken aus ihrer Tasche hervor. Mit diesem begann sie leise trällernd ihre Nägel zu säubern. Brittas Atem stockte: da sang diese alte Frau doch tatsächlich *ihr* Lied, das sie gestern nochmal auf der Party zum Besten gegeben hatte und mit dem sie nächsten Freitag bei „DSDDT" den absoluten Clou landen wollte!
Sicher, für ihren Auftritt hatte sie den Takt des Liedes etwas verändert und die Melodie ein wenig in Richtung Blues gebracht.

So hatte Britta dem Lied ihren ganz eigenen Stil verpasst – aber nichts desto trotz: das war er, ihr Song.

Manchmal stellte Britta sich vor, nachts im Traum in diesem Song zu landen. Dieses Lied begleitete sie so sehr – es war für sie wie ein Zauber. Morgens stand sie mit ihm auf und abends sang sie sich manchmal damit in den Schlaf. Seit vielen Jahren war dieser uralte Song Brittas Lieblingslied.

Und nun stand sie hier, vorm Kaufhof, dieser riesigen Konsum-Hütte, und hörte ihr Lied. Da die alte Frau ärmlich aussah, holte Britta ihre Brieftasche raus und steckte ihr einen Euro zu.
„Sie singen aber schön", sagte Britta zurückhaltend. Man wusste ja nie, wie solche Leute drauf waren, die in kilometerweiten Mänteln auf Parkbänken rumlungerten.
Da lächelte die alte Frau sehr freundlich und forderte Britta auf, sich zu ihr zu setzen. „Das darf ich bloß nicht den andern erzählen", dachte Britta noch, da hatte sie ihre vorsichtige Distanz auch schon verlassen und lächelte zurück.

„Komm, sing mit mir", bat die alte Frau. Und dann tat Britta es tatsächlich. Sie gab ihre für „Deutschland Sucht Dich, Du Talent" eingeübte Show hier, auf der schmuddeligen Parkbank vorm Kaufhof, ganz ohne Lippenstift zum Besten. Innerhalb von wenigen Minuten umgab die beiden Frauen eine große Menge Leute. Geld flog in den hingestellten Hut.

Nach der Show, als die Leute verschwanden, meinte die alte Frau: „Nimm dir auch was. Du hast es dir redlich verdient."
Ja, sie hatten zusammen gesungen und die alte Dame hatte sogar getanzt. Aber Britta brauchte das Geld nicht. Der Erfolg, den ihr Auftritt bei „DSDDT" mit sich bringen würde, würde sie reich machen. Sie wollte das Geld der Frau überlassen. „Alles gebongt, ist ok so", verabschiedete sie sich daher von der alten Frau. „Wir sehen uns dann." Nun aber rasch in den Kaufhof und

dann ab nach Hause. Heute Abend war die Geburtstagsfeier von Wiebke. Da musste sie sich schließlich noch stylen.

MARIELUISE

- EIN LEBEN ALS STAR

Neulich klingelte in aller Frühe mein Telefon. Ich war völlig überrascht, die Stimme meiner alten Schulfreundin Marieluise zu hören. Kurz nach unserer gemeinsamen Schulzeit war Marieluise weit weg gezogen und so hatten wir uns seit 24 Jahren aus den Augen verloren. Offenbar hatte es meine alte Schulfreundin mal wieder in unsere gemeinsame Heimat gezogen, von der ich nie fortgegangen war. Meine Telefonnummer herauszufinden konnte für sie nicht schwer gewesen sein, zumal ich noch denselben Namen trug. Ich freute mich riesig, dass Marieluise nach all der Zeit wieder einen Schritt auf mich zu machte. „Du, ich bin gerade in Darmstadt", zwitscherte sie ins Telefon. „Hast du Lust, dich heute Abend um 19 Uhr am Hauptbahnhof mit mir zu treffen?" Und ob ich Lust hatte, meine alte Freundin wiederzusehen! „Superklasse! Alles klar, bis später dann!" war daher meine spontane Antwort.

Ich freute mich, warf mich in Schale und lief am Abend vergnügt zum Hauptbahnhof. Vor dem Reisezentrum hatte sich eine riesige Menschenmenge versammelt. Fand gerade eine Demonstration statt? Plötzlich hörte ich ein paar Leute singen und immer wieder Stimmen, die riefen: „Ein Autogramm, bitte!" Meine Güte, war hier ein Weltstar unterwegs? Hier bei uns in Darmstadt? Nicht dass meine arme Marieluise - meine alte Schulfreundin, die immer sehr menschenscheu gewesen war - von der Menge zerdrückt wurde!

„Irmi, hey, hier bin ich!" hörte ich plötzlich Marieluises Stimme und die kam geradewegs aus dem Pulk. Ich sah hin und erblickte inmitten der Menschenansammlung die aufgetakelte Marieluise Rosenhügel. Da fiel es mir wie Schuppen aus den Haaren: *mein*

Marieluischen war der Star! Deshalb hatte ich die Musik von Marieluise Rosenhügel immer so gemocht! Früher hatte meine alte Schulfreundin mit Nachnamen „Bitterklag" geheißen.
Schon verständlich, dass sie sich als Star lieber einen anderen Namen gesucht hatte. Im Alter von 17/18 Jahren hatte Marieluise oft eine Glatze gehabt, Punkklamotten getragen und auf die Straße gespuckt. Nein, wirklich, mit dieser roten Lockenmähne und den Starallüren hätte ich *meine* Marieluise hinter dem Star ohne ihren Anruf oder einen anderen Hinweis nicht erkannt.

Wir gingen zu einem der in Darmstadt besonders beliebten Cafés, dem gemütlichen „Café Chaos". Meine Wahl fiel vor allem deshalb auf dieses Café, weil Marieluise und ich uns erstmal beim Tischfußball austoben wollten. Ein Kicker gibt es leider nicht in so vielen Cafés! Ich muss zugeben, ich war ziemlich aufgekratzt, so abgedreht fand ich die gesamten Umstände unseres Wiedersehens.
Um wieder auf dem Teppich zu landen, tut mir ein bisschen Sport oder ein Spielchen immer gut. Das kann ein Brett- oder Kartenspiel sein, eine Partie Tischtennis, Kicker, Frisbee…
Auch bei Marieluise war das schon immer so und daher freuten wir uns beide darauf, nach all den Jahren endlich mal wieder zusammen Tischfußball zu spielen.

Kurz vor dem „Café Chaos" tauschten wir die Klamotten, Marieluise wischte sich die Schminke aus dem Gesicht und setzte eine Sonnenbrille auf. „Kennst du das?" fragte sie mich und zeigte mir das Schutzspray mit dem Namen „Protect Your Privacy", das sie für Situationen, wo sie unerkannt bleiben wollte, stets bei sich trug. „Gerade bei abendlichen Unternehmungen, bei denen frau Schutz gegen aufdringliche Typen braucht, aber auch als Abrundung für die perfekte Deckung als Star einfach perfekt!" Marieluise verteilte mehrere Sprühstöße der Marke

„Protect Your Privacy" in die Luft, die sie umgab und rief: „Sensationell, nicht wahr?" Ich hielt mir die Nase zu. „Und das für nur 1,99 Euro!" betonte meine alte Freundin. „Das Spray gibt es in jeder Drogerie! Ich sag dir, als Star kannst du ohne so etwas nicht leben!" Nun war Marieluise regelrecht eingemottet und die wilde Mähne hatte sie blitzschnell mit Öl geglättet.
Ja, so würde niemand erkennen, dass ich hier mit dem berühmten Star Marieluise Rosenhügel unterwegs war!
Bestens vorbereitet betraten wir das „Café Chaos".

Es war ein wenig lästig, dass ich mir wegen des heftigen Gestanks von Marieluises Abwehrspray immer wieder die Nase zuhalten musste, aber ansonsten war es ein wunderbarer Abend. Sie erzählte von ihrer baldigen Welt-Tournee, von ihren 7 zerbrochenen Ehen, von ihren häufigen Diät-Kuren (aus welchem Grund eigentlich?), ihrem täglichen Sport-Programm, ihrer Reise nach Texas… Schließlich seufzte Marieluise: „Wenn du wüsstest, wie gut das tut, mal so total unerkannt hier zu sitzen! Das war die ganze Mühe und den scheußlichen Gestank meines „Protect Your Privacy"-Sprays wert. Wie der Name verspricht, schützt das Spray tatsächlich deine Privatsphäre. Für *dich* allerdings ist der Mief eine Zumutung, ich weiß. Sorry, Irmi, aber sonst hätten wir hier keine ruhige Minute gehabt!"

Plötzlich unterbrach ich sie: „Du, Mary, ich könnte glatt deine Biographie schreiben – was meinst du dazu? Ich schreibe doch." Da fing mein altes Mädchen plötzlich an zu heulen. „Als ob ich nicht wüsste, dass du schreibst, Irmi! Ich hab dich früher so bewundert für deine Texte. Und eines Abends…"
Marieluises Schluchzen wurde lauter. „Verzeih mir diese Schwäche, Süße, eines Abends bin ich, als du gerade auf dem Klo warst, an deinen Texte-Koffer gegangen und hab blitzschnell ein paar deiner Gedichte geklaut. In etwas abgewandelter

Version hab ich einige meiner Liedtexte daraus entstehen lassen." Jetzt war ich sprachlos.

„Ja, verzeih mir, Irmi", fuhr Marieluise mit niedergeschlagenem Blick fort. „Dass ich dir all das erst nach 17 Jahren des Ruhms gestehe, macht es nicht besser, ich weiß. Ich alte Schandnudel! Ich verdanke dir so viel. Vielleicht kannst du mir ein kleines Stück verzeihen, wenn du siehst, dass ich all die Jahre für dich gespart habe, um es eines Tages wieder gut zu machen. Ich habe die erzielte Summe jetzt zusammen. Der Tag ist gekommen.
Hier, das ist für dich, Irmi", sagte Marieluise und schob mir einen großen braunen Umschlag über den Tisch.

Bald darauf verließen wir das „Café Chaos". Schon in unserer Jugend hatte es für Marieluise und mich immer dazu gehört, uns bei einem Treffen auch ein bisschen gemeinsam durch ein schönes Fleckchen Natur zu bewegen. Weder Dunkelheit, noch Kälte, noch Regen hatten uns je davon abhalten können. So auch jetzt – Marieluise hatte sich bei mir eingehakt und in trautem Einvernehmen schlenderten wir durch den Park. Eine Weile gingen wir schweigend und es tat mir gut, an der frischen Luft einfach mal in Ruhe durchzuatmen.

Nachdem wir eine Weile gelaufen waren, sah ich nach, was in dem Umschlag war. Zum Glück habe ich am Schlüsselbund immer eine kleine Taschenlampe dabei, denn es war nun schon recht dunkel geworden. Ich leuchtete mit dem Lämpchen in den Umschlag hinein und schrie leise auf. Nicht zu fassen: Marylin hatte mir offensichtlich eine Menge Geld mitgebracht. Dass es lauter 500 Euro-Scheine waren, konnte ich sehen.
Wieviel Geld mochte das sein? Eins war sicher: so eine große Menge Geld hatte ich noch nie in meinen Händen gehalten.

Marieluise machte meinem Rätselraten ein Ende, als sie kurz und knapp bekanntgab: „Das sind 100000 Euro, Irmi. Die hast du verdient, finde ich. Nicht dass du denkst, ich wedele hier nur mit einem Zwanziger oder so. So stimmt es wieder zwischen uns, denke und hoffe ich." Ich sah meine alte Freundin, die im Halbdunkel neben mir stand, schweigend an. Mir fehlten die Worte. „Kannst du mir verzeihen?" schniefte Marieluise und sah plötzlich mit den öligen Haaren und dem alten Hut so erbärmlich aus. Plötzlich schossen mir einige Fragen durch den Kopf:
Wer ist der Mensch hinter einem Star?
Ist ein Star glücklich?
Fühlt ein Star sich wirklich toll?

„Das Lied „Ich tanz wie du" hab ich übrigens für dich geschrieben, Irmi", bekannte Marieluise da. Wir standen neben einer großen Fichte, der Mond erhellte den Abend am See. Ein Schwan rief. „Ja", sagte Marieluise und sah auf das Wasser, „weil ich all die Jahre gewünscht hätte, so wie du zu sein. Ich stand im Rampenlicht, war so beliebt, hatte Erfolg, alle kannten mich. Doch in Wahrheit kannte mich niemand. Manchmal, wenn ich mich abends hinlegte - erschöpft und berauscht vom Jubel nach einem Auftritt - fragte ich mich, wer ich bin. Mir kam das Ganze oft wie eine wahnsinnige Lüge vor. Ich wünschte mir, das unsichere Mädchen aus der Jugend zu sein und irgendeine Frage an das Leben zu richten. Doch da waren keine Fragen mehr, nur Antworten. Und das Schlimme war: diese Antworten waren nicht meine, sie waren mir fremd. Du allein, Irmi, der Gedanke an dich und deine Freundschaft, deine Ehrlichkeit, unsere Gespräche, unser Lachen – in diesen Erinnerungen fand ich mich wieder. Und da wusste ich, dass jeder Star genauso Mensch ist wie alle anderen, nur ungleich einsamer. Zum Dank für unsere vielen, für mich sehr wertvollen gemeinsamen Erlebnisse, die mir so kostbar sind (wenn auch so lange her) schrieb ich an dich das Lied „Ich tanz wie du". Kennst du das

Lied?" Ich nickte schweigend. Wer kannte diesen Mega-Hit von Marieluise Rosenhügel nicht? Dass dieses Lied von meiner alten Schulfreundin gesungen wurde, nein, das hätte ich mir niemals träumen lassen. Viel umwerfender noch war für mich die Tatsache, dass sie es für mich geschrieben hatte.

Einen Augenblick lang wusste ich nicht, was ich sagen sollte. Doch das hatte es auch damals schon in unserer Freundschaft ab und an gegeben: diese Situationen, wo Marieluise mich mit ihren ausführlichen, so emotionalen Berichten regelrecht an die Wand gequatscht oder mich mit einem Geschenk sprachlos gemacht hatte. Ihre lebendige Art hatte ich dabei immer sehr gemocht. Ja, meine alte Freundin hatte mich um etwas Wertvolles bestohlen, aber nun hatte sie mich doch wieder so reich beschenkt. All das musste ich erstmal innerlich sortieren.

Marieluise, die auch früher schon die richtigen Worte gefunden hatte, wenn ich in jene Sprachlosigkeit verfiel, sah mich an und sagte: „Irmi, ich kann dich verstehen, wenn du jetzt sagst:
„Hey, wie kannst du
a) mich belügen und beklauen ,
b) dich über 20 Jahre nicht melden und
c) mir dann nach all dem sagen,
dass gerade ich so wichtig für dich gewesen sein soll für dich!
Ich, ein so kleines Licht und du, der Star."
Doch, ich sage dir: beides wohnt in uns beiden, das Licht und der Schatten. Du weißt doch wie auch Bea Miller singt:
„Es muss dunkel gewesen sein in meinem Schatten".
Wir haben doch gemeinsam den Film gesehen, wo sie das Lied für ihre beste Freundin singt. Ja, du warst immer der Wind unter meinen Flügeln. Irmi, ich sage dir, ich hatte jahrelang Mühe, nicht in die verhängnisvolle Nähe von Drogen zu geraten, denn ich kannte viele, die versuchten, sich das Leben damit zu erleichtern.

Doch das wirklich Kostbarste im Leben ist Ehrlichkeit und Echtheit, Irmi, und die hast *du*."

Es war inzwischen schon recht spät geworden und auch ein wenig kühl. Ich wusste, dass ich mich erst einmal mit all dem sortieren musste, um meiner alten Freundin auf ihre Fragen an mich antworten zu können. Doch auf die zentralste ihrer Fragen konnte ich auch ohne große Worte antworten. Ja, ich wollte ihr verzeihen und wieder mit ihr befreundet sein, auf jeden Fall! „Komm, Marieluise", sagte ich daher nur und nahm sie mit in meine Wohnung. Wohlweislich hatte ich ihr das Gästezimmer schon vor unserem Treffen gerichtet, für den Fall, dass sie bei mir übernachten wollte. Mit einer großen Kanne Tee neben ihrem Bett lag meine alte Freundin dann zufrieden in den Kissen. „Danke, Irmi", sagte sie. „Komm erstmal zur Ruhe, Mary", sagte ich. „Morgen sehen wir weiter."

Ich schloss ihre Zimmertür und setzte mich ins Wohnzimmer. Auf dem Wohnzimmertisch lag der Umschlag mit dem Geld, in meinem Kopf drehten sich die vielen, mich so aufwühlenden Worte von Marieluise. Ich holte die alte Schallplatte von Marieluise Rosenhügel aus dem Regal. Wie in aller Welt hatte das passieren können, dass ich nie gemerkt hatte, dass das meine alte Freundin war? Ich betrachtete das Foto auf dem Plattencover und konnte mich doch verstehen. Wie künstlich und fremd sie darauf blickte! So wie sie gesagt hatte, dass sie sich selbst durch all den Ruhm so fremd geworden war, hatte sie wohl eine Aura um sich getragen, die all das, was uns so vereint hatte, verdeckte. Ich war froh, dass sie ihr wahres Wesen in ihrem Leben als Star offenbar doch nicht ganz verloren hatte.

Ich drehte die Schallplatte um und hielt mir einige ihrer Liedtitel vor Augen. Besonders geliebt hatte ich immer die Songs „Und mein Lächeln wird dich begleiten, wenn du fährst",

„Für immer wie morgen",
„Liebe kann so gut tun" und
„Sie gehört zu mir".
Doch halt: warum hatte Marieluise dieses Lied, das ganz offensichtlich einer Frau gewidmet war, geschrieben, wenn sie doch ihr Leben stets mit Männern geteilt hatte? War sie zu dem Zeitpunkt in einer Beziehung mit einer Frau gewesen? Oder hatte Marieluise am Ende mit diesem Song die Verbundenheit mit *mir* gemeint, da sie ja auch das Lied „Ich tanz wie du" in Gedanken an mich geschrieben hatte? Ich nahm mir vor, Marieluise das gleich morgen früh zu fragen.

Ich war gespannt, was meine alte Freundin mir noch so alles aus ihrem Leben erzählen würde. Vielleicht würde sie ein paar Tage bei mir bleiben, vielleicht auch länger. Platz genug war in meiner großen Wohnung jedenfalls. Ich freute mich darauf, ihr einiges von Darmstadt zu zeigen und sie ein Stück an meinem Leben teilhaben zu lassen.

Eins war klar: ein dumpfer, gleichbleibender Treibsand würde mein Leben nie mehr sein. Nun hatte ich Geld - also viele Möglichkeiten – und, angeregt durch Marieluises Worte, den Kopf voll positiver Gedanken. Vor allen Dingen aber hatte ich meine alte Freundin wieder, mit der ich ohne Frage noch viel Schönes und Bereicherndes erleben würde.

DIE SICHERHEITSFABRIK

„Guten Morgen, Leute", begrüßte mich Norma, als ich aus dem Aufzug stieg. Nur weil ich die letzten Monate ziemlich zugenommen hatte, nahm die blöde Nudel sich neuerdings heraus, mich im Plural zu begrüßen. Naja. Ich beschloss, mich geehrt zu fühlen: "Hallo, Einzelstück aus dem Kühlregal." Sie winkte nur kurz herüber. Müde trabten wir den Gang entlang. Für morgens um viertel vor sechs war das ohnehin zu viel Gerede. Norma schnarchte fast im Gehen. Oder waren das Nachwehen eines Kicherns? Na, egal.

Hinten an der Stahltür wartete schon Manfred, uns aufzuschließen. Wir bedankten uns und liefen dann den Schlauchpfad durch die drei Meter hohen Wände. Dieser ganze Sicherheitstrakt war eine Zumutung für Menschen, die es liebten zu atmen. Es war mal wieder so stickig, dass Norma leise röchelte. Schließlich waren wir, wie jeden Morgen, am Ziel angelangt, an unserem Arbeitsplatz. „Bis heute Abend", raunten wir einander zu und gingen schnurstracks auf unsere Plätze. Ich setzte mich an mein Sicherheitspult. Sofort begann ich, Drähte zu vernieten. Die Halle knisterte von der Hochspannung all der elektrischen Geräte. 300 Leute saßen hier an ihren Sicherheitspulten und arbeiteten konzentriert. Schweigen war hier Regel Nr. 1, denn wenn irgendwo ein Draht durchbrannte, eine Funktion ausfiel, musste das leise Knistern sofort bemerkt werden – sonst hätte ein Großbrand entstehen können. In dieser Halle wurde das Wichtigste überhaupt geschaffen, erhalten, erhöht, jeden Tag aufs Neue: Sicherheit.

In unserer so gut durchorganisierten Gesellschaft, wo jedes Rad sich perfekt drehte, waren wir stolz, an der Quelle der Funktion zu sitzen. Die Verbindungen, die wir schufen, gaben die

Grundschwingungen in das gesamte Weltengebäude ein. Diese Schwingungen brachten die sichere und klare Funktion in sämtliche Vorgänge auf unserem Planeten.
Durch die absolute Kontrolle lag alles in unserer Hand, war alles gesichert. Natürlich war die Arbeit anstrengend, forderte Opfer. Gearbeitet wurde schweigend, ohne Pausen, mit gebückter Haltung und hochkonzentriert. 10 % der Beschäftigten hatten letztes Jahr ihre Beweglichkeit verloren. Es hatte ein extra Schlauchgang für Rollstühle gebaut werden müssen. Ein paar Leute waren lungenkrank, andere hatten chronische Verstopfung. Dennoch: sie alle waren stolz auf ihre Arbeit und kamen gern, war doch unser aller Arbeit der Grundstein auch für ihr ganz eigenes Leben! Sie hatten viel zu stark mitbekommen, wie sehr ihre gesamte Existenz von der Sicherheitsfabrik, in der wir arbeiteten, abhängig war.

6 Uhr abends: mal wieder hatte es ein paar lästige Überstunden gegeben. Leise schlossen wir alle unsere Geräte und strömten den Ausgängen zu. Jemand stöhnte über Kopfweh. Andere rieten lachend, ein paar Drähte zu verbinden, um das Problem zu lösen. Einfache menschliche Hilfe geriet in diesem Elektronenhaushalt in Vergessenheit.

Norma klagte über Kreuzschmerzen und ließ sich auf dem Fließband für Rollstühle nach draußen fahren. Als wir uns an der frischen Luft wieder trafen – aaah, welch Genuß! - verabschiedeten wir uns winkend voneinander. „Tschö, Leute!" rief sie mir zu. Ich schaute auf meinen Bauch hinunter und dachte plötzlich: vielleicht ist dies auch Ausdruck meines zu ausgeprägten Gemeinschaftsbewusstseins, in dem ich mich selbst aus den Augen verliere. Die Arbeit in der Sicherheitsfabrik konzentrierte mich ja täglich auf das Bewusstsein aller Zusammenhänge von Menschen, Funktionen, Abläufe.

Ich schien im Mittelpunkt all dessen zu stehen und für alles mitverantwortlich zu sein.

„Warte!" rief ich Norma zu. Sie blickte erstaunt, als ich auf sie zu lief, denn sonst begleiteten wir einander nie auf Wegen außerhalb der Fabrik. „Du hattest doch vorhin Kreuzschmerzen", sagte ich zu ihr. „Ich…" Ich schwieg einen Moment und suchte nach Worten. „Kannst du mir vielleicht helfen, wieder zu fühlen, wann ich nicht mehr kann, wo ich überfordert bin?" Über Normas verwundertes Gesicht glitt ein verstehendes Lächeln. „Sicher, Monika", antwortete sie und nahm mich bei der Hand.

DER STEIN „PFERDEFUß"

Da liegt er, „Pferdefuß", Stein der Steine, braun, so zierlich, so zart. Deine feinen Linien gefallen mir, sie sind wie Gesang, so hell und klar. Du bist schön, lieb und freundlich und dennoch... Wie kann ein Wesen gleichzeitig so sanft sein und so ein Klotz am Bein? Ja, denn das bist du leider auch. So schwer – und oft störst du mich, bringst mich aus dem Takt.

Ach, Pferdefuß, du schönes Wesen du – einst fanden wir dich unter einem alten Baum liegend, ich glaube, es war eine Eiche. Der Mond stand am Himmel, es war dunkel und nur durch dein zartes Summen wurden wir auf dich aufmerksam. Wir, eine Horde junger Leute, die munter durch den Wald rannten, von einem Fest kommend. Der Übermut der Jugend brach uns aus allen Poren. Und dann, mitten in unser wildes Kreischen – da müssen wir wohl gerade Luft geholt haben – da hörten wir dich singen. Es war so wunderschön, dass wir im selben Moment verstummten. Dann sahen wir dich schimmernd vor einem Baum liegen. Dieser Moment kommt mir noch heute, in meiner Erinnerung, wie eine Ewigkeit vor. Ich bückte mich als Erste zu dir hinab und wir nahmen dich mit.

In vielen Nächten lagst du seither an meinem Fenster und hast mir viele Male das Mondlicht weitergeleitet und eurer beider Gesänge. Weil du ein Kanal bist. Du kannst Licht und Töne übermitteln und dafür danke ich dir. Seitdem kann ich auch am Tag vieles klarer sehen.

Dann kam der Tag, wo wir zu siebt loszogen Ich trug dich in meinem Mantel. An jenem Abend wurde unten am Fluss eine neue Bar aufgemacht und wir wollten die ganze Nacht feiern. In dem Gewühl habe ich dich verloren. Am Morgen war mir elend, als ich merkte, dass ich dich verloren hatte. Kein Schimmern mehr am Fenster, keine Magie durch dich bis in meine Träume, kein Gesang.

Warum wir dich „Pferdefuß" tauften, obwohl du so zart und schön warst, wurde ich neulich gefragt. „Nun", antwortete ich mit trockener Stimme, „einfach deshalb, weil wir in unserem Verständnis von Lebensfreude die Leichtigkeit an erste Stelle gesetzt hatten." Da machte dieser Stein mit seiner Fähigkeit, alles Zarte und Tiefe aufzuwühlen, uns oftmals einen Strich durch die Rechnung. Da waren wir manchmal gestresst, genervt, wollten lieber nur lachen.

Nun bist du weg, „Pferdefuß", und ich möchte dir sagen: „Es tut mir leid, dass ich dich in dem Moment, wo du da warst, vielleicht nicht genügend schätzte. Ich danke dir für dein Strahlen und Schimmern, für deine wunderschönen Lieder und für all das, was du mir durch deinen Kanal übermittelt hast. Ich werde dich nie vergessen: dich, deine Schönheit, wie du mich verzaubert hast und die Kraft, die du mir schenktest. Danke."

Ja, manchmal wünschen wir uns die Glattheit, das Freisein von Schmerz und ein unbeschwertes Leben. Doch die Tiefe und die wirkliche Schönheit in allem können wir nur erkennen und empfinden, wenn wir auch bereit sind, das Schwere anzunehmen, das dazu gehört.

Darum bitte ich dich, Pferdefuß, komm wieder. Ich verspreche, ich werde dir einen neuen Namen geben. Nicht einen, der sagt, dass du mich behinderst, sondern einen Namen, der sagt, wie sehr ich mir wünsche, dass du mich mit deinem Gesang und deiner so besonderen Kraft führst und dass du allein die allerbeste Richtung für mich weißt.

FLÜGEL, UM SO WEIT ZU GEHEN

Als Malou die Schallmauer durchbrach, hörte sie ein leichtes Knirschen ihrer Backenknochen. Sie stieß sich weiter durch die zähe Luft und hatte mittlerweile eine extrem hohe Geschwindigkeit. „Meta-Mädel", so nannten sie sie scherzhaft, „schneller als die Zeit".

Eines Tages war Malou erschöpft auf dem Mount Everest zusammengebrochen und von einem einsamen Wanderer gefunden worden. Da wurde die Welt ihrer Fähigkeiten gewahr. Es wurde sogar gemunkelt, sie könne sich in Feuer und Eis zugleich verwandeln.
„Immer schön die Gegensätze wachhalten! Wenn es zu stark auf einer Seite bleibt, bricht der ganze Apparat zusammen!" war alles gewesen, was Malou den Zeitungen dazu zu sagen bereit war.

Es hieß, bei Vollmond erzähle sie Robbenbabys am Nordpol Gute-Nacht-Geschichten. Schlichte Summe von all dem war, dass man bei ihr *alles* für möglich hielt. Einmal hatte Malou sich wie ein Stein in tiefes Eiswasser sinken lassen und war erst 12 Tage später am anderen Ende der Eisdecke wieder aufgetaucht - unversehrt, ohne den leisesten Kratzer oder blauen Fleck.
In Kanada hatte sie einen 120 kg schweren Bären gestemmt. Manchmal schlief Malou hoch oben in einem Felsengebirge oder im Glockenturm einer alten Kirche. Denn das, was sie am allerbesten konnte, war natürlich Fliegen.

Zudem konnte Malou Asche zu Gold verwandeln und ein weinendes Herz mit ihren brennenden Flügeln so verzaubern, dass nicht mehr an Kummer zu denken war. Wenn ihre Flügel brannten, schickte sie gleichzeitig Eiswellen durch ihren Körper, so dass die Gegensätze einander wohl taten und sie keinen

Schaden nahm. Malous schier unbegrenzte Kraft war voller Frieden und Sanftheit. Selbst bei sehr hoher Geschwindigkeit schien sie durch den Himmel zu gleiten wie eine Feder. Einmal prallte sie auf die Erde, müde nach einem langen Flug. Doch ihre Kräfte schützten Malou auch dieses Mal. Sie landete weich wie auf einem Kissen.

Heute erhielt ich einen Brief von ihr, vom „Meta-Mädel". Sie schrieb mir:

„Komm und suche mich in deinem Innern, denn so sehr du auch tausend Mal in Stücke zerbrochen bist, so hab ich dich doch genauso oft wieder aufgefangen, so dass du ohne Kratzer, ganz weich, gelandet bist. Jedes Mal, wenn du am Horizont mit solcher Wucht für immer zu zerschellen glaubtest, habe ich dich vorher im Schnellflug die Wolken erobern lassen und du konntest meine gigantische Freiheit spüren.

Es ist nicht die einzige Wahrheit, dass du jetzt hier am Boden liegst und weinst. Die andere Wahrheit ist auch, dass ich dir Flügel schenkte, um so weit zu gehen – weiter, viel weiter, als manch andere/r gehen kann. Ich habe dir die Sonne auf Tahiti gezeigt und den Mond in Schweden. Die ganze Welt legte ich dir zu Füßen, weil ich dich liebe. Ich ließ dich den Atem der Erde spüren und den Herzschlag des Meeres hören. Ja, sogar die Gedanken der großen Einheit ließ ich dich hören und verstehen. Alles, was dir so eng schien, habe ich weit gemacht, damit du alles sehen und verstehen kannst.

Nie warst du fern vom klopfenden Herzen jener Sterne, die über alles wachen. Nie habe ich dich allein gelassen. Auch in jeder Nacht, wo es dich zerriss in Angst und Schmerz, war ich bei dir. Und schließlich habe ich dich das Zaubern gelehrt – das Wissen, dass alles verwandelbar ist. Selbst der härteste Brocken aus Stein und Schmerz kann von dir in ein Lächeln, in eine Freude verwandelt werden. Sanft legst du deinen Kummer in die Wellen der Brandung und schaust zu, wie all das hinausgespült wird aufs offene Meer. Und wenn der Abend kommt, wirst du sehen, wie dir das Wasser ein wunderschönes Geschenk an Land spült.

Ja, dieses Geschenk ist dein Leben. Dein Leben, das jedes Mal, wenn du schier zu sterben glaubtest, von neuem begann. Weil immer, immer, beide Gegensätze zugleich da sind. Darum atme ganz entspannt aus und hab Vertrauen. Es ist alles andere als zu spät, um jenes andere Ufer zu erreichen, das für dich die Freiheit bedeutet. Lege alles, was dir Sorge und Unruhe bereitet, in meine Hand - gib die Dinge ab, und ich werde sie verwandeln. Lass die Gezeiten in dein Leben strömen und dich heimtragen, heim zu mir."

DAS MÄDCHEN IN BLAU

„Alle sind so schick!" dachte die 9-jährige Paula, während sie zum ersten Mal den Raum betrat, in dem der Kinderchor immer stattfand. Am liebsten wäre sie im Erdboden versunken. Hinten an der Wand sah sie eine alte Frau ganz in Schwarz sitzen. Hui, die konnte einem richtig Angst einjagen! Sie sah so ernst aus und blickte gerade jetzt sehr streng in Paulas Richtung. Paula spürte, wie ihre Knie ein wenig zitterten. „Tschüs, Pauli", verabschiedete sich jetzt ihre Mutter, drückte ihr eine Flasche Wasser in die Hand und rief im Rausgehen: „Ich hol dich dann um 19.30 Uhr ab!" Oje, wie sollte Paula es nur zweieinhalb Stunden mit all diesen fremden Leuten hier aushalten?

Paula drängelte sich durch die Menge in Richtung Fenster, um etwas Luft zu schnappen. Dort stand die Chorleiterin, Frau Hagebiel, und begrüßte Paula freundlich.
Das Mädchen hatte die ca. 60-jährige Frau in der Schule schon öfter gegrüßt und mit ihr ein kurzes Vorgespräch wegen des Chores gehabt. Frau Hagebiel strich über ihr schwarzes Jackett und schob die schwarzrot-gemusterte Brille auf ihrer Nase zurecht. „Na, Paula, ist das nicht eine Freude, dass wir alle zusammen singen werden? In 2 Monaten werdet ihr süßen Täubchen dann im Kölner Dom vor ca. 500 Leuten auftreten. Ich kann es kaum erwarten. Dieser Ausflug ist für den 9. Mai geplant."

Obwohl Paula und Frau Hagebiel einander noch kaum kannten, redete die Chorleiterin wie ein Wasserfall. Was für ein Bild mochte sie von Paula haben, dass sie gerade ihr das alles erzählte? Offenbar schien Frau Hagebiel sie zu mögen, dachte Paula. Sicher, sie mochte die Chorleiterin auch, aber in diesem Augenblick - mit all den fremden Leuten ringsum - wäre ihr ein

wenig Stille lieber gewesen. Doch Frau Hagebiel schien das nicht zu merken. Die Chorleiterin war wohl ganz in ihrem Element, breitete in begeisterter Vorahnung die Arme aus und fuhr fort: „"Am 9. Mai brechen wir morgens hier in Dortmund so gegen 8 Uhr auf, frühstücken gemeinsam im Kölner Gemeindehaus und dann geht es in den Dom. Wenn dieser Auftritt super gelingt – und davon bin ich fest überzeugt, meine Liebe! – dann rollt unser Bus im Juli mit uns für 1 Woche nach Rom. Ich habe eine Einladung vom Papst persönlich, er liebt Kinderchöre!
1 Woche Rom – ist das nicht toll? Ich freu mich sehr, dass du ab jetzt in unserem Chor mit dabei sein wirst. Deine Lehrerin, Frau Ems, hat mir berichtet, wie unglaublich klug, aufmerksam und brav du doch bist. Und im Musikunterricht hast du deine Stimme ja schon oft genug unter Beweis gestellt, wie mir Frau Ems erzählte. Was für ein begabtes und fleißiges Mädchen du doch bist: mit einer 1 in allen Fächern, nur in Sport eine 4! Naja, bei uns im Chor musst du ja keine körperlichen Leistungen bringen. Von daher bin ich sicher, du wirst auch hier maßlos glänzen."

Plötzlich wurde Paula übel und sie stürzte hinaus an die Luft. Wenigstens für 1 Minute weg von all diesen Leuten. Am liebsten hätte sie sich übergeben. Ihr war schlecht vor Hunger. Toll, da hatte ihre Mutter ihr nur eine Flasche Wasser mitgegeben! Der Rucksack mit den 5 Schokoriegeln lag zuhause in ihrem Zimmer. „Na und!" schnaubte Paula innerlich. Dann hatte sie eben in Sport eine 4! Was ging das eigentlich Frau Hagebiel an?
„Lieber dick als alt!" schimpfte Paula in Gedanken. In ihrem Kopf schwirrte nur der versteckte Vorwurf an ihr Übergewicht, den sie soeben zu hören geglaubt hatte. Liefen nicht sämtliche Komplimente nur darauf hinaus, ihr letztendlich doch ein Bein zu stellen und an irgendetwas herumzukritisieren?
Paula wusste ja selbst, dass sie nicht perfekt war. Ihr blauer Nicki-Pulli schlabberte sehr weit über ihre Taille. 45 kg mit 9

Jahren. Das hatte Seltenheitswert, wie einige Kinder sie immer wieder spüren ließen. Na und? Paula atmete tief ein und aus und ging dann wieder hinein. Wie hatte einmal der Fiesling Peter aus der Klasse 4 b zu ihr gesagt: „Hier kommt unser Quadrat. Die ist so breit wie sie hoch ist." Aber mit dem Quadrat in ihrem *Kopf* – mit ihrem genialen Hirn, das alles checkte – da konnte sie all diese Leute in die Tasche stecken. Auch Peter. Dem warf sie dann gelassen auf Englisch an den Kopf, was sie über ihn dachte. Davon verstand dieser hohle Heini ja nichts, kein Wort.

Plötzlich kam Paulas Freundin Susi auf sie zugestürmt und rief: „Da bist du ja endlich; Paula! Ich hab dich überall gesucht!" Susi strahlte vor Freude, Paula zu sehen. Ein Stein fiel Paula vom Herzen. Wenigstens eine vertraute Seele. In der Aufregung hatte sie ganz vergessen, dass Susi auch hier sein könnte. Es war nicht ganz sicher gewesen, ob sie auch beim Kinderchor mitmachen würde. Doch zum Glück war Susi ja nun da. Gemeinsam quetschten sich die beiden Mädchen durch die Menge zu den Stühlen hinüber. „Wenn jetzt bitte alle Eltern gehen würden!" rief Frau Hagebiel laut. „Wir möchten dann beginnen!" Endlich leerte sich der Raum ein wenig. Auch die alte Frau in Schwarz verließ den Raum. „Das ist meine Oma", sagte Susi. „Sie ist zurzeit sehr traurig. Lieb von ihr, dass sie trotzdem mit mir hierher kam, oder?" Paula schluckte ihre Ängstlichkeit der alten Dame gegenüber hinunter und nickte freundlich. Gemeinsam nahmen sie nun auf den Stühlen Platz.

„Liebe Kinder!" begann Frau Hagebiel ihre einführenden Worte, als just in dem Moment die Eingangstür aufgerissen wurde. Paulas Mutter stürzte aufgeregt herein und warf in hohem Bogen Paulas Rucksack zu Paula hinüber, um dann blitzschnell wieder hinauszueilen. Paula fing den Rucksack geschickt auf und sah blitzschnell nach. Erleichtert atmete sie auf. Drei belegte Brötchen und 2 Äpfel. Puh, das war ja nochmal gut gegangen.

Paula wusste, dass Frau Hagebiel nach einer Stunde Chorprobe eine Viertelstunde Pause zu machen pflegte. Eins der Brötchen könnte sie ja Susi schenken. Der Abend war gerettet. Paulas Mutter wusste, dass ihrer Tochter sehr schnell schlecht wurde vor Hunger und sie dann extrem übellaunig und demotiviert sein konnte. Und außerdem war klar, dass Paula mit der Aussicht auf drei Frikadellen-Brötchen beim Singen ihre Bestleistung geben würde.

„Brillant, Paula, brillant! Deine Lehrerin hat nicht übertrieben! Ich sehe uns schon in Rom auf dem Petersplatz! Ich sehe dich schon dem Papst die Hand schütteln! Du hast unglaubliches Talent, Mädchen! In 2 Monaten schon wirst du, während der Rest des Chores als Gruppe singt, ein paar Arien und Soli singen. Bei deinem Talent kein Problem. Wir werden dich essenstechnisch schon zu verwöhnen wissen, damit du zufrieden und voll dabei bist. Wer weiß: vielleicht bringst du in zwei Jahren deine erste CD heraus? Bei deinem Talent und deiner Goldkehlchen-Stimme würde mich das nicht wundern." Paula sah in das übereifrige, begeisterte Gesicht der Chorleiterin. Im Augenblick stand ihr der Sinn nur nach den Hackfleisch-Brötchen. Doch Paula war zu gut erzogen, dies der Chorleiterin ins Gesicht zu sagen. So wartete Paula brav, bis diese davon ging und stellte sich dann mit Susi ans Fenster. „Puh!" atmete Paula auf. „Endlich Pause!" Dann packte sie die Tasche aus und schenkte Susi ein Brötchen und einen Apfel. Gemeinsam aßen sie und entspannten sich dabei. Paula merkte, wie die Aufregung vor dem ersten Chorabend von ihr abfiel. Susi war bei ihr, das Singen machte Spaß und die Brötchen waren lecker.

Plötzlich griff Susi in ihre Hosentasche und holte eine blaue Murmel hervor. Sie war schon etwas zerkratzt.
„Die ist für dich", sagte Susi und gab sie Paula. „Ich hab dir von

all meinen Murmeln eine blaue rausgesucht, weil du so gern blau trägst. Du bist so schön in dem Blau, Paula. Weißt du überhaupt, wie schön du bist? Genauso schön wie diese wundervolle Murmel."
Paula biss verlegen in das Brötchen und sah die Murmel in ihrer Hand an, die ein wenig funkelte. Eine Träne rollte leise über ihr Gesicht. Rasch wischte sie sie weg, als Susi schon fortfuhr: „Am allerschönsten finde ich dich, wenn du singst. Dann leuchtest du genauso wie die Murmel, wenn du sie in die Sonne hältst. Und zwar in allen Farben."

„Auf Kinder, es geht weiter!" rief jetzt Frau Hagebiel und klatschte in die Hände. Die Kinder setzten sich wieder auf ihre Stühle. Susi flüsterte Paula zu: „Falls wir nach Rom fahren – darf ich da im Bus neben dir sitzen?" Paula zwinkerte überrascht, dass Susi überhaupt fragte. Sie wischte ihre fettigen Finger an ihrer Jeans ab und flüsterte Susi zu: „Sicher? Wer sonst?"

DIE KUHFLÜSTERIN VOM UNKENTAL

1

„Was für ein Mistwetter!" schimpfte Lolita, als sie die Tür des Kuhstalls zuknallte. Endlich hatte sie nach langem Kampf mit viel Schlamm auf den Wiesen all ihre 30 Kühe in den Stall getrieben. Es war jeden Tag aufs Neue viel Arbeit, aber die Kühe brauchten ja ihren Auslauf und das frische Gras. Sicher, sie hätte ein oder zwei billige Kräfte einstellen können, doch aufgrund ihrer festgefahrenen Einstellung, wollte sie lieber alles allein machen. Ja, klar, nicht ganz allein. Sie waren eine kleine Frauen-WG auf der „Q-30-Farm". Seit einiger Zeit zählte auch Lolitas Enkelin Bella dazu, die mit ihren 16 Jahren noch zur Schule ging und daher täglich nur 1-2 Stunden auf dem Hof helfen konnte

Die zweite von Lolitas drei Mitbewohnerinnen war Paula, ihre 54-jährige Cousine, die vorletztes Jahr zu ihr auf den Hof gezogen war. Die Gute kochte jeden Tag für alle und war sehr lebensfroh, sorgte häufig für gute Stimmung. Doch die ganze Arbeit mit den Tieren und dem Hof war eben nicht Paulas Ding. Zum Glück war da noch Trish, Lolitas Freundin aus Amerika, die nun auch seit einiger Zeit mit ihnen auf dem Hof lebte. Trish und Lolita hatten sich vor 4 Jahren in Nebraska kennengelernt.

Lolita, die sich nicht nur für deutsche, sondern für landwirtschaftliche Methoden und Erkenntnisse aus aller Welt interessierte, war auf ihren Forschungsreisen durchs Internet immer wieder auf Nebraska gestoßen. Gebannt hatte sie alle Informationen über diesen amerikanischen Bundesstaat gesammelt. Begeistert gab Lolita damals ihr neu gewonnenes Wissen an ihre Freundinnen weiter, die zu dieser Zeit mit ihr die „Q-30-Farm" bewohnten. Doch auch an solchen Gesprächen bemerkte Lolita recht früh, dass es mit ihrem Zusammenleben auf der Farm nicht so ganz optimal war. „Wusstet ihr schon, dass das Wort „Nebraska" von einem indianischen Wort stammt, das „flaches Wasser" bedeutet?" fragte Lolita und erzählte weiter: „Ursprünglich war Nebraska einmal ein Teil der „Great American Desert" und hat sich zu einem der größten Produzenten landwirtschaftlicher Erzeugnisse entwickelt. Die Geschichte dieses Bundestaates von Amerika ist daher sehr mit Landwirtschaft verbunden, da die Menschen dort es schafften, Prärieebenen in ein Land voller Ranchen und Farmen zu verwandeln." Lolitas 3 Freundinnen, die in der ersten Phase der Farm einige Jahre mit ihr dort lebten, konnten ihre Euphorie darüber nicht so teilen. „Ich finde das alles faszinierend!" hatte Lolita trotzdem konstatiert. „Wenn wir hier auch niemals Wüste hatten, so bin ich mir sicher, dass wir von den Farmern und Farmerinnen dort viel lernen können!" Als Lolita dann davon hörte, dass es in Nebraska sogar Seminare für Farmbesitzende aus der ganzen Welt gibt, in denen Menschen aus Nebraska von ihrem Wissen und ihren Erfahrungen weitergeben, war sie begeistert. Noch dazu war dies ein Grund, endlich einmal nach Amerika zu reisen, was schon so lange Lolitas Traum gewesen war.

So hatte Lolita mit einer Gruppe deutscher Frauen an einem zweiwöchigen Seminar über moderne landwirtschaftliche Methoden in Nebraska teilgenommen. Die Unterkunft war damals auf Trishs und Mollys Anwesen gewesen. Schnell hatten Trish und Lolita sich angefreundet und beschlossen, diese Freundschaft auch über jede noch so große Entfernung fortzuführen. Und als Molly ihre Partnerin Trish dann letztes Jahr verlassen hatte, hatte Trish keine Sekunde gezögert, das Anwesen in Nebraska verkauft und den nächsten Flieger nach Deutschland genommen. Zu diesem Zeitpunkt hatten Lolitas vorherige Mitbewohnerinnen die Farm bereits verlassen. Eine

wirkliche Hilfe waren sie Lolita kaum gewesen.
Als Trish auf den Hof kam, lebten Paula und Bella schon mit Lolita zusammen. Von Anfang an hatte Lolita gemerkt, dass Bella und Paula gut auf die Farm passten, doch sie konnten ihr auf dem Hof nicht so viel helfen. Daher war Lolita es gewohnt, sich in der Arbeit auf der Farm an erster Stelle auf sich selbst zu verlassen. Inzwischen war Lolita manchmal froh, dass dies sich im Zusammenleben mit Trish ein wenig zu verändern begann.

Trish investierte nicht nur viel Tatkraft, sondern auch einiges Geld in die „Q-30-Farm", wie Lolita ihre Farm seit vielen Jahren nannte. Im Grunde waren sie ja nun sozusagen gemeinsame Inhaberinnen der Farm, doch Trish war höflich und respektvoll genug, sich Lolita mit solchen Gedanken nicht aufzudrängen. So überließ sie Lolita weiterhin die leitende Position und das gefiel allen gut. Lolita hatte diesen sicheren Instinkt für die richtigen Entscheidungen und für den richtigen Zeitpunkt für die Dinge. Sie wusste, in welche Tiere und in welche Einkäufe sich zu investieren lohnte. Sie spürte, wenn ein Tier krank war. Wenn Lolita die Erde berührte, konnte sie sogar mit absoluter Genauigkeit sagen, wann der nächste Regen kommen würde. Lolitas Intuitionen waren unbezahlbar, darin waren sich alle einig. Daher hielt Trish sich gern im Hintergrund. Sie war dankbar, mit diesen drei famosen Frauen ein so gutes Leben auf diesem schönen Hof führen zu dürfen.

Mit ihren 47 Jahren war Trish neben Lolita, die ja schon 59 war, die Tatkräftigste, was die Tiere und den Hof betraf. Im Sommer vermietete Lolita auch Zimmer an Urlauberinnen. „Nur an Frauen!" betonte sie immer wieder, wenn mal eine der anderen zum Telefon griff, um Anfragen anzunehmen. Die 5 Zimmer hatten sie zusammen bunt gestrichen, an den Wänden prangten Fotos von Lolitas Lieblingskühen.

Langsam schlenderte Lolita nun durch den strömenden Regen zum Haus hinüber und freute sich schon auf die Himbeerpfannkuchen, die Paula für den heutigen Abend angekündigt hatte. Da hörte sie ein sehr lautes Muhen, das von der großen Wiese zu ihr herüber scholl. Es klang wie eine Kuh in Verzweiflung. Wie konnte das sein? Sie hatte doch soeben all ihre Lieblinge in den Stall gebracht! Sie kannte ihre „Täubchen", wie sie die Kühe oft liebevoll nannte, in und auswendig, konnte alle voneinander unterscheiden und jede trug einen Namen. Doch um nicht lange nach den Erkennungsmerkmalen suchen zu müssen, hatte Lolita jeder Kuh ein Halsband mit ihrem Namen umgebunden.

Welche Kuh mochte da draußen nach ihr rufen? Ja, nach *ihr* rief diese Kuh, das spürte Lolita genau. Schließlich wurde sie nicht umsonst respektvoll „die Kuhflüsterin vom Unkental" genannt. Das Unkental - das Tal, in dem die 4 Frauen mit ihrem Hof lebten – hatte nicht nur wegen seiner wunderschönen Gegend und seinem großen Charme, sondern auch wegen der weithin bekannten Kuhflüsterin in ganz Österreich einen ganz besonderen Ruf.

Plötzlich wurde die Haustür von innen aufgerissen und im Türrahmen erschien Paulas Gesicht. Neben ihr stand Bella und Lolita sah, wie ihre Enkelin sich die Regenjacke auszog. Offenbar war Bella soeben von der Schule heimgekommen. „Lolita, kommst du?" rief Paula ihr zu. „Die Pfannkuchen sind fertig!"

Gern hätte Lolita Trish gebeten, sie bei ihrem zweiten Gang zur Weide zu begleiten. Doch diese hatte den ganzen Vormittag drei Gästezimmer für Urlauberinnen gereinigt und war in diesem Augenblick unterwegs, die drei Frauen mit ihrem blauen Jeep vom Bahnhof abzuholen. Da die Entfernung von der „Q-30-Farm" bis zum Bahnhof recht groß war, boten sie ihren Gästen selbstverständlich einen Abholservice an. Auf Trish konnte Lolita sich verlassen. Sie hatte stets den Gästeplan im Auge, erledigte alle anfallenden Reparaturen und kaufte täglich für sie alle ein.

Da Lolita also wusste, dass für alles Notwendige gesorgt war und das Muhen der Kuh immer wieder an ihr Ohr drang, winkte sie Paula nur kurz und rief: „Fangt ruhig schon mal an. Ich muss nochmal auf die Weide. Ich komme gleich." Die Tür schloss sich wieder und Lolita stand allein im strömenden Regen. Das waren so die Situationen, die sie ganz besonders liebte: während alle anderen gemütlich um den Küchentisch saßen und aßen, allein unangenehme Aufgaben in Angriff nehmen zu müssen! Aber so war das eben mit einer Farm! Und außerdem war Trish ja auch noch nicht daheim, tröstete Lolita sich. Vielleicht würde Trish ja zurück sein, wenn Lolita zum Essen kam.

Lolita liebte das Leben mit den Tieren. Sie hätte nicht anders leben wollen. Allein schon ihre wundervollen 30 Kühe! Voller Liebe hatte sie ihnen diesen besonderen Stall eingerichtet, der den Kühen eine Lebensqualität garantierte, die wohl nur in seltensten Fällen auf Bauernhöfen zu finden war. Denn meist wurden die Tiere doch als reine Nutztiere betrachtet. Auf ihrem Hof hatte Lolita auch 8 Schweine, 4 Katzen, 20 Hühner und 3 Hunde. Bellas besondere Zuwendung galt dem großen Bernhardiner Nico. Trish hing sehr an der Schäferhündin Molly, die ihr stets zur Seite war. Und Paulas Ein und Alles war die Golden Retriever Hündin Laura. Irgendwie hatten die drei Hunde sich im Lauf der Zeit ihr besonderes Frauchen gesucht und gefunden. „Willst du dir nicht auch einen Hund kaufen?" hatte Paula Lolita einmal gefragt. Da Lolita einen großen Gemeinschaftssinn hatte und nahezu alles mit den anderen teilte, war sie doch einen Moment sprachlos. Schließlich hatte sie, Lolita, doch alle drei Hunde für die Farm gekauft. Doch sie

wusste, dass ihre Cousine dies nicht unverschämt gemeint hatte. Sie waren eine Familie, da musste man nicht ständig betonen, wem etwas gehört, fand Lolita und sah das alles locker.
So hatte sie nur mit den Schultern gezuckt und Paula geantwortet: „Ich habe doch von unseren drei Hunden genug. Wir sitzen so oft mit ihnen zusammen und sie begleiten mich ja auch jeden Tag auf dem Hof. Ich brauche keinen Hund, der mir ständig zur Seite ist. Was mir am meisten am Herzen liegt, sind die Kühe, das weißt du doch!" Morgens stand Lolita mit ihnen auf und vorm Schlafengehen sah sie immer nochmal kurz nach ihnen. Ihr stilles Muhen und ihre ruhige Art gaben Lolita so viel. Irgendwie verstanden sie einander, Lolita und die Kühe, und das tat beiden gut.

Das Leben auf dem Hof forderte Lolita auch einiges ab. Jeder einzelne Tag war randvoll mit Arbeit angefüllt. Doch es war eine Arbeit, die ihr sinnvoll erschien und die sie liebte. Natürlich gab es auch viel Schönes mit Trish, Bella und Paula. Abends saßen die vier Frauen häufig noch zusammen, aßen, erzählten und schmiedeten Pläne. Wenn sie Urlauberinnen zu Besuch hatten, setzten diese sich gern dazu und gemeinsam spielten sie dann auch häufig Karten. Es konnte keine gemütlichere Küche als die auf ihrer „Q30 – Farm" geben, darin waren sie sich alle einig.

2

Lolita riss sich am Riemen. Kurz hatte sie tatsächlich mit dem Gedanken gespielt, zu den anderen hineinzugehen, erstmal in Ruhe zu essen und dann gestärkt zur Weide zu laufen. Doch da war es wieder, das Muhen. Entschlossen lief Lolita hinüber zur Weide. Es war Mitte November und über den Wiesen hing meterdick der Nebel. Mit ihrer großen Taschenlampe, die sie bei solchem Wetter den ganzen Tag mit sich trug, bahnte Lolita sich ihren Weg durch Regen und Nebel. Der Gedanke an die

Himbeerpfannkuchen gab ihr Kraft. Da sah sie es. In einem Schlammloch neben dem alten Bach, ganz in der Nähe des Weidegebietes ihrer Kühe, lag eine offenbar verletzte Kuh.

Als Lolita näherkam, erkannte sie das vertraute Halsband, das all ihre Kühe trugen. „Q30" stand in roten Lettern darauf und der Name der Kuh: „Myrna". „Das gibt's doch nicht!" rief Lolita. Wie konnte das sein? Sie hatte Myrna doch soeben noch mit all den anderen in den Stall gebracht. Da fiel es ihr ein: urplötzlich waren die Nachbarsleute Zorro und Rinalda zum Stall herein gekommen, als alle Kühe an ihren Plätzen waren und Lolita den Stall schon verlassen wollte. Zorro und Rinalda hatten sie in ein Gespräch über die Qualität von Kuhmilch bei verschiedenem Futter verwickelt, worüber Lolita sich sehr gewundert hatte. „Interessiert das diese Leute wirklich?" hatte Lolita sich gerade gefragt, als sie ein Klacken vom anderen Ende des Stalles vernahm. In dem Moment hatte sie sich bei dem Geräusch nichts weiter gedacht. Hatte am Ende der Nachbarsjunge Roy die Kuh Myrna losgemacht und sie in diesem Augenblick zum anderen Ende des Stalles hinausgetrieben?

Dass diese Nachbarn merkwürdig waren, hatte Lolita schon lange gemerkt. Allein schon die Namen, die sie sich – wie die drei erzählt hatten – selbst gegeben hatten!
Aus Ernst-Ludwig war Zorro geworden, Sabine hatte sich Rinalda genannt und aus dem Sohn Lutz-Artur wurde Roy. Ursprünglich hatten Lolita die coolen Namen gefallen, aber in der letzten Zeit häuften sich unangenehme Vorfälle. Mal fehlten ein paar Eier bei den Hühnern, immer mal wieder standen die Stalltüren frühmorgens offen. Einmal fehlte sogar ein Huhn, das Lolita aber zum Glück wieder fand. Ob das mit den Nachbarn zusammenhing, hatte sie bisher nicht beweisen können, aber heute spürte Lolita, dass der Zeitpunkt wohl gekommen war. Sie

wollte all das, was da geschehen war, nicht einfach weiter hinnehmen, sondern den Dingen auf den Grund gehen. Langsam trieben diese Leute es wirklich zu weit und dies würde sie ihnen heute noch in aller Deutlichkeit sagen, das war sicher.

Anfangs hatten sie sich gut verstanden, hin und wieder zusammen Nachbarschaftsfeste gefeiert und einander versprochen, sich gegenseitig in der Not zu helfen. Doch immer öfter hatte Lolita in den Augen der drei Nachbarsleute Neid aufblitzen sehen, seit Trish auf den Hof gekommen war und alles so gut lief auf der „Q-30 – Farm". Als Bella zu Lolita gezogen war, hatten die Nachbarsleute wohl anfangs gedacht, die beiden Jugendlichen würden sich über jemand Gleichaltriges freuen, sich vielleicht sogar gut verstehen. Roy, der 18-jährige Sohn von Zorro und Rinalda, schien Bella durchaus zu mögen, doch Bella interessierte sich nicht für ihn. Wer weiß, was da alles an Gründen zusammen kam, dass diese komische Stimmung vom Nachbarshof zu ihnen hinüberschwappte.

Zum Glück hatte Lolita wie immer auch ein Seil dabei. Rasch band sie es Myrna um den Hals und zog sie aus dem Schlammloch. Da sah Lolita es: offenbar hatte Myrna sich in der Aufregung irgendwo verletzt. Normalerweise waren all ihre Kühe selbst in dem dichten Nebel so trittsicher, dass selten mal eine verletzt war. Dass Roy sie einfach ganz allein zur Hintertür hinausgetrieben und dann auch noch auf der nebligen Weide allein gelassen hatte, hatte die Kuh sicherlich sehr beunruhigt. Lolita konnte sich gut vorstellen, wie Myrna sich da gefühlt haben musste, allein in diesem dicken Nebel. Vermutlich war sie in Panik geraten, ausgerutscht und dann in dem Schlammloch gelandet. Dieses war durch den heftigen Regen so tief, dass die Kuh es aus eigener Kraft wohl nicht geschafft hätte, wieder herauszukommen. Jedoch war das Schlammloch nicht zu tief, als dass die Kuhflüsterin es nicht hätte schaffen können, die Kuh herauszuziehen. Mit Hilfe ihres Seils, einigem Schieben und Ziehen und viel ermunterndem Zuspruch hatte Lolita es schließlich geschafft, Myrna aus dem abgestandenen Wasser herauszubekommen.

Plötzlich war Lolita einfach nur froh, dass sie die Himbeerpfannkuchen hatte warten lassen. An den Hinterbeinen der Kuh waren ein paar aufgerissene Stellen. Offenbar hatte Myrna sich beim Ausrutschen an einigen Steinen verletzt. Aus der kleinen Notfallapotheke für ihre Tiere, die Lolita immer bei sich trug, fischte die Kuhflüsterin schnell eine Heilsalbe heraus und rieb Myrnas Hinterbeine vorsichtig damit ein. Sie wusste, dass allein das große Vertrauen, dass Myrna zu ihr hatte, die Kuh daran hinderte, nach ihr auszutreten. Denn diese notwendige Heilbehandlung tat auf den Wunden im ersten Moment natürlich weh. Doch Myrna muhte nur leise, während Lolita beruhigend einige Worte in einer anderen Sprache zu ihr sagte und ihr die Beine einrieb.

„Was für eine Sprache sprichst du da eigentlich?" hatten Trish, Bella und Paula Lolita schon mehrmals gefragt, wenn sie mitbekamen, wie Lolita mit den Kühen sprach. „Das ist unser Geheimnis", antwortete Lolita stets nur auf solche Fragen, „das von den Kühen und mir." Lolita hatte viele solcher Geheimnisse und dazu gehörte auch ihr dickes, blaues Rezeptbuch für ihre Tier-Medikamente, die sie in der kleinen Kammer am Ende des Stalls zu zaubern pflegte. In dieses Buch hatte die Kuhflüsterin nicht nur allgemein bekannte Rezepturen für Salben und andere Medikamente für Tiere eingetragen, sondern auch eine lange Liste selbst zusammengestellter Rezepte. Lolita hatte für alle Tiere des Hofes die unterschiedlichsten Heilmittel kreiert. Der überwiegende Teil dieser Heilmittel jedoch - und das waren immerhin zwei von drei kleinen Schränken, die damit voll waren - war für Lolitas Lieblinge, die Kühe.

Ein ganz besonderes Band schien die 59-Jährige mit diesen Tieren zu verbinden. Es war ein stilles Einverständnis und eine Verbundenheit, über die Trish, Bella und Paula nur staunen konnten. Ja, sie wussten, ihren Namen „Kuhflüsterin vom Unkental" trug Lolita zu Recht. Sie hatten großen Respekt vor Lolitas Fähigkeiten, akzeptierten ihre Geheimnisse und bohrten nicht weiter nach. Hatte Lolita mal eine Ausbildung als Tier-Heilpraktikerin gemacht? Wie war sie zu der Farm und all dem Geld gekommen? Woher wusste und konnte Lolita so vieles, was die anderen drei so beeindruckte? Trish, Bella und Paula spürten, dass Lolita die Fragen nicht mochte. Sie alle schätzten Lolita viel zu sehr, als dass sie sie mit irgendetwas hätten verärgern wollen. Sie waren doch auch so glücklich und dankbar, dass Lolita ihnen dieses gute Leben auf der Farm ermöglichte. Da konnte Lolita so eigen sein, wie sie nur wollte. Sie alle fanden die *Kuhflüsterin* einfach großartig.

„So, mein Täubchen", flüsterte Lolita der Kuh Myrna nun zu. „Dann wollen wir mal, ja?" Sie wusste, dass das Gehen der Kuh wegen der Verletzungen jetzt Schmerzen verursachte. Doch während Lolita nun beruhigend in ihrer ganz eigenen Sprache mit Myrna sprach, bewegte die Kuh sich langsam, Schritt für Schritt, mit ihr durch den Nebel und den Regen, zum heimatlichen Stall zurück. Im Stall angekommen deckte Lolita die erschöpfte Kuh mit einer Decke zu, die sie zuvor blitzschnell mit einem selbstgemixten Heilöl eingerieben hatte. Dankbar muhte Myrna und legte sich auf das Stroh. Dann verließ Lolita den Stall und schloss ihn bei beiden Ausgängen doppelt ab. „Euch Früchtchen kauf ich mir noch!" rief sie zum Nachbarhaus hinüber. „Da hört ja wohl aller Spaß auf, eure miesen Launen an meinen Tieren auszulassen!" Doch Lolita war alt genug, um zu wissen, dass es nicht immer am Klügsten ist, den Ärger sofort rauszulassen. Dies war eine Situation, die sie erstmal mit ihren drei Mitbewohnerinnen besprechen würde. Gemeinsam würden sie den allerbesten Plan aushecken, wie sie den Nachbarn ein für alle Mal klarmachen würden, dass sie so etwas zu lassen und ihren Hof nie mehr zu betreten hatten. Da Trish in Amerika – wo ja Schusswaffenbesitz erlaubt ist – auch schon so einiges erlebt hatte, war Lolita sicher, dass sie gemeinsam eine gute und tatkräftige Lösung zum Schutz ihrer Farm finden würden. Schließlich waren sie vier starke Frauen und keine von ihnen war von vorgestern!

3

Endlich im Trockenen! Lolita zog den Regenmantel und die Gummistiefel aus. Aus der warmen, gemütlichen Küche drangen die Stimmen von Trish, Bella und Paula mit dem wunderbaren Duft von Himbeerpfannkuchen zu ihr in den Flur. Ganz offensichtlich war Trish inzwischen mit den Urlauberinnen, die sie abgeholt hatte, zurückgekommen. Sicher machten die drei Frauen, die aus Innsbruck kamen, es sich jetzt auf ihren Zimmern gemütlich und erkundeten erstmal ein bisschen die Gegend. Sie schienen zu wissen, was gut ist, dachte Lolita bei sich. Mochte es heute auch noch so neblig und verregnet sein – das Unkental hatte seinen ganz besonderen Zauber und die Gegend hatte viel zu bieten. Nicht zuletzt natürlich die tolle Q-30 – Farm mit ihren netten Gastgeberinnen und einer Spitzen-Küche!

Lolita schob den dicken Vorhang, der Flur und Küche trennte, zur Seite, sah in die fröhlichen Gesichter und war froh, endlich hier bei Trish, Bella und Paula zu sein. Paula legte Lolita drei Pfannkuchen auf den Teller und Trish schob ihr ein großes Glas Milch rüber, das Lolita gern zum Essen genoss. Sie trank die frische Kuhmilch von ihren Goldstücken in großen Zügen. Ah, das tat gut! „Erzähl mal, Oma Lol!" bat Bella. „Was war denn los?"

Lolita sah ihre Nichte an. Bella hatte ihr schon oft von all diesen Geheimcodes und Abkürzungen erzählt, die sie im Internet benutzte. Für so ein junges Mädchen war das Internet natürlich unverzichtbar und so hatte Lolita Bella schon bald nach ihrem Einzug auf der Q-30 – Farm vor zwei Jahren einen Laptop geschenkt. Bella hatte noch nie einen eigenen PC besessen. Allein dieses Geschenk hatte ihre Oma in Bellas Augen zu einem gewaltigen funkelnden Stern wachsen lassen. Aber da gab es noch so vieles mehr, was Bella an Lolita liebte. Ja, liebte - das war inzwischen so. Vorher hatten sie sich ja wenig gekannt, aber als ihre Enkelin sich an Lolita gewandt hatte, weil ihre Eltern sich getrennt hatten und sie nicht wusste, wohin, da hatte Lolita sofort „ja" gesagt. Sie hatte diese Entscheidung nie bereut. Bella war ihre einzige Enkelin und mit ihrer ganzen Art so liebenswert und einfach goldrichtig. Und Bella, die hatte die Borsten der Jugend sehr schnell abgelegt, als sie merkte, wie liebevoll ihre Oma sich um sie sorgte und ihr alles gab, was sie brauchte. Daher brachte Bella sich auf der Farm so viel ein, wie es ihr möglich war. Das waren in der Schulzeit nicht viele Stunden am Tag, in den Ferien dafür umso mehr.

Dass Lolitas Cousine Paula drei Monate vor Bella bei Lolita eingezogen war, hatte das Ganze noch runder gemacht. So war immer jemand für Bella da, selbst wenn Lolita mal mit den Tieren auf der Weide oder beim Einkaufen war. Und Paula und Bella hatten sich auf Anhieb gut verstanden.
Doch Lolita und Bella verband etwas Besonderes, das beiden in der Seele gut tat. Bella mochte inzwischen so vieles an Lolita und darum hatte sie sie recht bald nach ihrem Lieblingskürzel aus dem Internet benannt: LOL. „Das heißt „laughing out loud", Oma,

also „laut lachen" – passt doch optimal zu dir!" hatte Bella erklärt. Da sie alle Lolitas herzhaftes Lachen liebten und Lolita jedes Kompliment für ihr Lachen zu schätzen wusste, nahm sie diesen Spitznamen, „Oma Lol", als ein solches an.

Lolita sah Bella an, die so ruhig neben ihr saß. Immer wieder spürte Lolita, dass die Gegenwart ihrer Enkelin ihr einfach gut tat. Meine Güte war das Mädchen in der letzten Zeit gewachsen! Lolita war so froh, dass sie alle drei hier bei ihr waren.

Bella, die zwar wegen ihres Alters und der Schule wenig auf dem Hof helfen konnte, aber so ein lieber Sonnenschein war. Mit ihrer Kreativität, ihren tollen Ideen und ihrem freundlichen Wesen war Bella eine totale Bereicherung für sie alle. Wieder einmal war Lolita froh, Bella auf der Q30 – Farm aufgenommen zu haben.

Trish, die nichts so leicht aus der Ruhe brachte, ein Fels in der Brandung und voller Tatkraft. Nicht nur so kompetent und umsichtig mit allen Dingen des Hofes, sondern auch mit den Eigenheiten und Stimmungen der Frauen, vor allem ihrer, Lolitas. Trish war ein Juwel, nicht zuletzt wegen ihrer liebevollen Art, mit der sie auf alle einging und sich stets darum sorgte, dass niemand außen vor war. Auch die Urlauberinnen bezog sie so liebevoll mit ein. Lolitas Welt war in Ordnung, wenn Trish dabei war.

Und Paula, die das weltbeste Essen kochte, putzte und sie alle mit ihrer guten Laune immer aufbaute. Mit ihrem ganzen Wesen sorgte Paula dafür, dass diese Farm etwas war, was sie alle ein Zuhause nennen konnten. Manchmal war es schwer, sich nicht in der Arbeit, in Druck und Hektik zu verlieren, bei all den Aufgaben und all der Verantwortung, die eine Farm mit sich brachte. Da sorgten Bella und Paula für den Ausgleich, trugen tatkräftig dazu bei, dass Trish und Lolita auch mal lockerlassen konnten.

Als Lolita in die drei vertrauten Gesichter sah, war sie einfach froh, zuhause zu sein. Sie griff zu Messer und Gabel, sah in die Runde und sagte: „Schön, dass ihr da seid, Mädels! Was los war, das erzähl ich euch später. Da brauche ich definitiv euren Rat und eure Hilfe. Aber wir kriegen das geregelt. Gemeinsam sind wir stark. Doch jetzt habe ich erstmal Hunger!" Und wieder spürten sie es alle; dieses nicht zu brechende Vertrauen in Lolitas Intuitionen und Entscheidungen. Bella, Trish und Paula wussten, dass Lolita spürte, wann der richtige Moment für die Dinge war und respektierten auch ihre Grenzen. Es würde zweifellos alles zum Guten geregelt werden, was immer auch da draußen auf der Weide geschehen war. Trish, Bella und Paula lehnten sich in ihren Stühlen zurück und sahen Lolita an, die herzhaft in den Pfannkuchen biss. Paula nickte ihr zu und sagte: „Na, dann, Kuhflüsterin! Lass es dir schmecken!"

DER SCHATZ AUS ROM

27 Pizzabrötchen lagen auf dem Backblech, das Lena aus dem Ofen zog. „Wow, riechen die gut!" rief Bea, ihre alte Freundin. „Was hast du da reingetan?" Lena lachte: „Ja, da sind tolle Gewürze drin, die ich auf meiner Italienreise mit Sissy kennlernte. Das Rezept ist übrigens von Mia." Nun wurde Lenas Stimme leiser, als sie sagte: „Leider habe ich von Sissy seit 2 Monaten nichts mehr gehört. Beim Telefon geht nur der AB dran. Gestern bekam ich diese Karte in ihrer Handschrift." Lena nahm die Postkarte in die Hand, die auf dem Küchentisch gelegen hatte und las:

„Liebe Lena, komm bitte am Sonntag, den 15. März 2016, zum Frankfurter Flughafen und bring die gelbe Tasche von unserer Italienreise mit. Alles Weitere besprechen wir dort. Tust du mir den Gefallen?"

Lena sah Bea an und fragte: „Was hältst du davon?"

Plötzlich klingelte das Telefon. Energisch hob Lena ab: „Ja, bitte?" Die 53-jährige Bea sah ihre Freundin mitfühlend an, da sie wusste, dass diese immer diesen barschen Tonfall bekam, wenn sie sehr beunruhigt war. „Hey, Lena", meldete sich Mia am anderen Ende der Leitung. „Ich wollte dir nur sagen, dass ich gleich komme. Ich steh hier im Stau. Ist Bea schon da? Ich bring die Creme Fraiche für die Pizzabrötchen und Salat mit."

Seit einem Jahr lebten die 43-jährige Lena und die 45-jährige Mia nun zusammen in der riesigen Altbauwohnung in Frankfurt. Da hatten auch die drei Katzen viel Platz. Auf Lenas und Sissys Italienreise hatten Lena und Mia sich in Rom kennengelernt. Sie hatten einander erst monatelang geschrieben, sich dann immer häufiger getroffen und waren schließlich zusammen gezogen.

Mia war viele Jahre Italiens Vorzeige-Wasserball-Sportlerin gewesen. Sie hatte 10 Jahre lang in der italienischen Wasserball-Nationalmannschaft der Frauen gespielt und einiges dazu beigetragen, dass ihr Land mehrfach siegte. Auch bei Einzelwettkämpfen hatte sie oft gewonnen und hatte daher in Italien einige Bekanntheit erlangt.

Schon bei ihren Besuchen bei Lena in Frankfurt war Mia die Idee gekommen, was sie im Falle eines Zusammenlebens mit Lena beruflich machen könne. Denn sie wollte gern etwas Neues machen, etwas anderes als bisher - das hatte Mia schon lange gespürt. Als die beiden Frauen dann zusammen gezogen waren, hatte Mia daher keinen Moment gezögert, ihre Idee umzusetzen und hatte in Frankfurt eine Frauen- und Mädchen-Schwimmschule eröffnet. Von ihren erfolgreichen Jahren als Wasserballerin besaß Mia große Rücklagen und davon hatte sie problemlos ein schönes Schwimmbad mit dazu gehörigem Außenbereich gekauft. Besonders das Freibad darin war äußerst beliebt. Da Mia durch ihre Erfolge weltweit sehr bekannt und geschätzt war, wollten viele gern bei ihr lernen und so war Mias Tagesplan mit Schwimmunterricht straff gefüllt. Meistens wechselte sie im Laufe des Tages mehrmals den Badeanzug, da sie überwiegend direkt im Becken unterrichtete. Zwischen den Schwimmstunden hatte sie mehrere Einführungs- und Elterngespräche und natürlich sehr viel Organisatorisches, das rund um das Schwimmbad anlag. Daher besaß Mia 45 Badeanzüge.

Lena und Bea begaben sich nun mit einem riesigen Berg Pizzabrötchen, mehreren Tellern und Tassen auf den Balkon. Zum Glück war der riesengroß, so dass der Wäscheständer mit den 20 frisch gewaschenen Badeanzügen kein bisschen störte. Lena holte einige Getränke herbei und sie machten es sich gemütlich. Auf dem Tisch lagen bereits einige Kartenspiele für den Abend bereit. Die bunten Badeanzüge flatterten fröhlich im Wind und Lena und Bea bissen gerade in ihr Pizzabrötchen, als erneut das Telefon klingelte. Hastig eilte Lena in den Flur, lauschte angespannt auf das Knacken in der Leitung und dann auf Sissys vertraute Stimme: „Denkst du an mich, Lena? Morgen ist der 15. März. Bitte sei um 16 Uhr am Flughafen. Ich erwarte dich an der Einfahrt zum großen Parkplatz bei Tor B. Und vergiss die gelbe Tasche nicht." Dann wurde aufgelegt, noch bevor Lena antworten konnte.

Wenig später klingelte es an der Tür. Mia liebte es, empfangen zu werden und pflegte daher meist zu klingeln, obwohl sie natürlich einen Schlüssel hatte. Wenn Mia klingelte, stürmten stets alle drei Katzen an die Tür und natürlich auch Lena. Sie nahm Mia die riesige Salatschüssel aus der Hand und stellte sie kurz auf das Regal im Flur. Daraufhin warf Mia ihre große Badetasche neben den Schrank, der im Flur stand, und die beiden umarmten einander. „Bea wartet auf dem Balkon. Komm mit", sagte Lena, griff nach der Salatschüssel und lief mit Mia hinaus auf den Balkon, zu Bea.

„Was in aller Welt sollst du Sissy denn in dieser gelben Tasche bringen?" fragte Bea. „Und warum kommt sie nicht hierher? Was ist los mit ihr?" Mia strich sich durch ihre schwarzen Locken und sagte: „Entspannt euch, meine Lieben! Sissy hat doch diesen immensen Faible für Krimis." Bea und Lena sahen Mia überrascht an. „Ja, Lena, ich weiß!" winkte Mia ab. „Bis gestern habe auch ich mit dir in Betracht gezogen, dass Sissy entführt worden sein könnte und mir Sorgen gemacht. Doch im Laufe des Vormittages kam eine Kundin zu mir, die mit Augenzwinkern zu mir sagte: „Schönen Gruß von Sissy! Denken Sie daran, was damals in Rom durch Sie selbst in Lenas gelbe Tasche gelegt wurde. Ich weiß, es herzugeben, ist ein hoher Preis für Sie.

Doch für Sissy hängt viel davon ab." Bea schlug sich die Hand vor den Mund und rief: „Das bezeichnest du als lockere Angelegenheit?" Mia winkte ab: „Ich kann nicht genau sagen, wer oder was dahintersteckt. Aber ich glaube nicht, dass Sissy in Gefahr ist. Ein wenig theatralisch erscheint mir das Ganze schon."

„Was hast du denn damals in Lenas gelbe Tasche gelegt?" fragte Bea Mia. Lena schenkte Getränke ein und verteilte Salat an alle. Sie seufzte in Erinnerung an jenen Abend. Sie hatte mit Sissy zum x-ten Mal in dieser römischen Pizzeria gesessen, wo diese überaus nette Italienerin mit Namen Mia arbeitete. Eigentlich hatten Sissy und sie längst weiter durch Italien reisen wollen. „Rom ist doch auch schön!" sagte Lena jeden Tag aufs Neue. Und so waren sie zu guter Letzt die ganzen zwei Wochen in Rom geblieben. Mehr und mehr erfuhr Lena über Mia, doch dass sie eine italienische Spitzensportlerin war, wusste Lena noch nicht. Mia ihrerseits freute sich auch sehr, viel über Lena zu erfahren, wenn sie nach Mias Schicht des Öfteren noch geraume Zeit an einem Tisch zusammensaßen. Dass Lena und Sissy länger in Rom blieben, gefiel Mia sehr.

An jenem Abend – Lena und Sissy hatten beide einen großen Spezialsalat und Eis bestellt – da legte Mia heimlich eine ihrer Goldmedaillen in Lenas gelbe Tasche. Als Lena und Sissy gingen, sagte Mia zu Lena: „Ich habe dir ein Geschenk in deine Tasche gelegt, das dir sagen soll, wie viel du mir bedeutest." Als Lena und Sissy an jenem Abend in ihrer römischen Pension ankamen, staunten sie nicht schlecht, die Goldmedaille mit Mias eingraviertem Namen vorzufinden. Dadurch hatten sie natürlich auch von Mias Sporterfolgen erfahren, was an Lenas Blick auf Mia aber nichts änderte. „Für mich ist sie so oder so ein As, ein Goldstück!" hatte Lena damals zu Sissy gesagt. „Dann kannst du mir die Medaille ja schenken!" hatte Sissy damals keck gesagt.

„Die ist extrem wertvoll!" Lena hatte nur gelacht und dies für einen von Sissys Scherzen gehalten. Die beiden waren seit der Schulzeit zusammen durch dick und dünn gegangen und Lena kannte Sissys Humor und ihre ausgefallenen Ideen.

Doch als Lena jetzt an jenen Abend in Rom dachte, wurde ihr einiges klar. Der Neid, der seit jenem Abend so oft in Sissys Augen aufgeglommen war. Denn sie, Lena, hatte in Sissys Augen durch jene Reise so viel gewonnen. Weit mehr als die Medaille war das. Seit Mia nun in Frankfurt mit Lena zusammen wohnte, fühlte Sissy sich als Lenas beste Freundin in den Schatten gestellt. Dies hatte sie Lena allzu oft spüren lassen. Hatte Sissy sie aus diesem Grund zwei Monate in Sorge versetzt, damit Lena merkte, was sie an Sissy hatte? Als ob sie das nicht so wüsste! Es gab keine treuere Freundin als Sissy, das war doch wohl klar! Sie konnte doch ihre Freundschaft nicht mit ihrer Beziehung mit Mia vergleichen! Das waren doch zwei völlig verschiedene Dinge! Lena seufzte und plötzlich tat Sissy ihr sehr leid. Ja, vielleicht hatte Mia Recht und dies war nur ein Krimi von Sissy, ein kleines spielerisches Lehrstück an sie, Lena.

Am nächsten Morgen fuhren sie zu dritt zum Flughafen. Mia und Bea flankierten Lena, als sie dann auf dem großen Parkplatz bei Tor B auf eine Gestalt im grünen Parka mit Kapuze zugingen. Wer in aller Welt kostümierte sich bei 28 Grad im Schatten so? Das konnte nur Sissy sein! „Hier ist die Tasche, du Esel!" sagte Lena und reichte Sissy die gelbe Tasche. Sissy öffnete die Tasche und nahm die Goldmedaille in die Hand. Die Medaille funkelte in der Sonne. Sissy strahlte. „Ja, sie gehört nun dir", lachte Mia und Bea stupste Sissy in die Rippen.
„Kommst du nun wieder mit heim?" fragte Lena. „Wir haben dich vermisst." „Klar!" sagte Sissy und zog den Parka aus. „Klar komme ich mit euch."

LARRY OTTER

UND DIE SIEBEN STRAHLEN DES GLÜCKS

An einem wunderschönen Sonntagmorgen saß Larry Otter am Fluss und ging einer seiner vielen Lieblingsbeschäftigungen nach: er angelte. Wie sagte Larrys wenig geliebte Tante, genannt „Das Butterbrot", stets zu ihm: „Ein Hobby, das du nicht magst, Junge, das muss erst noch erfunden werden." Ja, es stimmte, Larry konnte sich für so vieles begeistern. Und so saß der elfjährige Junge in der warmen Junisonne und beobachtete völlig gelöst das Funkeln auf der Wasseroberfläche, als plötzlich von hinten Schritte zu hören waren. Es war niemand anderes als sein bester Freund, Robin Müsli, den sie meist „das Bonbon" nannten. Robin trug diesen Spitznamen vielleicht nicht zuletzt, weil er für sein Leben gern naschte. Auch jetzt kramte er gerade aus seiner Hosentasche ein total verklebtes Radieschen-Bonbon und steckte es in seinen weit geöffneten Mund. Ja, „das Bonbon" war auch dafür bekannt, dass er zuhause mit einer großen Maschine selbst Bonbons herstellte. Die Radieschen-Bonbons gehörten allerdings zu einer unter den anderen Kindern weniger beliebten Sorte. Dies kümmerte Robin wenig, wie so manches andere. Larrys bester Freund war im Allgemeinen durch wenig aus der Ruhe zu bringen.

„Hat „das Butterbrot" dir Freigang erlaubt?" strahlte Robin Larry an. Oh, wie Larry diese Fragen hasste! Er liebte es, im Schein der Sonne den trüben Alltag zuhause zu vergessen und das verhagelten ihm diese Fragen. „Das Butterbrot" hatte Larry seine Tante deshalb getauft, weil sie eigentlich immer, wenn sie mit ihm sprach, ein Brot zwischen den Zähnen wälzte und das war nicht besonders toll. Larry konnte sie daher oft nur leidlich verstehen und wenn er nachfragte, wurde sie sehr wütend. Daher vermied Larry es, wo immer möglich, sie nach irgendetwas zu fragen.

„Oh, sieh nur, dort drüben ist Frau Mine!" rief Robin da. Tatsächlich, auf der anderen Seite des Flusses kletterte Frau Mine gerade beherzt über den Abhang aus Geröll, um dann mit einem galanten Sprung in den Fluss einzutauchen. Wieso dieses Mädchen sich mit gerade mal 11 Jahren „Frau Mine" nennen musste, das würde Larry wohl für immer schleierhaft bleiben. Kam Jasmin sich schon so unglaublich reif und erwachsen vor? Was für eine Angeberin! Sie tat immer so extra klug, sie wusste einfach alles. Warum um alles in der Welt ließ sie sich nicht einfach „Mine" nennen?

Larry und Robin wussten, dass dieses Mädchen sehr stark war und es ging das Gerücht, dass Frau Mine sehr unangenehm werden könne. Daher hatten die Jungen sie zu ihrer Anführerin gewählt und wollten sie lieber in keinem Punkt kritisieren. „Hey, Burschen!" erscholl jetzt Frau Mines Kommando vom anderen Ufer herüber. „Kommt mal schnell rüber, ich habe einen Plan, was wir machen können!" Obwohl Larry eigentlich nichts anderes wollte als hier in der Sonne zu sitzen und zu angeln, so hatte er keinerlei Bedarf, sich mit Frau Mine anzulegen. Nie im Leben hätte er die Courage aufgebracht, sich ihr zu widersetzen und auch Robin fügte sich nur allzu gern, um keinen Ärger zu riskieren. So rannten die beiden Jungen dann zwei Minuten später im Eiltempo über die nahegelegene Brücke.

Im Licht der funkelnden Mittagssonne hielt Frau Mine stolz ihren Fund in die Luft, der in sämtlichen Farben zu funkeln schien. Es war ein wunderschöner Stein, groß wie eine Faust und über und über mit Kristallen besetzt. „Wo hast du denn diesen tollen Stein her?" wollte Robin wissen. Aufgeregt erzählte Frau Mine: „Eben, als ich im Fluss tauchte, fand ich ihn. Er lag unten auf dem Boden, zwischen lauter Muscheln, grauen Steinen und Moos. Es war, als wollte eine Hand mich hinunterziehen zu ihm. Eine Kraft zog an mir, ich hatte sogar einen Moment lang Angst, nicht wieder hochzukommen."

„Du hattest...- was? Angst?" Robin Müsli sah Frau Mine irritiert an. Er schien wohl anzunehmen, dass Mädchen keine Angst kennen, dachte Frau Mine und blickte betont lässig über den Fluss, als sie antwortete: „Ja, du hast richtig gehört: ich hatte Angst. Sonst noch Fragen?" Larry schwieg lieber und hielt einfach nur völlig verzaubert den Stein in seinen schmalen Händen. Er wünschte, er selbst hätte ihn gefunden, aber wieder einmal war er nur dabei, wenn etwas Großes geschah. Aber egal: was wollte er sich jetzt im Augenblick über irgendetwas beklagen? Dieser Augenblick wollte einfach nur genossen und zutiefst aufgenommen werden, so einen Stein hielt er schließlich nicht alle Tage in der Hand. Und so tauchte Larry einfach in das Funkeln ein und vergaß alles andere, auch sich selbst und ging mit dem Stein in Gedanken auf eine Reise.

Plötzlich stand Larry auf einer Wiese. Wo waren die anderen geblieben? Weit und breit sah er nur Gras und Blumen. Es war so still und alles war in ein wunderschönes Licht getaucht. Offenbar war der funkelnde Stein, den Frau Mine im Fluss gefunden hatte, ein Portal gewesen, und Larry war durch das Portal auf dieser Wiese gelandet. Schon immer hatte Larry geahnt, dass es wahr sein musste, was manche Leute über sogenannte „Portale" erzählten. Es hieß, dass diese Gegenstände – die gar nicht danach aussahen! - Menschen die sie berührten, unvermutet an einen anderen Ort bringen konnten. Larry hatte es noch nie selbst erlebt. Dies war das erste Mal. Einem Impuls folgend setzte Larry sich auf die Wiese und sah sich die Blumen an, als plötzlich eine blaue Blume zu ihm zu sprechen begann: „Hallo, Larry, wir haben schon auf dich gewartet. Da bist du ja endlich."

Larry schob seine Brille ein Stück höher auf die Nase und räusperte sich verlegen: „Auf mich? Warum denn das? Ich bin doch nur ein kleiner Junge. An mir ist nichts Besonderes. Ich kann mich zwar für vieles begeistern, aber was sollten andere an mir herausragend finden? Meine Tante, „Das Butterbrot", sagt immer: „Du wurdest als Stinknormalo geboren und genauso wirst du enden." Also, ich weiß nicht. Als Normalo fühl ich mich eigentlich nicht und das will ich auch nicht sein. Es ist mir zu langweilig, nur so zu sein, wie alle es als normal betrachten. Ich möchte schon ein Unikum sein. Aber bin ich deshalb etwas Besonderes? Keine Ahnung."

Da hörte Larry einen wundervollen Gesang. Sämtliche Blumen dieser verzauberten Wiese schienen ein wunderschönes Lied anzustimmen. Es trieb dem Jungen Tränen in die Augen.
Mit einem Mal schossen all die Lieblosigkeiten, die ihm gesagt worden waren, in Larrys Kopf und mit den Tränen strömten sie aus ihm hinaus. „Einen starken Jungen hätte ich mir als Neffen gewünscht, ja, aber nicht ein solches Weichei! Du Pflaume! Du bist zu nichts zu gebrauchen!" Das hatte Larrys Tante, „Das Butterbrot", erst letzte Woche noch an Larrys Geburtstag zu ihm gesagt, als sie die Buttercremetorte anschneiden wollte und Larry das Messer nicht schnell genug aus der Küche geholt hatte. Auch an das letzte Weihnachten musste Larry denken, als seine Tante ihm die Geschenke achtlos auf sein Bett warf und sagte: „Ich muss ja nicht unbedingt dabei sein, wenn du auspackst, oder? Ich geh jetzt schlafen. Gute Nacht, Lull." Ja, Lull nannte sie Larry manchmal, wenn sie ihn besonders ärgern wollte. Sie hatte ihm mal erklärt, dies sei die Abkürzung von „lull und lall", was wohl irgendwie nichts Halbes und nichts Ganzes sei. Irgendwo

auf einer Skala zwischen lull und lall schien daher Larrys Existenz zu schweben, genauso wie seine Bedeutung für andere Menschen. Die Lieblingsansage seiner Tante war: „Du bist und bleibst der totale Versager, Lull. Eine Null, die zwischen dem Punkt A und dem Punkt B hin und her eiert, die bist du, Lull. Das totale Nichts." Wen wundert es also, dass Larry sich angewöhnt hatte, einfach gar nichts mehr von sich und anderen zu erwarten? Keine Komplimente, keine Zuwendung, kein Lob, ganz zu schweigen von Geschenken. Und was passierte da jetzt gerade, konnte das denn wahr sein?

Umringt von singenden Blumen kam jetzt ein hell strahlender Elf auf Larry zu und überreichte ihm tatsächlich ein Geschenk.
Als Larry es in die Hand nahm, nahm es ihm fast den Atem, so schwer war das Paket. Als Larry dann das gelbe Geschenkpapier entfernte, kam ein goldener Krug zum Vorschein.
„Dieser magische Krug ist aus dem Stein gehauen, aus dem jener Berg dort hinten besteht." Der Elf zeigte auf den gewaltigen Berg, unter dem die Wiese lag. „5 Elfen haben 1 Jahr lang an diesem Krug gearbeitet, damit er eines Tages zu seinem rechtmäßigen Besitzer kommt. Wir alle haben deine Ankunft schon so lang erwartet, ja, ersehnt. Denn so steht es in der alten Prophezeiung geschrieben: *„Wenn eines Tages der lang Erwartete kommt, dann wird der Krug seine Bestimmung durch ihn finden und diese Erfüllung wird uns alle glücklich machen."* DU bist der Richtige, der, auf den wir so lange gewartet haben."

Larry blickte tief in den steinernen Krug und wurde von dem gewaltigen Summen und Funkeln in dessen Inneren in den Bann gezogen. Die Strahlen aus dem Krug trafen mitten in sein Herz und wärmten jeden Winkel darin. Larry erschauerte. „Das, was du in dem Krug siehst und erkennst, das sind die sieben Strahlen des Glücks. Du und allein du kannst sie in diesem Krug sehen und sie in die Welt senden. Du, der du so viele Ideen und Hobbys

hast, so vieles, woran du Freude hast, kannst in all dem Schönen dieses Strahlen sehen und es in die Welt bringen.
Es gibt leider sehr viele Menschen, denen es verwehrt ist, dieses wunderschöne Funkeln auch nur ein einziges Mal zu sehen.
Du hast die Augen dafür und mehr noch, das rechte Herz."

Larry sah den Elf an und sagte verwundert: „Aber ich verstehe nicht. Es wird doch normalerweise nur den Menschen besondere Bedeutung zugemessen, die sich toll darzustellen wissen, die gern angeben, die extrem mutig sind und die keine Aufgabe scheuen. Ich aber bin ängstlich und verstecke mich gern im Schatten anderer. Ich mag es nicht, mich zu profilieren.
Ich betrachte meine Fähigkeiten als Geschenke.
Ich denke, bewundern würden andere mich, wenn ich extrem tolle Leistungen bringen würde und ein Held wäre. Aber all das bin ich nicht und mehr noch: ich will es auch nicht sein."

„Diejenigen, die sich großmachen, sind nicht wirklich groß", sagte der Elf zu Larry. „Viele Werte und Dinge, die in eurer Welt von vielen Menschen sehr geschätzt werden, sind für uns leer und hohl. Viele Menschen streben ihr Leben lang nach nichts anderem als nach Sicherheiten, Geld, Geltung, Ansehen und Macht. Doch diese Dinge werden im Licht dieser Strahlen zu nichts zerplatzen. Mit Augen, die nur diese Äußerlichkeiten sehen, kann kein Mensch die Strahlen des Glücks erkennen.
Du aber hast die Augen, um die Strahlen zu sehen."

Staunend sah Larry den Elfen an, der fortfuhr: „Wir sind so froh, dass du endlich gekommen bist. Nimm diesen Krug als unser Geschenk an dich. Blicke jeden Tag in sein Inneres und lass die Strahlen des Glücks auf dich wirken, in dir schwingen und sie werden in deinem Leben vieles verwandeln. Du wirst durch sie so viele Antworten und Kräfte finden, die vielen Menschen gut tun können. Denke niemals, du seist arm, Larry. Du bist reich, ganz egal, was andere Menschen, so wie deine Tante, dir auch an den Kopf werfen mögen. Lass diese verletzenden Sätze einfach an dem Stein des Kruges zerschellen. Ich sagte ja bereits: das Gestein, aus dem der Krug gemacht ist, ist stark. Und fürchte nicht, dass deine lieblose Tante oder wer auch immer dir diesen Krug stehlen könnte. Der Krug ist, wie gesagt, aus besonderem Stein und die Kraft darin kann niemand nehmen oder brechen. Niemand. Vergiss das nicht. Dieser Krug wird niemals leer sein und du kannst ihn nie verlieren. Und nun geh, Larry, und mach es wahr. Du kannst nicht in die Irre laufen. Es ist alles in dir." Mit diesen Worten lächelte der Elf dem Jungen freundlich zu.

Eine Sekunde später fand Larry sich unten am Fluss wieder.
Im Wasser tobten Robin und Frau Mine. Die beiden bespritzten einander mit Wasser und kreischten ausgelassen.
Ja, er, Larry Otter, würde hier bleiben, in Downlow, das wurde ihm jetzt klar. Sicher, sie hatten alle drei erst kürzlich diesen Brief von der Zauberer-Schule „Heimwärts" bekommen.
Es war eine Einladung gewesen, diese mysteriöse Schule zu besuchen. Natürlich wäre es für Larry großartig, seiner Tante auf diese Weise für eine Weile zu entkommen und eine Menge tolle Zaubersprüche zu lernen. Aber eins wusste der Junge jetzt, nach dieser Begegnung auf der magischen Wiese: er war kein Held und er musste auch nicht daran arbeiten, einer zu werden.
Er war gut und richtig, so wie er war. Es war völlig in Ordnung, ängstlich zu sein. Larry wollte weder Starallüren, noch Ruhm.
Er wollte einfach nur er selbst sein.
Larry umarmte den steinernen Krug und fühlte mit einem Mal ein großes Glück in sich aufsteigen. Dann sah er in das Innere des Kruges. Das Funkeln erfüllte ihn und Larry spürte ein Jubeln in seinem Herzen. Seine Phantasie war ein großes Geschenk. Und ebenso seine Liebe und Begeisterung für so vieles.

Als sein bester Freund Robin Müsli und Frau Mine kurz darauf ans Ufer kamen, rief Frau Mine zu Larry hinauf: „Hör mal, Larry, Robin und ich haben eben entschieden, im Sommer auf die Zauberer-Schule nach „Heimwärts" zu gehen. Du kommst doch mit, Larry, oder? Wir können doch wohl auf dich zählen?"
Larry war selbst fast ein wenig verwundert und doch gleichzeitig total entspannt, als er seelenruhig antwortete: „Nein, Frau Mine, ich wünsche euch viele gute Erfahrungen und eine tolle Zeit, aber was mich betrifft – ich habe andere Pläne, ich bleibe hier."

„Sollen wir dort ohne dich lernen, gegen den bösen Waldemar zu kämpfen?" fragte Robin fassungslos und starrte auf den riesigen Krug, den Larry in seinen Armen hielt. Dieser Krug schien einen Zauber zu verstrahlen, der Robin davon abhielt, noch weitere Fragen zu stellen oder Larry zu kritisieren. „Sieht ganz so aus, ja", antwortete Larry gelassen. „Und weißt du was? Ich denke, nicht nur der Kampf gegen das Böse kann etwas verändern. Es gibt auch gute Kräfte, die wir nähren können und die eine gesunde Stärke in die Welt bringen können. Ich habe mich für diesen Weg entschieden. Und ich werde ihn gehen, mit meinem goldenen Krug und den sieben Strahlen des Glücks."

DER GOLDENE KOMPASS

- EIN MÄRCHEN

Es waren einmal ein zotteliger Bär und ein sehr mutiges Mädchen. Dem Bären Alfred hingen die langen, dichten Haare nach einem gewaltigen Schauer, durch den die beiden soeben marschiert waren, wie eine klatschnasse Wolldecke am Körper. Zum Glück war es ein warmer Sommertag und so fror Alfred zum Glück kein bisschen. Die beiden waren in den Bergen unterwegs und die kleine Molly trug ihr wetterfestes Regencape, das ihr bis zu den Füßen reichte. Molly hatte nur wenige Dinge mit auf die Reise genommen, doch daran hatte sie zum Glück gedacht. Das Mädchen war gerade mal zwölf Jahre alt. Gemeinsam waren die beiden bei Nacht und Nebel aus dem Zirkus abgehauen, mit dem sie hierher, in das tiefste Italien, gereist waren.

Molly war ein Naturtalent im Kunstreiten und auf dem Seil. Sie hatte sich sogar Kunststücke ausgedacht, bei denen sie das eine mit dem anderen kombinierte. Nahtlos und galant kam sie oftmals nach einer haarsträubend spannenden Seilakrobatik-Einlage auf den Boden zurück und stieg sofort auf ihr Pferd Lilana. Dann stellte Molly sich auf Lilanas Rücken und während das Pferd eine Runde nach der anderen durch die Manege drehte, vollführte Molly auf dem Pferderücken die tollsten Kunststücke.
Ja, da stoppt euer Atem, was? „Hut ab!" sagten die Leute dazu. Molly selbst sah das sehr bescheiden einfach als ihr Naturtalent.

Alles hätte so gut laufen können, wäre da nicht der fahrende Händler Coco di Moro gewesen, der sich dem Zirkus für ein Jahr angeschlossen hatte. Coco di Moro dabei zu haben, schien so praktisch zu sein, da er in jedem Ort, in den sie kamen, für gute Kontakte sorgte und stets einige Waren führte, die dem Zirkus nützlich waren. Coco war ein geselliger und ulkiger 60-Jähriger und wirkte stets so gutmütig und treu. Doch eines Nachts war er plötzlich verschwunden und hatte dem Zirkusdirektor Jim sein wichtigstes Kleinod gestohlen, mit dem dieser die Zirkustruppe von 75 Leuten und 117 Tieren durch dick und dünn geführt hatte: den goldenen Kompass. Dieser Kompass war weit mehr als nur bloßer Wegweiser. Jim Goldinski hatte ihn mit 19 Jahren von seinem Urgroßvater überreicht bekommen. In diesem Kleinod lagen Millionen von Wünschen, Träumen, Sehnsüchten und zahllose magische Kräfte, die allesamt die Garantie dafür lieferten, dass alles letztlich zum Guten geriet.

Seit jener Nacht, in der Coco mit dem Kompass verschwand, war im Zirkus eine Katastrophe nach der anderen geschehen. Als schließlich sogar die bisher total friedliche Tierdompteuse Melissa Grandessa die Bären mit der Peitsche zu drillen begann und die kleine Molly 4 mal vom Seil gestürzt war, weil jemand das Seil mehrfach vorher bösartig manipuliert hatte, da bekamen Molly und der Bär Alfred es mit der Angst zu tun. Die beiden waren seit Jahren dicke Freunde und wussten, sie konnten sich aufeinander verlassen. Alles, was Molly in jener Nacht ihrer Flucht mitnahm, war ihr Rucksack mit Essen und Trinken, ihre blaue Wolldecke, der Regenmantel, 1 Springseil und ihr Schulbuch. Das Mädchen wollte auf der Reise auch ein wenig lernen und vielleicht konnte sie dem Bären Alfred das ABC und ein wenig Rechnen beibringen.

An jenem Tag also, als Alfred sich locker hätte auswringen können, da sprachen sie gerade über Reime. Molly und der Bär erklommen einen Hügel und sahen hinab ins Tal. Dort unten kuschelten sich ein paar kleine Häuser an den Hang. Ein Regenbogen erleuchtete den Himmel.
Die beiden beschlossen, zu einer der Hütten zu laufen, um dort nach einer Mahlzeit zu fragen.

Endlich standen sie vor einem kleinen Häuschen. Vor dem Haus stand ein Topf mit einer Sonnenblume. Alfred klopfte an die Tür. Quietschend öffnete sich diese und vor ihnen stand eine alte Frau deren graue Haare beinahe den Boden berührten. „Die ist sicher 100 Jahre alt", dachte Molly. „Kommt rein, Kinder", sagte die Frau. „Ich bin Lolly."

Die alte Frau zeigte ihnen ihre urgemütliche Küche, ein paar kleine Nebenräume und die Terrasse zum Garten. Im ganzen Haus waren unzählige Edelsteine ausgelegt. Ob im Hausflur, auf der Treppe oder in den Räumen - überall schillerte und schimmerte es davon. Alfred und Molly standen andächtig inmitten all des Glitzerns und waren sprachlos.
Schließlich kamen sie in das riesige Wohnzimmer. Auch hier lagen eine Menge große und kleine Edelsteine. Molly erkannte Bergkristalle, Jade-Steine, Amethyste und Schneeflocken-Obsidiane. Ja, von einigen der Steine in so vielen verschiedenen Farben wusste Molly die Namen noch, von anderen nicht. Mollys Mutter hatte ein wunderschönes Buch über Edelsteine gehabt. Dieses Buch hatte Molly als kleines Mädchen so gerne stundenlang bestaunt und manchmal hatte ihre Mutter ihr einiges daraus erklärt und vorgelesen. All diese wunderschönen und kraftvollen Steine nun um sich herum zu sehen, tat Molly in der Seele gut. Auf den Anrichten und Regalen lagen Muscheln, Hölzer, hübsche Figuren und viele dicke Bücher, die Alfred und Molly bestaunten. An den Wänden hingen viele eindrucksvolle Bilder von Tieren, Bäumen und Blumen. „Macht es euch gemütlich, ihr müsst sehr erschöpft sein!" forderte Lolly ihre beiden Gäste freundlich auf und Molly setzte sich auf einen geblümten Sessel, der extrem kuschelig war. Alfred nahm ohne zu zögern auf dem großen, blauen Sofa Platz.

„Hier ist mein Kraftgebräu nach einem uralten Rezept von meiner Großmutter", sagte Lolly und griff nach einer Karaffe, die auf dem

Tisch stand. „Trinkt erstmal, das wird euch gut tun", sagte Lolly. Sie schenkte den beiden ihre Becher randvoll ein, um dann noch einmal zur Küche hinüberzugehen. Bereits nach dem ersten Schluck war Molly, als würde alle Kälte, aller Jammer der letzten Monate von ihr abfallen. Auch Alfred, der gierig trank, entspannte sich sichtlich. Zufrieden lehnten beide sich in ihren Sitzen zurück.

Da kam Lolly auch schon mit einem riesigen Handtuch und zwei Wolldecken herein. Hinter ihr erschienen drei Rehe. Jedes Reh hatte ein Seil im Maul und zog an diesem ein kleines Tischchen hinter sich her. Auf den Tischchen, die schließlich mitten im Wohnzimmer stehen blieben, standen die wunderbarsten Speisen. Alles dampfte und roch so gut. Alfred und Molly seufzten zufrieden. Lolly legte die Seile, die die Rehe auch schon fallen gelassen hatten, auf die Seite. „Diese Rehe leben hier mit mir in meinem Haus", erzählte Lolly. „Ich fand die drei einst krank im Wald. Sie waren von einem tollwütigen Hund gebissen worden. Ich heilte die Rehe und dafür schworen sie mir, für immer in meinem Dienst zu stehen. Der magische Zauber, der uns verbindet, bewirkt gleichzeitig, dass sie nie altern und niemals sterben werden. Die Rehe heißen übrigens Lini, Belli und Sine."

Sine kam zu Molly herüber, stupste das Mädchen mit ihrer Nase an und lehnte ihren Kopf an ihre Schulter. Das tat Molly gut und sie legte die Arme um das Reh. Es war so lange her, dass jemand sie getröstet hatte. Im Alter von 7 Jahren hatte Molly ihre Eltern verloren und Emily und Jordan, ein Pärchen, das wie Mollys Familie immer zum Urgestein des Zirkus gehört hatte, hatten Molly aufgenommen. Die kleine Molly hatte mit den beiden im Zirkuswagen gelebt und Emily und Jordan waren sehr liebevoll zu ihr gewesen, hatten viel für Molly getan. Doch vor zwei Jahren waren Emily und Jordan bei Nacht und Nebel verschwunden und hatten Molly allein im Zirkus zurückgelassen. „Im Zirkus ist man nie allein", hatte Jim, der Zirkusdirektor, damals versucht, Molly zu trösten. Seitdem hatte Molly bei den Bären gelebt. Diese waren treu, zäh, stark und äußerst kuschelig. Aber der feinsinnige Trost eines Rehs war etwas Besonderes. So etwas wie dieses Mitgefühl hatte sie lange nicht empfangen. Sie lehnte ihren Kopf an den des Rehs und atmete aus. Um Molly herum war ein feines Surren von all den Edelsteinen im Raum.

Plötzlich begann Lolly zu sprechen: „Ich weiß, ihr habt kein Zuhause mehr und ihr seid von weit her gekommen. Wenn ihr möchtet, könnt ihr bei mir bleiben." Molly sah die alte Frau dankbar an. „Die Sache ist nur", begann das Mädchen, „dass wir etwas suchen. Wir wollten den goldenen Kompass wiederfinden, den Coco di Moro unserem Zirkus stahl. In dem Kompass war alle Kraft, die unseren Zirkus führte und alle Fragen löste."

„Ich weiß, mein Kind", sagte die alte Frau. „Und nun sieh dich um: siehst du nicht all die Steine hier, spürst du nicht all die Ruhe? Der goldene Kompass ist kein Gegenstand, der irgendwo gefunden werden kann. Das ist eine Illusion. Coco die Moro hat euch dies kostbare Kleinod gestohlen. Doch euer aller Hoffnung, den Zusammenhalt, eure gute Gemeinschaft hätte er euch niemals wirklich stehlen können. Der goldene Kompass ist in uns allen. Du musst ihn nicht suchen. An jedem Ort, der dich deiner inneren Ruhe und Zufriedenheit näher bringt, bei jeder Person, bei der deine Nadel klarer ausschlägt, spürst du den Kompass in dir doch so stark, wie er „ja" sagt."

Da spürte Molly, dass die alte Frau Recht hatte und dass sie angekommen waren. Nie hatte sie sich heimeliger und richtiger am Platz gefühlt als hier, bei der alten Frau mit ihren Rehen und all den Edelsteinen. Sie sah zu dem Bären Alfred hinüber, der schon beinahe eingeschlafen war. Doch er war noch wach

genug, um seine Zustimmung mit einem kleinen Nicken kundzutun. Daher sagte Molly beherzt: „Danke, Lolly, danke für dein liebes Angebot. Es ist wunderschön bei dir. Wir bleiben."
All die Jahre der Suche, das Herumziehen mit dem Zirkus, die Flucht, all das Heimatlos-Sein waren endlich vorbei. Der goldene Kompass schlug hier, mitten in Mollys Herz – sie war zuhause angekommen. Inmitten all der schimmernden Edelsteine sah Molly auf Lolly und die Rehe und lächelte.

DIE MELODIE DER BÄUME

- EIN MÄRCHEN

1

In Kalifornien gibt es neben einigen anderen wundervollen Parks den „Sequoia National Park". Der Park ist in ganz Amerika wegen seiner außerordentlich schönen Bäume sehr beliebt. Jeden Tag kommen Tausende von Menschen in Busladungen, um durch die Wälder zu streifen. Da das Gebiet riesengroß ist, ist es dennoch nie überfüllt.

2

Im Südosten des Parks lebte einst eine kleine Familie von Riesenmammutbäumen, von denen sich alle anderen Bäume im Nationalpark erzählten. Leider waren sie alle ja außerstande, diese Familie besuchen zu gehen. So freuten sich die Bäume immer besonders über das Neueste von jener kleinen Baumfamilie, das der Wind ihnen allabendlich mit einem riesigen Schwung von Blättern hinübertrug. Es hieß, sie würden häufig vor dem Schlafengehen gemeinsam singen. Viele Bäume in dem großen Nationalpark liebten es, wenn der Wind hin und wieder einzelne Fetzen dieser Gesänge zu ihnen trug. Nur wenige Bäume können singen – daher war die Melodie der Baumfamilie für den gesamten Park etwas ganz Besonderes.

Eines Abends, als die kleine Baumfamilie gerade ihr Abendlied sang, kam der Bär Tondy daher. Er setzte sich auf den Boden, legte sich lang und ließ sich von den Bäumen in den Schlaf singen. Im Traum erschien dem Bären eine Elfe. Sie führte Tondy an einen Brunnen. „Spring hinein", sagte sie, „und du wirst dort dein Glück finden." Als der Bär Tondy am nächsten Morgen erwachte, sah die kleine Baumfamilie ihn mit großen Augen an. „Was glotzt ihr so?" rief Tondy und kratzte sich das Fell. Doch als der Bär auf seine Arme blickte, sah er, dass sein Fell rot geworden war. Total erschrocken lief Tondy davon. Er rannte den ganzen Tag durch den Wald und erzählte allen Tieren, die er traf, wie es gekommen war, dass sein Fell nun rot war. Manche Tiere lachten, aber einige waren beeindruckt.

So versammelte sich am nächsten Abend, kurz bevor die kleine Baumfamilie ihr Lied mit der magischen Melodie zu singen begann, ein Grüppchen von 15 Tieren zu Füßen der Bäume. Es waren ein paar Füchse, Rehe, Eichhörnchen und Bären. Sie legten sich auf den Waldboden, schliefen beim Abendlied der Bäume ein und träumten denselben Traum wie der Bär Tondy. Am anderen Morgen erwachten die 15 Tiere alle mit rotem Fell. Die Rehe, Füchse, Eichhörnchen und Bären brachen vor Begeisterung in lauten Jubel aus. „Wow, echt schick, dein Mantel!" rief ein Eichhörnchen einem Bären zu. Sie warfen sich Komplimente zu und rannten dann begeistert durch den Wald. So kam es immer öfter vor, dass sich eine Gruppe von Tieren dort schlafen legte. So stieg der Anteil der Tiere mit rotem Fell im „Sequoia National-Park" stetig.

Einige Wochen später sagte ein kleiner brauner Bär zu einem roten Bären: „Wollen wir zusammen spielen?" Da antwortete der rote Bär: „Erst wenn du auch rot bist." Das sprach sich im Wald herum und aus dem fröhlichen Hobby, ein rotes Fell zu haben, wurde eine Lebenseinstellung und es entwickelten sich zwei Lager unter den Tieren.

3

Nun gab es drei Tiere in dem „Sequoia National Park", die eine Art Ältestenrat bildeten und über den Frieden wachen sollten. Es waren das Eichhörnchen Rainy, das Reh Milly und der Bär Ken. Die drei berieten sich lange, wie die Lage im Wald ins Lot zu bringen sei. Schließlich sagte der Bär Ken: „Ihr kennt doch die alte Sage von den Zauberbeeren und der Mutter des Waldes. Wir haben keine andere Wahl. Wir drei müssen losziehen und die Zauberbeeren suchen. Wie in der alten Sage werden sie uns zur Mutter des Waldes führen und sie wird uns den Weg weisen, wie der Frieden im Wald wieder herzustellen ist."

So begaben sich der Bär Ken, das Reh Milly und das Eichhörnchen Rainy auf die Reise. Da es eilte, nahmen sie nur das Nötigste mit. Die drei hielten sich streng an die Anweisungen der alten Sage und fanden schließlich – nach einer Wanderung von 10 Tagen – den Hügel, auf dem die Zauberbeeren wuchsen. Schon von weitem sahen sie das orange Glühen der Beeren, das den Hügel wie das Leuchten eines Sonnenuntergangs umgab. Genauso war es in der Sage prophezeit worden! Die Hoffnung in Rainy, Milly und Ken wuchs und sie rannten eilig auf den Hügel zu. Oben angekommen stopften sie sich, wie in der Sage vorgeschrieben, die Mäuler eilig voll und fielen dann in einen tiefen Schlaf. Im Traum begegnete den drei Tieren die Mutter des Waldes. Auch sie sang eine wunderbare Melodie. Als Ken, Milly und Rainy aufwachten, hatten sie alle ein weißes Fell. In ihrer Seele aber war das Wissen um die Lösung für ihren Wald. Dieses Wissen hatte die Mutter des Waldes den drei Tieren im Traum mitgegeben.

Wieder beeilten sich die drei Tiere sehr, als sie den Heimweg antraten. Diesmal schafften Milly, Rainy und Ken den Weg in sieben Tagen. Dabei trugen die drei je einen riesigen Sack Zauberbeeren. Nach der Rückkehr von Rainy, Ken und Milly wurden alle Tiere des Waldes zu einem großen Fest eingeladen und bekamen ein kostenloses Getränk spendiert. In alle Getränke war ein Zauberbeeren-Auszug gemixt. Später nannte man diese

Beeren „Beeren des Friedens", denn auf der Stelle wurden sämtliche Tiere des Waldes durch das Getränk friedlich gestimmt. Endlich war Schluss mit den ewigen Vergleichen der Fellfarbe. „Wie albern wir waren!" sagte ein Reh zu einem Hasen. Die beiden Tiere hatten sich eine Zeitlang wegen ihrem roten Fell anderen Tieren gegenüber aufgespielt. „Ja, aber das ist zum Glück vorbei! Wir sollten zusammenhalten hier im Wald!" nickte der Hase. „Ganz egal, welches Tier und welche Fellfarbe. Wir sind doch alle gleich!" In dieser einvernehmlichen Stimmung befanden sich nun zur großen Freude von Milly, Ken und Rainy alle Tiere des Waldes. Mit ihrem leuchtend weißen Fell waren die drei nun im ganzen Wald als Ältestenrat zu erkennen und bei allen beliebt und geschätzt.

4

„Was machen wir nun mit der singenden Baumfamilie?" fragte der Bär Ken das Reh Milly und das Eichhörnchen Rainy. „Wenn sich erneut Tiere dort schlafen legen, kann es wieder zu Unruhen kommen!" Die drei berieten sich lange. Schließlich sagte Rainy: „Ich habe eine Idee: „Wir bitten die Bäume, ihr Lied mit einer anderen Melodie zu singen. Eine Melodie soll das sein, die wie kristallklares Wasser klingt, das am Rande eines Wasserfalls über kleine Steine springt – leicht, erfrischend und sanft. Diese Melodie wird den ganzen Wald in Licht und Frieden hüllen. Das wird für alle Tiere ein gutes Miteinander bringen." Ken und Milly stimmten zu.

Gemeinsam traten sie mit dieser Bitte vor die kleine Baumfamilie. Es wurde ein langes Gespräch, das sie mit den Bäumen führten. Die Bäume - so sehr sie für die Menschen auch zu den stillsten Wesen zählen - hatten gerade die schwungvollen und ausgelassenen, lauten Lieder sehr geliebt und gern gesungen. Nun sollten sie nur noch sanfte und leichte Töne von sich geben?

„Die Kraft, die in den sanften Tönen liegt, ist nicht zu unterschätzen!" lenkte das Reh Milly ein, das die Bedenken und gemischten Gefühle der Bäume gut zu verstehen schien. „Auch ich fühle mich manchmal etwas eingeschränkt, weil ich in meiner Eigenschaft als Reh so sanft und ruhig sein soll. Zu gern würde ich manchmal ganz wild durch den Wald rennen. Doch so einen langen wilden Galopp machen meine schlanken Beine auch gar nicht mit! Ich musste mich also damit abfinden, wofür ich geschaffen bin. Nach und nach habe ich mich mit dieser Sanftheit und Ruhe, die meine wahre Natur ist, angefreundet und genieße mittlerweile oft den Frieden, den ich nicht nur verbreiten, sondern auch in mir so fühlen kann. Ein bisschen ruhiger zu sein, muss gar kein bisschen die Freude an Klängen und Lebendigkeit schmälern. Im Gegenteil: auf einmal hören wir die leisen Töne noch viel klarer und können auch einander viel besser verstehen!"

Nachdenklich hatten die fünf Bäume dem Reh Milly gelauscht. Schließlich lenkte einer der Bäume ein: „Nun gut. Es mag tatsächlich mit der Zeit ein Gewinn für uns sein, wenn wir uns auf euren Wunsch einstellen, auch wenn es uns im ersten Moment erscheint, als würde uns einige Freiheit genommen, unsere Lieder so zu gestalten, wie wir es gern möchten. Aber für den Frieden im Wald sind wir bereit, euren Wunsch zu erfüllen. Was seid ihr bereit, uns dafür zu geben?"

Wieder berieten sich die drei Tiere. Schließlich sprach das Reh Milly: „Wir werden dafür sorgen, dass zum Dank jeden Abend eine kleine Gruppe Tiere für euch ein Lied singt und ein bisschen für euch tanzt. Das dürfte für euch doch auch wieder unterhaltsam und belebend sein! Dies wird am Nachmittag geschehen, so dass es sich auf keinen Fall mit euren eigenen Abendliedern überschneidet. Wir werden Listen erstellen, wer wann an der Reihe ist und dafür sorgen, dass alle mitmachen." Der Bär Ken sah Milly beeindruckt an. Soeben hatte er begriffen, was für ein starkes Tier das Reh war, obwohl es auf ihn bisher so zart gewirkt hatte. „Das Eine schließt das Andere doch nicht aus!" rief da das Eichhörnchen Rainy, als habe es Kens Gedanken gelesen. „Schau mich an, Ken! Im Vergleich zu dir bin ich klein, ja. Aber ich bin auf meine Weise auch stark. Und ich bin flink, wenn ich die Bäume rauf und runter flitze. So hat jedes Wesen des Waldes seine ganz eigenen Stärken, egal ob klein oder groß. Genauso ist es mit der Musik. Nicht nur die lauten Töne sind stark. Auch die zarten Töne können sehr viel bewirken. Und dort, wo es um ein gutes Miteinander geht, da bewirken die sanften Töne sogar viel mehr als die lauten. Hier im Wald wollen wir ja alle in Frieden zusammen leben. Daher ist die neue Melodie der Bäume eine großartige Idee und ich bin sicher, wir werden uns gegenseitig bereichern, die Tiere und die Bäume!"

Plötzlich hob das Eichhörnchen Rainy eine Pfote und rief: „Ich habe noch eine Frage an die Bäume, wenn es erlaubt ist!" Alle sahen Rainy in schweigender Aufforderung an. Das Eichhörnchen strich freundlich über die Rinde von einem der Bäume und fragte dann: „Was hat es eigentlich mit diesem Traum mit der Elfe und dem Brunnen auf sich? Jedes der Tiere, das bei euch einschlief, hat diesen Traum geträumt, in dem die Elfe es aufforderte, in den Brunnen zu springen. Was für ein Brunnen ist das?"

Der Baum, dessen Rinde Rainy berührt hatte, ließ nicht lange mit der Antwort auf sich warten: „Diese Elfe ist die Hüterin all unserer Melodien. Tief in dem Brunnen ist alle Kraft unserer Stimme, unser Atem aufbewahrt. Jede Melodie, die wir singen, wird aus dem Wasser dieses Brunnens geschöpft, jeder Ton, jeder Atemzug. In diesem Brunnen liegt unser größter Schatz. Jedes Mal, wenn wir Bäume ein Lied singen, fühlen wir in unserer Seele diesen Brunnen, wie er voller Licht leuchtet. Die Elfe, die die Tiere im Traum gesehen haben, ist die Elfe, die unser Mysterium überwacht. Da wir uns nicht bewegen können, brauchen wir ihren Schutz. Die Elfe umgibt unseren Schlaf jede Nacht. Wer an einen Baum aus unserer Familie angelehnt schläft und träumt, kann sie und den Brunnen sehen, das ist kein großes Geheimnis. Als die Elfe die Tiere im Traum aufforderte, in den Brunnen zu springen, wollte sie die Tiere inspirieren, auch zu singen." Rainy nickte und sagte: „Ach so, jetzt habe ich verstanden. Das ist wirklich schön! Vielleicht habe ich deshalb trotz aller Streitereien, die später zwischen vielen der Tiere folgten, so viele von ihnen singen hören, wie nie zuvor. Ich war überrascht, wie voll der Wald von Gesang war!"

Die Bäume waren einen Moment still, dann sprach der eine: „Das wird auch mit unserer neuen Melodie geschehen.
Auch sie wird viele Tiere zum Singen inspirieren. Es ist schön, wenn unsere Lieder euch alle so beflügeln und durch euch weiter getragen werden. Uns wurde erzählt, dass viele Bäume des Parks, die weit weg von uns leben, unsere Gesänge nicht hören können und dies sehr bedauern. Vielleicht können einige Tiere mit ihren Liedern unsere Melodie zu ihnen tragen. Das ist ein schöner Gedanke!" Eine tiefe Zufriedenheit erfasste die kleine Gruppe von Bäumen und Tieren, die sich nun durch alle Geschehnisse, den guten Austausch und die klare Einigung so friedlich verbunden fühlten.

Inzwischen war es schon sehr spät geworden war und den Bäumen entging nicht, dass Milly, Rainy und Ken immer häufiger gähnten. Da die Dunkelheit schon über den Wald hereingebrochen und alles gesagt war, beendete einer der

Bäume, der wohl der Älteste war, die Runde mit den Worten: „So soll es sein. So gilt unser Abkommen dann als besiegelt. Ich wünsche euch allen eine gute Nacht."

5

Seit jenem Tag sitzt jeden Nachmittag eine kleine Gruppe Tiere bei der Baumfamilie, singt ihnen ein Lied und tanzt. Später, in den Abendstunden, stimmen die Bäume ihre Lieder mit einer veränderten Melodie an. Wenn sich nun Tiere bei den singenden Bäumen schlafen legen, so begegnet auch ihnen im Traum eine Elfe. Diese Elfe jedoch umhüllt sie einfach nur mit einem hellen Licht, so dass die Tiere am anderen Morgen ganz friedlich gestimmt erwachen. Ihr Fell verwandelt sich nach dieser Nacht nicht mehr. So leben mittlerweile die Tiere mit rotem Fell und die mit normaler Fellfarbe ganz friedlich in dem Nationalpark zusammen. Besonders angesehen ist in diesem Park die Familie der fünf Riesenmammutbäume. Jeden Tag kommen Busladungen voller Touristen hierher. Sie hören den Gesang der Bäume nicht, aber vielleicht spüren sie die besondere Atmosphäre, die über dem ganzen Park liegt. Diese Atmosphäre ist wie ein Zauber, der über allen liegt, die hier leben, stark und durch nichts zu brechen. Auch die großen Menschenmengen können den Frieden und die Ruhe nicht stören, die die Zauberbeeren der Mutter des Waldes über das gesamte Gebiet des „Sequoia National Park" in Kalifornien brachte.

Manchmal, wenn Milly, Ken und Rainy Menschen beobachten, die nach einem Ausflug in diesen Park am späten Abend wieder zu ihren Bussen und Autos gehen, kommt den Tieren der Gang der Menschen etwas langsamer vor, weniger hektisch, in sich ruhender. Ob vielleicht ein wenig von der Magie des Waldes auf die Menschen übergegangen ist, überlegen die Tiere dann gemeinsam. Und wer weiß, vielleicht haben einige der Menschen ja doch, ohne es bewusst zu hören, am Abend die Melodie der Bäume vernommen, die, wie ein klares Geräusch von leise plätscherndem Wasser, nun ihre Seele erhellt? Die Zufriedenheit auf einigen Gesichtern können die drei Tiere dank ihrer guten Augen, aus ihren Verstecken im Gebüsch heraus, jedenfalls erkennen. „Ich bin froh, dass wir zur Mutter des Waldes gereist sind!" sagt Milly an einem solchen Abend zu Ken und Rainy. „Ja, was für ein Glück, dass wir unsere Mutter des Waldes haben!" fügt Rainy hinzu. Ken sieht die beiden an und seine Bärenaugen leuchten im Dunkeln, als er sagt: „Und tausend Dank an unsere singenden Bäume und ihre wunderschöne neue Melodie!"

DIE STIMME DER VERGÄNGLICHKEIT

1

„Klirr, klirr!" Während das Glas in den Container knallt, zerbricht es auch schon. Die Splitter erzählen viele Geschichten. Gina wirft noch eine Sektflasche nach. Mit deren Inhalt hatte ihre Freundin Vera sich gestern so platt gemacht, dass Vera sich den Rest des Abends nur noch übergeben hatte. Danach hatte Vera, total am Boden zerstört, Gina angerufen und sie um Hilfe gebeten. Wahnsinn, wenn Gina daran dachte, wie sehr sie Vera einmal bewundert hatte. So schick, so perfekt und lächelnd hatte Vera damals vor Gina gestanden, als sie sich kennenlernten. An jenem Tag fiel der schwarze Ledermantel aalglatt über Veras schmalen Rücken, und eigentlich – so denkt Gina heute - hätte ihr gleich auffallen müssen, dass Vera über jeden Witz viel zu laut lachte. Verrückt, von diesem schrillen Lachen war damals sogar auf der Weihnachtsfeier ein Glas zerbrochen. Eigentlich hätte Gina da bereits klar sein müssen, dass Vera eine Fassade hatte, hinter der etwas anderes war.

2

Nachdem die beiden Frauen sich drei Monate lang nur von der gemeinsamen Arbeitsstelle gekannt hatten, war Vera schließlich auf Gina zugegangen und hatte sie zu sich nach Hause eingeladen. Hatten sie vorher auf der Arbeit trotz gegenseitiger großer Sympathie fast nur Oberflächliches ausgetauscht, so lernten sie einander nun langsam durch vorsichtige Gespräche besser kennen. Gina merkte, welch sensible Person sich hinter der coolen Fassade verbarg und stellte keine zu direkten Fragen. Das gab Vera ein Gefühl der Geborgenheit und sie fühlte sich sicher bei Gina. So erzählte die 53-jährige Vera der 20 Jahre jüngeren Gina nach einiger Zeit Verschiedenes aus ihrem Leben und auch Gina taute immer mehr auf. Ihr gefiel Veras Haus mit dem schönen großen Garten und sie fühlte sich dort so wohl, wie sie sich selten bei jemand gefühlt hatte. Doch neben der wachsenden Vertrautheit und all dem Schönen, das sie gemeinsam erlebten, spürte Gina mehr und mehr einen großen Schmerz in Vera. Ganz offensichtlich hatte Vera viele Probleme, die ihr massiv über den Kopf wuchsen.

Als die beiden Frauen einander bereits eineinhalb Jahre kannten, gingen sie eines Abends wieder einmal gemeinsam in Veras Garten. Es war ein lauer Sommerabend und die Stille in Veras großem Garten tat beiden gut. Entspannt plaudernd liefen sie an den Obstbäumen entlang, bis sie bei dem kleinen Teich im hinteren Teil des Gartens angekommen waren. Vera wollte Gina ihre neuen Fische im Teich zeigen. Da sah Gina ein paar Meter neben dem Teich, ganz in der Nähe der Feuerstelle, den zu Kleinholz gehackten weißen Tisch.

3

Bei Ginas erstem Besuch bei Vera war ihr der weiß lackierte, edle Tisch aus Japan besonders ins Auge gefallen. „Das ist ein Zen-Tisch", sagte Vera und strich über das wunderschöne Holz. „Schau nur all diese Eingravierungen. Das sind japanische Zeichen von großer Bedeutung. Als ich diesen Tisch damals sah, wollte ich ihn unbedingt haben." Gedankenverloren drehte Vera, die Augen verlegen gesenkt, an ihrem goldenen Ring. Auf diesen angesprochen antwortete sie: „Ach, der, ach, ja – ja, ich war mal verheiratet. Harald, ein 11 Jahre jüngerer Mechaniker vom Dorfe hat sich dank meiner finanziellen Situation prima hochgeschafft. Er ist heute an der Börse und spuckt mir quasi ins Gesicht. Er verließ mich vor 7 Jahren für eine 20 Jahre ältere Frau mit noch mehr Geld." Gina erinnerte sich an Veras weit aufgerissene braune Augen, als sie auf die Frage, warum sie den Ehering noch trage, antwortete: "Ach, weißt du, so ein Ehering hält ja viele aufdringliche Typen ab. Und, ja, ich fühl mich einfach gut mit dem Ding – nenn mich bekloppt, ich mag ihn halt."

4

Gina blickte auf den zu Kleinholz gehackten Tisch und seufzte. Sie musste an Veras Geburtstag im Januar denken, als Vera und sie in dicke Jacken gehüllt auf Veras Terrasse saßen, die Füße unter dem weißen Tisch. Im Winter stellte Vera ihren Lieblingstisch immer dorthin, wo er durch die Überdachung geschützt war. Gern saß sie auch abends vorm Schlafengehen einen Moment lang auf der Terrasse, trank eine Tasse Tee und sah auf den Garten.

An Veras Geburtstag war es also, da betrachtete Gina wieder einmal bewundernd den edlen Tisch, strich mit der Hand über das schöne Holz und bestaunte die Eingravierungen. An diesem Abend erzählte Vera Gina von der Japan-Reise. In Japan hatte Harald Vera die ewige Liebe versprochen und ihr den weißen Tisch geschenkt. „Für den Tisch hat Harald sogar mit einem Japaner eine sehr ungewöhnliche und riskante Wette abgeschlossen. Der Tisch wurde auf einem Markt zu recht günstigem Preis angeboten. Doch gerade in dem Moment, als Harald ihn mir kaufen wollte, kam dieser sehr wohlhabende und einflussreiche Japaner daher und schüchterte den Händler ein. Harald und der reiche Japaner mit Namen Taro wollten nun beide den Tisch in ihren Besitz bringen. Taro schlug schließlich diese waghalsige Wette vor. Er dachte wohl allen Ernstes, er könne meinen Harald damit aus dem Feld schlagen. Doch weit gefehlt." Vera schüttelte den Kopf. Offenbar konnte sie Taros Naivität nach all den Jahren immer noch nicht fassen.

„Wir fuhren also tags darauf zu dem Ort, an dem die beiden um den Tisch ringen wollten", fuhr Vera fort. „Schließlich standen wir unterhalb des „Hagoromo Wasserfalls", auch "Angel's Robe Falls" genannt. Dieses wundervolle Naturschauspiel ist im Westen des „Daisetsuzan National Parks" zu bewundern. Nur leider wollten die beiden Männer den Wasserfall nicht nur bewundern. Eine Kletterpartie vom Feinsten war es, die der Japaner Taro Harald vorgeschlagen hatte. Jeder musste an einer Seite des Wasserfalls hinaufklettern. Wer höher kam, hatte gewonnen. Das war sehr gefährlich und ein echtes Abenteuer. Genau nach Haralds Geschmack!" Vera drehte an ihrem Ehering und sah Gina direkt in die Augen. „Das klingt verdammt gefährlich!" sagte Gina und sah Vera gespannt an. „Das war es auch!" antwortete Vera. „Einige Minuten lang zitterten mir richtig die Knie! Obwohl ich natürlich im Grunde meines Herzens wusste, dass niemand Harald schlagen kann!"

Vera trank einen Schluck Tee und schien ganz in die Erinnerungen vertieft zu sein. Dann fuhr sie fort: „Ich stand unten und sah zu, wie Taro auf der linken Seite des Wasserfalls und Harald auf der rechten hochzuklettern begann. Nach einer Weile muss dieses riskante Unterfangen dem Japaner wohl doch zu viel geworden sein, denn er brach es ab und Harald kletterte tatsächlich höher als er. Als die beiden wieder heil unten angekommen waren, hatte sich inzwischen nicht nur der Händler vom Markt mit dem Tisch wie vereinbart hier eingefunden. Auch eine große Menge Zuschauer stand um mich herum. Essen und Trinken wurden verteilt, ein paar Musikinstrumente wurden hervorgeholt, es wurde, gefeiert, gesungen und getanzt. Ein solches Erlebnis kriegen die Leute ja nicht jeden Tag geboten! In einigen Ländern der Welt scheinen die Leute da sehr spontan zu sein und den Augenblick gebührend zu feiern. Das war schon ein besonderes Erlebnis für mich. Wir saßen bis in den späten Abend unter dem wunderschönen Wasserfall, unterhielten uns auf

Englisch mit einigen Leuten, feierten, aßen und tranken. Natürlich hatten auch wir in unserem Auto einige Speisen und Getränke dabei und teilten davon auch aus. *„Teilen ist das, was uns alle reich macht"*, so sagt ein alter Spruch. Ja, auf dieser Japan-Reise habe ich einiges gelernt. Warst du schon mal in Japan?" fragte Vera ihre Freundin. Gina schüttelte den Kopf.

Vera schenkte Gina noch eine Tasse Tee ein und lächelte sie an. Dann machte sie kurz eine abwinkende Handbewegung und sagte: „Ich weiß schon, du hast ja recht. Im Grunde muss man nicht weit fort fahren, um etwas Bedeutsames zu erleben. Aber für mich war diese Reise etwas richtig Großes, verstehst du?" Gina nickte und antwortete: „Natürlich verstehe ich das, Vera." Einen Moment schwiegen beide, dann seufzte Vera und beendete ihre Erzählung mit den Worten: „Schließlich verabschiedeten Harald und ich uns von den Leuten, luden den Tisch in unser Auto und fuhren zu unserem Hotel. Ja, den Tisch dann ins Flugzeug zu bekommen, das war auch nochmal ein Kapitel für sich, klar. Aber auch diese Hürde hat Harald mit Leichtigkeit genommen. Darin war er wirklich groß. *„Ein Hindernis ist dazu da, um überwunden zu werden"* pflegte Harry oft zu sagen. Das bezog er natürlich nicht auf Dinge, wo es darum gegangen wäre, anderen einen fremden Willen aufzuzwingen. Solche Dinge hasste Harry und so ein Mensch war er nicht. Aber auf dem persönlichen Weg zu dem eigenen Ziel zu kommen, Wünschen und Träumen zu folgen, daran zu glauben - ja, darin war er groß."

Vera saß da, die Augen gebannt auf den Tisch gerichtet, gerade so, als müsse er, wenn sie ihn nur lange genug ansähe, Harald herbeizaubern, seine Späße, seinen scheinbar nicht zu vernichtenden Willen, alles zum Guten zu wenden. Doch da war nichts als die Abendstille, die sich in Veras Garten ausbreitete.

„Meinst du, Harald hat mich zuletzt auch als ein Hindernis gesehen, das auf seinem Weg zum Glück liegt? Schließlich hatte er ja dann diese andere Frau. Als ich das herausfand und ihn vor die Wahl stellte, hat er mich wegen ihr verlassen" sagte Vera. Gina sah Tränen in Veras Augen schimmern. „Manchmal verstehe ich die Menschen nicht, weißt du, Gina." Diese sah Vera mitfühlend an und nahm sie in den Arm. „Wenn er dich so gesehen haben sollte, dann war er dich nicht wert. Glaub mir, Vera, dann ist es besser so", sagte Gina. Sie seufzte, drückte Vera und fügte hinzu: „Das Ganze ist so lange her. Was sagtest du? 8 Jahre? Lass es endlich los." Still gingen die beiden Frauen dann ins Haus hinein.

5

Als Gina an jenem Abend im Sommer den zu Kleinholz zerhackten Tisch in Veras Garten vorfand, schloss sie daraus, dass Vera nun wohl doch ein Stück versuchte, sich von Vergangenem zu lösen.
„Mit der Vergänglichkeit der Dinge zu leben, ist schwer", hatte Vera an diesem Tag zu Gina gesagt und in den hinteren Teil des Gartens gestarrt, als sähe sie dort eine Gruppe weißer Wildpferde entlang der Büsche traben. Sie hatte diesen Punkt des Gartens fixiert und sich diese Pferde vorgestellt, um der Wirklichkeit zu entfliehen. Diese Wirklichkeit mit ihrem vergänglichen Gesicht, die Vera, die selbst ein Wildpferd war und frei traben wollte, von hinten am Gaumen packte, ihr ein Halfter ins Maul legte und fest anzog. Verdammt, wohin sie trabte, wollte Vera schon selbst entscheiden und es sich nicht vorschreiben lassen. Nicht vom Leben, nicht von Harald, der gegangen war, nicht von der Vergänglichkeit, von niemandem. Auch von Gina nicht, als diese ihr vorschlug, wegen ihres in der darauffolgenden Zeit, wie Gina fand, sehr verstörenden Alkoholkonsums, mal in Kur zu fahren.

Veras raues Lachen über Ginas Vorschlag hatte Gina die dicke Wand klargemacht, hinter die der Gedanke möglicherweise nie vordringen würde, ob so ein Aufenthalt gut für sie sein könnte. Stattdessen war Vera immer weiter abgesunken in den Wochen und Monaten, die folgten. Gemeinsam gingen die Freundinnen auf viele Feste, tanzten, lachten, feierten. Es war müßig, Vera darauf hinzuweisen, weniger Alkohol zu trinken, doch Gina versuchte es immer wieder aufs Neue. Sie konnte Vera nicht davon abhalten. Und spätestens wenn Vera vor Betrunkenheit nicht mehr heimlaufen konnte, war Gina immer klar, dass das Bild der edlen Dame im Ledermantel etwas längst Zerbrochenes verhüllte. Gina fühlte sich hilflos, ausgegrenzt. Denn all ihre Versuche, Vera zu helfen, prallten ab. Sie sah ihrem einstigen Engel beim Fallen zu.

6

Noch eine Flasche wirft Vera in den Altglascontainer und noch eine. Gina sieht ihr zu, das Auto steht bereit. Gestern Abend hat Vera, als Gina sie aus ihrem eigenen Erbrochenen aufsammelte, endlich gesagt, dass Gina sie in die Entzugsklinik bringen kann. Die Koffer sind gepackt, die Klinik ist über Veras Kommen informiert. Vera blickt noch einmal auf ihr Haus, den Garten. Sie weiß, was in so einer Klinik an Selbstreflektion gefordert wird. Wenn sie jetzt geht und sich all dem stellt, wird, wenn sie wiederkommt, nichts mehr so sein wie zuvor. Wenn sie dann den schwarzen Ledermantel anzieht, wird er etwas Verletzliches bedecken, etwas, das sie nie sein wollte. Doch was hilft aller Stolz, alles Verbergen? Wirklichen Respekt vor sich selbst findet sie nur so wieder.

Vera steigt zu Gina ins Auto. Ja, sie ist bereit.
Ja, Vergänglichkeit anzuerkennen tut weh.

Aber erst dann öffnet sich wieder neu die Tür zum Leben.

DIE WETTE

1

Die alte Frau lachte. „Du hast die Wette gewonnen", sagte sie zu mir. „Nun bekommst du, wie versprochen, deinen Preis." Wir mussten irre gewesen sein, eine solche Wette zu beschließen, die über einen Zeitraum von einem Jahr lief. Aber es hatte sich für uns beide gelohnt, in mehrfacher Hinsicht.

Lara klatschte ein Stück Buttercremetorte auf den Brief des Anwalts. „Siehst du, Tessy", gab sie mir, mit all ihren kleinen Fältchen diebisch grinsend, zu verstehen, „so viel mache ich mir noch aus diesem Brief." Genüsslich verschmierte sie die weiße Creme auf dem edlen Papier. Auch ich hatte einen solchen Brief bekommen.

Wir wohnten beide schon seit Urzeiten in der Fuchsgasse in Berlin. Wir waren Nachbarinnen seit dem 30.Juli 1987, dem Tag als ich dort in die Nr. 86 einzog. Lara wohnte in der Nr. 84. Wir begegneten uns zwei-, dreimal im Rewe um die Ecke, beim Bäcker und schon waren wir die dicksten Freundinnen. Lara war 31 Jahre älter als ich. Das kratzte uns wenig und hielt uns nicht davon ab, uns bestens zu verstehen. Wir teilten alle Sorgen und Nöte ebenso wie jede Freude.

Dann kam der 7.Februar 2012. Das war der Tag, an dem wir beide jenen Brief bekamen, dass wir bis spätestens Ende August unser Haus zu verlassen hätten. Die Häuser sollten abgerissen werden. Lara und ich waren im ersten Augenblick sehr getroffen, da wir unsere Häuser, in denen wir lebten, wirklich liebten. Doch dann beschlossen wir, darum zu kämpfen, dass wir dort wohnen bleiben konnten. Versteht mich nicht falsch – für mich selbst hätte ich auch gut was Neues suchen können, trotz der Trauer um den Verlust des geliebten Zuhauses.

Aber Lara... - ich war es schon lang gewohnt, für sie mit zu denken und zu planen. Daher war mir klar: wir mussten bleiben, denn für Lara mit ihren mittlerweile 75 Jahren wäre der Umzug einfach zu viel gewesen. Da ich gleich nebenan wohnte, konnte ich problemlos ihre Einkäufe miterledigen und ihr, wo immer nötig, helfen. So wollten wir es gern beibehalten. War Lara inzwischen auch körperlich nicht mehr die Fitteste, so war sie im Kopf doch umso heller. Ihre Gehirnzellen glühten regelrecht auf, als sie am 9. Februar 2012 zu mir sagte: „Ich habe eine tolle Idee. Wir starten eine Wette."

Fast hätte ich gegähnt, hätte ich nicht das Glühen um ihren wildgelockten, kleinen Kopf gesehen. Denn wenn ich ein Wort aus ihrem Munde kannte, so war es das Wort „Wette".
Ständig wollte Lara mit mir wetten. Wer schneller das Eis äße, wer am nächsten Morgen eher wach wäre, ob der Preis einer Tafel Milka gestiegen oder ob sie im Moment im Angebot sei, ob alle Salami-Pizzen im Aldi vergriffen wären...
Jeden Tag fiel Lara etwas anderes ein. Manchmal fragte ich mich, ob sie wettsüchtig war und überlegte, ob das in Richtung Spielsucht ginge. Aber, na und? Selbst wenn! Wir hatten jede Menge Spaß dabei und es schien Lara jung zu halten.

Immer wenn meiner alten Freundin eine Idee für eine neue Wette einfiel, kicherte sie prustend hinter vorgehaltener Hand. Die Hand hielt sie freundlicherweise vor ihren Mund, da sie mich, wenn sie dies in seltenen Fällen mal vergaß, voller Begeisterung prustend leicht abduschte. Sie versprühte dann aus Mund und Nase stoßweise kleine Wasserspritzer wie eine altertümliche Lok, die auf den letzten Metern vor dem Ziel mit letzter Kraft ihr Äußerstes gibt. Nur dass Laras Ziel noch in weiter Ferne lag – das betonte sie oft. Ja, denn sie wollte das Leben, sie wollte es in seiner reinsten Form, mit Freude, Ideen und mit unserem Teilen von allem, was uns beschäftigte.

An diesem Tag im Februar im Jahr 2012 jedoch, da prustete Lara gar nicht. Zum ersten Mal glühte ihr Kopf nur still, als ihr die Idee zu jener Wette kam. Ich sage heute, im Nachhinein, immer: „Das war das Glühen der großen Kraft, der tollsten all ihrer Ideen." Denn diese Wett-Idee rettete unser Leben in der Fuchsgasse in Berlin. Wer weiß, wie lange Lara noch gelebt hätte, wenn wir hätten umziehen müssen – denn so ein Umzug kostet viel Kraft.

Während also Laras Kopf vor Glühen fast zu knistern schien, erklärte sie mir ihre Wette: „Punkt 1", begann meine alte Freundin zielstrebig, „ist der ungewöhnliche Zeitraum der Wette. Sie ist auf ein Jahr angelegt. Punkt 2: Gewonnen hat diejenige von uns, die innerhalb von diesem Jahr mehr Unterstützer/-innen und Spendengelder zur Erhaltung beider Häuser gesammelt hat als die andere. Jede soll um den Erhalt *beider* Häuser kämpfen. Punkt 3: Ich werde uns beim Anwalt eine Frist von einem Jahr erbitten, um die Gelder zu sammeln, bis wir die Häuser kaufen und sie unter Denkmalschutz stellen lassen können. Ich habe gestern Abend im Internet gelesen, dass es durchaus möglich ist, sich eine solche Frist zu erbitten – allerdings nur bei einem Haus, das mindestens 200 Jahre alt ist. Dies trifft auf beide Häuser zu."

Ja, wenn ihr jetzt denkt „Was? Internet? Die alte Frau?" – dann liegt ihr falsch. Lara war am PC so fit wie ein Turnschuh, da überholte sie mich mit links. Sie recherchierte dort häufig die unglaublichsten Dinge, die uns schon in so vielen Situationen aus der Patsche geholfen hatten. Dies aber sollte unser größtes Projekt, die größte Herausforderung werden.

„Punkt 4", führte Lara seelenruhig und höchst konzentriert ihre Ausführungen weiter, „ist der Preis für die Siegerin. Ich möchte dafür einen nie dagewesenen Preis bestimmen. Kein kleines Geschenk, kein Stück Kuchen, keinen Ausflug. Der Preis soll eine Urkunde für die weltbeste Freundin sein. Und diese Urkunde soll die Verliererin auf einem Fest, das sie in ihrem Haus zu Ehren des Sieges der anderen gibt, vor allen verlesen."
Ich war platt. Hatte ich bisher geglaubt, diese gerade mal 1,60 m große, alte Frau stecke voll unbändiger Lebensenergie, Kreativität und toller Ideen, so übertraf sie heute, am 9.2.2012, meine kühnsten Erwartungen. Ohne auch nur einen Moment zu zögern, stimmte ich zu und schlug in ihre mir hingehaltene Hand ein. „Top, die Wette gilt!" sagten wir beide wie aus einem Munde.

2

Ja, und nun saßen Lara und ich hier, am 10. Februar 2013, in unserem geliebten Café Klatsch, und aßen wie jedes Mal nach Beenden einer längerfristigen Wette (bei einem Zeitraum von mindestens 2 Wochen!) unsere heiß geliebte Buttercremetorte. Oh, ja, das war ein Jahr gewesen, in dem wir beide unglaublich aktiv und einfallsreich gewesen waren! Lara hatte phasenweise bis zu 20 Mails pro Tag mit Spendenaufrufen und Unterstützungsbitten abgeschickt. Ich ging häufiger als sie persönlich auf die Leute zu, verteilte selbst erstellte Flugblätter in der Einkaufsmeile, hielt im Rathaus bei einer selbst initiierten Veranstaltung zum Thema „Instandhaltung von Altbauten" eine Rede, reiste in mehrere Städte, führte an die 2000 Telefonate….
Nach einem halben Jahr kam bei mir der Durchbruch. Waren in den ersten Monaten nur insgesamt ca. 3000 Unterschriften und an die 10000 Euro eingegangen, so erreichte ich plötzlich höhere Schichten. Einflussreiche Personen aus den Bereichen Firmenleitung, Medizin, Stadtverwaltung, Rechtswesen und Politik kamen hinzu und ein riesiges Netz von finanziell besser

gestellten Menschen, die mein Projekt unterstützten, wuchs. Lara schickte ihre Mails in alle Regionen der Welt, erhielt Unterstützungsschreiben aus den Niederlanden, England, Frankreich, Japan, Schweden, Norwegen, Amerika... Es würde eine zu lange Liste geben, die Länder alle aufzuzählen. So hagelten wir den Anwalt, der uns aus unseren beiden Häusern vertreiben wollte, mit Unterstützungsschreiben zu. Vor fünf Tagen überreichten wir ihm dann unsere Gelder. Herr Mundschmink, der Anwalt, war platt. Lara hatte auf den von ihm angegebenen Preis noch 300 Euro draufgelegt, ich noch 500 Euro. Die übrigen Gelder (wir hatten noch einiges mehr zusammen!) überwiesen wir beide an soziale Projekte.

„Und am Samstag ist dann die Feier in meinem Haus, zu deinen Ehren, wo ich die Urkunde verlesen werde, Tessy", eröffnete mir Lara lächelnd. „Ich habe bereits einige Leute engagiert, die mir das Haus dafür schmücken und richten werden, die backen, kochen und Musik machen. Es sind Leute, die mein Projekt unterstützt haben und die mich gern weiter ehrenamtlich begleiten möchten. Ist das nicht toll? Viele davon haben mir angeboten, mir in Haus und Garten zu helfen, einige andere haben Interesse, mir beim Umsetzen all der vielen Ideen, die mir in diesem Jahr in den Kopf gekommen sind, tatkräftig zur Seite zu stehen. Schließlich gibt es so vieles, für das wir uns noch engagieren können!" Ich freute mich sehr, dass Lara über unsere Wette so viel Begeisterung und Ideen für neue Projekte angesammelt und einen so großen Fundus an tollen, neuen Leuten kennengelernt hatte.

3

Endlich war der große Tag der Feier gekommen. Lara war zwar auf der einen Seite sehr ungeduldig, das Fest möglichst bald zu feiern, aber um allen geladenen Gästen doch ein wenig Zeit zu geben, sich darauf einzustellen, hatte sie es auf den 15. April 2013 gelegt. Genau wie meine alte Freundin freute ich mich riesig darauf. In den letzten drei Wochen hatten sich sogar einige von Laras neuen Bekannten aus Amsterdam, London, Paris, New York, Stockholm, Oslo und Tokio zu Besuch angemeldet, um mitzufeiern. Die ca. 200 Gäste setzten sich aus Menschen aller gesellschaftlichen Stufen zusammen. Wohlhabende und einflussreiche Personen standen entspannt mit Menschen zusammen, die ohne bedeutenden Rang und Namen waren. Niemand spielte sich dabei als etwas Besonderes auf, es fand alles in einem wohltuenden gegenseitigen Respekt statt. Alle genossen das schöne Miteinander, die gelungene Atmosphäre, in der alle gleich waren und sich geben konnten, wie sie waren. Es war eine tolle, bunte Mischung von Menschen.

Gemeinsam hatten wir es geschafft, unsere beiden Häuser zu retten. Die Häuser mit den Nummern 84 und 86 in der Fuchsgasse standen jetzt unter Denkmalschutz und gehörten Lara und mir. Um uns für all die Unterstützung erkenntlich zu zeigen, planten Lara und ich einige weitere Aktionen, zu denen auch regelmäßige kostenfreie Feiern in demselben Stil in unseren Häusern zählen sollten. Zu diesen Feiern würde natürlich alle eingeladen werden, die uns unterstützt hatten, gern auch mit Anhang, versteht sich. In der Tat hatten wir eine große Menge toller neuer Kontakte dazu gewonnen und wollten uns natürlich auch gern bei Gelegenheit durch Verschiedenes wieder erkenntlich zeigen. Ohne Zweifel wartete da einiges auf Lara und mich. Sicher würde meiner alten Freundin auch zu dem ein oder anderen Erlebnis oder zu mancher kommenden Herausforderung wieder eine tolle Wett-Idee einfallen.
Damit war zu rechnen und ich freute mich darauf.

Nach einigen Stunden vergnügten Feierns, Essens und Tanzens las Lara dann um Mitternacht die Urkunde für ihre weltbeste Freundin - für mich - vor. Sie stand, ganz in weiß gekleidet, oben auf der langen Holztreppe und blickte zu uns allen, die wir dichtgedrängt in der großen Halle standen, hinab. In der einen Hand hielt Lara ein Mikrofon, in der anderen Hand eine Blume. Dann begann sie zu lesen:

„Liebe Tessy,
was wäre die Welt ohne dich?
Meine Welt…- würde sie sich drehen, meine Weltkugel,
oder würde sie im Weltraum an einem Asteroiden zerschellen?
Wie oft hätte ich mich ohne dich wohl bereits verirrt in jenem
endlosen Sonnensystem, das mein Leben ist?
Ich wäre um Millionen Sterne gekreist und hätte vermutlich ihr
Leuchten nicht sehen können.
Ich hätte das Blau der Milchstraße für einen tiefen Krater
gehalten und wäre vermutlich schreiend hineingefallen.
Du aber fängst mich auf und hast so viele Antworten auf meine
Fragen. Du bist der wundervollste Planet, den ich mir denken
kann, an meiner Seite. Was wäre mein Leben ohne dich?
Eine Welt ohne Klang vermutlich, denn dein Lachen erfüllt mein
Herz, so dass ich erst richtig hören kann.
Ich sehe die Sterne, ich spüre den Wind, ich kann sogar die Stille
der Nacht verstehen, hören, was sie zu mir spricht.
Weil du da bist. Danke für deine Freundschaft."

Wir alle schwiegen einen Moment ergriffen, dann dröhnte brandender Applaus in meine Ohren. Ich drängte mich durch die Menge die Treppe hinauf zu Lara. Dann nahm sie mich in ihre Arme. Wir waren zu Haus und würden es immer bleiben –
in unseren Häusern, in unseren Herzen.

WHELMA –

DIENSTAG, 27.04.2000

- AUS DEM TAGEBUCH DER SCHULTASCHE DER 7-JÄHRIGEN LIZZY

Liebes Tagebuch
und hallo an alle, die dies vielleicht einmal lesen werden!
Da ich beabsichtige, mein Tagebuch eines Tages an eine große Zeitung oder an einen Verlag zu schicken, werde ich vielleicht sogar einmal berühmt!
Daher nochmal in aller Förmlichkeit:
Hallo, alle miteinander, mein Name ist Whelma.

Mein total ungewöhnlicher Name ist eine Ableitung von dem englischen Wort „overwhelming", was „überwältigend"heißt. Die kleine Lizzy, deren Schultasche ich bin, hat mich so getauft, weil sie sich so unbändig gefreut hat, als sie mich bekam. Stellt euch vor, die Kleine ist so intelligent – sie kann sogar Englisch.

Also, ich möchte euch von Dienstag, dem 27.04.2000, erzählen. Ich wachte morgens mit einem etwas mulmigen Gefühl in der Magengegend auf. Es war gerade mal 7.10 Uhr, Lizzy hatte das Licht angemacht, kreischte hysterisch und wühlte in meinen Fächern herum. Normalerweise macht mir das nichts. Aber diese Hysterie am frühen Morgen…!

„Hat die kleine Maus mal wieder ihre Hausaufgaben vergessen?" fragte ich mich gerade, da stieß Lizzy einen lauten Seufzer der Zufriedenheit aus und schwenkte einen gelb glitzernden Flummi. „Da ist er ja! Puh, ich dachte schon, ich hätte ihn verloren. Dabei hab ich ihn erst gestern geschenkt bekommen!" Dann stürmte Lizzy zu ihrer Mutter in die Küche, um zu frühstücken. Ich hatte also ein wenig Zeit, um mich von dem morgendlichen Schock zu erholen. Kaum hatte ich mich wieder entspannt, stürmte Lizzy herein und schwang mich wild auf ihren Rücken. Wieder mal hatte sie es total eilig. Zum Glück bin ich eine sehr robuste Tasche.

Dieses Mädchen rennt dermaßen fix, dass ich andauernd hoch und runter wippe. Jeder anderen Tasche würde dabei schlecht werden. Aber mir nicht. Meine Mutter sagte schon damals, als ich aus ihr gekrabbelt kam: „Dieses Mädchen ist robust. Die ist für das Leben geschaffen. Die hält was aus." Ma war ein großer blauer Lederrucksack und Pa war eine graue Leder-Umhängetasche mit Nieten. Dass das eine coole Mischung geben musste, war ja wohl klar! Heraus kam ich, eine echt schicke, moderne und gleichzeitig bei Kindern so beliebte, meeresblaue Ledertasche mit liebenswerten grauen Flecken.

Ja, klar, ihr wisst schon, die Kinder lieben Rucksäcke. Ja, ihr ahnt es schon: ich bin ein Rucksack und zwar ein echt stabiler. Aber ich ziehe das Wort „Tasche" vor, wenn ich von mir erzähle. Denn meine Eltern haben mich so erzogen, dass es auch für uns Taschen ein Recht auf soziale Anerkennung und Wertschätzung gibt. Und für uns ist das mit dem Wort „Tasche" verbunden, das uns mit allen Taschen auf der ganzen Welt verbindet, ganz egal welches Format und welchen Preis sie haben und aus welchem Material sie beschaffen sind. Versteht ihr mich?

Während unserer Familienzeit im Taschengeschäft nannten mich meine Eltern nur „Mädel" – was ich allerdings nicht ganz so hochachtungsvoll fand. Umso mehr wusste ich es zu schätzen, als ich zu Lizzy kam und dieses geniale Mädchen erkannte, wen sie vor sich hatte und mich „Whelma" taufte. Meine Eltern hielten mich, wie bereits erwähnt, von Anfang an für sehr

widerstandsfähig. Gut, in vielen Dingen stimmt das.
Aber es gibt durchaus so manches, was auch mich aus
dem Lot bringt. So etwas passierte heute.

Dienstags hatten die Kinder in der ersten Stunde immer
Rechnen. Ich wusste, dass Lizzy dieses Fach gern hatte.
Doch sie beeilte sich nicht allein aus Freude auf Mathematik.
Lizzys Lehrerin war sehr streng und legte außerordentlichen Wert
auf das Einhalten sämtlicher Regeln. Ganz oben auf der Liste
stand natürlich neben gutem Benehmen die Pünktlichkeit.
Daher gab Lizzy, wenn sie mal wieder spät dran war, immer ihr
Äußerstes, sich zu beeilen.

Wenn Ma und Pa das gesehen hätten, wie ich auf Lizzys Rücken
wild auf und ab geschwenkt wurde! Sie hätten gelacht, sich auf
die Schenkel geklopft und gesagt: „Ja, unser Mädel, die kann
standhalten! Die hat Musik im Blut!" Letzteres war immer ihr
Ausdruck dafür gewesen, dass ich mich so schnell von nichts
plattwalzen ließ. „Wer so viel Widerstandskraft hat, hat eine
eigene, sehr starke Melodie in sich!" befand Ma des Öfteren,
wenn ich in meiner Kindheit wieder einmal aus dem
Taschenregal gefallen war und ohne jeden blauen Fleck von
einer Mitarbeiterin zurück an meinen Platz gestellt wurde.
Bewundernd untersuchte mich Ma dann und war jedes Mal
glücklich, keinen einzigen Kratzer zu finden. Was für ein Glück,
dass ich diese widerstandsfähigen Taschen-Gene hatte, so dass
mir die extreme Schaukelei nichts ausmachte, wenn Lizzy wie
der Wirbelwind zur Schule flitzte!

In der Schule angekommen, stellte Lizzy mich zu den anderen
Schultaschen, die aufgereiht hinten im Klassenzimmer standen.
Dachte die Lehrerin, Frau Seppel, wohl, dass sie uns damit
bestrafte, dass wir nicht bei unseren Kindern sitzen durften?
Lizzy und die anderen mussten täglich zu jeder Unterrichtsstunde

das jeweils Benötigte aus ihrer Tasche herausholen und diese dann quasi ins Exil stellen.

Doch in Wahrheit feierten wir Taschen wilde Partys dort hinten im Klassenraum, während die Kinder still sitzen und lernen mussten. Sämtliche Strenge, die die Lehrerin über die Kinder walten ließ, galt für uns Taschen kein bisschen und darüber waren wir unheimlich froh. Wir durchstöberten uns gegenseitig nach Obst und Naschereien, futterten den Kindern das Beste weg, lachten und erzählten einander, was so am Nachmittag und Abend des Vortags passiert war.

An diesem 27.04.2000 jedoch verging uns das Lachen, als die kleine Erna, ein ziemlich wetterdurchlässiger Billigrucksack von Aldi, weinend erzählte, wie ihr gestern Abend mit einem Messer in den Rücken gestochen wurde. Der Vater von Johnny, ihrem kleinen Besitzer, hatte hin und wieder Wutattacken. Manchmal bekamen dies die Familienmitglieder zu spüren, manchmal Gegenstände.

Ja, ich schnaube wütend bei dem Gedanken, dass wir für viele Menschen nichts weiter als „Gegenstände" sind. Klar, aus deren Sicht kennen wir keinen Schmerz und ob wir verbrannt, geviertelt oder durchlöchert werden oder gar auf dem Müll landen – wen stört es?

Gestern Abend also hatte dieser unberechenbare Rohling einfach unsere kleine Erna attackiert und wir konnten so gar nichts dagegen tun. Ja, auch wenn meine Eltern mich als ungeheuer robust bezeichneten, so muss ich gestehen: herausragendes Merkmal eines Lebens als Tasche ist aus meiner Sicht die Ohnmacht, das Ausgeliefertsein.
Sicher, du kannst froh sein, wenn du aus robustem Leder bestehst und was aushalten kannst. Das war ich auch an diesem

Tag zum wiederholten Male, das könnt ihr mir glauben. Aber können wir uns wehren? Die traurige Antwort lautet: „Nein".

Das war für unsere Taschengemeinschaft ein sehr trauriger Tag und so manche Tasche vergoss eine Träne mit der kleinen Erna. Doch wie es nun mal so ist: das Leben geht weiter. Punkt 12.45 Uhr schrillte die Schulglocke und wir wurden wie jeden Mittag jäh aus unserer geselligen Runde gerissen. Ich sah noch aus dem Augenwinkel, wie die kleine Erna traurig und mutlos über Johnnys Schulter hing, als dieser davonrannte und meine Lizzy mit mir in den Wald lief.

Kennt ihr Meditations-CDs? Wir Schultaschen können zwar keine hören, da die kleinen Kinder, wenn überhaupt, andere Musik hören. Aber unser Spaziergang durch den Wald ist für mich jeden Tag aufs Neue wie eine Meditation. Und da ich, wie bereits meine Eltern damals erkannten, meine eigene Melodie in mir habe, die mir Kraft gibt, bin ich total unabhängig von jeglichen elektronischen Geräten. Ich kann schließlich jederzeit Musik hören, da ich voll davon bin. Kennt ihr das?

So war ich ganz in meine eigene innere Welt vertieft, während Lizzy, die von all dem gar nichts mitbekommen hatte, fröhlich summte. Sicher freute die Kleine sich schon auf zuhause und auf das tolle Mittagessen, mit dem ihre Mutter sie jeden Tag so liebevoll empfing. Auf dem Rückweg hatte Lizzy nie Eile, blieb häufig stehen, um Blumen, Bäume und Tiere zu bestaunen und freute sich an ihrer Freiheit. So genossen wir beide, Lizzy und ich, den schönen Spaziergang durch den Wald. Außer uns beiden war da für eine Weile keine Seele weit und breit. Wie gut das tat! Nur die Vögel zwitscherten und ich konnte mich ein wenig von dem Schock erholen.

Langsam merkte ich, wie mein Atem wieder ruhiger ging. Mal sehen, vielleicht konnte ich später, wenn Lizzy draußen mit ihren

Freundinnen herumtollte, mal kurz bei Trudi anrufen, der Schultasche der kleinen Britta. Da die Eltern der kleinen Britta Geld wie Heu hatten, war Britta stolze Besitzerin einer sehr geschmackvollen, teuren Tasche. Trudi war ein äußerst cleverer, sehr edler, rotbrauner Designer-Rucksack. Doch wie sage ich immer: es kommt nicht auf Geld oder aufs Äußere an! Trudi hätte so teuer und schick sein können, wie sie wollte - wir hätten uns niemals angefreundet, wenn sie nicht diese rundum gute Seele gehabt hätte. Wenn jetzt jemand von euch fragt: „Wie, was Seele? Haben denn Taschen eine Seele?" dann werde ich richtig sauer. Wie hätte ich all das, was ich euch hier erzähle, wohl sonst so erleben können! Meine liebe alte Freundin Trudi jedenfalls, jener wundervolle Designer-Rucksack, hat nicht nur ein so warmes, treues Herz, sondern auch eine satte Portion Humor, Phantasie und sehr viel Verstand. Darum passt sie ja auch so gut zu mir!

Gemeinsam hatten wir schon oft, wenn unsere Besitzerinnen Lizzy und Britta nach den Hausaufgaben zum Spielen in den Garten geflitzt waren, über kleine, praktische Veränderungsmöglichkeiten unseres Alltags als Tasche nachgedacht. Was wäre da naheliegender gewesen als die Erfindung unseres Taschentelefons? Schließlich wollen auch Taschen, die nicht zusammen wohnen, einander mal „Gute Nacht" sagen können. Für euch ist sowas selbstverständlich, ich weiß.
Für Trudi und mich inzwischen auch.

Ja, jetzt denkt ihr, ich spinne, was? Ist mir doch egal. Ich sagte ja bereits: ich bin eine Tasche mit einem dicken Fell bzw. Leder. Ihr möchtet jetzt wohl gern wissen, wie so ein Taschentelefon funktioniert, was? Tja, Pech gehabt! Das ist und bleibt Trudis und mein Geheimnis. Ihr könnt versuchen, mich auszuquetschen wie

eine Zitrone. Das nutzt euch gar nichts, denn Taschen können schweigsam wie ein Grab sein, wenn sie das wollen.
Und jetzt will ich das.
Also, tschüs, bis zum nächsten Mal!
Für heut hab ich genug erzählt,

Eure Tasche Whelma

EINE ZUKUNFT IN BREMEN

1

Holundergrund Nr. 10. Schon damals mochte ich das hübsche, mit Efeu überwachsene Haus. Einen Moment stehe ich in Erinnerungen versunken, doch ich habe nicht viel Zeit.
Da ist er ja, der Briefkasten, auf dem in geschwungener Handschrift „Wellert" steht. Ich werfe den Umschlag mit dem Geld ein. Um 15 Uhr geht mein Zug nach Bremen.
Ich muss mich beeilen. Und gleich noch schnell Moni anrufen – Moni, deren Idee das alles war.

2

Meine alte Freundin Sue, die auch zu unserer OMA-Chi gehört, ist Rechtsanwältin und noch dazu eine sehr geschickte. Besonders sie und Moni bringen ihre Ideen und Pläne sehr zielstrebig und konkret in unsere Gruppe ein.
Alle, die zu OMA-Chi gehören, haben besondere Fähigkeiten, das könnt ihr mir glauben. OMA-Chi ist der Name unserer Gruppe, die wir vor 7 Jahren gegründet haben. Wir sind sechs Frauen, kennen einander seit über 10 Jahren, wurden im Lauf der Jahre dicke Freundinnen und gründeten eines Nachts auf einer gemeinsamen Reise ins Allgäu unsere Gruppe **OMA-Chi**.

Der Name steht für **O**rganisation, **M**anagement und **A**ktion in Verbindung mit **Chi**, dem Begriff aus der fernöstlichen Philosophie für *Energie*. Es war Sues Idee, unsere Gruppe OMA-Power zu nennen, was ja eine ähnliche Bedeutung gehabt hätte. Aber Moni, die sich viel mit fernöstlichen Traditionen befasst und Tai Chi macht, rief: „OMA-*Chi*, das ist es!" Ich muss sagen, auch mich überzeugte dieser Begriff sofort wie der Geschmack eines köstlichen Essens.

Franzi jedoch wagte einen zögerlichen Einwand: „Sagt mal, das klingt aber, als wären wir total der verschlafene Haufen, der nichts auf die Reihe kriegt. Ihr wisst doch, wie abfällig der Begriff „Oma" in unserer Gesellschaft benutzt wird. Die Leute sagen einander „Mensch, bist du heute Oma-mäßig gekleidet!" oder „Kannst du mal ein bisschen Gas geben? Du bewegst dich so wie eine Oma!" Das Ganze klingt daher nicht so, als wenn man unserer Gruppe etwas richtig Tolles zutrauen könnte!"

Elfi, die wir manchmal spaßeshalber „unsere Elfe" nannten, weil sie so dünn und zart gebaut war, stand schweigend neben Franzi. Ihre langen dunklen Haare hatte Elfi an diesem Tag zu einem Pferdeschwanz gebunden. Mit ihren 33 Jahren war sie die Jüngste von uns allen. Moni war mit ihren 53 Jahren die Älteste, wir anderen lagen altersmäßig zwischen den beiden. Wegen ein paar Jahren Altersunterschied machten wir untereinander kein Aufheben. Wir sahen einander als Gleiche, respektierten und schätzten einander mit unseren verschiedenen Meinungen und Eigenarten. So war z.B. Elfi auch gut in der Lage, ihre Standpunkte klarzumachen, wenn ihr das wichtig war. Gleich zu Anfang, als unsere Elfe in unsere Gruppe kam, hatte sie klar und deutlich konstatiert: „Mein Name ist Elfriede, aber ich möchte Elfi genannt werden. Wer mich Elfriede ruft, kriegt keine Antwort."
Ja, so zart Elfi auch gebaut war, so deutlich und stark konnte sie doch ihre Meinung kundtun. Sie hatte, wie wir alle, viele tolle Ideen, aber manchmal schwieg sie auch einfach nur und dachte nach.

Auch jetzt war Elfi in Gedanken versunken und da die Aussicht traumhaft schön war, konnte ich ihr absolut nicht verdenken, dass sie offenbar wenig Lust hatte, sich an unserem Gespräch zu beteiligen. Auch das liebte ich an unserer Gruppe: dass wir einander auch lassen konnten. So etwas wie Gruppenzwänge gab es bei uns nicht. Wir alle kannten Elfi gut genug um zu wissen, dass sie etwas zum Gespräch beigetragen hätte, wenn ihr der Name OMA-Chi nicht gefallen hätte. Elfis Schweigen konnte man im Rahmen einer Debatte meist als Zustimmung dahingehend deuten, dass wir schon das Richtige entscheiden würden.

Wir standen oben auf dem Gipfel eines Berges und sahen gemeinsam ins Tal. „Wir haben diesen Aufstieg geschafft und das trotz deiner Bedenken aufgrund deiner gesundheitlichen Probleme, Franzi!" sagte Michaela, die wir meist Mitchy nannten. „Welchen Grund sollte da irgendjemand haben, uns nichts zuzutrauen? Wir sind eine tolle Gruppe, halten zusammen und ergänzen einander auf so schöne Weise. Wir wissen, was wir aneinander haben, zu was wir fähig sind und für uns hat der Name OMA-Chi Kraft. Wenn die Leute so oberflächlich sein sollten, den Namen unserer Gruppe negativ zu interpretieren – wen interessiert es? Das ist doch deren Problem! Wir wissen, wer wir sind und dass wir die Power haben, unsere Pläne umzusetzen und das ist die Hauptsache!"

Ich nickte Mitchy beipflichtend zu und sagte: „Schau mal, Franzi, das ist es doch gerade! Wir haben nicht nur ein richtig tolles Wort für unsere Gruppe gefunden, sondern es regt auch zum Nachdenken an. Es ist doch gesellschaftlich bedingt und echt traurig, dass das Wort „Oma" so negativ benutzt wird. Das ändern wir hiermit! Letztendlich sind die alten Leute voller Weisheit, Lebenserfahrung und großer Schätze, an denen sie die jüngeren Leute auch viel mehr teilhaben lassen könnten. Dazu müssten *beide* Seiten, Jung und Alt, einander natürlich viel offener begegnen. In früheren Zeiten wurden die alten Leute geehrt und als Weise behandelt und in einigen Kulturen ist das immer noch so. Wir alle haben so vieles von den älteren Generationen gelernt und es ist eine Schande, wie alte Menschen dann, wenn sie schwach geworden sind, oft so abgeschoben werden.

Wir wollen mit unserer Gruppe tolle Dinge planen und entwickeln, die wir mit anderen Frauen umsetzen können. Das ist unser Ziel. Wir organisieren z.b. Feste, managen sie und treten in Aktion. Wer weiß, vielleicht planen wir eines Tages sogar einmal etwas ganz Großes! Dann sind wir am Höhepunkt unserer OMA-Chi angelangt."

Ja, so hatte ich damals in der Gründungszeit von OMA-Chi, in unserem Urlaub im Allgäu, zu den anderen gesprochen. Zu jener Zeit hatten wir zunächst erstmal daran gedacht, mit unserer Gruppe Feste, Treffen mit verschiedenen anderen Frauenorganisationen, Flohmärkte, Reisen und Kontakte mit Frauen in anderen Ländern zu organisieren. Das, was wir jetzt planten, hätten wir uns damals wohl nicht träumen lassen.

3

Am Tag vor meiner Abreise nach Bremen fuhr Sue mit mir in ein schniekes Lokal, verwöhnte mich nach Strich und Faden mit einem 5 Gänge-Menü und hörte sich geduldig die ausführliche Beschreibung meines engagierten Einsatzes der letzten Tage an. Eine große Menge Schriftkram war dabei gewesen, einige Kontakte mit anderen Organisationen und auch verschiedene, nicht ganz so einfache Gespräche. Da Reden und Schreiben, Kontakte und diplomatisches Verhalten zu meinen Stärken gehörten, waren mir innerhalb unserer OMA-Chi entsprechende Aufgaben zugeteilt worden. Während des Berichtens seufzte ich ein paarmal genervt. Es tat gut, das alles erzählen zu können und Sue war wie immer eine gute Zuhörerin. Wie so oft lobte sie mich und fand meinen Einsatz rundum gelungen. „Spitzen-Vorarbeit, die du da mal wieder geleistet hast, Loni. Das nimmt uns allen bei den weiteren Schritten einigen Druck raus. So können wir in aller Ruhe weiter unseren Plan verfolgen."

Sue und Moni, die seit 4 Jahren ein Paar waren, hatten in Bremen ein riesiges Haus gekauft, nahe am Fluss. Ich fand es toll, dass die beiden sich nicht als Paar isolierten, wie es ja viele in einer Beziehung tun. Sue und Moni legten sehr viel Wert auf ihre Freundschaften, auf unsere OMA-Chi und hatten schon lange von einem gemeinsamen Leben mit anderen Frauen geträumt. Kein Wunder also, dass besonders die beiden vor Begeisterung kaum zu halten waren und sehr viel Zeit und Mühe hineinsteckten, ihre bzw. möglicherweise unser aller Zukunft in Bremen zu planen.

Allein die Lage des Hauses an der Weser war traumhaft schön. Mitchy war die totale Geschäftsfrau, in ihren Augen war das Wesentliche Geld. Sie redete stundenlang von Investitionen, Profit, Kapital, Kosten... Wir konnten die Nullen in ihren leuchtenden Augen tanzen sehen. Moni dagegen, deren Idee dies alles ja gewesen war, war eigentlich Musikerin, hatte Querflöte gespielt und die wesentlichen Dinge im Leben waren für sie eher Kunst und Phantasie.

„Lasst uns in Bremen ein „Haus der Frauenvielfalt" gründen", hatte Moni eines Nachts bei einer gemeinsamen Feier zu uns gesagt. „Was stellst du dir darunter vor?" hatte Elfi gefragt. Elfis lange Löckchen fegten an jenem Abend hemmungslos über jeden Kuchen und durch jeden Salat. Vor Begeisterung über unser Pläneschmieden warf sie ihren Kopf mit den wilden Locken immer wieder von A nach B und nahm dabei auf herumstehende Torten, Gebäck und Naschereien keine Rücksicht. So manche

Salzstange und mancher Käsekräcker verhedderte sich in Elfis Mähne und wurde in rasantem Tempo entweder in die Locken eingedreht oder von abstehender Haarpracht fröhlich durch die Gegend gefeuert. Auch ich musste mich mehrmals vor angeflogenen Gummibärchen, abgebrochenen Käsestangen und kleinen Keksen ducken. Doch wir waren an Elfis Eigenheiten gewöhnt und hatten sie auch dafür gern.

Während Moni unserer Elfe bedächtig eine Salzstange aus den Löckchen zog, antwortete sie ihr: „Was ich mir vorstelle? Ganz einfach: Vielfalt zum einen als Begriff für eine bunte Mischung aller Alters-, kultureller und Interessensgruppen und zum anderen Vielfalt in kreativen Möglichkeiten, sich in diesem Haus zu verwirklichen. So wünsche ich mir z.B. Zeichen- und Musik-Kurse, Yoga, Sport, Selbstverteidigung, Tanzabende, ein offenes Café, aber auch ein integriertes Freibad auf dem Grundstück. Im Haus sollte meiner Meinung nach auch Platz sein für einen kleinen Laden mit einer Frauenbibliothek, Naschereien, Sportartikeln, Bastelmaterialien…Die Frauen, die zu uns kommen, sollen das Gefühl haben, dass sie sich in unserem Haus in jede Richtung entfalten können. Ich denke, wir können vielleicht nicht dem Traum jeder einzelnen Frau in unserem Projekt Raum schaffen. Doch es hat sehr viel Verschiedenes Platz. Ich habe letzte Woche bei einem Besuch in Bremen ein riesiges Haus mit einer Gartenfläche von 3000 qm gesehen, das wunderschön gelegen ist. Hier, ich habe auch ein Foto mitgebracht."

Wir bestaunten das Haus und Elfi rief: „1000qm auf fünf Stockwerke verteilt, Wahnsinn! Wisst ihr, woran mich das erinnert? Vor einigen Jahren ging doch ein Deutscher namens Konny Reimann von Hamburg nach Texas. Dort baute er sich und seiner Familie ein ebenso großes Haus, mit Leuchtturm. Das stand sogar in der Zeitung. Na, ich denke, einen Leuchtturm brauchen wir nicht, oder?" meinte Elfi scherzend und sah in die Runde. Wir lachten. „Obwohl unser Haus in Bremen ja näher am Meer steht als Konnys Haus in Texas. Er hat sein Traumhaus übrigens „Konny Island" genannt", erzählte Elfi. „Was du so alles weißt!" lachte Mitchy. Dann versank sie wieder gemeinsam mit den anderen in die Betrachtung des Fotos von dem tollen Haus in Bremen.

„Was soll dieser Wahnsinnstraum denn kosten?" fragte Franzi nach einer Weile. Mitchy winkte den besorgten Gesichtern ab und meinte: „Keine Bange, Mädels. Ich weiß, wie wir an das Geld kommen. Das müssen wir nicht bar zusammenkriegen. Ich kenne eine Menge Leute, denen ich mal aus der Patsche geholfen habe und die jetzt stinkreich sind. Die werden sich glücklich schätzen, mir ihren Dank zeigen zu können. Und meint ihr nicht auch", fügte Mitchy hinzu, „dass wir ja wohl mindestens genauso in der Lage sind, unseren Traum wahr zu machen wie Konny den von seinem „Konny Island"?" Moni und Sue klatschten zustimmend in die Hände und riefen wie aus einem Mund: „Auf jeden Fall!"

Ja, auch ich war begeistert, doch in einigen Punkten war ich mir noch nicht ganz schlüssig. Daher blickte ich in die Runde und fragte: „Und wie stellt ihr euch das Ganze vor? Noch leben wir ja alle hier, in Bielefeld. Sollen wir allesamt nach Bremen ziehen?" „Nur kein Stress, Loni! Immer langsam", sagte Moni zu mir. „Das kann doch jede für sich entscheiden und das hat ja auch Zeit. Die ein oder andere geht vielleicht gleich mit nach Bremen, andere kommen nach, wieder andere bleiben in Bielefeld und beteiligen sich als Drahtzieherinnen von hier aus. Ich beabsichtige, einen größeren Kreis von Projekten und Einzelpersonen aufzubauen, die als Unterstützerinnen und Kooperativen dabei sind. Auf meine Anfragen hin haben sich schon jetzt im Vorfeld viele Interessentinnen gemeldet. Die Zahl

der Mitwirkenden wird daher sicher noch wachsen und es besteht für keine einzige ein Entscheidungszwang. So oder so sind wir genug Frauen, um es zu tragen und umzusetzen. Also hast auch du alle Zeit der Welt, dir das zu überlegen. Die Frage, die ich heute habe, ist nur:
Wer von euch will mitmachen – egal, von wo aus?"
Was denkt ihr, wie wir alle „hier" riefen! Keine von uns wollte fehlen. Schließlich sind wir die Gruppe OMA-Chi und die ist voller Ideen, Einsatzbereitschaft, Mut und Power.

4

Dieser „Abend der großen Entscheidung" war am 2. März gewesen. Mittlerweile war es Oktober, Mitchy hatte innerhalb kürzester Zeit schon 800000 Euro aufgetrieben, Sue und Moni hatten im Juli das Haus gekauft. Seit einigen Wochen werkelten eifrige Handwerkerinnen und Gärtnerinnen in unserem Traumhaus herum, strichen die Räume bunt an, bepflanzten den Garten...

Was für ein Glück, dass ich nun heute endlich nach Bremen fahre! Mir brennt langsam vor Ungeduld eine Sicherung durch, wenn ich dieses wundervolle Haus an der Weser nicht auch bald mal zu sehen kriege. Nächste Woche wollen sie beginnen, das Schwimmbad und den kleinen Laden einzubauen. Ach, es ist alles so spannend! Moni, Sue und Mitchy haben schon ca. 20 Kursleiterinnen engagiert und ein Seminarprogramm für Januar und Februar auf die Beine gestellt. Denn gleich mit Beginn des nächsten Jahres soll es losgehen. Die drei haben sich auch schon entschieden, nach Bremen zu gehen und sich dort gemeinsam eine große Wohnung gesucht. Dort hätten sie auch noch ein paar Zimmer für Franzi, Elfi und mich frei, falls wir dazu ziehen oder sie einfach mal besuchen wollen. Denn ihre Wohnung ist ein tolles, großes Haus am Achterdieksee im

Bremer Stadtteil Oberneuland. Ja, der Name des Stadtteils klingt nicht nur vielversprechend, sondern passt auch absolut. Denn Neuland ist das Ganze für uns alle - aber nur wer wagt, gewinnt! Na, mal sehen, wie ich mich auf die Dauer entscheiden werde.

5

Gerade habe ich den Umschlag mit dem Geld eingeworfen.
Als ich mich schon umdrehen will, ruft eine altbekannte Stimme: „Ilona, hey, willst du mir noch nicht mal „hallo" sagen?"
Es ist Regine Wellert, meine frühere Schulfreundin. Wir waren fast 25 Jahre befreundet, bis sie vor 2 Jahren zu meiner großen Enttäuschung den Kontakt abbrach. Da wir für unser Engagement in der Gruppe OMA-Chi großzügig honoriert werden, bin ich endlich in der Lage, ihr den größeren Betrag wiederzugeben, den sie mir damals lieh. Zu Anfang steckte unsere gesamte OMA-Chi ehrenamtlich ihre ganze Energie, ihre Träume und Visionen in die Idee mit dem Haus in Bremen. Aber je mehr es Wirklichkeit wurde, umso mehr konnten wir uns selbst für all unsere Tatkraft auch ein Stück entlohnen.

Regine zieht den Brief aus dem Kasten, öffnet den Umschlag und entdeckt das Geld. „Ach, Ilona", sagt sie dann und sieht mich lange an. „Das kannst du auch gern behalten. Unsere Freundschaft, weißt du, die war mir umso vieles kostbarer als diese Kröten." „Nein, behalt mal", winke ich ab. „Aber was meinst du damit?" frage ich erstaunt. „Du wolltest doch die Freundschaft nicht mehr!"

Ich nehme mir noch einen kleinen Moment Zeit, bevor ich mich auf den Weg in Richtung Bahnhof mache. Während Regine und ich miteinander reden, wird plötzlich klar, dass das Ende unserer Freundschaft nichts weiter als ein trauriges Missverständnis war. „Na, Mensch, das kann doch wohl nicht wahr sein!" seufzen wir beide. Was für ein Glück dass wir das geklärt haben und ich ihr das Geld gebracht habe. Nun steht der Fortführung unserer Freundschaft nichts im Wege. Frohen Herzens eile ich zum Zug. Vielleicht ist dies ein Grund, doch in Bielefeld zu bleiben?

Mal sehen, was die Zukunft bringt. Nun freu ich mich erstmal, endlich das Haus in Bremen zu kennenzulernen und werde Regine sicher bald mal anrufen und ihr alles erzählen. Ihr, der einzigen eigentlich, die mich noch Ilona nennt, so wie früher. Auch wenn ich es mag, wenn mich alle anderen Loni nennen, so ist doch auch das Altvertraute ein Stück Zuhause – ganz egal, wo ich leben werde.

BACK TO LIFE

1

Brot ist nicht gleich Brot und es gibt verschiedene Bäckereien. Doch die außergewöhnlichste aller Bäckereien gibt es hier bei uns in Dinkelburg. „Liegt nahe, bei dem Ortsnamen", höre ich manchmal die Leute von anderswo sagen. In unserer ganz besonderen Bäckerei gibt es alles, was das Herz begehrt und das begrenzt sich keineswegs auf Dinkel-Produkte.
Seit neuestem bietet die Backstube „Back To Life" sogar eine Brotflatrate für nur 15 Euro im Monat an. Damit aber nicht manche Leute einfach die ganze Nachbarschaft mitversorgen, hat Gisela Roggeltau – in ganz Dinkelburg mittlerweile unter dem Namen „Backy" bekannt – eine Begrenzung in die Flatrate hineinkonzipiert. Pro Person gibt es jeden zweiten Tag ein Brot. Logischerweise ist das Angebot besonders für Familien, WGs oder andere Leute attraktiv, die sich die Brote teilen.

Um das Ganze gut im Blick zu haben, verteilt Backy den monatlichen Brotausweis an alle, die die Brotflatrate möchten. Im Ausweis ist bei jedem Tag Platz für einen Stempel. Aus Lücken, die größer als 1 Tag sind, entstehen keinerlei Ansprüche auf zusätzliches Brot.
Kuchen und Getränke können über den Brotausweis nicht abgerechnet werden. An jedem Ersten des neuen Monats stehen die Leute schon vor der Backstube „Back To Life" Schlange, um den heiß begehrten Brotausweis zu ergattern. Denn von diesem Ausweis verteilt Backy klugerweise nur eine begrenzte Zahl. Es wird gemunkelt, dass sie 200 Brotausweise pro Monat ausgebe, andere behaupten, es seien nur 100. Tatsächlich sind

die begehrten Ausweise spätestens am dritten Tag eines neuen Monats komplett vergriffen.

Attraktiv ist die Backstube außerdem durch ein tolles, außergewöhnliches und breites Angebot an Broten. Da gibt es das „Regenbogenbrot" mit viel Walnuss und Früchten, das „3 Sterne-Fitnessbrot" (ein reines Vollkornbrot), das „Endlos-Baguette" mit superdickem Käse-Schinken-Belag, in der kalten Jahreszeit den „Wintertraum" (ein Brot mit Apfelstückchen, Zimt, Vollkornmehl und viel Vanille), im Sommer das „luftige Bröckchen" (ein Weißmehlbrot mit Nüssen und Pflaumen) u.v.m. Der absolute Kassenschlager ist nach wie vor „Backys Best", ein Mischbrot, das so knusprig und herzhaft schmeckt, dass Gisela Roggeltau allein von „Backys Best" täglich 50 Stück verkauft. In so einer Kleinstadt wie Dinkelburg mit knapp 120000 Einwohnern ist das schon eine ganze Menge. Logischerweise hat die Backstube „Back To Life" in unserem Ort auch Konkurrenz durch viele weitere Bäckereien. Doch aus denen hebt Backys Laden sich aus verschiedenen Gründen stark heraus.

Auch bei Studierenden ist die Backstube „Back To Life" sehr beliebt. So holt sich die Studentin Marlene am liebsten das deftige Körnerbrot, während ihre Freundin Suse das Rosinenbrot mit Pflaumenaroma und Schoko-Mandelüberzug bevorzugt. Beide sind erst vor einem Jahr wegen des Studiums hierher gezogen. „Was gefällt dir besonders an Dinkelburg?" wird Marlene oft von Bekannten und Verwandten gefragt. Manche können es einfach nicht verstehen, dass die 21-jährige es vorzog, von Hamburg hierher zu ziehen. „Hamburg hat doch so viel mehr zu bieten!" hat sie sich bereits bevor sie hierher zog, oft anhören müssen. Doch sie hat ihre Entscheidung, ihr Studium im Fach Psychologie gerade hier zu absolvieren, schon vor Jahren getroffen. Tatsächlich wird die Universität von Dinkelburg, kurz „DIU" genannt, ihrem guten Ruf mehr als gerecht. Marlene erzählt gern allen, die sie in Hamburg kennt: „Das Umland von Dinkelburg ist so hübsch, mit vielen kleinen Flüssen, sehr viel Wald und tollen Seen. Auch die Natur in den Stadtparks ist hier noch viel ursprünglicher als in Hamburg. Und Dinkelburg hat als Stadt so viel zu bieten. Nette Cafés, ein großes kulturelles Angebot. Hier ist so viel los, was man gerade bei einer so kleinen Stadt ja gar nicht erwartet hätte! So viele Orte, wo ich gern hingehe wie z.B. die total schöne Stadtbücherei und das tolle Frauensportzentrum. Und unsere „Back To Life" – Backstube, die ist einfach außergewöhnlich und in meinen Augen allemal eine Reise wert!"

2

Leicht irritiert hüstelte Marlenes alter Schulfreund Bernd am Telefon, als Marlene so von dem Ort Dinkelburg und seiner besonderen Backstube schwärmte. „Sind jetzt sämtliche Pferde mit dir durchgegangen, Marlene? Was in aller Welt soll an einer Backstube eine Reise wert sein? Dass dir der Ort gefällt, ok, da komm ich noch so gerade mit. Aber Brot kaufen, das kann ich ja nun überall." Marlene lachte und meinte nur: „Man merkt, dass du noch nie im Leben in Dinkelburg warst. Komm mich doch mal besuchen!" Jetzt bekam Bernd einen regelrechten Hustenanfall. „Nein, wirklich, Lenchen", räusperte er sich schließlich. *Du wolltest doch mal wieder nach Hamburg kommen, Seeluft schnuppern und richtig was los machen. Ich verspreche dir auch, wenn du kommst, kauf ich uns ein Brot, ein richtig knuspriges, extra für dich!"* Marlene verdrehte die Augen und sah auf die Uhr: „Bernd, ich muss los, in einer halben Stunde hab ich ein Seminar. Bis dann!" Sie legte auf, schnitt sich noch eine Schnitte von ihrem geliebten Körnerbrot ab und bestrich diese dick mit Paprika-Paste. Manche Leute hatten einfach keine Ahnung, da konnte man sich das Reden sparen. Bernd war ein prima Kumpel, aber für neue Ideen irgendwie überhaupt nicht offen. Man sollte wohl glauben, dass eine Stadt wie Hamburg die Menschen, die dort leben, zu einem flexiblen, aufgeschlossenen Geist erzieht. Doch leider war das offenbar längst nicht immer der Fall. Als Marlene Bernd kürzlich am Telefon von dem neuen Projekt an der Uni erzählt hatte, wo sie mit einer Gruppe junger Frauen auf eine Aufführung hinarbeitete, hatte ihr alter Schulfreund auch nur gelangweilt gegähnt.

Das Projekt stand unter dem Motto „Sing and dance for acceptance". Frauen aus verschiedenen Kulturen hatten sich hier zusammen gefunden und übten unter Anleitung von Cathy Blancetta aus Amerika ein wundervolles Stück ein. Cathy war früher einmal Schauspielerin gewesen. Irgendwann war sie den ganzen Trubel und Ruhm, das Rampenlicht und den ständigen Druck, wie sie sich nach außen darstellen sollte, leid gewesen. Sie hatte sich von ihrem Mann getrennt und war nach Deutschland gegangen. „Wieso ausgerechnet nach Dinkelburg?" wurde auch Cathy oft gefragt. Die 52-jährige legte ihren Kopf dann stets zurück und sah den Fragenden direkt in die Augen. Welche Augen waren das, die so etwas fragten – das wollte sie sehen. Kritische Augen, verkniffene oder waren es neugierige, verständnisvolle. In manchen Augen konnte sie schon den Spott sehen und ließ ihre Antwort dann entsprechend kurz ausfallen. Doch wenn sie in freundliche Augen sah, nahm sie sich einen Moment Zeit für eine ausführliche Antwort.

„Ja, auch ich dachte zuerst, dass in Dinkelburg nicht viel los wäre", erzählte Cathy dann. „Genau deshalb wählte ich diesen überaus liebenswerten Ort, weil ich einfach nur meine Ruhe haben und möglichst unerkannt ein ganz einfaches Leben führen wollte. Doch mit der Zeit erkannte ich mehr und mehr, was dieser Ort zu bieten hat. Mittlerweile bin ich richtig glücklich, hier zu leben. Dass es hier landschaftlich sehr hübsch ist, das wusste ich. Aber in vieler Hinsicht war Dinkelburg für mich eine Offenbarung. Dazu trugen nicht unwesentlich die Backstube „Back To Life" und ihre wunderbare Besitzerin Gisela Roggeltau bei! " Was für ein wundervolles Geschenk das gewesen war, dass die Menschen in diesem kleinen Ort sie ohne übertriebene Aufregung wie eine ganz normale Person integriert hatten! Irgendwie konnten die Leute das hier besser als in Großstädten, war Cathys Eindruck. Dieses ruhigere Lebensgefühl gefiel ihr von Anfang an und Cathy Blancetta wurde richtig heimisch im schönen Dinkelburg.

3

Unsere „Back To Life"- Backstube ist für mich Teil meines täglichen Lebens geworden.
„Hallo, Adiva", begrüßt Backy mich immer so herzlich und aufmerksam, ohne jedoch das Geschehen in der Backstube komplett aus den Augen zu verlieren. Das mag ich so an dieser Frau, die mittlerweile eine meiner besten Freundinnen geworden ist: sie macht um nichts und niemand einen Riesenaufruhr. Ich weiß, dass auch Cathy sich deshalb in Backys Laden so wohlfühlt. Erwähnte ich bereits, dass Giselas Backstube neben der Verkaufstheke auch einen äußerst geräumigen Bereich mit Tischen, Stühlen und diversen gemütlichen Sofas besitzt? Da gibt es viele schöne Fensterplätzen mit Blick auf den Marktplatz im vorderen Bereich und kuschelige Eckchen im zweiten Teil der Backstube.

Am liebsten sitze ich am Fenster zur Straße hin, wo ich nicht nur den Laden komplett im Blick habe, sondern auch direkt in den hinteren Teil des Cafés hineinschauen kann, wenn ich mich umdrehe. Eine Abtrennung gibt es zwischen den beiden Teilen nicht, da Backy gern alles im Blick hat. Mit 140 Sitzplätzen besitzt

sie nicht gerade das kleinste Café von Dinkelburg.
Auch ich genieße hier gern meinen mittäglichen Kaffee.

Vor drei Jahren, kurz nachdem Backy ihre Backstube eröffnet hatte, rief sie bei der Zeitung an, für die ich arbeite: dem „Dinkelburger Puls". Mit unseren Nachrichten und Informationen sollen die Leute immer hautnah am Puls der Zeit bleiben.
Ich bekam den Auftrag, einen Bericht über die neu eröffnete, so außergewöhnliche Backstube zu schreiben.

Als ich Backy zum ersten Mal sah, war ich zugegebenermaßen im ersten Augenblick etwas irritiert. Sie tanzte gerade mit fünf afrikanischen und türkischen Jugendlichen durch die Räume ihres Cafés und sang dabei. „Ah, da sind Sie ja!" rief sie mir zu, als sie mich erblickte. Offenbar erkannte sie sofort, von wem ich geschickt worden war.

Ja, nicht nur ihre Backstube, sondern auch meine Zeitung legt außerordentlichen Wert auf den Wiedererkennungseffekt. Daher müssen alle, die für den „Dinkelburger Puls" arbeiten, bei Aufträgen außer Haus die orange Jacke mit dem großen, schwarzen Aufdruck „DER PULS" tragen. Ein bisschen dick aufgetragen, aber was tut frau nicht alles für ihren Job. Weiteres Erkennungsmerkmal, dass wir Zeitungsleute vom „Dinkelburger Puls" während der Arbeit unterwegs tragen müssen, ist die grüne Kappe mit den Initialen unseres Chefs: „BQ".
Da die Zeitung „DER PULS" (zu der unser „Dinkelburger Puls" wie eine eingemeindete Kleinstadt gehört) auch in 8 anderen Städten aktiv ist, hat sie innerhalb unseres Bundeslandes recht großen Einfluss und so ist ihr Inhaber, Bobby Quark, in all diesen Städten sehr bekannt. Wie viele Zeitungsberichte es bereits gab, in denen Reporterinnen und Reporter mit dieser grünen „BQ"-Kappe auf den Fotos abgebildet waren, kann ich gar nicht mehr zählen. Es ist schon fast ein bisschen peinlich mit dieser Kappe,

aber frau gewöhnt sich dran, sie zu ignorieren. Die Leute aber nicht. Sie erkennen mich damit sofort als Mitarbeiterin des Zeitungsunternehmens und das ist ja der Sinn der Sache.

„Seid locker, geht ganz natürlich auf die Leute zu!" Das ist einer der Lieblingsaussprüche unseres Chefs Bobby Quark, wenn er mal wieder eine Rundmail an alle beim „Dinkelburger Puls" Beschäftigten schickt, gespickt von tollen Tipps für einen gelungenen Zeitungsbericht. „Wir *sind* gut, aber das hält uns doch nicht davon ab, uns zu optimieren, oder?" schreibt unser Chef dann oft dazu und geizt dabei auch nicht mit Lob für unsere tollen Artikel.
Bobby Quark sieht es gern, dass wir uns gemeinsam mit den Leuten, über die wir berichten, ablichten lassen. Meist haben wir vom „Dinkelburger Puls" daher auch jemanden zum Fotografieren dabei. Unser Chef lässt uns aber durchaus auch unsere Freiheiten und daher habe ich mir seit vielen Jahren eine eigene Taktik angewöhnt, die alle respektieren. Zum ersten Gespräch für einen anstehenden Artikel erscheine ich zunächst allein und komme einfach am darauffolgenden Tag nochmal kurz mit der Fotografin vorbei.

Ich erschien also an besagtem Tag vor drei Jahren in Gisela Roggeltaus Backstube und sie begrüßte mich wie eine alte Bekannte. Rasch besprach sie noch ein paar Dinge mit den Jugendlichen, bevor Backy dann zu mir herüber kam und sich mit mir an einen Tisch setzte. „Basha, denkst du daran, was wir vorhin besprochen haben?" hörte ich sie zu einem afrikanischen Mädchen sagen. Das Mädchen nickte und sah dabei sehr verantwortungsbewusst aus. „Und du, Miray", wandte Backy sich an ein türkisches Mädchen, das sehr freundlich zu mir herüber sah, „teile bitte den anderen deine tollen Ideen mit. Ich bin gespannt, zu welchen Ergebnissen ihr gekommen seid, wenn ich hier mit meinem Interview fertig bin!" Ich war beeindruckt davon, wie gut Backys Art bei den Jugendlichen anzukommen schien. Denn Miray und Basha begaben sich nun, eifrig diskutierend, mit den anderen an einen großen Tisch weiter hinten im Café.

Spontan lud Backy mich erstmal auf ihren beliebten „Life-Kaffee" ein. Dieses Getränk hatte eine äußerst belebende Wirkung. War ich auch zuvor noch etwas müde gewesen, so fiel dies schlagartig von mir ab. „Ist es in Ordnung, wenn wir der Einfachheit halber zum „Du" übergehen?" fragte Backy und sah mir dabei warmherzig und ganz direkt in die Augen. „Klar, gern!" antwortete ich und reichte ihr meine Hand. Mit kräftigem Händedruck schüttelte Backy lachend meine Hand und fragte dann: „Ein Stückchen Erdbeertorte? Geht selbstverständlich alles aufs Haus!" Ich nickte begeistert.

Kurz danach saßen wir ins Gespräch vertieft zusammen, während ich immer wieder die Jugendlichen beobachtete, die mal gemeinsam an ihrem Tisch saßen und einiges zu besprechen schienen, und dann immer wieder durch das Café tanzten. „Was sind das für Kids?" fragte ich schließlich. „Und wieso tanzen sie durch dein Lokal? Sollten sie nicht auf ihren Stühlen sitzen?" Gisela Roggeltau, genannt Backy, sah mich forschend an und fragte: „Schon mal was von sozialen Projekten gehört? Falls du dachtest, das wäre hier nur ein Café, hast du dich getäuscht. Ich habe so verschiedene Ideen, was ich hier alles anbieten möchte. Genau deshalb hatte ich deine Zeitung um den Artikel gebeten. Damit sich das herumspricht und viele kommen."

Ich sah die Besitzerin der „Back To Life"-Backstube an und mir wurde klar, weshalb in Dinkelburg so viel über diese Person gesprochen wurde. Sie hatte eindeutig einen sehr interessanten und sympathischen Charakter. Zudem war sie sehr direkt, sprach Dinge nicht nur konkret an, sondern setzte sich persönlich für ihre

Ziele ein. „Wir bieten den Kids hier einigen Freiraum an. Sie werden gleichzeitig auch mit in die Verantwortung einbezogen und bekommen kleine Aufgaben. Es ist ein Geben und Nehmen." Gisela sah mich ernst an. „Es gibt so viele Jugendliche, die nach der Schule erstmal allein sind, deren Eltern noch nicht zuhause sind. Sie sind hier jederzeit willkommen. Bis 15 Uhr dürfen sie auch im Café tanzen, das ist meine Regel. Ich möchte hier auch ein bisschen Lebendigkeit. Wer von den Jugendlichen sich längerfristig mit einklinkt hier, bekommt zunehmend mehr kostenlos: Brote, Getränke, Kuchen. Die Kids können sich aussuchen, ob sie dafür ein bisschen mit bedienen, aufräumen, in der Küche helfen möchten oder ob sie sich lieber an Planungen von Projekten beteiligen. Manchmal besuchen einzelne Jugendliche auch alte Menschen im Altenheim, die es nicht mehr hierher schaffen. Andere Kids organisieren gern die Treffs mit den älteren Leuten, die hierher kommen. Mir liegt auch daran, dass sie untereinander besprechen, worum es uns allen dabei geht. Gleichzeitig steht ihnen wie allen anderen Café-Besucherinnen und -Besuchern auch die Ecke mit den Gesellschaftsspielen den ganzen Tag offen. Weitere Angebote für Jugendliche werden von Mitarbeiterinnen meines Cafés angeleitet. Dazu erzähle ich dir später mehr." Beeindruckt sah ich Backy an. Ich begann zu verstehen, warum ihre „Back To Life"-Backstube so etwas Besonderes war.

4

„Du kommst aus Spanien?" fragte Backy mich, nachdem sie mir einen ersten kurzen Einblick in einzelne Besonderheiten ihres Cafés gewährt hatte. „Ja, woher weißt du das?" Ich sah die Backstubenbesitzerin erstaunt an. „Ich kenne mich ein bisschen mit den Namen verschiedener Länder aus, weißt du", antwortete Backy. „Ich möchte mich unter anderem für ein interkulturelles

Miteinander engagieren und liebe den Klang all dieser total verschiedenen Namen. Sie tragen uns ein Stück die Welt ins Haus, das ist für mich ein großer Zauber. Du hast einen wunderschönen Namen, Adiva." Verlegen merkte ich, dass ich rot wurde und sah zum Fenster hinaus. Hatte Backy im allerersten Moment auf mich zunächst sehr crazy gewirkt, so merkte ich im Laufe des Gesprächs mehr und mehr, was für ein herzensguter, inspirierter und weltoffener, toller Mensch sie war. Offenbar war sie nicht nur tatkräftig und ideenreich, sondern auch sehr einfühlsam.

„Was hat dich nach Deutschland und ausgerechnet nach Dinkelburg verschlagen?" wollte Backy wissen. Ich seufzte und begann zu erzählen: „Aufgewachsen bin ich in Malaga, am Meer. Meine Mutter war Reinigungskraft in einem der großen Hotels, die es dort ja schon seit vielen Jahren gibt. Meiner Meinung nach haben diese hässlichen Bauten dem ursprünglich einmal so schönen Ort am Meer viel von seinem Charme genommen. Das Meer direkt vor der Tür zu haben, ist natürlich traumhaft und ich habe es von klein auf sehr geliebt, jeden Tag dort zu sein. Alle meine Sorgen und Gedanken habe ich dem Meer erzählt. Es war mein bester Zuhörer. Denn meine Mutter hatte wenig Zeit für mich. Mein Vater hat uns früh verlassen und so war ich als Einzelkind viel auf mich gestellt. Meine Mutter wusste, sie konnte sich auf mich verlassen, dass ich keinen Unsinn mache. Doch es tat ihr leid, dass ich so viel allein war. Schon früh begann ich, von der großen weiten Welt zu träumen. Ist das nicht verrückt?"
Ich schwieg einen Moment und sah gedankenverloren aus dem Fenster.

„Wenn ich aus meiner heutigen Perspektive darüber nachdenke", fuhr ich dann fort, „wie viele Menschen davon träumen, mal nach Malaga fliegen zu können und dort Urlaub zu machen! Ich aber wollte schon ab dem 16. Lebensjahr nur weg von dort! Ja, das

Meer gab mir viel und am Wasser fühlte ich mich zuhause. Natürlich möchte ich diesen Teil meiner Kindheit nicht missen. Auf vieles andere könnte ich gut verzichten: die Einsamkeit, die Armut und einiges mehr. Nachts weinte meine Mutter oft vor Schmerzen, doch sie ging jeden Tag wieder zur Arbeit. Wir brauchten das Geld ja. Sonst hätten wir auf der Straße leben müssen. Davor hat sie mich mit ihrem Einsatz bewahrt." Ich seufzte und sah Backy an, die mir freundlich und mitfühlend zunickte. Es war lange her, dass ich von all dem gesprochen hatte. Ich tauschte mich gern mit Freundinnen über persönliche Dinge aus und natürlich kannten sie alle meine Geschichte. Die schmerzhaften Erinnerungen jedoch verdrängte ich im Alltag häufig, um im Hier und Jetzt ein möglichst gutes Lebensgefühl zu haben.

Doch die Art, wie Backy mich ansah, gab mir das Gefühl, dass es richtig war, all das zu erzählen und so sprach ich weiter: „Meine Mutter und ich lebten in einer kleinen Hütte in der Nähe des Strandes. Das Dach war nicht regenfest und oft froren wir. Manchmal bekamen wir von Urlaubern Decken und Kleider geschenkt. Das waren glückliche Tage. Als ich 19 Jahre alt war, beschloss meine Mutter, die im Hotel einen reichen Mexikaner kennengelernt hatte, mit diesem nach Mexiko zu gehen. Sie bot mir an mitzukommen, doch das war für mich unvorstellbar. Plötzlich wusste ich, dass meine Zeit gekommen war. Ich konnte Malaga verlassen. Hätte meine Mutter nicht ihren neuen Freund gehabt, wäre ich vermutlich geblieben. Ich hatte doch das Gefühl, ihr etwas schuldig zu sein und hätte sie nicht allein gelassen. So aber wusste ich, für sie ist gut gesorgt. Da ich schon oft davon geträumt hatte, woanders ein ganz neues Leben anzufangen, zögerte ich nicht und ging nach Deutschland. Ich lebte ein paar Jahre in Berlin, Frankfurt und München, dann zog es mich hierher. Es war zunächst die Arbeit beim „Dinkelburger Puls", die mich hier her gezogen hat. Doch inzwischen weiß ich: es war viel mehr. Es war das Leben. Diese Stadt, so klein sie auch sein mag, hat so viel zu bieten." Gisela lächelte mich freundlich an und stellte ein Stück Quiche vor mich hin. „Greif zu!" lachte sie mich an. „Oje", rief ich und sah auf meine Uhr. „Ich sollte diesen Auftrag in einer Stunde erledigen und nun ist die schon um, weil ich selbst so viel erzählt hab. Entschuldige, Gisela."

Doch die Besitzerin der Backstube „Back To Life" winkte ab. „Alles in bester Ordnung, Adiva! Ich hab noch ein bisschen Zeit. Meine Helferinnen Carmen, Dunyana, Silke und Earline, genannt Early, haben alles im Griff. Da die Backstube und das Aufgabengebiet sehr groß sind, habe ich von Anfang an beschlossen, dass immer vier Mitarbeiterinnen außer mir da sein sollten. Montags, mittwochs und freitags arbeite ich daher mit dem Viererteam, das du heute hier siehst. Dienstags, donnerstags und samstags sind Flora, Luka, Lina und unsere Tallulah, genannt Tally dran. Sonntags haben wir ja nur von 8-12 Uhr geöffnet und da finden keinerlei Projekte und Sonderaktionen statt. Da habe ich noch ein paar Mitarbeiterinnen auf Aushilfsbasis, die da mitmachen, das klappt immer gut. So haben meine acht Hauptbeschäftigten, die an ihren drei Tagen vollen und ja auch sehr langen Einsatz (jeweils von 9-19 Uhr) bringen müssen, auch ihre wohlverdienten Pausen von all dem Trubel hier. Die abwechselnden Mitarbeiterinnen tun auch den Jugendlichen gut und so ist es für alle etwas entspannter." Ich sah Backy an, die Carmen soeben ein Zeichen zu geben schien. Die Mitarbeiterin nickte.

5

„Falls du dich fragst, wo all unsere leckeren Produkte gebacken werden – das wäre hier in unserem Café raumtechnisch nicht mehr umsetzbar gewesen. Ich habe daher noch einen zweiten

Sitz meines kleinen Unternehmens, der von großer Wichtigkeit ist." Backy sah mich verschmitzt lächelnd an und fuhr fort: „Wie wir alle wissen, kommt für unser gesamtes Leben sehr viel mehr Kraft aus unserem *Rücken*, als wir es oft glauben. Ich habe die Background-Backstube daher kürzlich „Backy's Back" genannt, was ja zum einen auf Deutsch „Backy's Rücken" heißt, aber auch weitere Interpretations-/ und Übersetzungs-Möglichkeiten offen lässt. Ich spiele gern mit Worten und Namen, weißt du?" Ich lachte. Backys Humor und Einfallsreichtum waren mir sehr sympathisch. Die Backstubenbesitzerin hatte meiner Meinung nach nicht nur tolle Backideen, sondern auch eine Art, die Dinge mit Phantasie, Aufgeschlossenheit und Freude anzugehen, die dem Ganzen eine deftige Ladung Pepp verpasste. Backy nahm die richtigen Dinge ernst – wie z.B. Ungerechtigkeiten, menschliche Isolation, Schicksale, - und war dennoch in der Lage, bei all ihrem Verantwortungsdruck viel gute Laune, Humor und Beschwingtheit in ihrem Laden zu verbreiten. Vermutlich lief daher alles so gut. Ich hatte nur den einen Wunsch: ihr dafür jede Menge Glück zu wünschen und einen tollen Artikel zu schreiben, der ihr zu der Bekanntheit und Unterstützung verhalf, die sie für den Ausbau ihrer Projekte brauchte.

„Unsere Background-Backstube befindet sich wenige Straßen von hier entfernt", fuhr Backy nun fort. „Wenn mal ein Brot oder Sonstiges ausgegangen ist, dann können wir schnell um Nachschub bitten und problemlos auch die für den Tag geplanten Mengen umändern. In „Backy's Back" geht es um die reine Herstellung unserer Backwaren (also komplett ohne Verkauf, Kundenkontakte oder Café-Betrieb). Dort arbeiten 12 Frauen, die nach meinen eigenen Rezepten die Teige zubereiten, sie auf großen Holztischen kneten und sie dann in riesigen Backöfen abbacken. Die 12 Frauen arbeiten genauso in Schichten, wie die Frauen hier im Café. Es sind immer 6 Frauen vor Ort und die haben alle Hände voll zu tun. Was glaubst du, was hier täglich allein an Broten über die Theke geht! Und dann noch die vielen leckeren Kuchen! Von „Backy's Back" bekommen wir in der Regel viermal am Tag eine große Lieferung." Beeindruckt sah ich Backy an. Alles rund um ihre Backstube „Back To Life" war toll organisiert und mit so viel Fingerspitzengefühl und großartigem Management durchdacht.

„Du beschäftigst nur Frauen, oder?" fragte ich die Besitzerin der Backstube. „Ja, richtig!" nickte Gisela Roggeltau. „Und das nicht ohne Grund. Du bist ja sicher bestens darüber informiert, wie es mit den Chancen auf einen guten Job und der Bezahlung in unserer Gesellschaft für Frauen aussieht. Ganz bewusst werden Frauen bei mir bevorzugt. Zudem finde ich, ist es auf diese Weise ein sehr schönes Arbeiten. Ich hörte von verschiedenen Leuten, dass bei manchen die Meinung grassiere, in der Zusammenarbeit von Frauen gehe es unkollegialer zu als bei der Zusammenarbeit mit Männern. Ehrlich gesagt, weiß ich nicht, wie die Leute zu diesen Ansichten kommen. Bei uns jedenfalls werden Fairness und ein gutes Miteinander groß geschrieben und es klappt wunderbar. Ich erkundige mich zudem regelmäßig bei all meinen Mitarbeiterinnen danach, wie es ihnen in ihrem Job geht.
Den Frauen macht das Arbeiten für meine Backstube durch die Bank weg Spaß und sie kommen gut miteinander zurecht."

Ich hob meinen Becher mit dem mittlerweile etwas lauen, doch nicht minder leckeren „Life-Kaffee", prostete der Backstuben-Chefin zu und sagte: „Hut ab, Backy, das klingt alles nach einem wirklich guten Rezept für den besonderen Charme und Erfolg deiner Backstube. Alles spitzenmäßig organisiert!
Noch dazu ein reiner Frauenbetrieb – das gefällt mir, toll!"
Ich sah zu Dunyana und Silke hinüber, die gerade an der Theke Brot und Kuchen verkauften. Early und Carmen waren gerade dabei, an den Tischen Bestellungen aufzunehmen und Getränke

und Kuchen zu verteilen. „Was mir auch aufgefallen ist: dir ist das Miteinander verschiedener Kulturen wichtig", fuhr ich fort. Diesen Aspekt setzt du offenbar nicht nur in der Arbeit mit den Jugendlichen um, sondern auch bei deinen Beschäftigten. Das finde ich wirklich toll. Aus welchen Ländern kommen deine Mitarbeiterinnen?" Backy sah mich ernsthaft an und sagte: „Zum Schutz meiner Mitarbeiterinnen möchte ich dich aber bitten, ihre Namen sowie Details, die ich dir jetzt verrate, nicht in dem Artikel zu veröffentlichen. Es reicht doch völlig aus, wenn du betonst, dass ich den interkulturellen Aspekt hier auf mehrere Arten umsetze, anstatt nur davon zu sprechen. Sind wir uns da einig, Adiva?" Ich nickte und antwortete: „Selbstverständlich, Backy, kein Thema. Es interessiert mich einfach persönlich. Du kannst mir im Übrigen am Ende unseres Gesprächs gern alles sagen, was du davon nicht im Artikel haben möchtest. Das versteht sich doch von selbst." Backy schien leicht aufzuatmen und sagte: „Na dann, Adiva, so können wir zusammenarbeiten. Meine Mädels sind solche Goldstücke. Earline ist aus England, Dunyana kommt aus Marokko. Ich sagte dir ja, dass mich schöne Namen faszinieren. Dunyana bedeutet „Unsere Welt". Tallulah, unsere Tally, ist aus Amerika. Ihr Name bedeutet „Fließendes Wasser/Sprudelnde Quelle". Meiner Meinung nach ist die Verschiedenheit der Menschen und auch der Kulturen für uns alle gegenseitig eine große Bereicherung. Das hier in unserer „Back To Life" – Backstube mit den Frauen täglich umzusetzen, finde ich total schön und wertvoll."

Einen Moment schwiegen wir beide und ich nutzte die Gesprächspause, um den Rest der leckeren Quiche zu verspeisen. Mit der Kuchengabel kratzte ich die letzten Krümel vom Teller und sah Backy schließlich lächelnd an. „Und nicht nur deine Organisation überzeugt mich", sagte ich zu ihr. „Auch die Verköstigung! Und das steht auf meiner Liste der Kriterien einer

tollen Backstube nicht unbedingt an letzter Stelle." Wir lachten. „Vorzüglich, deine Törtchen!" rief ich und klopfte auf meinen Bauch. Sowohl der Erdbeerkuchen als auch die Quiche waren schlichtweg ein Gedicht gewesen. Backy lachte zufrieden und sagte: „So muss das sein!" Dann fuhr sie fort: „Dunyana und Silke arbeiten im regulären Café-Betrieb mit, aber die beiden machen auch einige Gruppen und Angebote für die Kids. Aus dem anderen Viererteam sind es Flora und Tally, die neben den Aufgaben im Café Angebote für die Jugendlichen leiten.
Wir bieten den Jugendlichen nicht nur das Café als Aufenthaltsort an, sondern haben auch ein umfangreiches Beschäftigungsprogramm für sie entwickelt. Dort drüben ist z.B. eine Kreativ-Ecke mit Zeichenutensilien und diversen Bastelmaterialen. Hinten im Gang gibt es zudem einen Musikraum mit tollen Instrumenten." Eifrig machte ich mir einige Notizen, während Backy einen Moment schwieg.

Als ich wieder aufblickte, erzählte die Besitzerin der Backstube „Back To Life" weiter: „Es gibt zum einen die bereits erwähnten Gruppenangebote mit Dunyana und Silke bzw. mit Flora und Tally, aber auch viele Möglichkeiten, wie sich die Kids hier allein oder miteinander beschäftigen können. Manche von ihnen wollen einfach nur an den Angeboten teilnehmen, hier sein. Andere von ihnen haben Lust, sich tatkräftig einzubringen und werden dafür auch mit Brot, Kuchen und Getränken entlohnt. Das können die Kids ganz frei entscheiden, ob sie sich engagieren möchten oder nicht. Eine Bezahlung können wir allerdings nicht bieten. Aber ich denke, das sind, besonders mit den neu gegründeten Projektgruppen, schon einige schöne Möglichkeiten für die Kids."

In diesem Moment kam das afrikanische Mädchen Basha an unseren Tisch und tippte Backy vorsichtig an. „Kannst du uns den Schlüssel für das Büro geben, Gisela? Wir würden gern am PC den Text für unseren Flyer bearbeiten." Backy stand kurz auf, ging zu Dunyana und fragte diese: „Hast du einen Moment Zeit, mit den Jugendlichen ins Büro zu gehen? Sie möchten dort etwas am PC bearbeiten." Dunyana sah sich im Café um und nickte. Neben dem Verkauf der Brote an der Theke, dem Spülen und anderen Tätigkeiten in der Küche, musste ja auch noch an den Tischen bedient werden. Die vier Mitarbeiterinnen hatten daher einiges zu tun. Doch wie Gisela mir später mitteilte, lag ihr viel daran, dass immer auch möglich sein musste, dass sich eine ihrer Kräfte oder sie selbst, einen Moment Zeit nahm für die Kids. Zu festen Zeiten waren Dunyana und Silke bzw. Flora und Tally ja ohnehin für die Kids da. Aber flexibel sollte es auch außerhalb dieser Zeiten immer mal möglich sein, das war Backys Konzept.

6

Eilig machte ich mir einige Notizen für den Zeitungsartikel, während Gisela mit Dunyana sprach und sich im Café umsah. „Momentan ist ja sowieso nicht so viel los, da ist das gar kein Problem", sagte Backy. „Aber so oder so machen wir das immer möglich." Die Inhaberin des Cafés ging kurz zur Theke hinüber, um sich eine Tasse Kaffee zu holen. Als Backy wieder mir gegenüber Platz genommen hatte, atmete sie kurz durch.
„Ja, so ist das Leben als Besitzerin eines solchen Cafés!" sagte Backy und sah mich freundlich an. „Spannend, vielseitig, bereichernd, aber frau muss auch oft schnell umschalten können. Da gönn ich mir auch mal ab und zu eine kleine Pause. Das Gespräch mit dir ist ja auch wie eine kleine Entspannung für mich. Schön, dass du gekommen bist!" Gisela lächelte mich an. Ich nickte und lächelte zurück. „Ja, ich freu mich auch, dass mein Chef mich hergeschickt hat. Deine Backstube gefällt mir richtig gut." Backy strahlte.
„Darf ich fragen, wie alt du bist?" fragte ich meine Gesprächspartnerin. „Vor zwei Wochen bin ich 50 geworden!"

lachte Backy munter. „Ich habe damit den Korridor ins nächste Jahrzehnt betreten. Ich nehme an, du bist etwa mein Alter, oder lieg ich da falsch?" fragte sie mich. „Stimmt!" nickte ich. „Ich bin gerade mal ein Jahr jünger. Fünfzig zu werden stelle ich mir auch toll vor. Ich weiß gar nicht, warum die Leute immer solche Probleme mit dem Älterwerden haben. Jedenfalls noch meine herzlichsten Glückwünsche nachträglich!" sagte ich und schüttelte Backy die Hand.

„Kommst du mal kurz, Backy?" rief Carmen von der Theke herüber. „Ich bin gleich wieder bei dir!" meldete Backy sich kurz bei mir ab und erhob sich. Ich überflog kurz meine Notizen und überlegte, was mir für den Bericht noch fehlte. Da kam die Backstubenbesitzerin auch schon wieder an den Tisch zurück. Während sie sich setzte, eröffnete Backy mir munter: „Das war noch nicht alles! Warte mal, wo mach ich weiter?" Sie sah mich an und wir lachten. In diesem Moment wusste ich, dass das mit Sicherheit nicht das letzte Mal sein würde, dass ich meinen Kaffee in der „Back To Life"-Backstube trinken würde.

Backy strich ein paar Krümel von ihrem Pullover und sah kurz zu Early und Carmen hinüber, die an der Brottheke die Kundschaft bedienten. Dann wandte sie sich mir wieder zu. „Eine andere Gruppe, die mir ganz besonders am Herzen liegt, sind ältere Menschen", begann sie. „Daher haben wir für diese einen Vorlese- und Austauschkreis gegründet, der „Nur so" heißt." Gisela lachte über meinen verwunderten Gesichtsausdruck und erzählte: „Ja, diese Backstube soll ein Ort der Ideenvielfalt sein. Manche Ideen sind sehr ernsthaft und kompliziert, viele aber auch ganz leicht. Und da es in der Gruppe für ältere Leute darum gehen soll, Hürden zu überwinden und Kontakte zu knüpfen, dachten wir, das Motto sollte *Leichtigkeit* sein. Was ist die Antwort, die viele Kinder geben, wenn sie gefragt werden, warum sie etwas machen? „Nur so". Genau so sehen wir dieses Angebot für ältere Menschen. Für deren Austauschrunde soll selbstverständlich, ebenso wie für die Jugendlichen-Treffs, die Möglichkeit bestehen, Knabbereien, Kaffee und Kuchen günstig zu erstehen." Aufmerksam nahm ich alle Einzelheiten auf und machte weitere Notizen. Diese Frau hatte wirklich tolle und ungewöhnliche Ideen, das stand einwandfrei fest. All dieses Organisatorische mit Leichtigkeit zu verknüpfen, das war schon eine echte Kunst.

„Zusätzlich planen wir einige gemeinsame Treffs von älteren Menschen und Jugendlichen", fuhr Backy fort. „Basha, Miray und die drei anderen Jugendlichen, die vorhin mit mir tanzten, sind so interessiert und begeistert, dass sie Lust hatten, sich zu engagieren. Sie haben in den letzten Tagen an einem Flyer gearbeitet, den sie an ihren Schulen an andere Jugendliche verteilen wollen. Außerdem haben sie Ideen entwickelt, welche Themen sie in den Treffs mit den älteren Menschen einbringen und welche Unternehmungen sie vorschlagen möchten. Die Kids sind einfach toll. So jung und schon so verantwortungsbewusst und engagiert! Basha und Miray sind 15 Jahre alt, die anderen drei sind erst 14 und halten sich noch etwas verlegen im Hintergrund. Aber ich glaube, da dürfen wir noch einiges Tolle erwarten, wenn sich alle hier eingelebt haben. Wenn noch mehr Jugendliche kommen, werde ich weitere Mitarbeiterinnen einstellen müssen. Natürlich ist das Café den ganzen Tag auch für Menschen aller anderen Altersklassen geöffnet. Doch die besonderen Angebote, die wir machen, sind eben für ältere Menschen und Jugendliche. Für diese Projekte brauchen wir viele Spenden und Unterstützung von großen Firmen aus Dinkelburg. Das alles zu realisieren schaffen wir nicht allein. Daher rief ich die Zeitung an und bat um einen Bericht über unsere Backstube."

Gisela sah mich an, wie ich den Rest der Quiche genoss.
„Köstlich, sehr köstlich, genauso wie der Erdbeerkuchen und der Kaffee. Das kommt alles ins Protokoll!" sagte ich und wir lachten. „Nein, ehrlich, das werde ich in dem Artikel schon deutlich machen, wie gut die Leute hier bewirtet werden, keine Sorge!" Ich zog meine Jacke über, da ich merkte, dass Backy immer wieder zur Theke hinüber sah. Dort standen ihre Mitarbeiterinnen Carmen und Early und diskutierten über etwas, während eine Kundin ganz offensichtlich wartete. „Ich muss mal wieder nach dem Rechten sehen", sagte Backy und reichte mir die Hand.

„Ein Wort noch zum Schluss", bat ich und sah sie ganz direkt an. „Der Name der Backstube, „Back To Life" - wie kamst du auf den? Das hätte ich gern noch gewusst." Gisela ging kurz zu Early und Carmen hinüber, zeigte auf die Kundin und wechselte ein paar Worte mit ihnen. Dann kam sie zu mir zurück. „Ok, die eine Frage noch, die ist ja wichtig." Gisela holte tief Luft. „Ja, wie du dir inzwischen sicher denken kannst, wählte ich diesen Namen für die Backstube nicht nur wegen der besonders belebenden Backwaren und dem so wohltuenden Kaffee. Es geht uns hier schon um mehr. Aber wir können ja das Nahrhafte mit dem Sinnreichen verbinden, oder?" Backy lachte. „Ich habe zwei Berufe. Ich bin Altenpflegerin und Bäckerin. Ich habe viele Jahre in Altenheimen gearbeitet und die traurige Stimmung der Leute hat mich sehr berührt. Auch im hohen Alter ist es möglich, das Leben noch zu genießen und besondere Dinge zu erleben. Das möchten wir alten Leuten in unserem Café anbieten."

Gisela beobachtete, wie ich blitzschnell zu der letzten Frage noch einige Notizen machte und fügte hinzu: „Das Motto unserer Backstube „Back To Life" geht letztlich ja uns alle an.
Mein Traum ist es daher, mit diesem Laden einen Raum zu bieten, wo Menschen aller Altersgruppen sich nicht nur gern mit Leckereien verwöhnen lassen möchten, sondern auch

Kontaktmöglichkeiten haben. Es gibt natürlich viele Dinge, die uns ein stärkeres Gefühl für das Leben vermitteln können. In meinen Augen sind das Sorgen für das leibliche Wohl und ein gutes Miteinander zwei zentrale Punkte davon." Ich nickte Backy zustimmend zu, während mein Stift über das Papier flitzte. Ja, diese Frau war voller großartiger Ideen, daran war kein Zweifel.

Als ich Backy dann wieder ansah, deutete sie in eine Ecke im hinteren Teil des Cafés und fügte hinzu: „Um die Atmosphäre aufzulockern und neben den Gesprächen auch einfach mal Spaß zusammen haben zu können, haben wir die Ecke mit den Gesellschaftsspielen, die von Alt und Jung gleich viel in Anspruch genommen wird. Für neue Spiele und auch für einen schönen Tischkicker könnten wir noch einige Spenden gebrauchen."
Ich klappte mein Notizbüchlein zu und reichte Gisela die Hand. Zum Glück hatte ich vom „Dinkelburger Puls" aus freie Hand, wie lange ich für ein Gespräch brauchte. Es hatte um einiges länger gedauert, als ich im Vorfeld zeitlich dafür eingeplant hatte. Doch das war mir die Angelegenheit absolut wert.

„Danke für alles!" sagte Backy zu mir. „Freu dich nicht zu früh!" scherzte ich. „Das Ergebnis siehst du ja dann am Samstag in der Zeitung!" Gisela lachte. Sie wusste, dass ich mein Bestes geben würde, einen Bericht zu erstellen, der sehr viele Menschen dazu bringen würde, die Backstube dauerhaft mit guten Spendenbeiträgen zu unterstützen. „Bis bald!" rief ich ihr zu. Sicher würde ich mit dem Bericht später einmal zu ihr kommen und bei einer schönen Tasse Kaffee erkunden, ob sie zufrieden war. Und vielleicht würde ja auch eine schöne Freundschaft daraus werden. Ich mochte Backy und war gespannt auf ihre weiteren Ideen.

Der Zeitungsartikel, der vier Tage später – natürlich in der viel gelesenen Samstagsausgabe, dafür hatte ich mich bei Bobby Quark eingesetzt! - erschienen war, hatte seine Wirkung gezeigt. Die Backstube hatte sich nicht nur wachsender Kundschaft, sondern auch einiger großer Spendenbeiträge erfreut. Auch Cathy Blancetta war auf Backys Café aufmerksam geworden und war am darauffolgenden Montag mit einer Spendenquittung dort aufgetaucht. Ohne großes Aufheben darum zu machen, hatte Cathy Gisela den wertvollen Briefumschlag mit einem freundlichen Lächeln überreicht. Gisela, die über eine sehr gute Menschenkenntnis verfügte, hatte sogleich erkannt, wer Cathy war und dass sie keinen Trubel wollte. So hatte Gisela ihrerseits auch nur mit einem stillen Lächeln genickt und Cathy auf einen Kaffee eingeladen.

„Woher kommst du? Du bist nicht von hier, oder?" hatte die Backstubenbesitzerin die amerikanische Schauspielerin mit einem freundlichen Lächeln gefragt – ganz so, als hätte sie nicht den leisesten Schimmer wer ihr Gegenüber war.
Doch als Gisela sah, wie sich Cathys straff angespannte Schultern und ihre unsicheren Gesichtszüge lockerten, wusste sie, dass ihr Verhalten richtig gewesen war.
Sie hörte die Amerikanerin leise ausatmen und war wenig überrascht, als Cathy antwortete: „Ich komme aus den USA."

Cathy war nicht darauf aus, sich in der „Back To Life"-Backstube aktiv zu engagieren, auch das merkte Backy gleich. Mit ihrer überaus großzügigen Spende hatte Cathy ja auch mehr als genug beigetragen. Gisela wollte sich bei Cathy dafür mit kostenlosem Kaffee, Kuchen und Broten auf Lebenszeit bedanken, doch Cathy winkte ab. „Wenn du mir gelegentlich mal was ausgeben möchtest, nehme ich das gern an", sagte Cathy,

„aber im Großen und Ganzen habe ich schon vor, auch einiges Geld für Brote, Kuchen und Getränke hier zu lassen. Ich habe doch mehr als genug!" Das für Cathy viel wichtigere Geschenk jedoch, das sie gerne annahm, war Backys enge Freundschaft. Wann immer Cathy Probleme und Sorgen hatte, war Backy für sie da. „Wie du mir dabei geholfen hast, in diesem Ort von allen Leuten einfach als ganz normaler Mensch gesehen und behandelt zu werden und nicht als Berühmtheit, das ist in Gold nicht aufzuwiegen", sagte Cathy, nachdem sie durch Backy und das Café ganz anders in Dinkelburg angekommen war.

„Die erste Zeit in dieser Stadt war ziemlich schwer für mich", gab Cathy zu. „Natürlich war ich froh, mein bisheriges Leben, Amerika, die Ehe etc. hinter mir gelassen zu haben. Aber ein Neuanfang in einer neuen Stadt ist ja ohnehin schwer. Und wie fängst du es an, wenn du nicht so hochgehoben werden möchtest von den anderen? Ich denke, die meisten Berühmtheiten isolieren sich entweder oder tun sich nur mit ihresgleichen zusammen. Vielleicht haben manche auch das Glück, mit Einzelpersonen befreundet zu sein, die aus anderen Schichten kommen. Wenn du reich und erfolgreich bist, schätzen dich die meisten Menschen wegen deines Ruhms und wegen des Geldes. Aber das ist nichts, was mich glücklich macht. Niemanden kann das froh machen. Das hat mit Freundschaft nichts zu tun. Deine Art, wie du mich angenommen und wie du mich auch bei allen anderen in deinem Café eingeführt hast, das war einfach toll!" sagte Cathy immer wieder zu Backy.

Eines Tages hatte Backy die Idee, Cathy könne sich doch im Rahmen der Universität an Projekten für Studierende beteiligen. „Wie soll ich mit der Universität in Kontakt treten, ohne dass die mich auf diese überzogene Art sehen, weil ich nun mal berühmt bin?" fragte Cathy und sah Backy zögernd an. Ja, natürlich war

Backys Idee toll und Cathy war es oft langweilig. Geld hatte sie genug. Sie hatte mit ihren Erfolgen aus der Zeit als Schauspielerin auf Lebenszeit ausgesorgt. Noch dazu erhielt sie von ihrem Mann Unterhaltszahlungen. „Eigentlich bräuchte ich die ja gar nicht", pflegte Cathy manchmal lachend zu sagen. „Aber ich stecke gern einiges von diesem Geld in sinnvolle Projekte, wie z.B. in deine Backstube, Gisela!"

Backy war nicht umsonst spätestens durch ihre Backstube und meinen Zeitungsartikel in Dinkelburg sehr bekannt und angesehen. Es dauerte keine Woche, da hatte die Backstubeninhaberin auf ihre Anfrage bei der Universität schon eine positive Antwort. Natürlich fand es großen Anklang, dass Cathy Blancetta an der Universität Angebote für die Studierenden durchführen wollte. Und selbstverständlich war es in Ordnung, dass dabei um Cathys Berühmtheit keinerlei Aufsehen gemacht wurde. So kam es, dass Cathy ihren Platz an der Universität von Dinkelburg, der „DIU", fand, wo sie an vier Tagen die Woche Kursangebote für Studierende anbot. Von Anfang an betonte Cathy den Leuten von der Universität gegenüber, dass es ihr daran gelegen war, dass Studierende aus allen Studiengängen daran teilhaben konnten. So wurden Cathys Projekte in die Sport und Freizeitangebote für alle Studierenden integriert.
Dabei hatte Cathy den Wunsch, einzelne der Projekte nur für Frauen anzubieten.

8

„Wie kamen Sie dazu, das Projekt „Sing and dance for acceptance" ins Leben zu rufen?" fragte die Studentin Marlene ihre Kursleiterin Cathy Blancetta, mit der sie in der coolen Backstube „Back To Life" saß. Es war Dienstagabend und spontan hatten die beiden beschlossen, noch zusammen wegzugehen. Die Kurse an der Universität gab Cathy nun seit

zwei Jahren und bisher hatte sie immer nach dem Vorsatz gehandelt, das Berufliche und das Private zu trennen.
Doch diese junge Frau war anders. Marlene war so unglaublich aufgeschlossen und interessiert. Wenn die Gruppe tanzte, war Marlene mit Herz und Seele dabei. Beim gemeinsamen Singen war Marlene nicht zu überhören und sie war einfach nicht zu übersehen, wenn sie über die Tanzfläche fegte. Dann wieder konnte die junge Frau mit einem solch scheuen Blick am Rande stehen, dass Cathy seltsam berührt war. Sie hatte keine eigenen Kinder, hatte nie welche gewollt. Doch wenn sie eine Person als ihre Tochter hätte wählen können, so wäre es Marlene gewesen. Definitiv.

„Wollen wir nicht das förmliche „Sie" weglassen?" fragte Cathy Marlene und sah der Studentin ganz direkt freundlich in die Augen. „Sehr gern", antwortete Marlene und strahlte Cathy an. „Ok, also dann", sagte die Amerikanerin und reichte Marlene mit einem herzlichen Lächeln die Hand: „Ich bin Cathy."
Die beiden lachten und sahen einander einen Moment lang in schweigendem Einvernehmen an. Marlene strich sich ein paar ihrer blonden Locken aus der Stirn. Ja, von den blonden Haaren her hätte die junge Frau tatsächlich als ihre Tochter durchgehen können, ging es Cathy durch den Kopf. Dann riss sie sich zusammen und konzentrierte sich darauf, Marlenes Frage zu beantworten. „Wie du ja weißt, bin ich nun schon einige Zeit für die „DIU", die Dinkelburger Universität, tätig. Bisher bot ich ganz normale Schauspielkurse, Kurse zu selbstbewusstem Auftreten, Tanz- und Singkurse an. Klar, an sich schon eine gewisse Bandbreite, aber bis dahin zu Inhalten, die abgeschlossen und in sich rund sind. Ich wollte gern ein Projekt ins Leben rufen, das sich für Neues öffnet. Und da ich Ungerechtigkeiten jeder Art schlimm finde, lag es für mich auf der Hand, mich für soziale Gerechtigkeit einzusetzen. Wie du weißt, planen wir, das Stück

auf öffentlichen Plätzen aufzuführen, wenn wir es fertig eingeübt haben. Ich freue mich sehr, dass es dir so gut gefällt. Du bist mit so viel Engagement dabei, das finde ich toll." Marlene, die so viel Lob gar nicht gewohnt war, wurde rot. Von ihrem Elternhaus kannte sie eigentlich nur ein „Ganz ok" als Kommentar für herausragende Leistungen.

Cathy beobachtete aus dem Augenwinkel Marlenes verlegen gesenkten Blick und schwieg. Sie wusste, dass noch mehr Lob die junge Frau nur in ihr Schneckenhaus getrieben hätte. Damit kannte Cathy sich allzu gut aus. Früher war sie auch einmal so gewesen. Und was hatte sie alles erreicht! Vielleicht konnte sie ein wenig davon an diese junge Frau weiter geben, sie ein bisschen unter ihre Fittiche nehmen. Vielleicht könnte Cathy ihr bei Gelegenheit einmal Einzelunterricht anbieten, natürlich kostenlos. Denn dass Marlene nicht viel Geld hatte, wusste sie. Aber Cathy kam es nicht auf das Geld an, von dem sie ja mehr als genug hatte. Sie würde Marlene dieses Angebot auch nicht jetzt sofort machen, dafür war es zu früh. Sie wollte die Studentin erstmal vorsichtig kennenlernen und ihnen beiden Zeit lassen, herauszufinden, was sie einander sein konnten. Cathy spürte, sie würde dieser feinfühligen Person gern eine Vertraute und Unterstützerin sein. Dabei könnten sie möglicherweise auch gute Freundinnen werden, einiges zusammen unternehmen. Ob sich das alles so vertiefen würde, dass ihr Gefühl, dass Marlene eine Art Tochter für sie sein könnte, sich bewahrheiten würde, das würde sich zeigen. Cathy war alt genug, um zu wissen, dass es wichtig war, Dingen Zeit zu lassen, sie wachsen zu lassen. Wie leicht konnte wachsendes Vertrauen beim gegenseitigen Kennenlernen durch zu schnelle Euphorie im Keim erstickt werden, wenn man zu sehr mit der Tür ins Haus fiel!
Manche Leute verschreckten einander dadurch so sehr, dass sie sich nie wirklich kennen lernen konnten, obwohl sie einander so viel zu sagen gehabt hätten. Das wusste Cathy. Daher behielt sie

ihre Gedanken für sich und fragte Marlene nun freundlich: „Darf ich dir einen Kuchen bestellen? Oder hast du Lust auf ein Eis?" Marlene strahlte Cathy dankbar an. Die Amerikanerin freute sich, dass sie sich einen Ruck gegeben hatte, mit Marlene hierher zu gehen. „Ein Eis wäre toll", hörte sie da Marlene sagen. Cathy sah die junge Frau an und lächelte. „Alles klar! Und welche Sorte?" Es war toll, jemanden zu verwöhnen, fand Cathy und lehnte sich zurück.

Da kam Backy, die bis soeben noch in der Küche tätig gewesen war, an Cathys und Marlenes Tisch herüber. Cathy und Backy umarmten einander. „Das ist Marlene, eine Studentin aus meiner Projektgruppe an der „DIU"!" stellte Cathy Marlene vor. „Wir kennen uns bereits", lachte Backy freundlich. „Schließlich ist Marlene ja eine meiner Stammkundinnen!" Marlene lachte und sagte zu Backy: „Ich mache Werbung für deine Backstube, wo ich nur kann! Selbst in Hamburg habe ich von deinem Café erzählt, als ich neulich mal wieder oben im Norden war. Sie wollten es erst nicht glauben, wie toll und einzigartig so ein Café sein kann. Aber, glaub mir, ich habe sie davon überzeugt!" Cathy und Backy lachten. „Was ich dir schon längere Zeit mal sagen wollte, Marlene", begann Backy vorsichtig. Auch sie wusste, dass es wichtig ist, andere Menschen nicht zu stark mit Dingen zu bestürmen. „Nur falls du Lust haben solltest: ich finde, du würdest unheimlich gut in unser Team passen. Falls du also Interesse hättest, dich hier im Laden für ein paar Stunden die Woche zu engagieren, würde ich mich freuen. Wie viele Stunden das sein könnten, darüber könnten wir uns gegebenenfalls bestimmt einig werden. Du kannst es dir ja mal durch den Kopf gehen lassen. Du musst mir jetzt keine Antwort geben, das hat Zeit." Marlene sah Backy freundlich an und nickte: „Ok, danke für das Angebot! Ich werde mal drüber nachdenken." Die beiden lächelten einander an und dann ging Backy wieder an ihre Arbeit.

„Die ist wirklich cool, die Frau!" sagte Marlene zu Cathy. Diese sah Marlene liebevoll an und nickte zustimmend: „Oh ja, das ist sie!"

9

Ein paar Monate nach Erscheinen des Zeitungsartikels hatte ich Cathy in Giselas Backstube kennengelernt. Als ich die amerikanische Schauspielerin dort an ihrem Tisch sitzen sah, hatte es mich sofort in den Fingern gejuckt, *den* Artikel des Jahrtausends zu verfassen. „Die berühmte amerikanische Schauspielerin Cathy Blancetta lebt bei uns in Dinkelburg! Was für ein Erlebnis, sie bei Kaffee und Kuchen in unserer urgemütlichen Backstube „Back To Life" anzutreffen!"
So in etwa sah ich die Schlagzeilen schon vor mir, da kam Backy an meinen Tisch, die mir höchstpersönlich den Kaffee brachte. Sie sah mir ernst in die Augen und sagte: „Das wirst du nicht tun!" Ich hatte schon mehrmals gemerkt, dass Backy nicht nur sehr feinfühlig und warmherzig war, sondern seherische Fähigkeiten zu besitzen schien. Manchmal konnte sie offenbar Gedanken lesen. Ich wusste daher sofort, dass sie meinen Blick zu Cathy bemerkt und sich ihren Teil gedacht hatte. Fragend sah ich sie an, versuchte einen Moment abzuchecken, wie ernst es Backy damit war. „Bei aller Freundschaft, Adiva: nein!" sagte Backy da noch einmal deutlich. „Wenn du das tust, brauchst du keinen Fuß mehr in meinen Laden zu setzen, dass das klar ist."

Seit jenem Tag war mir klar, wie diese warmherzige Frau es schaffte, all das, was in ihrem Café anfiel, zu regeln. Hin und wieder kamen kleine Grüppchen von Jugendlichen in ihre Backstube, in denen auch mal ein paar Unruhestifter waren. Auch diese wusste Backy zu bändigen, das merkte ich schnell. Sie hatte eine Art, den Kids Grenzen klar zu machen, die ihresgleichen suchte. Entweder die Kids gliederten sich ein oder sie kamen nie wieder. Freundlich aber bestimmt machte Backy ihnen die Regeln klar. So trat sie an diesem Tage auch mir gegenüber und ich muss sagen, ich wusste Backys Offenheit und Direktheit zu schätzen. Ich kannte sie gut genug, um zu wissen, dass es ihr ernsthaft daran gelegen war, Cathy zu schützen, die ihr offenbar sehr ans Herz gewachsen war. Und ich mochte Backy viel zu sehr, als dass ich das Risiko eingehen wollte, sie zu verlieren. Was war schon ein solcher Zeitungsartikel im Vergleich zu unserer Freundschaft!

„Kluges Mädchen!" sagte Backy und sah mich warmherzig an. Wieder einmal hatte sie meine Gedanken gelesen. Ich seufzte und gab mich geschlagen. „Ist ja gut, Backy, es wird keinen Artikel geben", sagte ich zu ihr. „Dann komm mal mit!" forderte die Backstuben-Besitzerin mich auf und ich erhob mich. Backy winkte mir zu, sie an Cathys Tisch zu begleiten. „Darf ich vorstellen?" sagte Backy zu Cathy, die mich fragend ansah, als ich mit meiner Kaffeetasse vor ihr stand. „Das ist Adiva vom „Dinkelburger Puls"." Erschrocken weiteten sich Cathys Augen, da winkte Backy schon beruhigend ab. „Adiva ist eine Freundin von mir und würde dich einfach gern kennen lernen. Nichts weiter, stimmt's, Adiva?" Ich nickte und lächelte Cathy herzlich an. „Stimmt, Backy", sagte ich und reichte Cathy die Hand. „Wenn du irgendwas brauchst, Cathy, sag mir Bescheid. Ich kenne hier alle und jeden. Und ich werde den Ball flach halten bei allen Kontakten, die ich dir vermittele. Ich hab verstanden." Nun wusste Cathy, dass auch ich sie dabei unterstützen würde, sich bei uns in Dinkelburg gut einzuleben, ohne als Berühmtheit gefeiert zu werden, einfach als Mensch unter Menschen. Dankbar lächelte sie mich an und reichte mir die Hand. „Hallo, Adiva! Schön, dich kennenzulernen! Und vielen Dank für dein Angebot! Ich komme gern bei Gelegenheit darauf zurück."

So kam es, dass Backy, Cathy und ich zu einer Clique wurden. Natürlich treffe ich mich auch häufig mit Cathy und Backy allein und die beiden sitzen auch oft ohne mich zusammen. Doch ebenso lieben wir es, zu dritt unterwegs zu sein. „Unterwegs? Was heißt das bei denen?" werdet ihr euch jetzt fragen. Ja, mit Cathy gehe ich auch oft ins Kino, fahre mit ihr über Land oder besuche sie in ihrem Haus. Backy ist mit ihrer Backstube natürlich viel zu beschäftigt, um an solchen Ausflügen teilzuhaben. Aber für Cathy und mich ist es ja kein Problem, ihr entgegenzukommen. Daher treffen wir uns oft in ihrer Backstube. Das ist auch für Cathy und mich eine Bereicherung. Denn es ist toll, mit zu erleben, wie sich Menschen der verschiedensten Nationen und Altersstufen in der Backstube „Back To Life" begegnen. Besonders an den Samstagen. Denn Samstagsabends von 17 bis 22 Uhr hat Backys Backstube regelmäßig ihr „All Together Café" geöffnet.
Hinten in der gemütlichen Ecke, wo auch all die Gesellschaftsspiele und das tolle Kicker stehen, sind dann immer ein paar Tische für diese Spezialveranstaltung reserviert. Das „All Together Café" wird regelmäßig gut besucht. Ich habe schon oft beobachtet, wie ein paar der Jugendlichen sich mit einzelnen älteren Leuten regelrecht angefreundet zu haben scheinen. Basha hat irgendwie immer ihren Stammplatz neben Frau Breedinger, die alle nur Rosi nennen. Und Miray sitzt am liebsten neben ihrer Freundin Frau Puzzlebrück, die nur noch Emma genannt wird. Was da zwischen den Generationen und Kulturen gewachsen ist, finden Cathy und ich toll. Manchmal, wenn wir Lust dazu haben, setzen wir uns auch in das „All Together Café". Dort ist immer eine tolle Atmosphäre. Aber oft haben Cathy und ich auch eher das Bedürfnis, uns allein zu unterhalten. Allein und natürlich immer gern zusammen mit Backy.

„Erzähl nochmal, wie das damals mit dem Film „Cara" war!"
fordere ich Cathy an solch einem Samstagabend auf.
Das „All Together Café" ist mal wieder gut besucht, das sehe und höre ich. Basha und Miray verteilen kostenlosen Kuchen und Getränke an alle, die zum „All Together Café" gekommen sind. Das haben sie mit Backy für ihr tolles Engagement der letzten Wochen vereinbart. Die beiden Mädchen strahlen vor Stolz und Freude darüber, den anderen das schenken zu können.

Das lebhafte Treiben schwappt bis an unseren Tisch hinüber, wo ich mit Backy, Cathy und Marlene sitze. Seit einiger Zeit bringt Cathy häufig diese junge Studentin zu unseren Treffen mit.
„Hast du was dagegen?" hat Cathy mich anfangs mal gefragt.
Ich mag Marlene und irgendwie ist Cathy in ihrer Gegenwart so verändert, dass es mir richtig gut gefällt. Manchmal kriegt man ja von anderen weniger mit, wenn mehr Leute dabei sind. Doch wenn Marlene dabei ist, ist Cathy irgendwie offener. Ich weiß nicht, woran es liegt. Ich habe fast das Gefühl, als wenn die beiden zusammen gehören, ein bisschen wie Mutter und Tochter. Cathy sieht oft so glücklich aus, wenn Marlene lacht und erzählt. Fast ein bisschen stolz auch. Ich fühle mich wohl, wenn Marlene dabei ist und freue mich immer darüber. Sie ist ein so liebenswerter Mensch und ich kann Cathy gut verstehen, dass sie die Studentin so ins Herz geschlossen hat.

Wir alle wissen, dass Cathy es nicht leiden kann, wenn jemand einen Riesenabwasch wegen ihrer Berühmtheit macht. Wir behandeln und sehen sie einfach als eine der unseren und das genießt sie. Inzwischen hat sie jedoch genug Vertrauen in uns, dass wir ab und zu mal so eine interessierte Frage nach ihrer Vergangenheit als Schauspielerin stellen dürfen. Sie berichtet uns darüber mit einer Selbstverständlichkeit wie Backy uns über eine Idee für ein neues Kuchenrezept erzählt. Und so sehen wir einander auch: als Gleiche. Spannend ist es trotzdem, wenn Cathy uns von Erfahrungen bei Film-Drehs erzählt. Ihren Film „Cara" haben wir natürlich alle mindestens einmal gesehen. Selten genug kommt ja schließlich ein Film über die Liebe zwischen zwei Frauen im Kino. In diesem Film geht es um die Liebesgeschichte zwischen Cara und Therese, dargestellt von Cathy Blancetta und Rue-Nia O'Hara.

„Ja, der Regisseur Toby Heens war wirklich ein feiner Kerl", beginnt Cathy zu erzählen. „Er ging mit dem Thema der Liebe zwischen zwei Frauen sehr sensibel um. Dadurch konnten wir Schauspielerinnen uns gut aufgehoben fühlen und hatten keine Probleme, wirklich aus uns herauszugehen. Alle Welt denkt wahrscheinlich, Schauspielerinnen hätten damit nie und nimmer ein Problem, Gefühle zu zeigen, authentisch rüberzukommen, aus sich herauszugehen. Anderen Leuten darf so etwas gern mal schwer fallen. Bei uns Schauspielenden wird erwartet, dass das immer funktioniert. Kein Mensch scheint zu denken, dass wir auch mal Schwierigkeiten damit haben könnten."
Cathy schweigt einen Moment und sieht in die Runde.
„Auch das habe ich an meinem Beruf zuletzt nicht mehr ertragen. Diese merkwürdigen Schlüsse, die fremde Menschen über meine Person zogen. Das kann zu einem Gefängnis werden, aus dem du keinen Weg mehr herausfindest, um du selbst zu sein. Dabei kann es passieren, dass du am Ende ganz allein da stehst und dich niemand mehr wirklich kennt. Die Angst davor hat mich wachgerüttelt und mir die Kraft gegeben, mich von meinem Beruf und meiner Karriere zu lösen."

Wieder holt Cathy tief Luft, nickt mit dem Kopf und statuiert: „Rue-Nia O'Hara ist wirklich eine besondere Frau. Schon allein der Vorname dieser Frau ist so außergewöhnlich." Cathy lächelt in Erinnerungen versunken in sich hinein. Dann sieht sie Marlene, Backy und mich an und erzählt: „Es hat großen Spaß gemacht, den Film „Cara" mit Rue-Nia zu drehen. Im Film kommt sie so rüber, als wäre sie kaum in der Lage, ihre eigene Meinung zu vertreten, geschweige denn ihren eigenen Willen überhaupt wahrzunehmen. Viele, die den Film gesehen haben, denken nun, Rue-Nia sei im wahren Leben auch so. Dabei bin ich in der Realität viel zurückhaltender als Rue-Nia. Als wir unseren gemeinsamen Film drehten und einander erst ein paar Tage kannten, machte Rue-Nia als erste einen Schritt auf mich zu und fragte, ob wir zusammen essen gehen. „Natürlich! Gern!" antwortete ich. Wir verabredeten uns für den nächsten Tag nach dem Dreh. „Such dir ein schönes Restaurant aus", hatte Rue-Nia mir am Vortag gesagt und mich freundlich angelächelt. Als wir dann aber in ihrem großen Mercedes saßen und in die Stadt fuhren, sah sie mich mit einem verlegenen Lächeln an und sagte: „Ich habe uns übrigens einen Tisch im Restaurant „Belle & Blue" reserviert. Ich lade dich ein. Irgendwelche Einwände?" Wie hätte ich da „nein" sagen oder auf dem von mir gewählten Lokal bestehen können? So hat Rue-Nia im wahren Leben durchaus die Fähigkeit, ihre Wünsche anzusprechen, was man ihr zunächst von ihrer Figur der Therese her weniger zugetraut hätte als mir. Vielleicht trägt auch die körperliche Erscheinung dazu bei. Viele Menschen lassen sich davon irreführen und denken, kleinere, zart gebaute Personen seien weniger stark oder klar in dem, was sie wollen, als größere Menschen. Rue-Nia ist eine starke Persönlichkeit und hat einen sehr liebenswerten Charakter. Es hat großen Spaß gemacht, mit ihr zu spielen. Es war eine tolle Erfahrung, eine echte Bereicherung."

Gedankenverloren blickt Cathy zum Fenster hinaus. Dann sieht sie uns wieder an und fügt hinzu: „Wenn du im Showbusiness von so vielen, auf ihre Karriere fixierten, Leuten umgeben bist und merkst, dass du dich in diesem Strudel, Druck und Stress auch zu verlieren beginnst, da sehnst du dich nach echten

Freundinnen. Irgendwie begann ich da zu ahnen, dass echte Freundschaften eher möglich sind, wenn man ein recht normales, ruhiges Leben führt." Cathy senkt die Augen, dreht an ihrem Ring und lacht. „Der Film „Cara" ist toll und ohne Frage bin ich glücklich, dass ich in diesem Film eine Hauptrolle bekam. Teil eines wundervollen Films zu sein ist etwas wirklich Großes. Ja, ich habe meine Arbeit geliebt." Cathy seufzt und sieht uns wieder der Reihe nach an, bevor sie sagt: „Aber zum Glück bin ich jetzt hier bei euch. *Das* ist mir mittlerweile viel mehr wert als aller Erfolg und alle berufliche Verbundenheit: mich menschlich gut aufgehoben zu fühlen. Was bin ich froh, hierhergekommen zu sein, nach Dinkelburg. Doch ich weiß nicht, ob ich mich ohne dich, Backy, hier je so gut eingelebt hätte."

Backy schaut mich an und sagt dann zu Cathy: „Das verdankst du Adiva und ihrem Zeitungsartikel, vergiss das nicht. Ohne sie und deine großzügige Spende hätten wir alle so nicht zueinander gefunden." Cathy schenkt mir ein strahlendes Lächeln und sagt: „Ja, Adiva, dir verdanke ich auch so viel. All die tollen Kontakte, die du mir noch dazu ermöglicht hast. Und alles auf eine so ruhige Art, ohne viel Aufsehen. Wer hätte das besser gekonnt als du?" Gerührt senke ich den Blick und merke, dass ich rot werde. Was für ein Glück, dass ich von Spanien hierhergekommen bin, um diese großartigen Freundinnen zu finden, die ich gegen nichts auf der Welt eintauschen würde!

„Und was ist mit diesem großartigen Mädchen hier?" ruft Backy plötzlich laut und drückt Marlene an sich. „Ich freu mich riesig, dass sie seit ein paar Monaten stundenweise bei uns mitarbeitet! Auch Dunyana, Silke, Carmen und Early sind von ihr als Kollegin ganz begeistert. Sie unterstützt dieses Viererteam, wo Bedarf ist, springt ein, wenn eine fehlt und ist eine echte Hilfe! Für das andere Viererteam mit Flora, Nelly, Lina und Luka habe ich mittlerweile auch eine fünfte Kraft zur Unterstützung dazu gesucht: unsere Wilhelmina, von allen nur Wilma genannt. Mit diesen fähigen Frauen läuft alles wunderbar!" Backy blickt zufrieden zur Theke hinüber und sieht dann wieder Marlene an. „Ich wusste, dass du gut zu uns passt", sagt Backy und strahlt die Studentin an.

„Du sagst es, Backy!" stimmt Cathy zu. „Marlene darf, wenn wir einander so hochleben lassen, keinesfalls unerwähnt bleiben. Ich bin so froh, dass sie nun, ebenso wie ihr, in meinem Leben ist." Cathys Blick richtet sich erst auf Marlene und dann auf Backy. Einen kurzen Moment schweigt sie, dann sagt Cathy zu Backy: „Ja, Marlene kam zwar in mein Seminar. Aber deine Backstube ist einfach ein Ort mit einer so tollen Atmosphäre, da können solche Begegnungen noch besser fruchten, hab ich das Gefühl. Du hast dazu beigetragen, Backy, dass wir uns noch näher kamen, Marlene und ich. Dafür danke ich dir."

Cathy holt tief Luft, sieht uns der Reihe nach an und sagt dann mit einem Lächeln: „Ich habe Marlene übrigens kürzlich angeboten, bei mir einzuziehen. In meinem Haus ist doch so viel Platz. Sie kann im Erdgeschoss ihren ganz eigenen Bereich bewohnen. Meine Seminare besucht sie nicht mehr, das haben wir besprochen, damit sich das Private und das Berufliche nicht mehr vermischen. Aber wir freuen uns beide darauf, zusammen zu wohnen. Dann kann ich mir auch endlich eine Hündin anschaffen. Allein habe ich mich das irgendwie nie getraut. Lacht mich nicht aus, ich weiß selbst nicht warum. Geld hätte ich ja wirklich immer genug gehabt. Und genug Auslauf in meinem Garten hat so eine Hündin allemal. Da mein Haus nahe beim Park ist, sind auch die Möglichkeiten für Spaziergänge kein Problem. Ich finde es jedenfalls toll, dass Marlene und ich uns die Verantwortung für das Tier dann teilen können. Dann wechseln wir uns mit dem Spazierengehen ab."

Backy und ich staunen über diese Neuigkeiten.
Zusammenziehen, Hündin…? Wo ist die überaus vorsichtige
Cathy geblieben, die wir kennengelernt haben, die sich mit allem
viel Zeit lassen möchte? „Ich hab euch doch von Anfang an
gesagt, dass ich mit diesem Mädchen hier irgendwie zuhause
angekommen bin", sagt Cathy jetzt und nimmt Marlene in den
Arm. Ich sehe, wie auch Marlene Cathy fest an sich drückt.

Es ist schön, die beiden so zusammen zu sehen. Auch Backy
sieht gerade jetzt sehr zufrieden aus. Wieder einmal bin ich sehr
froh, mit Backy, Cathy und Marlene zusammen zu sitzen. Es ist ja
alles andere als eine Selbstverständlichkeit, so wertvolle
Freundschaften zu finden. „Die Welt kann mitunter ein solches
Irrenhaus sein, wo man sich so verirren und verlieren kann",
mache ich meinen Gedanken Luft und füge hinzu: „Je nachdem,
wem man begegnet." Cathy sieht mich an, nickt zustimmend,
seufzt und sagt: „Wem sagst du das!"

Ich schaue zum Fenster hinaus, ein Bild meiner alten Heimat in
Spanien flackert kurz vor meinem inneren Auge auf. Ja, oftmals
vermisse ich auch einiges davon, so ist das nicht. All das wird
immer ein Teil von mir sein und niemals ganz und gar verloren
gehen. Dennoch bin ich froh, jetzt hier in Dinkelburg zu leben.
Daher hebe ich mein Glas, proste Marlene, Cathy und Backy zu
und sage: „Manchmal reißt uns das Leben erst von alten
Zusammenhängen, die unser Zuhause waren, los, um uns dann
in ein neues Zuhause zu führen. Schön, dass wir uns alle hier
gefunden haben, hier in deiner Backstube „Back To Life", Gisela!"

JEANY UND DIE MOTTE DES GLÜCKS

1

Ich komme aus der Finsternis. Wenn ihr schlaft, bin ich hellwach. Im tiefsten Keller, wo ihr vor Angst zittert, fühle ich mich sicher und frei. Denn ich kann im Dunkeln sehen. Ich bin eine Motte. „Ach, eine Motte!" sagt ihr nun und wendet euch desinteressiert ab. „Stopp!" rufe ich. „Stehengeblieben! Denn neben mir steht Jeany, meine alte Freundin. Sie ist mittlerweile 73 Jahre alt. 27 Jahre sind wir nun befreundet. „Ja, wie kann eine Motte so lange leben?" werdet ihr euch fragen. „Das ist doch völlig unmöglich!" Aber ich bin keine gewöhnliche Motte.
Ich bin anders. Ich bin eine Motte des Glücks.

2

Es war der 13.3.1977, als Jeanette Braunbeck das alte Schulgebäude wieder einmal gestresst verließ. Sie war Lehrerin an der Clermont-Ferrand-Mittelschule in Regensburg, einer Schule mit dem Schwerpunkt Musik. Jeanette, die sich im Kollegium seit vielen Jahren nur noch Jeany nennen ließ, liebte ihren Job als Musiklehrerin. Doch im Laufe der Jahre war sie in eine erschöpfte Gleichmütigkeit abgerutscht, die sie selbst erschreckte. Hatte Jeany sich zu Beginn ihres Lehrerinnen-Daseins auch vorgenommen, die Jugendlichen alle in ihrer Einzigartigkeit zu sehen, so war ihr der konzentrierte Blick auf die heranwachsenden Persönlichkeiten, der ihr einmal so wichtig gewesen war, oft einfach zu viel.

Jeany warf ihre schwere Schultasche mit den dicken Büchern über ihren Rücken. „Ächz!" entfuhr es Jeany und ihr fiel ein, dass sie wegen der Krankengymnastik dringend zum Orthopäden musste. Sie fühlte sich steinalt und gruselig ernüchtert von all den Träumen, die sie einmal in Bezug auf ihren Job als Lehrerin gehabt hatte.

„Wir wollen etwas bewegen an dieser Schule!" Dies war vor vielen Jahren die einhellige Meinung im Kollegium ihrer Schule gewesen. Damals tauschte Jeany sich oft mit Kolleginnen und Kollegen über ihre Träume, die Jugendlichen wirklich zu erreichen, aus.

Dabei war Jeany nicht die einzige, die felsenfest davon überzeugt war, dass ihr Fach für die Kids etwas ganz besonders Wichtiges wäre. „Musik ist essentiell wichtig für die Entwicklung der Jugendlichen!" hatte damals ihre Kollegin Josephine während eines Ausflugs des Kollegiums beim gemeinsamen Essen in die Runde gegeben. Josephine, genannt Josy, war ebenso wie Jeany Musiklehrerin und völlig davon überzeugt, dass Kreativität den Geist der Kinder für das Leben in besonderer Art stärke. Diejenigen aus dem Kollegium, die andere Fächer unterrichteten, schauten mitunter etwas pikiert drein, wenn Jeany und Josy ihre Begeisterung derart engagiert kundtaten. Es war doch völlig selbstverständlich, dass alle anderen Fächer ebenso wichtig waren! Gern hörten Jeany und Josy daher denen aus dem Kollegium zu, die sich für ihre Fächer genauso stark machten und ihnen aufzeigten, wie unverzichtbar z.B. Mathe für das Leben sei. „Ja, so ist jedes Fach für sich doch etwas ganz Besonderes und so wichtig!" befand Josy dann. „Nicht ohne Grund habt ihr eben ein anderes Fach gewählt als ich. Weil eben die Menschen verschieden sind und das ist gut so. Es wäre gut, wenn mehr Menschen für ihre ganz eigene Art einstehen würden, so wie wir hier in unserem Kollegium uns gegenseitig auf die Großartigkeit unserer Fächer hinweisen. Das ist Engagement, das ist Lebendigkeit! Wenn wir dieses Feuer haben, können wir es auch an die Kinder weiterreichen, damit sie Freude am Lernen haben."

Josy Stilinsky, die Musiklehrerin, die sich gern reden hörte und selten Hemmungen hatte, im Mittelpunkt zu stehen, sah zur Direktorin hinüber. Josys auffordernder Blick bewegte die Direktorin Frau Marunkel dazu, ein paar abschließende Worte dazu zu sagen, obwohl diese viel lieber noch einen Moment ihre Pause genossen hätte. Das Engagement der jungen Lehrerinnen Braunbeck und Stilinsky war wirklich aller Ehren wert. Aber dass die beiden das Kollegium selbst in den Pausen immer wieder mit diesen Gesprächen zusammen an einen Tisch riefen, war selbst der Direktorin manchmal etwas zu viel.

„Es ist wundervoll, dass Sie alle mit so viel Begeisterung und Überzeugung ihren Beruf ausüben und damit unsere Schule derart befruchten", sagte Frau Marunkel nun. „Wichtig finde ich, dass wir alle uns gegenseitig dabei mit unseren verschiedenen Fächern und Interessen respektieren und freue mich daher, dass Sie bei all ihren kontroversen Diskussionen immer wieder auf diesen Punkt kommen, liebes Kollegium. Denn eins sollten wir nie vergessen: es steht an erster Stelle, dass wir gemeinsam an einem Strang ziehen. Es geht um das Wohl und die Bildung der Kinder. Da dürfen wir uns nicht gegenseitig an den Karren fahren. Unkollegiales Verhalten ist an dieser Schule nicht gern gesehen, da wiederhole ich mich nur ungern." Die Direktorin blickte auf die Uhr und fügte hinzu: „Die Stunde fängt gleich an. Ich wünsche allen ein erfolgreiches Arbeiten."

Jeany dachte oft an jene Zeiten, in denen Josy und sie im Kollegium solche Diskussionen entfacht hatten. Letztendlich hatten sie immer mit den anderen Lehrern und Lehrerinnen einen gemeinsamen Tenor gefunden und konnten sich allesamt dann in eine regelrechte Euphorie hineinsteigern, was sie an der Clermont-Ferrand-Mittelschule bewegen und verändern, was sie den Jugendlichen alles mitgeben wollten. Was war aus all dem geworden?

20 Jahre arbeitete Jeany nun schon an der Clermont-Ferrand-Mittelschule. Es hatte Höhen und Tiefen gegeben und natürlich konnte sie sich dankbar schätzen, mit den Jugendlichen ein gutes Verhältnis zu haben. Da gab es andere, die mit den Kids überhaupt nicht zurande kamen und für die dieser Job nur der reine Stress war. Sicher, es machte, Jeany nach all den Jahren immer noch Spaß mit den Jugendlichen. Doch die Eintönigkeit und Ernüchterung, die all jenen Träumen, in diesem Beruf wirklich etwas zu verändern, Platz gemacht hatte, schien ihr täglich einiges an Energie zu rauben, wo früher einmal viel mehr Freude gewesen war.

3

„Frau Braunbeck, warten Sie doch mal!" rief da auf einmal eine helle Mädchenstimme. Es war Gerlinde aus dem Musical-Chor, der vor zwei Jahren gegründet worden war. Gerlinde, von allen nur „Girly" genannt, kam eilig angerannt. „Frau Braunbeck, kommen Sie bitte schnell mit mir! Unten im Keller, unter unserem Musikraum, scheint ein wildes Tier zu toben. Irgendwas stimmt dort unten nicht. Wir haben soeben mit Frau Klangfeld geprobt und andauernd kam ein lautes Knallen aus dem Keller.
Frau Klangfeld meinte, sie sind die einzige, die für diesen Kellerraum einen Schlüssel hat." Jeany sah Gerlinde an, die aufgeregt und außer Puste vor ihr stand. „Ok, Girly, unter einer Bedingung: du trägst meine Tasche. Ich breche sonst durch."

Jeany unterrichtete das Mädchen seit zwei Jahren in Musik. Gerlinde war immer auffallend freundlich zu ihr und sehr fleißig noch dazu - da gab es ganz andere. Dass das Mädchen auch ein ziemlicher Wildfang und extrem ausgelassen sein konnte und damit auch schon bei einigen Jugendlichen angeeckt war, wusste

Jeany auch. Sie war nicht eine von diesen Lehrerinnen, die die Jugendlichen auf das Gesicht festlegten, das sie im Unterricht zeigten. Das war doch wohl klar, dass die Kids in den Pausen auch mal ein bisschen toben wollten! Dafür hatte Jeany absolut Verständnis. Ihr fehlte es ja selbst, in den Pausen mal ein bisschen aus sich rauszugehen. Wie gern wäre sie zwischen den Schulstunden ab und zu mal ein bisschen in den hübschen Park um die Ecke gegangen. Doch selbst in den Pausen musste Jeany als Lehrerin ja ein ernstes Gesicht wahren, für alle ansprechbar sein, die Fragen hatten, immer die nächsten Stunden und deren Inhalte im Nacken. In diesem straffen Schulalltag, wo sie sich als Lehrerin auf so viele verschiedene Klassen und Personen, Aufgaben und Themen einstellen musste, war wenig Raum für persönliche Gefühle. Wenn Jugendliche sich das in den Pausen nicht nehmen lassen wollten, so konnte Jeany das nur zu gut verstehen.

Jeany sah das Mädchen an, das sich gerade nach ihrer Tasche bückte, die sie auf den Boden gestellt hatte. Girlys lange braune Haare fielen über ihre schwarze Neonjacke mit den gelben Sternen. Die Fünfzehnjährige kleidete sich gern ein bisschen provokant, war eine Mischung aus frechem Wirbelwind und sehr freundlichem, klugen Wesen. Jeany mochte diese bunte Mischung. Deshalb hatte sie sich vor einem Jahr auf Girlys Bitte hin dafür ins Zeug gelegt, dass Girly einen Platz in dem sehr begehrten Musical-Chor bekam. Dort aufgenommen zu werden, war schon ein halbes Wunder. Doch dank Jeanys Hilfe hatte es geklappt. Im Musical-Chor wurden Hits aus bekannten Musicals gesungen. Das kam bei den Jugendlichen richtig gut an. Jeany war auch schon in ein paar Musicals gewesen, fand die Musik toll und konnte die Begeisterung der Kids für diesen Chor daher verstehen.

„Kein Problem, Miss Brown!" rief Girly nun und warf sich auch schon die schwere Tasche über, als sei es eine Feder. Girly war an der ganzen Schule dafür bekannt, dass sie sehr stark war. Mit ihr legte sich niemand an. Jeany schluckte die Bemerkung runter, die sie eigentlich wegen ihrem blöden Spitznamen „Miss Brown" machen wollte. „Ach, was soll's!" dachte sie sich. „Schließlich nennen wir das Mädel auch Girly!
Und außerdem trägt sie mir die Tasche, was für ein Glück!"
„Miss Brown" wurde Jeany seit Jahren genannt, weil sie ähnlich wie Pater Brown sämtliche Fälle aufklärte. Wer war neulich in jenen Raum eingebrochen, wer hatte Verschiedenes gestohlen? Jeany klärte das alles im Handumdrehen auf. Somit hatte die gute Girly nun auch genau die Richtige angesprochen, um dem Toben im Keller auf den Grund zu gehen.

„Pst!" machte Jeany jetzt zu Girly, als sie vor der dicken Kellertür standen. Es war totenstill. „Das Licht da drin ist kaputt. Zum Glück habe ich eine Taschenlampe in meinem Handy", sagte Jeany. Gemeinsam mit diesem starken Mädchen an ihrer Seite hatte sie keine Angst. Dann standen sie in dem stockdunklen Raum. „Dort drüben!" fiepte Girly plötzlich und dann sah Jeany es: auf dem riesigen alten Holztisch saß ein kleines, dickes, bunt leuchtendes Etwas mit Flügeln. Als die beiden ruhig auf den Tisch zugingen, flog das Wesen auf und rammte sich selbst mit voller Wucht gegen den dicken Schrank, der in der Ecke stand. Immer und immer wieder warf es sich gegen den Schrank, bis es am Boden liegen blieb. Vorsichtig hob Girly das kleine Tier auf und sah es sich an. „So ein Tier habe ich noch nie gesehen", sagte Girly. „Was ist das?" Ein erschöpftes Fiepen kam von dem Tier: „Ich bin eine Motte."

4

Eine Stunde später saßen Jeany und Girly zusammen in Jeanys Wohnzimmer und tranken Kaffee. Manche Lehrerinnen luden auch mal Kids zu sich nach Hause ein. Girly und ihre Freundinnen fanden das cool und sahen es als eine große Ehre. Es gab natürlich auch andere Kids, die das einfach nur langweilig und peinlich fanden und sich nie dazu herabgelassen hätten, eine Lehrkraft zu besuchen. Doch Girly genoss diesen Nachmittag in vollen Zügen. Morgen würde sie den Freundinnen davon erzählen, dass sie bei Browny, wie sie die Lehrerin auch heimlich nannten, zu Besuch gewesen war. Sie konnte sich das Staunen in den Augen der anderen gut vorstellen: „Was, bei der? Bei Browny?" Jeany schenkte Girly Kaffee nach und bot ihr ein paar Apfelkuchenstückchen an. Nur zu gern griff Girly zu.
„Fiep!" machte es da aus dem kleinen Körbchen, in das die Lehrerin die Motte gelegt hatte. Es war ein Puppenbettchen, das Jeany aus ihrer Kindheit aufbewahrt hatte. „Ich glaube, sie hat sich den Flügel verstaucht!" sagte Girly. „Und *ich* glaube, sie möchte auch Apfelkuchen!" sagte Jeany.

Während sie der Motte den Kuchen reichen wollte, kam das eben noch so erschöpfte Tier auch schon angeflogen und schnappte sich den Kuchen. „Ach, das tut gut!" seufzte die Motte und schlang den Kuchen gierig hinunter. Bei Tageslicht sah die Motte braun aus, während sie im Dunkeln bunt geleuchtet hatte. Ihre Flügel hatten einen Durchmesser von ca. 10 cm und ihr Körper war groß und schlank.

„Gibt es noch mehr Motten wie dich?" fragte Girly neugierig. Die Motte seufzte und setzte sich dann auf den von ihr leergefutterten Kuchenteller. „Leider nicht! Ich bin in einem Versuchslabor in ein Experiment geraten und habe irre

Zauberkräfte abgekriegt. Die Strahlen, die ich abbekam, waren für Zwerg-Hunde gedacht, die sie vergrößern und beeinflussen wollten. Anfangs, als ich in diesem Versuchslabor lebte und still beobachtete, was dort vor sich ging, war ich erst geschockt darüber, was Menschen mit Tieren so machen. Doch nachdem ich unter die Strahlen gekommen war und bemerkte, was ich dadurch gewonnen habe, war ich froh! Ich kann bis zu 100 Jahre alt werden, bin groß und habe besondere Kräfte. Ich habe mich noch nie jemandem anvertraut, aber es heißt, den Lebewesen, denen ich mich anvertraue, bringe ich großes Glück!
Ich heiße übrigens Plenty."

Total platt schwiegen Girly und Jeany einen Moment, da fragte Plenty: "Ich will ja nicht dreist sein, aber der Kuchen ist köstlich. Hast du noch mehr?" Während Plenty noch mit ihren übergroßen Augenbrauen klimperte, sprang Jeany schon auf und rannte in die Küche. Zum Glück hatte sie letzte Nacht eine Back-Attacke gehabt. „Es gibt noch Birnenkuchen und Bienenstich!" rief sie fröhlich. Girly stürzte sich auf die voll beladenen Teller, mit denen Jeany hereinkam, bevor Plenty alles wegfuttern konnte.
„Kinder, Kinder", sagte Jeany und lachte. Es war lange her, dass sie sich so wohlgefühlt hatte. Die letzten Jahre hatte sie ihren Job in einer trostlosen Leere durchgezogen, die sie von sich selbst und allen zu entfernen schien. Nach der Arbeit war sie stets sofort nach Hause gegangen, um endlich allein zu sein. Stundenlang hatte sie dann gekocht, gebacken, den Garten oder den Haushalt gemacht, bis sie völlig erschöpft in ihre Kissen sank. Was für ein Leben! Und nun saß sie hier, hatte zum ersten Mal Besuch von einem Mädchen aus der Schule, sie tranken Kaffee und amüsierten sich mit einer Motte! Jeany fühlte sich so lebendig und fröhlich wie seit gefühlten 1000 Jahren nicht.

Girly betrachtete die Fotos an den Wänden und meinte freundlich: „Hübsch haben Sie es hier, Frau Braunbeck.

Die Möbel sehen toll aus, richtig antik." Jeany erhob sich und ging zu dem kleinen Schränkchen aus Ebenholz hinüber. Nachdenklich strich sie über das schöne, glatte Holz. „Ich bin früher so gern auf Flohmärkte gegangen, weißt du. Man glaubt es kaum, aber dieses wunderbare Stück habe ich damals recht günstig auf einem Flohmarkt erstanden." Jeany seufzte: „Wie lange ist das her, dass ich mal auf einem Flohmarkt war!" Interessiert sah Girly die Lehrerin an. „Wir können gern mal zusammen auf den Flohmarkt gehen, ich liebe das auch! Nächste Woche ist wieder der dreitägige, große Dultplatz-Flohmarkt. Überlegen Sie es sich einfach und sagen Sie mir rechtzeitig Bescheid. Ich komme gern mit."
Jeany wusste, dass manche der Kids es extrem uncool fanden, mit einer Lehrkraft in der Stadt gesehen zu werden. Ja, sie mal auf eine Tasse Kaffee besuchen, das schien wohl noch so gerade zu gehen. Aber mit einer Lehrkraft umherziehen? Wie altbacken sah das denn aus? Manche der Kids dachten wohl, der Zweck einer solchen Aktion könne lediglich ein Einschmeicheln für gute Noten sein.

Und was in aller Welt sollte ein junger Mensch mit einer so alten Schachtel bereden? Dies war für viele Kids sicherlich die allergrößte Frage dabei. Doch Jeany wusste, dass Girly da anders gestrickt war. Und auf das Gequatsche anderer gab sie gar nichts. Girly machte das, wozu sie Lust hatte. Gerade jetzt war sie wohl besonders gut gelaunt. Denn Girly stand auf und fragte: „Wollen Sie mal eine Kostprobe von unseren eingeübten Liedern, Frau Braunbeck?" Jeany sah Girly überrascht an und nickte.

5

Hatte Jeany Girlys Stimme auch schon früh herausgehört, wenn sie im Unterricht mit der ganzen Klasse zusammen gesungen hatten, so hatte sie das Mädchen doch schon geraume Zeit nicht mehr allein singen hören. Der Chor schien Girlys Stimme und ihre Freude am Singen regelrecht beflügelt zu haben, denn das Mädchen sang mit solcher Klarheit und Kraft, dass Jeany beinahe die Tränen kamen. „Das war das Lied „Totale Finsternis" aus dem Musical „Tanz der Vampire", sagte Girly, als sie geendet hatte. Während des Liedes war die Motte Plenty um Girly herumgeflogen, hatte regelrecht in der Luft getanzt.

„Von der Finsternis kennst du so einiges, was Plenty?" sagte Girly zu der Motte, als sie sich wieder aufs Sofa setzte und Plenty sich auf Girlys Hand niederließ. „Ja", sagte Jeany, „die kennen wir wohl alle. Diese Finsternis kann einen richtig lähmen." Einen Moment lang war Stille und die drei sahen einander schweigend an. Jeany dachte daran, wie oft sie in den letzten Jahren an einer richtig schweren Depression vorbeigerasselt war, weil ihr alles so sinnlos erschienen war und sie sich so allein gefühlt hatte.
Von Girly wusste sie, dass das Mädchen bis vor vier Jahren im Heim aufgewachsen war und seitdem bei einer Pflegefamilie mit drei kleinen Kindern lebte. In der Schule trat Gerlinde sehr stark und klug auf, aber wie es in ihr aussah, das wussten sicher die wenigsten. Von Anfang an war dieser facettenreiche Wildfang Jeany sympathisch gewesen und wahrscheinlich hatte das immer auf Gegenseitigkeit beruht, dachte die Musiklehrerin.

„Wisst ihr was?" rief Girly plötzlich. „In vier Wochen ist doch die große Abschlussparty. Ich gehöre zwar nicht zum Abschlussjahrgang, aber ich bin auch eingeladen. Die Feier findet in einem Partykeller statt, habe ich mir sagen lassen. Ist das nicht toll? Könnten wir da nicht alle drei zusammen hingehen? Da ist es meist sehr dunkel, bis auf ein paar grelle Lichter. Genau das Richtige für eine Motte, oder? Tanzt du gern, Plenty? Und was ist mit Ihnen, Miss Brown?" Jeany kam aus dem Staunen über die irgendwie so verwandelte Girly gar nicht heraus. Das Zusammensein mit Plenty und ihr schien dem Mädchen richtig gut zu tun. Jeanys Blick fiel auf die Motte, die so zutraulich auf Girlys Hand lag. Wie musste dieses kleine Wesen es erst genießen, hier bei Licht und in Freiheit mit ihnen zusammen zu sein! Doch sie selbst genoss die Gesellschaft der beiden auch, das spürte Jeany.

Hatten Girly und die Motte ihr auch auf einen Schlag so viel Kuchen weg gefuttert wie selten ein Besuch, so war dies doch der schönste Nachmittag seit langem für die Lehrerin. Sie sah ihre Schülerin an, die alle steife Förmlichkeit fallengelassen hatte, weil sie ihr, Jeany, ganz offensichtlich vertraute. Welches Geschenk konnte denn größer sein? Den Beruf ordentlich zu machen, den Kindern ein Gefühl für die Magie der Musik und alle zentralen Inhalte zu vermitteln, sie zu guter Leistung zu bewegen, das war wichtig und das konnte Jeany zweifellos.
Aber es war doch auch wichtig, bei aller Leistungsorientiertheit das Menschliche zu wagen und wertvoll, wenn man einander so vertrauen konnte. Plötzlich wurde Jeany klar, dass der Spitzname „Miss Brown" von Girly immer mit sehr viel Respekt ausgesprochen wurde. Jeany hatte sich nie von diesem Namen veralbert gefühlt und empfand ihn aus Girlys Mund sogar wie eine Sympathiebekundung.

Jeany schmunzelte, als Girly der Motte noch ein Stück Kuchen reichte. Die Lehrerin freute sich, dass die beiden sich so gut verstanden. Girlys Wangen leuchteten. Plenty sprang begeistert auf, flog auf Girlys Schulter und rief: „Ich bin dabei! Was ist mit

Ihnen, Miss Brown?" Jeany fuhr sich kurz durch die Haare und lächelte dann: „Alles klar, ich bin an Bord. Ich komme mit!"

So begann die Freundschaft von Girly, Jeany und der Motte Plenty. Inwiefern die Motte den beiden Glück brachte, wollt ihr wissen? Nun, das ist eine andere Geschichte. Ja, Plenty machte ihrem Namen alle Ehre. Der Nachname dieser besonderen Motte war übrigens „Of". Die Motte brachte Jeany und Girly in den unterschiedlichsten Bereichen Dingen sehr viel Glück.
(Der englische Begriff „plenty of" heißt ja bekanntlich „viel").
Das größte Glück fanden die drei allerdings in ihrer Freundschaft. Plenty lebte ab diesem Tag bei Jeany, und Girly kam täglich zu Besuch. Gemeinsam erlebten sie die tollsten Sachen.

6

So kann es gehen. Erst ist es dunkel, du siehst die Hand vor Augen nicht und hast Angst. Doch dann kommt plötzlich eine Motte aus dem Dunkel, eine bunte Motte voller Leben, die Glück bringt. Der Tag wird kommen.

FEUER UND EIS

1

Der Wecker schrillte laut und vernehmlich. Meine alte Freundin Nikki, die auf dem Sofa lag, erhob sich ächzend und stellte das Klingeln ab. Ich lag am anderen Ende des Raumes im Bett und war total gerädert. Nikki schnarchte die ganze Nacht. Das hatte ich total vergessen, als ich sie vor 2 Monaten eingeladen hatte, mit Loreen und mir an den Polarkreis zu reisen. Vielleicht wäre ich doch besser allein dorthin gefahren?
Nein, auf keinen Fall, denn was ich mit Nikki und Loreen in Rovaniemi erleben sollte, war etwas ganz Besonderes.

Meine beste und längste Freundin Marika hatte mir kürzlich einen Reisegutschein für drei Wochen Finnland geschenkt. „Wow, was für ein Geschenk!" denkt ihr jetzt sicher. Ja, auch ich war mal wieder überwältigt. Marika ist einfach die Größte. Während mir meine finanzielle Lage seit einigen Jahren nicht mal ein paar Tage an der Nordsee erlaubt, sind Miriams Lebensbedingungen einfach ganz andere. Marika hat bereits im Alter von 35 Jahren drei Häuser geerbt. In einem dieser Häuser lebt sie gemeinsam mit einigen Leuten, an die sie Wohnungen vermietet hat. Die anderen beiden Häuser hat Marika komplett vermietet. Monatlich erhält sie daher eine ordentliche Summe an Miete. Marika spendet davon immer viel an soziale Organisationen, legt einiges zurück, aber es bleibt immer noch sehr viel übrig. Zudem hat sie einen Teilzeitjob, der sehr gut bezahlt wird. Ich habe Marika ihr Glück immer von Herzen gegönnt und mich über jeden ihrer Erfolge gefreut. Ja, meine alte Freundin hat sich auch mit mir über meine Erfolge gefreut, durchaus. Auch ich habe einiges in meinem Leben erreicht, was sie toll findet.

Mein großer Traum war immer, Bücher zu schreiben. Marika liebt meine Bücher. Ich habe bereits acht Bände veröffentlicht. Leider ist es sehr schwer, bekannt zu werden und reich bin ich davon bisher nicht geworden. Doch viele sagen mir, das, was ich mit meinen Büchern gebe, sei viel mehr wert als Geld. Auch mich macht das Schreiben sehr reich. „Du verschleuderst dein Gold wie ein Goldesel, Melody!" sagt Marika manchmal zu mir. Sie meint, ich nehme es als viel zu selbstverständlich, was da in all den schönen Geschichten und Gedichten drinsteckt, die ich bereits veröffentlicht habe. Auch meine beiden Romane liebt Marika sehr. „Was du kannst, kann ich schon lange, Melody!" sagte Marika nach Erscheinen meines dritten Buches zu mir und hob lachend den Zeigefinger. „Wenn du mich mit deinen Büchern so reich beschenkst, wirst du eines Tages noch Berge staunen, was ich dir schenken werde! Warte es nur ab, ich lasse mir etwas ganz Besonderes einfallen!"

2

Als Marika und ich zusammen die Schulbank drückten, hätte das niemand kommen sehen, dass unsere finanziellen Verhältnisse als Erwachsene einmal so unterschiedlich sein würden.
Von den schulischen Leistungen her war ich sogar die Bessere. Doch von Anfang hatte unsere Freundschaft ein wesentliches Merkmal: wir fühlten uns gleich. Es gab nicht eine Situation, wo sich eine von uns über die andere gestellt hätte.

Marika und ich versuchten schon als Kinder in der Schule, uns gegenseitig vor Anfeindungen anderer zu beschützen. Manchmal hackten Kinder auf Marika herum, manchmal auf mir. Bei Marika ging der Hohn der Kinder in den ersten Jahren auf dem Gymnasium in Richtung ihres Übergewichtes, was ich total gemein fand. Ich sagte den Kindern so deutlich meine Meinung darüber, dass sie Marika diesbezüglich nie wieder beleidigten und keine solchen Scherze mehr machten. Immer wieder dachten einzelne Kinder sich neue Dinge aus, womit sie es versuchten. Doch ich stellte mich neben Marika, wo immer ich konnte. Mit den meisten Kindern unserer Klasse verstanden wir uns gut, doch auf dem Schulhof und im Bus begegneten wir eben immer mal wieder solchen Kids, die Streit suchten.

Bei mir war mein Name häufig die Zielscheibe: Melody Youton. Da meine Eltern nach Beenden ihrer Schulzeit gemeinsam von Kanada nach Deutschland ausgewandert waren, wurde bei uns zuhause viel Englisch gesprochen. Den Namen Melody hatten meine Eltern mir gegeben, weil beide Musik und Lieder sehr liebten. Jeden Tag lief bei uns zuhause in der Küche laute Musik. Meine Mutter tanzte beim Kochen oft dazu. Sie kreierte viele eigene Rezepte, kochte sehr abwechslungsreich und gab den Gerichten meist Namen von Liedern, die sie besonders gern hörte. Ich liebte meinen Namen und fand es albern, dass Kinder in der Schule manchmal versuchten, sich darüber lustig zu machen. Doch immer dann, wenn es kurz davor war, dass die Kinder mich tatsächlich hätten verletzen können, war Marika zur Stelle. Sie nahm mich in Schutz und stand mir bei.
Und genauso tat ich es für sie.

Natürlich hatten Marika und ich verschiedene Fähigkeiten und dementsprechend in völlig unterschiedlichen Bereichen Glück und Erfolg. Von Anfang an war es Marikas und mein Bestreben, unser Glück zu teilen, wo immer es ging. Einmal gewann ich im Lotto und gab ihr einen großzügigen Betrag ab. Wir halfen und unterstützen einander, wo wir konnten. Dafür hatten wir das alte Sprichwort „Ich geh für dich durchs Feuer" abgeändert. Marika und ich nannten das, was uns verband, kurz „Feuer und Eis". Denn wir wussten: wir waren nicht nur bereit, der anderen die Kastanien aus dem Feuer zu holen, sondern auch mit ihr über das Eis zu schliddern, wenn es sein musste und sie aufzufangen, wenn sie fiel. Als Marika im Alter von 32 Jahren einmal 3 Monate lang sehr krank war, machte ich ihr solange den Haushalt und kaufte für sie ein. Auf diese Weise versuchten wir uns, soweit wie möglich immer gegenseitig zu unterstützen, wenn eine von uns krank war.

Mit 35 Jahren zog Marika in das eine ihrer zu diesem Zeitpunkt geerbten drei Häuser. Zu dem Haus gehört ein wunderschöner Garten. Sie lud mich ein, den Garten zu nutzen, wann immer ich Lust hätte. Das beinhaltete aus ihrer Sicht sowohl das Angebot, etwas im Garten zu pflanzen, als auch mich darin nach Belieben aufzuhalten, zu entspannen und mich dort wohlzufühlen. Marika und ich waren immer bestrebt, nicht allzu weit voneinander entfernt zu wohnen, so dass wir uns immer besuchen und unterstützen konnten.

Bereits zwei Jahre später begann meine Uraltfreundin, mir ab und zu eine recht kostspielige Reise zu schenken. „Das kann ich unmöglich annehmen!" hatte ich beim ersten Mal gesagt, als Marika mir eine zweiwöchige Reise nach Italien schenkte. „Und ob du das wirst!" hatte Marika gelacht und mich umarmt. Mit ihrer Warmherzigkeit konnte sie binnen Sekunden sämtliche Widerstände bei mir erweichen, das wusste sie genau. Natürlich wusste sie auch, dass ich mich unbändig darüber freute, mich einfach nur scheute, so ein großes Geschenk anzunehmen.

„Es ist alles bestens und im Lot, meine Liebe! Mach dir da mal keine Gedanken!" sagte Marika an jenem Tag zu mir, als ich zum ersten Mal einen solchen Reisegutschein von ihr geschenkt bekam. „Du hast mir doch auch schon so viel gegeben, geholfen und geschenkt! Wo ist das Problem? Und das allergrößte Geschenk ist sowieso deine Freundschaft! Außerdem habe ich dir das bereits vor vielen Jahren prophezeit, dass ich dir eines

Tages richtig tolle Geschenke machen werde, die dich zum
Staunen bringen, zum Dank für deine tollen Bücher.
Erinnerst du dich? Also hör schon auf, dich zu winden.
Ich weiß doch, dass es dir gut tun wird!"

Und ob es das tat! Die Italienreise war damals meine erste Reise
nach langen Jahren. Es waren wunderbare vierzehn Tage am
Meer. Nun also sollte es Finnland sein. Dort war ich noch nie im
Leben gewesen. Der Urlaub würde etwas ganz Besonderes
werden, das spürte ich schon jetzt.

3

Kurzentschlossen lud ich zwei Freundinnen dazu ein und änderte
das Geschenk in einen Gutschein für *eine* Woche für *drei*
Personen um. „Ich freu mich so, dass das Reisebüro das so
akzeptiert hat!" teilte ich Marika glücklich mit. „Erstens finde ich
es toll, eine intensive und schöne Zeit mit zwei Freundinnen zu
erleben und zweitens gibt es gute Gründe, genau diese zwei
Freundinnen einzuladen." Marika wusste, dass sie von meinen
Freundinnen für immer die Beste sein und bleiben würde und war
nie eifersüchtig oder gekränkt, wenn ich etwas mit anderen
unternahm. Auch dieses große Vertrauen machte unsere
Freundschaft so wertvoll. Marika und ich waren auch bereits ein
paarmal gemeinsam verreist, aber dieses Mal hatte sie mal
wieder aus beruflichen Gründen keine Zeit.

„Welche Freundinnen meinst du denn?" fragte Marika jetzt und
sah mich gespannt an. „Und welche Gründe?" Auch das schätzte
ich an unserer Freundschaft immer sehr: Marika war natürlich
und unverstellt, sagte mir die Dinge ganz direkt und ruhig, ohne
verletzend zu sein, wenn sie etwas störte. In diesem Fall aber
spürte ich wieder einmal nur die warmherzige, vertrauensvolle
Art, mit der sie sich für mich freute. „Natürlich Nikki und Loreen",

antwortete ich und sah Marika offen an. „Nikki ist sehr lange nicht verreist und würde sich allein in ihrem Alter so eine weite Reise nicht mehr zutrauen, glaube ich. Dabei hat sie es immer so geliebt, die Welt zu entdecken. Ich dachte daher, wenn sich jemand richtig über so eine Einladung freut, dann Nikki. Außerdem habe ich sie in den letzten Jahren nur sehr selten gesehen. Seit Nikki mehr als 600 km entfernt wohnt, ist es ja überwiegend das Telefonieren und Schreiben, das uns zusammenführt. Na, ich will mich nicht beklagen. Immerhin ist Nikki nicht in ihre Heimat, nach Amerika, zurückgegangen! Ich freue mich drauf, mal wieder ein paar Tage mit ihr zusammen zu sein. Bei Loreen hoffe ich vor allen Dingen, dass die Reise sie auf andere Gedanken bringt. Sie ist seit einigen Wochen ziemlich niedergeschlagen wegen ihrer Trennung von ihrer Partnerin. Loreen ist so eine gute Seele. Ich hoffe wirklich, dass ihr die Reise gut tun wird. Nikki und Loreen haben auch dieselbe Kombination von Einfühlungsvermögen, Warmherzigkeit, Zuverlässigkeit und Humor, was mich fest davon ausgehen lässt, dass wir ein gutes Team sein werden. Außerdem haben all meine anderen Freundinnen selbst genug Geld zu verreisen. Nicht dass ich es ihnen nicht auch gern geschenkt hätte. Aber ich musste mich ja entscheiden. Ich war mir einfach sicher, dass Nikki und Loreen sich ganz besonders über so ein Geschenk freuen. Tja, und eine Reise mit den beiden stelle ich mir toll vor!" Marika nickte, fragte dann aber: „Wie alt sind Nikki und Loreen nochmal?" Ich lachte und winkte ab: „Meine Güte, du immer mit deinen Ansichten über Zahlen! Menschen können sich auch über Altersunterschiede hinweg sehr gut verstehen! Die beiden kennen sich zwar noch nicht, aber ich bin sicher, es wird gut!"

4

Dieses Gespräch war zwei Monate her. Nun hatte Nikki, die mittlerweile 68 war, bei mir übernachtet. In Jahreszahlen war sie

älter, aber sie steckte voller Energie. Nikki war in Amerika aufgewachsen, hatte lange Jahre mit den Indianern in Reservaten gelebt, um sich solidarisch zu zeigen. Vieles von deren Kultur hatte sie verinnerlicht und vor allem die indianische Art der Gemeinschaftlichkeit war ihr sehr kostbar geworden. Nikki hatte ein großes und sehr mitfühlendes Herz. Vor ca. 30 Jahren war sie nach Deutschland gekommen und hatte in diversen sozialen Projekten so manchen Stein umgedreht, um auf ihre freie, kreative Art Gold daraus zu machen. Ihre Ideen und ihre Art, auf Menschen zuzugehen und Personen miteinander in Verbindung zu bringen, das alles war sehr speziell. In den letzten Jahren hatte Nikki sich aus gesundheitlichen Gründen nun doch um einiges ausbremsen müssen. War sie früher bis spät in die Nacht aktiv und auf den Beinen gewesen, so musste sie mit ihrer Energie mittlerweile ziemlich haushalten, zumal sie diverse chronische Schmerzen hatte. Eine Reise nach Finnland würde Nikki und ihren immer noch so wachen Geist erfrischen - dessen war ich mir sicher. Mit ihrem im Lauf der letzten Jahre etwas reduzierten Energielevel stellte Nikki immer noch spielend so manch eine Mittvierzigerin in den Schatten. Ihr großes Interesse an fremden Ländern und ihre Aufgeschlossenheit fremden Kulturen und Menschen gegenüber würde uns in Finnland sicher einige Türen öffnen. Und Nikkis Begeisterungsfähigkeit und Lebensfreude würden auflodern wie ein Feuer –
ein Feuer im ewigen Eis.

Am späten Vormittag klingelte es an meiner Wohnungstür und Loreen kam zur Tür herein. Meine schwedische Freundin hatte ihre blonden Haare mal wieder rappelkurz geschnitten. Vor 10 Jahren war sie mit ihrer Familie von Schweden nach Deutschland gekommen. „Was für ein Glück!" habe ich ihr schon so oft gesagt. Denn ich schätze meine Freundinnen und finde, es ist doch eine schöne Sache, einander diese Freude immer wieder mitzuteilen.

Wäre Loreens Familie in Schweden geblieben, hätten wir uns ja vermutlich nie getroffen. Loreen und ich hatten uns vor drei Jahren in einem Fotoworkshop kennengelernt und seitdem auch einige gemeinsame Ausflüge mit dem Fahrrad gemacht. Dabei nahmen wir natürlich meist unsere Fotoapparate mit. Loreen und ich liebten die Kraft und Magie der Kreativität, die uns beide immer wieder so beflügeln und bereichern konnte.

Dass es ihr nicht so gut ging, ließ Loreen sich zunächst nicht so anmerken, zumal sie Nikki ja noch gar nicht kannte. Wir umarmten uns freudig, packten alles zusammen, tranken zu dritt noch einen Kaffee und düsten dann zum Flughafen.

Als wir einige Stunden später am Flughafen unsere Pässe zeigten, verglichen Nikki und Loreen die Jahreszahlen unserer Geburtstage. „Du bist genau in der Mitte, Melody", lachte Loreen. „Stimmt", sagte ich. Alter hat für mich, was das Verständnis von zwei Personen betrifft, ebenso wenig etwas von einer Barriere wie ein anderer kultureller Hintergrund. Es ist doch schließlich das Innere, das zählt, oder?

Für mich war es ein schönes Gefühl, mit meinen 48 Jahren vom Alter her genau zwischen den beiden zu liegen. „Das Positive daran ist, dass wir uns in vielen Dingen gegenseitig helfen und ausgleichen können", sagte Nikki. „Das sehe ich auch so", sagte Loreen freundlich und trug Nikkis Taschen zum Fließband. Mit ihrem wachen Blick hatte Loreen gleich gesehen, dass Nikki etwas gebückt ging und viele Schmerzen hatte. Ich freute mich, dass die beiden sich auf Anhieb sympathisch waren. Dies schien mir das Wichtigste für eine gute gemeinsame Zeit zu sein.

Zu meinen Geburtstagsfeiern lud ich zwar meist alle meine Freundinnen ein, aber da Nikki seit 10 Jahren nicht mehr bei uns in Düsseldorf, sondern in München lebte, hatten Loreen und sie sich noch nicht kennengelernt „Finnland, wir kommen!" rief

Loreen laut, als der Flieger abhob. Ich saß zwischen den beiden, sah zum Fenster hinaus und dann zu Nikki hinüber, die fröhlich lachte.

„Rovaniemi ist die Hauptstadt von Lappland", sagte ich gerade zu Nikki, als Loreen mich frech in die Seite knuffte und rief: „Glaubst du im ernst, wir hätten uns im Vorfeld der Reise nicht über das Ziel informiert? Wozu gibt es schließlich das Internet?" Ich war froh zu bemerken, dass Loreen doch recht guter Dinge zu sein schien. Ich sah Loreen an und erklärte: „Nikki hat kein Internet. Ich habe ihr gesagt, dass es dort eisigkalt ist und sie ist 1a vorbereitet." Nikki hustete leise und sagte: „Ich habe durchaus das ein oder andere Buch über Rovaniemi in der Bücherei durchgeblättert. Wenn die Menschen dort den Weihnachtsmann in ihren Alltag integriert haben – ok, das können sie haben! Ich bin auch nicht von vorgestern! Ich habe mal im Karstadt als Weihnachtsfrau gejobbt. Ist lange her, aber ich war so gut, dass ich die Klamotten behalten durfte. Ich habe alles dabei. Und natürlich diverse Fleece-Jacken und Wärmflaschen." Wir lehnten uns alle drei in den Sitzen zurück, als die Maschine zu landen begann. Loreen knabberte an einem Keks und sagte:
„Ich freu mich besonders auf die Rentiere."

5

Bei minus 16 Grad kamen wir in Rovaniemi an. Was für ein denkwürdiger Tag! Ich würde diesen Anblick wohl nie vergessen: meine alte Freundin Nikki, die kurz vor der Landung schnell das Weihnachts-Lady-Kostüm übergeworfen hatte, wurde vor dem Ausgang zu den Parkplätzen aufs Heftigste begrüßt. Nicht nur eine große Schar Kinder trollte sich begeistert um Nikki, auch mehrere Weihnachtsmänner und Rentiere folgten ihr. Hinter dieser Fangemeinde, die Nikki augenblicklich zufiel, trotteten

Loreen und ich in gebührendem Abstand. „Hab ich irgendwas verpasst?" fragte ich Loreen, als Nikki dann wenige Momente später zum Abschied in viele eilig hingehaltene kleine Büchlein Autogramme eintrug. „So ist das Leben, Melody!" war Loreens ruhige Antwort. „Du musst nur woanders hingehen, dich trauen, was zu verändern und schon erkennen die Leute, was in dir steckt!"

Als ich Nikki dann ansah, schien ihr ganzes Gesicht zu leuchten. Wahnsinn, so hatte ich meine alte Freundin noch nie gesehen. Sie leuchtete mehr als sämtliche Lichter aus allen Häusern, Lampen und Fahrzeugen ringsum zusammen. Ja, es war dunkel und es war später Abend. Aber ich konnte deutlich sehen: für Nikki hatte der Tag eben erst begonnen. Sie war zuhause angekommen.

Am nächsten Morgen warfen Nikki, Loreen und ich uns gleich nach dem Frühstück in dicke Mäntel und zogen los. Wir fühlten uns durch eine erholsame Nacht und von dem guten Essen in der Unterkunft gestärkt. Alle Zimmer waren zudem bestens beheizt. Als wir die Straße zum Weihnachtsmanndorf überquerten, tummelte sich bereits wieder ein riesiger Pulk Kinder und Rentiere um Nikki herum. Heute trug sie ihre Perücke mit den langen, glitzrigen, roten Haaren und einen weiten Mantel aus goldfarbenem Kunstpelz, der bei jedem Schritt über das Eis glitt. Sie hatte zwei Paar Handschuhe an, wie Loreen und ich auch. Was für ein Glück, dass wir alle dick gefütterte Schuhe trugen. Es war eisigkalt, doch wir waren so dick eingepackt, dass die Kälte uns nichts anhaben konnte.

„Warst du schon mal hier, Nikki?" fragte Loreen neugierig, da diese auch heute wieder von einer so munteren Schar umschwärmt wurde. „Nicht dass ich wüsste!" lachte Nikki. „Vielleicht in einem früheren Leben! Aber ich fühle mich tatsächlich, als wäre ich zuhause angekommen. Ulkig, was? Selbst die Rentiere sind mir auf eigentümliche Art so vertraut!" Wie auf Kommando knabberte eins der Rentiere an Nikkis rechtem Ohr. Ein anderes schmiegte seinen Kopf so heftig an Nikkis, dass sein Geweih in Nikkis roter Perücke hängen blieb und ihr diese vom Kopf riss. Doch was war das? Nikki schien auf alles vorbereitet zu sein. Sie lachte euphorisch und ihre Augen blinkten. Überrascht sahen wir, dass sie unter der roten Perücke noch eine weitere grüne Perücke trug. Ich konnte mir das Lachen nicht verkneifen. Meine alte Freundin war wirklich mit allen Wassern gewaschen und voller Lebensfreude.

Gemeinsam gingen wir nun auf das Haupthaus der Weihnachtsmänner und – Frauen zu. Beim Frühstück hatte ich Nikki und Loreen erzählt, dass auch Reisende sich dort einen Weihnachtsfrau-/Weihnachtsmann-Pass erstellen lassen konnten. Es gab dazu auch eine goldene Anstecknadel mit einem Rentier darauf. Beides wollte Nikki unbedingt erstehen.

6

Vor uns lagen weitere sechs Tage in Rovaniemi und wir würden noch einiges Spannende zusammen erleben. Doch ich spürte in diesem Moment, dass dies ein besonderer Augenblick der Reise war, besonders für Nikki. Ich war froh, sie mit hierher genommen zu haben, sie beide. Wir alle verstanden uns prächtig.

Dann standen wir vor der Oberweihnachts-Lady von Rovaniemi. Sie öffnete das große, goldene Weihnachtsbuch und schlug den Buchstaben C auf, um Nikki in die Namensliste einzutragen. Doch was war das? „Chocolaty, Nikki" las auch ich dann erstaunt, als die Oberste Weihnachts-Lady uns das goldene Buch hinhielt. Bereits bei unserem ersten Kennenlernen hatte ich über Nikkis besonderen Nachnamen gestaunt, der in der Übersetzung ja

„schokoladig" heißt. „Bist du komplett aus Schokolade, ist deine Haut aus weißer Schokolade oder sind es ein paar von deinen inneren Organen?" hatte ich sie einmal gefragt, als wir uns bereits drei Monate kannten und gemeinsam Schlitten fuhren. Damals wohnte Nikki noch in Düsseldorf. Wir unternahmen viele tolle Dinge zusammen und liebten beiden den Schnee im Winter. Da Nikki selbst gern Späße machte, nahm sie meinen auch freundlich auf und antwortete: „Nur mein Herz ist aus Schokolade! Ich muss immer aufpassen, dass es nicht zu weich wird, sonst schmilzt es mir davon!"

Unglaublich, aber wahr: nicht nur Nikkis ungewöhnlicher Nachname „Chocolaty", sondern sie selbst war bereits im großen Weihnachtsbuch von Rovaniemi verzeichnet! Vielleicht war sie deshalb von allen hier bereits erkannt worden und fühlte sich so zuhause! Wie es dazu gekommen war, würden wir wohl nie erfahren. Selbst das Geburtsdatum stimmte mit Nikkis überein. Dennoch bekam Nikki nun von der Obersten Weihnachts-Lady die ersehnten Auszeichnungen, den Weihnachtsfrau-Pass und die Anstecknadel mit dem Rentier. „Das ist der glücklichste Moment in meinem Leben!" sagte Nikki und umarmte uns.

Von Rentieren begleitet verließen wir kurz darauf das Haus. Jetzt konnte ja wirklich nichts mehr schiefgehen, hier in unserem Urlaub im Eis. Ich spürte, Nikki würde bedingungslos alles hier zu lieben, jeden Winkel, jedes Tier. Ihr Herz hatte Feuer gefangen für diesen Ort. Das Feuer ihrer Begeisterung würde jeder Kälte standhalten und so manchen Eisblock hier in Rovaniemi zum Schmelzen bringen. Ich dachte an Marika, die mir diese wundervolle Reise geschenkt und mir damit diese Zeit mit Nikki und Loreen in Rovaniemi ermöglicht hatte. „Feuer und Eis", das war unser Wahlspruch. Auch hier hatte er sich bewahrheitet, wenngleich mit anderer Bedeutung. Vielleicht gehörten alle guten

Freundinnen so felsenfest zusammen wie Feuer und Eis - diese beiden Gegensätze, die doch nichts trennen konnte.

Loreen und ich sahen einander an und dann wieder zu Nikki, die zwischen uns stand. Die Rentier-Anstecknadel prangte an ihrem Mantel und Nikki strahlte. „Danke, Melody", sagte sie und sah mich liebevoll an. Dann drückte Nikki mich fest an ihren warmen Mantel und fügte hinzu: „Eine Freundin wie du, die hat Instinkt, die bringt es fertig und führt andere nach Haus, ganz ohne zu wissen, wo das ist. Danke dir dafür."

NESSIE

Nessie - Teil I - Viel Dampf um gläserne Badewannen

Ich lernte Nessie, die jüngste Erbin ihrer Urahnin Nessa, vor vielen Jahren an der Universität von Heilbronn, der „HHN", kennen. Mir war bereits einiges über diese angeblich sehr urige und ungewöhnliche Person zu Ohren gekommen. Dass ihre schottische Vorfahrin Nessa das weithin bekannte „Ungeheuer von Loch Ness" war, gehörte zu den auffallendsten Aussagen, die über Nessie im Umlauf waren. Weiter wurde Nessie als schräger Ausbund von Lebendigkeit beschrieben. Zudem hieß es, sie nehme kein Blatt vor den Mund. Ich war gespannt, wie es sein würde, Nessie zu begegnen.

An der „HHN", einer Hochschule für Angewandte Wissenschaften, hatte ich zu diesem Zeitpunkt vor etwa einem Jahr mit meinem Studium der Medizinischen Informatik (MIB) begonnen. In Heilbronn wohnte ich mittlerweile seit zwei Jahren und die Stadt gefiel mir sehr gut. Während meines sehr vielseitigen und hochinteressanten Studiums gab es natürlich auch die Möglichkeit, an Studiengang-übergreifenden Veranstaltungen teilzunehmen. Da gab es Unmengen von Angeboten (Hochschulsport, kreative Angebote, wissenschaftliche Forschungsprojekte, gemeinsame Naturerkundungen u.v.m.). Da meine Interessen sehr vielseitig sind, nahm ich häufig an solchen „Specials", wie alle diese Angebote mit Ausnahme des Hochschulsportes unter den Studierenden genannt wurden, teil. Dieses Mal war meine Wahl auf ein Seminar mit dem spannenden Thema „Ich baue mir meine eigene Badewanne" gefallen. In diesem lehrreichen Kurs sollte es um Themen wie Herstellungsmöglichkeiten von

Badewannen, unterschiedlichste Materialien, Kostenpläne etc. gehen.
Dort traf ich zum ersten Mal Nessie.

Während mein Interesse von Porzellan-Badewannen angezogen wurde, entdeckte Nessie ihren Feuer-Eifer für gläserne Badewannen. War dieses schlichte Persönchen mir auch vorher nicht sonderlich aufgefallen, so wurde ich in dem Moment auf sie aufmerksam, als es um sie herum plötzlich schwelte und dampfte. Die gute Nessie hatte von ihrer Urahnin Nessa nebst ihrem Feuer-Eifer noch so manche feurige Eigenschaft geerbt. Dazu gehörte auch, bei Begeisterung Dampf und Schwelgeruch zu verbreiten. Ich war gerade in eine Diskussion über private Herstellungs-Möglichkeiten von Badewannen vertieft, als ich bemerkte, dass der hintere Teil des Seminarraumes von Dampf erfüllt vernebelte. Es war wieder einmal Gruppenarbeit angesagt, aus der ich mit ein paar anderen plötzlich aufschreckte, weil es komisch roch. Eine dicke Wand aus merkwürdigem Nebel versperrte uns den Blick auf die Leute im hinteren Teil des Raumes. „Feuer!" rief jemand, ein paar Leuten kreischten entsetzt, Panik machte sich breit. Doch da tauchte ein keckes Lachen aus dem Dampf auf und dann ein Gesicht, das uns lachend ansah und verkündete: „Ich bin's doch nur!"

Da stand sie, Nessie, und ihre Augen leuchteten vor Begeisterung, während sich alle anderen vor Erstaunen die Augen rieben. Mag sein, dass manche andere Personen mit der Größe von 1,60m in der Menge untergehen würden. Nessie jedoch, die uns mit ihren großen braunen Augen ansah, machte mir nicht den Eindruck. Ihre kurzen, braunen Haare lagen ruhig und glatt um ihren Kopf, doch ihr Temperament kam deutlich bei uns allen an. „Oh, seht doch nur, was ich gefunden habe!" rief **Nessie** mit glockenheller Stimme, total beseelt. „Auf Seite 93 im

Badewannen-Lehrbuch ist die Abbildung einer *gläsernen Badewanne! Das ist mein Traum!*"

Alle waren so perplex über diese kleine, vor Freude schier leuchtende Person, dass sie die Dämpfe vergaßen und verzaubert Seite 93 aufschlugen. Und nun ging es erst richtig los. Denn jetzt stellte Nessie sich vorne ans Pult und schob unseren Seminarleiter freundlich, aber bestimmt zur Seite. Dann begann sie, uns die Seite 93 vorzulesen, als enthülle sie alle heiligsten Geheimnisse unseres irdischen Daseins. Während Nessie las, kochte und schwelte es um sie herum wie in der schönsten Bäckerei. Nur der Duft war anders – nicht köstlich, nicht appetitanregend, sondern wie nach Verbranntem. Leise öffnete jemand ein Fenster, um die Andacht nicht zu stören, mit der wir der entrückten Person lauschten. Sie schien vom Paradies zu sprechen, so beseelt war ihre Stimme. Das riss uns mit – oh ja, sie hatte das Feuer, das Temperament ihrer Urahnin Nessa – auch wenn wir Badewannen aus Porzellan und aus anderen mehr Haltbarkeit versprechenden Materialien bevorzugten. Wir lauschten Nessies feuerwerkartigem Vortrag und applaudierten heftig, als sie schließlich strahlend endete mit den Worten: „Bitte seien Sie vorsichtig mit der Temperatur des Wassers. Bei zu starker Hitze zerspringt das Glas in tausend Stücke."

Nessie stand wie ein lebendiger Kochtopf vor uns und einige von uns dachten sicher, dass dieser kleinen Gestalt vermutlich noch viele gläserne Badewannen zerspringen würden, müssten, bei der Hitze. Doch wir schwiegen, klatschten nur und nickten freundlich. Wie eine Königin schritt Nessie zurück auf ihren Platz und gab dem Seminarleiter Anweisung: „Sie können fortfahren, mein Guter!"

Nessie - Teil II - Tanz im Park

Meine zweite Begegnung mit Nessie, „La Dampf", wie wir sie seit jener Seminarstunde manchmal scherzend nannten, fand im Pfühlpark statt. Vor mich hin sinnierend spazierte ich durch die schöne Grünanlage, während um mich herum einige Menschen in ein Gespräch vertieft auf der warmen Sommerwiese saßen oder verträumt auf den wunderschönen See blickten, an dem mein Weg mich vorbeiführte. Als ich gerade durch ein normalerweise sehr ruhiges, etwas weniger bevölkertes Gebiet des Parks spazierte, hörte ich plötzlich Musik. Ich kam näher und näher an die Quelle der lauten Töne und sah... Dampf. Ahnungsvoll schritt ich näher und da sah ich sie: inmitten einiger schlanker Birken und kleiner blauer Blumen, tanzte Nessie über die Wiese. Sie war vollkommen vertieft in ihre Rhythmen und jede ihrer Bewegungen war voller Energie und Echtheit. Ja, Nessies Tanz war von einer so intensiven Beseeltheit wie derzeit ihr Vortrag über gläserne Badewannen. Ihre Begeisterung wurde auch jetzt durch Dampf und Schwelgeruch unterstrichen und war ein völlig inspirierter, absolut pulsierender Ausdruck des Lebens. Ergriffen stand ich da und sah ihr zu. Nessie wirbelte wie ein kleiner Komet über die Wiese, schien überall gleichzeitig zu sein und war von unfassbarer Energie durchtränkt.

Ich stand am Rande des Dampfgebietes und sah Nessie zu. Immer wieder stob ihr Kopf blitzartig aus dem Dampf hervor, verschwand, zeigte sich wieder. Es war ein ungeheures Schauspiel. Minutenlang stand ich in diesen Anblick vertieft. Plötzlich brach die Musik ab und dann konnte ich durch den Dampf, dass Nessie sich auf die Wiese gesetzt hatte und nun an einem Baum lehnte. Ich durchschritt den Dampf, ging auf sie zu.

Da saß Nessie, mitten im Nebel. Total erschöpft strahlte sie mich an. „Hallo, Donata! War ich gut?" wollte sie wissen. „Klar!" antwortete ich. „Nenn mich einfach Donny", bat ich Nessie. Sie erhob sich, reichte mir die Hand und sagte lächelnd: „Alles klar, Donny! Schön, dich zu sehen!" Allmählich verzog sich der Nebel. „Einfach genial!" sagte ich zu Nessie und sie strahlte mich an. „Du hast ganz schön Power!" fügte ich hinzu. „Was für eine tolle Show, mitten hier im Park! Wer würde sich das trauen, da so alles zu geben? Ich bin beeindruckt! Und supertoll getanzt noch dazu!" Vor Freude über meine Komplimente dampfte Nessie noch einmal kurz.

Inzwischen hatten sich ringsum viele Menschen versammelt. Wir bemerkten sie erst jetzt, als der heftigste Dampf langsam zu verfliegen begann. Ein paar von ihnen kamen herbei und schüttelten Nessie begeistert die Hand. „Danke schön!" sagte Nessie immer wieder und freute sich über die Komplimente. Wieder hüllte mich eine ihrer Dampfwolken ein, da ich neben ihr stand. Hustend trat ich ein Stück zurück. Für heute reichte mir der Dampf. Ich wollte meinen Spaziergang durch den Pfühlpark fortsetzen.

„Wohnst du hier in der Gegend?" fragte Nessie mich freundlich, als sie merkte, dass ich gehen wollte. „Ja, nicht weit von hier", antwortete ich. „Die Straße heißt „Im Gemmingstal". Und wo wohnst du, Nessie?" Sie lachte vergnügt. „Mein Haus steht ganz nah am Wald, in der „Isolde-Kurz-Straße", verriet sie mir. „Oh, toll, da sind wir ja fast Nachbarinnen!" sagte ich. „Zum Glück ist es zur Uni ja auch nicht so weit", meinte Nessie. Ich nickte zustimmend. Nessie streckte sich behaglich wie eine Katze. Ganz offensichtlich hatte das Tanzen ihr gut getan. Der Dampf war inzwischen verschwunden. Ich nahm mir noch einen Moment Zeit, mit ihr zu plaudern. „Es ist bestimmt schön, so nah am Stadtwald zu wohnen", sagte ich zu Nessie, die gerade einen kleinen Vogel beobachtete, der sich in einer Birke niederließ. „Ich gehe oft dort spazieren, bin gern im Naturschutzgebiet Köpfertal und am Köpferbrunnen." Als wäre dies ein geheimes Stichwort gewesen, erhob sich der kleine Vogel und flog davon. Nessie wandte sich mir zu, strahlte mich mit ihren großen, braunen Augen an und pflichtete mir bei: „Ja, die Gegend ist wunderschön. Ich wohne so gern hier. Wenn du Lust hast, komm mich doch mal besuchen!" Etwas zurückhaltend antwortete ich: „Klar, gern. Aber wir sehen uns ja sicher die Tage wieder an der Uni. Was studierst du eigentlich, Nessie?" Sie holte einen Apfel aus ihrer Tasche, biss krachend hinein und antwortete: „Ich studiere MIBIM, also International Business und Intercultural Management. Und du, Donny?" Ich war beeindruckt von der Vielseitigkeit dieser kleinen Person, die nicht nur energiegeladen und mutig zu sein schien, sondern ganz offensichtlich auch einiges auf dem Kasten hatte. „Ich studiere (MIB), Medizinische Informatik", antwortete ich. Nessie lachte: „Na, zumindest sind die Abkürzungen unserer beiden Studiengänge sehr ähnlich, wenn auch nicht die Studieninhalte." Sie schwieg einen Augenblick, dann strahlte sie mich wieder an und fügte hinzu: „Zum Ausgleich für all das sehr Theoretische in meinem Studium brauche ich viel Sport, Bewegung, die Natur und Kreativität, praktische Dinge. Das Badewannen-Seminar ist cool, oder?" Ich nickte: „Ja, ist mal was anderes, oder?"

Nach einem kurzen Blick auf die Uhr verabschiedete mich dann von Nessie: „Bis dann, ich wünsch dir noch einen schönen Tag! Ich hab mich gefreut, dich mal wieder zu sehen!" Nessie reichte mir zum Abschied ihre Hand und drückte kräftig zu. „Ja, ich mich auch, Donny!" antwortete „La Dampf" und strahlte. „Bis bald mal wieder!" rief ich und ging. Nessie stand zwischen ein paar Birken und winkte mir nach – eine kleine Gestalt, vom Feuer erkoren.

Nessie -Teil III - La Dampf kauft Eis

An einem schwülen Sonntagnachmittag kroch ich, nach einem Besuch im Kino Cinemaxx, von der Hitze geplättet zur Eisdiele „GelatOne". Zu dieser Eisdiele gehe ich immer wieder besonders gern. Die Atmosphäre und das tolle Eis überzeugen mich immer wieder aufs Neue. Doch an diesem Tag spürte ich sogleich, dass etwas anders war als sonst. Als ich das Eiscafé betrat, empfing mich lautes Gelächter. „Sie kann es einfach nicht fassen!" rief jemand in spottendem Ton. Alles grölte. Ich sah eine Gruppe von ca. 50-jährigen, leicht betrunkenen Männern um die Theke herumstehen. Vermutlich hatte ihr Weg sie aus einer nahegelegenen Kneipe in die Eisdiele geführt, denn ein kräftiger Schwall von Alkoholgeruch drang bis zu mir hinüber. Eingeschüchtert durch die Präsenz dieser Männer trauten die Mitarbeiterinnen von „GelatOne" sich wohl nicht, einzuschreiten. Irgendjemanden hatten die Betrunkenen offenbar aufs Korn genommen. So eine Stimmung hatte ich in dieser Eisdiele noch nie erlebt. Einen Moment lang überlegte ich, mir mein Eis heute vielleicht lieber woanders zu holen, da erblickte ich die Zielscheibe des Gelächters. Es war Nessie, „La Dampf". Sie stand an der Theke und wollte Eis kaufen.

Als Nessie mich kommen sah, hellte sich ihr Blick ein wenig auf. Sie sah gequält aus. „Alle lachen über mich, weil ich es nicht fertig bringe, Eis zu kaufen", klagte sie. „Ich habe es schon dreimal versucht. Jedes Mal, wenn ich die Eistüte entgegennehme, wird das Eis in meiner Hand zu Milch und Wasser und fließt mir davon." Erstaunt sah ich sie an, wusste nicht, was sie meinte. Sie grinste um Verständnis flehend. Plötzlich begriff ich: ihr ungeheurer, von der Urahnin Nessa geerbter, Energiepegel und Feuer-Reichtum machte es ihr unmöglich, Eis zu berühren, ohne dass es sofort zerschmolz. Auch eine Waffel oder ein Eisbecher boten da nicht genug Schutz vor der Hitze. Ich sah in Nessies ratlose Augen, die mich hilfesuchend anstarrten. Dass jemand mit so viel Energie hilflos sein könnte, hätte ich nie für möglich gehalten. Nun sah ich es. Und dadurch fühlte ich mit einem Mal ganz deutlich meine eigene Stärke. „Geh schon mal nach draußen", flüsterte ich ihr zu. „Ich bringe dir dein Eis mit hinaus."

Kurz darauf verließ ich die Eisdiele „GelatOne" mit zwei Eisbechern. Doch wo war Nessie? Ich rief sie mehrmals laut. Keine Antwort. War sie verschwunden? War ihr das Ganze so peinlich gewesen, dass sie weggerannt war? Da hörte ich plötzlich ein Kichern hinter mir. Sie hatte sich hinter einer Häuserwand versteckt. Jetzt hüpfte sie ausgelassen auf mich zu, scheinbar wieder ganz guter Dinge. „Ich habe mir was Gutes geholt", lachte sie. In der Hand hielt sie eine Grillschale aus Aluminium, die sie sich wohl in aller Eile irgendwo geliehen hatte. „Pass auf!" gluckste sie. Nessie stülpte ihr Eis auf die Schale und konnte dann seelenruhig genießen, da das Metall ihr Feuer abprallen ließ. „War die Grillschale sauber?" fragte ich zaghaft. Zur Antwort hörte ich Nessies zufriedenes Schlürfen.

Nessie lachte: „Ja, das war sie, keine Sorge. Und ich bring sie ja gleich zurück! Ich hab die Schale von dem Mann in dem Garten dort hinten. Er hat sie mir freundlicher Weise kurz geliehen. Schmeckt einfach genial!" gab sie dann begeistert von sich. Nessies Einfallsreichtum war ebenso groß wie ihre Begeisterungsfähigkeit, das konnte ich sehen.
Da saß sie vor mir auf einer Mauer und schleckte ausgiebig Eis von einer Grillschale. Nessies Gesicht war ein Schlachtfeld aus Eis, Lachfältchen und verschmierter Sonnencreme. Ehrlich gesagt erinnerte sie mich in diesem Augenblick sehr an ein Kind.

Während ich sie beobachtete, fragte ich Nessie: „Sag mal, wie alt bist du eigentlich?" Sie erhob sich würdevoll, brachte die Grillschale an ihren Platz zurück und kam dann mit ruhigem Schritt auf mich zu. Nessie sah mir ins Gesicht und antwortete: „Jetzt. Mehr sag ich dazu nicht, Donny, nur dies: JETZT."

Nessie Teil IV - Im Krankenhaus

Wenige Wochen später rief mich eines Tages Carlotta aus dem Badewannen-Seminar an und fragte: „Wusstest du schon, dass Nessie im Krankenhaus liegt? Sie ist vor zwei Tagen operiert worden." Ich schluckte erschrocken und fragte: „In welchem Krankenhaus liegt sie? Und was hat Nessie denn?" Einen Moment war Stille in der Leitung, dann hörte ich wieder Carlottas Stimme: „Nessie liegt im Klinikum Heilbronn. Ich war gestern bei ihr. Sie hat die OP gut überstanden. Falls du sie mal besuchen gehen möchtest – Besuchszeit ist von 10 bis 18 Uhr. Es war eine kleine Nach-OP. Genaueres musst du sie selbst fragen." Carlotta hustete und beendete ihren Anruf mit den Worten: „Ich wollte dir nur Bescheid sagen. Also dann, Donny, mach's gut."

Am nächsten Tag führte mich also mein Weg ins Klinikum Heilbronn. Müde lag Nessie in den Kissen, konnte und durfte nicht herumtoben. „Schönen Dank, Donny", sagte sie mit einem matten Lächeln, als ich ihr ein paar mitgebrachte Blumen in eine Vase neben das Bett stellte. „Ich bin von der Operation noch immer etwas k.o., weißt du. Obwohl es ja gar nichts so Großes war und es mir natürlich schon wieder besser geht als gestern, klar. Die Haupt-OP liegt schon ein Jahr zurück. Ich hab dir noch gar nicht davon erzählt, oder?" Nessie sah mich fragend an und ich schüttelte den Kopf. „Diesmal musste nur etwas wieder aus dem Körper entfernt werden, was zuvor zur besseren Heilung hineinimplantiert werden musste. Das wird schnell wieder abheilen und dann ist alles gut. Trotzdem bin ich jetzt einfach noch erschöpft. Aber ich bin froh, es endlich hinter mir zu haben!"

Ich nickte verständnisvoll und sagte: „Ich hab dir noch was mitgebracht." Aus meinem Rucksack zog ich eine gelbe Flasche heraus. „Krafttrunk", flüsterte ich geheimnisvoll. „Ja?" In Nessies Augen glomm ein hoffnungsvoller Schimmer auf. „Wirkt einfach Wunder", wahrsagte ich. Es war ordinärer Apfelsaft, von dem ich ihr nun ein Glas einschenkte. „Versuch mal, die Zauberkräfte zu spüren", wies ich Nessie an. Sie trank in kleinen Schlucken. „Hm, lecker!" Sie wackelte lachend mit den Zehen. Plötzlich holte Nessie tief Luft und begann, durchdringend und laut zu pfeifen. Ich hielt mir die Ohren zu, so schrill und stark war dieser Pfeifton. Waren in dem Getränk doch geheime Kräfte gewesen? War Nessies Glaube an diese Kräfte so stark? Oder war es wieder einmal die Auswirkung ihrer großen, von ihrer Urahnin Nessa geerbten Feuer-Energie, die sie durch den gewaltigen Pfeifton geradewegs unter die Decke warf? „Ich fliege tatsächlich!" rief sie munter. Sie schwebte fröhlich pfeifend den kahlen, weißen Gang hinunter. Weder das Fliegen, noch das Pfeifen schien Nessie Kraft zu kosten. Stattdessen wirkte sie wieder einmal wie von einer geheimen Kraft getragen und beseelt, wie sie den Gang entlang flog. Immer mehr Menschen strömten aus ihren Zimmern herbei, um dieses Wunder zu beobachten. Innerhalb weniger Sekunden war der Flur voller blasser Leute, die in Nachtmänteln da standen und gebannt die schwebende Nessie beobachteten.

„Jetzt mache ich eine riesige Razzia!" schrie Nessie plötzlich. Sie brach in wildes Kichern aus. „Schluss mit der normalen Krankenhaus-Razzia, wo alles nur schnarcht, herumliegt und sich schrecklich allein und elend fühlt. Heute machen wir mal eine Party-Razzia. Ich düse jetzt durch die Gegend wie bei einer Razzia, wo Drogen gesucht werden. Ich aber suche in dieser tristen Trauerbude nach Lust am Leben, Power und Witz. Logisch, dass alle hier von ihren gesundheitlichen Problemen niedergeschlagen sind. Aber wir dürfen nicht aufgeben, Leute! Das Leben geht weiter! Lasst uns trotz allem Elend die Freude nicht vergessen! Sie ist so wichtig und darf uns nicht verloren gehen!" Während Nessies Rufe den Gang entlangschallten, pfiff sie immer wieder kurz, wenn sie merkte, dass ihr Körper Richtung Boden zu gleiten drohte. Den ganzen Weg zu laufen, dazu fehlte ihr noch die Kraft. Das Fliegen dagegen munterte Nessie sichtbar auf. Darüber freute ich mich sehr, während ich am Rande des langen Flures stand, durch den Nessie schwebte.

„Wer von euch hat noch ein paar Krümel Freude in der Nachtmanteltasche?" rief Nessie nun und flog weiter durch die Ansammlung von Kranken, die sich mittlerweile hier versammelt hatten. Nessie fuhr im Vorbeifliegen mit der Hand in etliche Nachtmanteltaschen und zauberte kleine funkelnde Sterne daraus hervor, die sie durch die abgestandene Luft schleuderte. Bald war der vorher so triste, kahle Gang von unzähligen Sternen, von einem strahlenden Leuchten und lauter aufgehellten, freudig erstaunten Gesichtern erfüllt. Nessie jubelte. Hier und da war plötzlich Gelächter zu hören und immer mehr Leute begannen zu schunkeln und gemeinsam zu tanzen. Jemand räuberte den Kühlschrank der Schwesternstube leer und verteilte alles auf dem Gang. Mir war, als erlebte ich ein Wunder. Beinahe schienen sogar die kahlen weißen Wände Farbe herzugeben.

„Dein Krafttrunk war super, Donny!" kam Nessie schließlich strahlend auf mich zu. „*Du* bist super!" stellte ich lachend fest und nahm sie in den Arm. „Selbst ins Krankenhaus bringst du Leben und Freude, durchbrichst den eisernen Gürtel von Kummer, Leid, Angst und Ohnmacht und bringst die Leute zum Tanzen! Ich finde es wundervoll!"

Die außergewöhnliche Flurfeier im Klinikum Heilbronn ging noch weiter. Nach einer ganzen Weile des Herumschwebens hatte Nessie sich in einer Sitzecke des Flures niedergelassen. Einige Leute holten Stühle aus den Zimmern herbei, weil die

Sitzgelegenheiten im Flur für die große Gruppe, die sich nun um Nessie scharte, nicht ausreichten. Nessie erzählte und erzählte. Nachdem die Reste aus dem Schwesternkühlschrank vertilgt waren, wurden Kekspackungen herumgereicht. Mehrere Leute versprachen einander, sich einmal auf ihren Zimmern zu besuchen. Nachdem die Krankenschwestern der Flurfeier ziemlich viel Raum und Zeit gegeben hatten, baten sie schließlich nach einer Stunde alle wieder auf ihre Zimmer. Es war Abendbrotzeit und es mussten einige Medikamente verteilt werden. Zufrieden über die schöne Feier ging Nessie mit mir in ihr Zimmer zurück. „Gute Nacht, Nessie!" riefen ihr einzelne nach und „Bis morgen dann!"

Wenig später machte ich mich dann für den Nachhauseweg bereit. Nessies Kopf ruhte auf ihrem großen, weißen Kissen. Vor ihr standen zwei Brote mit Pfefferminztee – das Krankenhausabendbrot. Ich beneidete sie nicht darum. Als hätte sie meine Gedanken erraten, sah Nessie mich munter an und sagte: „Gleich werde ich mal diese köstliche Kraftspeise verzehren, um sodann zur nächsten Freudenfeier überzugehen. Für heute allerdings bin ich doch etwas müde und werde die Party in meine Träume verschieben. Umso aufgemöbelter werde ich morgen wieder „Hallo!" zu diesem tristen Kasten sagen und frischen Wind in die Flure pusten. Oh, yeah!" Sie schnippte mit den Fingern im Takt zu einer imaginären Musik. Ich bin sicher, sie *hörte* Musik, von wo auch immer – aus ihrem erfüllten Innern oder aus der stillen Weisheit einer anderen Welt, die ihr die Pforten geöffnet hatte für Glück und Kraft. Sie hörte und empfing, was ihres war und teilte es mit Freude aus. Ich umarmte sie noch einmal. „Schlaf gut, Krümelmonster", ulkte ich in Anlehnung an die Krümel der Freude, die zu leuchtenden Sternen wurden, die sie aus den Nachtmanteltaschen der Kranken geholt hatte. „Ganz viele Sterne für dich heute Nacht", wünschte ich Nessie und ging. Auch ich sah Sterne – meine Seele war voll davon.

Nach dieser tollen Krankenhaus-Razzia knisterten meine Jackentaschen nur so von Freudenkrümeln.

Nessie Teil V – Kunst und Kultur in Haus und offener Flur

Bei uns in Heilbronn gibt es ein tolles Kunst- und Kulturwerkhaus mit dem Namen „ZIGARRE". Nessie und ich sind beide seit jeher Nichtraucherinnen, aber das hält uns nicht davon ab, das Kunst- und Kulturwerkhaus „ZIGARRE" zu den Highlights der kulturellen Angebote unserer schönen Stadt zu zählen. Wie Nessie mir kürzlich nach unserem zufälligen Treffen bei „GelatOne" bei einem Spaziergang durch die Straßen erzählte, besucht sie in der „ZIGARRE" einen Improvisationsworkshop für Tanzbegeisterte. Dieser Tanzworkshop wird nach dem Konzept der Integrativen Tanzpädagogik durchgeführt. In der „ZIGARRE" finden sehr viele künstlerische und kreative Veranstaltungen statt. Neben diversen Tanzkursen gibt es auch einige Trommelkurse. Auch der Verein „Frauenräume e.V.", der Angebote für Kultur und Kommunikation für Frauen anbietet, hat hier seinen Sitz. Zudem gibt es in der „ZIGARRE" ein Großraumatelier, das derzeit von vier Künstlerinnen genutzt wird.

Ich hatte in unserem Kunst-und Kulturwerkhaus über den Verein „Frauenräume e.V." schon ein paar Filmabende besucht. „Wollen wir mal zusammen in die „ZIGARRE" gehen?" hatte Nessie mich vor 1 Monat gefragt, kurz nachdem sie aus dem Krankenhaus heimgekehrt war. „Ja, gern", hatte ich geantwortet. „Wenn du mal von einer Veranstaltung erfährst, wo du mich gern mitnehmen würdest, frag mich einfach. Du weißt ja, ich bin an sehr vielem interessiert!"

Nun hatte Nessie mich vorgestern, als wir zusammen in dem Burger Grill „Hans im Glück" gesessen hatten, wegen einer gemeinsamen Unternehmung angesprochen. „Ich würde gern in einen Vortrag zum Thema „Das Leben am Polarkreis" gehen", eröffnete Nessie mir. Hast du Lust mitzukommen, Donny?"

Ich sah von meinem Burger auf. Einfach toll, dass es hier, bei „Hans im Glück" sogar vegetarische Burger gab. Wir hatten beide denselben bestellt. „Hört sich spannend an!" antwortete ich Nessie. „Findet der Vortrag in der „ZIGARRE" statt? Da wollten wir doch mal zusammen hingehen." Nessie zuckte mit den Schultern und eröffnete mir: „Nein, der Vortrag findet in der hiesigen „VHS" statt. Du kannst dir ja überlegen, ob du mitkommen willst." Ich trank einen Schluck von meiner Cola Light und antwortete dann: „Was gibt es da zu überlegen? Übermorgen Abend also? Alles klar, ich bin dabei!"

So trafen Nessie und ich uns also zwei Tage später am frühen Abend in der Oberen Neckarstraße. Wir waren beide mit dem Fahrrad hierhergekommen. Aufgrund ihrer Körpergröße bevorzugte Nessie Klappräder. Naja, das muss nicht unbedingt schlechter sein als ein großes Fahrrad, habe ich mir von ihr sagen lassen. Als ich gerade mein blaues Fahrrad ankettete, kam Nessie auf ihrem knallroten Klapprad angesaust.
Mit meinen 1,85 m könnte ich darauf niemals fahren. „Auf das Alter kommt es beim Klappradfahren überhaupt nicht an!" hatte Nessie mir erst kürzlich klargemacht. Über das Klappradfahren im Erwachsenenalter gebe es sogar zahlreiche Studien, über die sie im Internet gelesen habe, erzählte sie. Zugegebenermaßen war Nessie auf ihrem Klapprad sehr schnell und überholte mich gern.

Vor dem Vortrag bei der „VHS" wollten wir noch unten am Neckar picknicken. Nessie hatte Nudelsalat gemacht und an alles gedacht. Wir setzten uns an das Neckarufer und Nessie holte die Schälchen und Löffel aus ihrem Rucksack. Ich hatte Brot, Getränke und Becher mitgebracht. Wir hatten schnell herausgefunden, dass wir nicht nur beide die Natur liebten, sondern auch sehr gern am Fluss verweilten. So saßen Nessie und ich noch eine Weile am Wasser, aßen Nudelsalat mit Brot, erzählten und fühlten uns wohl.

„Langsam wird es aber Zeit", sagte ich schließlich mit Blick auf die Uhr. Rasch packten wir unsere Sachen zusammen und machten uns auf den Weg zur nahegelegenen „VHS". Vor der Tür des Saals, in dem der Vortrag „Das Leben am Polarkreis" stattfinden sollte, wartete bereits eine lange Schlange. Wir hatten gerade noch Glück. Die Anzahl der Sitzplätze war tatsächlich begrenzt und Nessie und ich waren die letzten, die noch mit hinein konnten.

Dann saßen Nessie und ich auf gelben Plastikstühlen inmitten der ca. 100 Leute. Nessie hatte sich von ihrem Krankenhausaufenthalt mittlerweile zum Glück gut erholt. Munter lächelte sie mir gerade von der Seite zu, als die Rednerin, Verena di Vona, an das Pult trat und uns alle begrüßte. Wie wir sodann erfuhren, hatte Frau di Vona zwölf Jahre am Polarkreis gelebt. Sie untermalte ihre lebendige Erzählung über ihre Zeit am Polarkreis und über die Lebensbedingungen der Menschen dort mit vielen wunderschönen Fotos. Frau di Vona warf die Bilder mit einem kleinen Beamer an die Wand.

„Ja, das Leben kann so spannend sein!" erzählte Frau di Vona. „Mit 20 Jahren lernte ich meinen Mann hier in Deutschland kennen. Gemeinsam gingen wir für fünf Jahre in seine Heimat, nach Italien. Dann bekam ich ein unverhofft großartiges, berufliches Angebot für den Polarkreis. Da ich ohne zu Zögern mit Gian Luca auf seinen Wunsch hin nach Italien gegangen war, ging mein Mann mit allergrößter Selbstverständlichkeit mit mir an den Polarkreis. Dort erlebten wir die Welt nochmal von einer ganz anderen Seite. Die Natur, die Menschen, das Eis..." Frau di Vona schwieg einen Augenblick und sah mit intensivem Blick auf ihre Zuhörerschaft, die ihren Ausführungen gebannt gefolgt war.

Dann fuhr Frau di Vona fort: „Das alles war so bereichernd! Inzwischen leben wir wieder in Deutschland und das ist gut so. Aber ich möchte all diese wertvollen Erfahrungen nicht missen. Denjenigen, denen es am Polarkreis zu kalt ist, um dort zu leben, empfehle ich aber dennoch, zumindest mal einen kleinen Urlaub dort zu machen. Es lohnt sich!"

Völlig vertieft in die schönen Aufnahmen und Frau di Vonas Bericht, bemerkte ich plötzlich, dass Nessie ihren gelben Plastikstuhl neben mir verlassen hatte und sich ihren Weg durch unsere Sitzreihe zur Wand hinüber bahnte. Gebannt sah ich zu, wie Nessie von dort aus dann mit drei Wunderkerzen in der Hand auf die sehr überrascht blickende Rednerin zu schritt. Im Gehen entzündete Nessie ihre kleinen Fackeln. Bei Frau di Vona angekommen, grüßte Nessie die verdutzte Rednerin und reichte ihr eine Wunderkerze. „Darf ich auch mal das Mikrofon haben? Ich möchte gern ein paar Dinge sagen!" hörte ich Nessie lachend sagen. Noch bevor Frau di Vona antworten konnte, hatte Nessie sich auch schon an das Mikrofon gestellt. Nun stand sie am Rednerinnenpult, uns allen frontal zugewandt. In jeder Hand hielt Nessie eine zischende Wunderkerze. „Freundinnen und Freunde!" rief sie beherzt. „Auch ich bin hierhergekommen, um uns allen einen wunderschönen Freitagabend und vor allem ein gelungenes Wochenende zu wünschen! Ein wunderschönes Leben, um es genau zu sagen! Tschüs!" Sie winkte fidel und hüpfte dann wie ein Kind zurück an ihren Platz. Die verdatterte Rednerin Verena Di Vona, fasste sich schnell und tat, als sei nichts vorgefallen. Sie führte ihren Vortrag zu Ende und bald danach verabschiedete sie sich von uns allen.

Wenig später scharten sich einige Leute aus der Zuhörerschaft vor dem Saal, in dem der Vortrag stattgefunden hatte, um Nessie. „Sind Sie auch Rednerin?" fragte jemand.

„Ja" nickte Nessie. „Im globalen Sinne muss ich das wohl bejahen. Ich glaube, es liegt mir im Blut." Einige der Umstehenden sahen sie voller Bewunderung an. Nessie lud alle zu einer Spontan-Party für den kommenden Tag im Wertwiesenpark ein. „Wir treffen uns am Grillplatz!" schlug Nessie vor. „Nach dem Essen können wir uns dort noch ein bisschen an das Neckarufer setzen oder spazieren gehen, ganz wie wir Lust haben! Ich werde selbstverständlich auch etwas zu Essen vorbereiten. Alle bringen Kuchen, Salat, Getränke oder andere Leckereien mit. Dann schlemmen wir gemeinsam und machen uns einen schönen Nachmittag." Alle waren begeistert und Nessie strahlte vor Freude.

Am Samstag kam eine große Menge Leute mit einigen Körben und Taschen voll Leckereien in den Heilbronner Wertwiesenpark. Gemeinsam mit Nessie verwandelten wir alle eine große Fläche des Parks in eine bunte Partymeile. Es wurde ein sehr lustiges und schönes Fest. „Auch das ist Kunst und Kultur, was wir hier zelebrieren Donny, findest du nicht?" fragte Nessie mich. „Was das Künstlerische betrifft, so würde ich an erster Stelle die Lebenskunst betonen, die wir hier teilen. Und was die Kultur betrifft", fuhr Nessie fort, „so habe ich irgendwo gelesen, dass der Begriff im weitesten Sinne alles umfasst, was von Menschen selbst gestaltend hervorgebracht wird." Freudestrahlend deutete sie auf all die Leute, die uns mit ihren Picknickdecken umgaben, mit uns sprachen und mit denen wir unser Essen teilten. Ich nickte und antwortete: „Ja, du hast völlig Recht!" Nessie brach sich ein Stück von einem Baguette ab und ergänzte: „Wenn du es genau nimmst, brauchen wir kein Haus, egal ob „VHS" oder „ZIGARRE", um eine tolle Veranstaltung zu erleben. Wir brauchen auch keine fremde Person, die es veranstaltet. Wir rufen das Ganze einfach selbst ins Leben!" Ich sah auf das bunte Treiben im Wertwiesenpark, das uns umgab und konnte Nessie nur zustimmen.

„Meine Rede muss gut gewesen sein, nicht wahr, Donny?" fragte Nessie mich ein paar Stunden später. „Ich habe eine Einladung ausgesprochen und wir haben einen so schönen Nachmittag gehabt! Und all der Spaß mit den vielen Leuten! Was ich mir wünsche, wird Wirklichkeit!" Nessies Haare glühten feuerrot und sie dampfte aus allen Poren, als sie so freudig sprach. Wer wollte sie kritisieren und warum? Ich ließ sie in ihrer Freude und ihrem Glauben an sich selbst. Hauptsache, sie war glücklich!

Wie oft vermieste ich mir das Leben mit Unmengen von Gedanken, Sorgen, Erwartungen, Ansprüchen an mich und andere, Fragen, Kritik, problematischen Analysen…
Hier war Nessie und sie war einfach nur sie selbst – ein kleiner Feuerball im Strom der Zeit. Ich ließ sie tanzen. Ich wollte ihren Lebenstanz nicht aufhalten, ich wollte ihre Bewegungen nicht in Frage stellen. „Sei so wie du bist, Nessie", sagte ich zu ihr. „Damit machst du uns so viel Freude."

Nessie Teil VI - Nessie feiert Geburtstag

Es gibt Dinge im Leben, die sind einfach unvergesslich. So war auch der Tag, als Nessie Geburtstag feierte und ich erstmalig dazu eingeladen war, ein echtes Erlebnis. Wir kannten uns mittlerweile vier Monate und hatten uns schon ziemlich gut angefreundet. Ich war gespannt, wie der Nachmittag sich gestalten würde.

Nessie wohnte in einem kleinen, bauchigen Häuschen nahe am Wald. Von meiner Wohnung in der Straße „Im Gemmingstal" bis Nessies Häuschen in der „Isolde-Kurz-Straße" war es ein Katzensprung. Dennoch war dies das erste Mal, dass ich Nessie zuhause besuchte. Die Luft war erfüllt von Vogelgezwitscher, als ich auf ihr kuschelig anmutendes Heim zutrat. Plötzlich scholl ein lautes Kreischen aus dem Hausinnern zu mir heraus.
Lautes Gelächter folgte. Wenige Sekunden, nachdem ich den riesigen rosa Klingelknopf gedrückt hatte, öffnete Nessie mir die Tür. „Immer herein!" strahlte sie mich an. „Schön, dass du gekommen bist, Donny!" Als wir das Wohnzimmer betraten, staunte ich nicht schlecht. Sah das Häuschen von außen auch nicht allzu groß aus, so war dieser Raum doch sehr groß und unheimlich gemütlich eingerichtet. Inmitten von einigen kuscheligen Sofas und Sesseln hatte Nessie in der Raummitte eine lange, hübsch gedeckte Tafel aufgebaut. Wie ich es mir gedacht hatte, waren wir eine reine Frauenrunde. Nachdem alle sieben Besucherinnen Platz genommen hatten, schenkte Nessie uns aus einer weißen, sehr edlen Kanne Kaffee ein. „Greift zu!" rief sie uns ermunternd zu und wies auf die 8 Kuchen, die den großen Tisch schmückten. Ja, „schmückten" war einfach der zutreffende Begriff, denn ein Kuchen sah schöner aus als der andere. Die Hälfte der Kuchen hatte Nessie zudem liebevoll mit

bunten Sternchen, kleinen Kerzen und kleinen Schoko-Tierchen dekoriert. Auf eine Torte hatte sie eine riesengroße 33 gemalt. „Ist das nicht eine tolle Zahl?!" rief Nessie, als sie bemerkte, dass wir uns zunächst gar nicht trauten, ihre wunderbaren Kreationen anzubrechen. Vor allem der Kuchen mit der großen 33 wurde eifrig bestaunt. Mit meinen 31 Jahren war ich ja ungefähr genauso alt wie Nessie und die anderen Besucherinnen schätzte ich alle ähnlich alt ein. „Ja, Nessie, gratuliere zu diesem wunderbaren Alter!" sagte Gerti, die ich von dem Kunst- und Kulturwerkhaus „ZIGARRE" kannte.

„Zugegebener Maßen habe ich heute Nacht nicht sonderlich viel geschlafen", erklärte Nessie lachend. „Aber wen juckt das schon, wenn es gilt, einen Geburtstag vorzubereiten? Ich hatte wahrlich Wichtigeres zu tun, als im Reich der Träume herumzuirren!" Nessie sah uns der Reihe nach an, erhob sich und begann dann das, was wir später, im Rückblick auf die Geburtstagsfeier, Nessies „Tortenführung" nannten: „Hier drüben steht die Pistazien-Nuss-Torte, ganz nach Oma Trudis Rezept. Gleich daneben wartet der Heidelbeer-Butterkuchen mit viel Zimt darauf, entdeckt zu werden. Am vorderen Ende des Tisches findet ihr den Bienenstich, dem ich eine ganz eigene Marke verpasst habe. Links davon steht die Karamell-Sahnetorte. Dann habe ich mir erlaubt", fuhr Nessie mit einem strahlenden Blick in unsere beeindruckten Gesichter fort, „euch mit einem Pflaumen-Streuselkuchen mit extra dicken Streuseln zu verwöhnen. Eine weitere Streuselkuchen-Variante ist der mit Kirschen und viel Vanillepudding, der gleich daneben steht. Das Angebot wird abgerundet mit einem recht schlichten Nusskuchen aus Walnüssen und Macadamia-Nüssen nach Tante Lillis Rezept und einem ebenso schlichten Obstboden mit dreifachem Obst-Belag. Ich hoffe daher, dass für alle was dabei ist, was den Gaumen und das Herz belebt. Ich dachte mir so, mit 8 Kuchen könnte ich eigentlich nichts falsch machen. Das reicht doch wohl hoffentlich, wo wir doch 8 Personen sind, oder?" Ich sah mich um und blickte in 6 Gesichter, deren Münder vor Erstaunen offen standen. Ein so großzügiges Verwöhnt-Programm hatte offensichtlich niemand erwartet.

Während ich noch in die Gesichter der anderen Gäste sah, erklang das laute Bimmeln einer Kuhglocke und riss unser aller Aufmerksamkeit an sich. Am Tischende, vor ihrem inzwischen mit zwei Kuchenstücken belegten Teller, stand Nessie, schwenkte eine dicke Kuhglocke aus den Bergen und rief beherzt: „Runde 1 ist eröffnet! Esst und trinkt, was das Herz begehrt! In den Karaffen habe ich diverse Säfte und Schorlen über den Tisch verteilt. Cola, Milch, Kakao, Wasser und Sirup stehen auf dem kleinen Tisch drüben am Fenster. Geht einfach an alles dran, so wie zuhause. Und keine falsche Scham!" rief Nessie laut und sah mit blitzenden Augen über den Tisch in unsere Gesichter. „Eine Waage gibt es in diesem Hause nicht, Maßregelungen gibt es in der Welt genug. Heute ist mein Geburtstag, ein Tag der Freude. Ich lade euch hiermit ein, ihn mit mir gebührend zu feiern. Lasst alle Sorgen hinter euch und haut rein!" Das ließen wir uns nicht zweimal sagen.

Zwei Stunden später war ungefähr die Hälfte aller Kuchen verschwunden. „Nicht übel, Leute!" rief Nessie, die die verbliebenen Kuchenstücke abzählte. Schon holte sie aus ihrer Küche mehrere Plastikboxen und begann, uns allen etwas zum Mitnehmen einzupacken. Dabei sang sie fröhlich immer wieder das altbekannte Lied „Happy Birthday" von Stevie Wonder. Obwohl sie dabei beinahe zu tanzen schien, verkleckerte sie nichts. Nessie verteilte die bunten, reich bepackten Plastikboxen an uns alle und setzte sich dann wieder auf ihren Stuhl. „Wie ihr seht, sind noch ein paar Stücke Karamell-Sahnetorte und Pistazien-Nuss-Torte übrig. In beiden ist ja ordentlich Creme drin.

Daher wollen wir nun noch eine Tortenschlacht im Miniformat machen. Verbinden werden wir diese mit einem kleinen Spiel, das ich mir ausgedacht habe. Kommt mit!" rief Nessie. Sie griff die beiden besagten Tortenplatten und lief voraus in den Garten.

Während des Kaffeetrinkens hatte ich mich bereits mit einzelnen der anderen Gäste unterhalten und alle Namen in Erfahrung gebracht. Carlotta und Ralitza, genannt Ralli, kannte ich von der Universität. Lena hatte ich, genau wie Gerti, schon in der „ZIGARRE" kennengelernt. Die beiden für mich neuen Gesichter waren Sigrun und Erna. Ich hatte mich daher besonders intensiv mit den beiden unterhalten, zumal sie am Tisch mir gegenüber saßen. Für das Spiel im Garten wählte Nessie nun Lena und Sigrun als Startpaar aus und begann, uns allen die Regeln zu erklären. Das Spiel entpuppte sich als kleiner Hürdenlauf quer durch Nessies recht großen Garten, an dessen Endpunkt die beiden gegeneinander Antretenden sich die Torte zu geben hatten. Wie, das war jedem Paar selbst überlassen und durfte durchaus auch vor dem Hürdenlauf besprochen und vorbereitet werden. Ich hatte Glück, dass Gerti, gegen die ich antrat, dafür war, dass wir einander den Kuchen nach gelungenem Hürdenlauf einfach in die Box taten. „Spitzen-Idee, Gerti!" sagte ich. Denn erstens hatte ich wenig Lust auf total verschmierte Klamotten gehabt, noch war auch nur das kleinste Plätzchen in meinem Magen frei geblieben. Da Nessie uns für das gegenseitige Verteilen des Kuchenrestes totale Freiheit als Spielregel mitgegeben hatte, war ich nur zu dankbar, dass Gerti offenbar ein recht sanftmütiges Wesen hatte. Da gab es andere Paare, die sich den Kuchen regelrecht um die Ohren warfen oder einfach direkt ins Gesicht klatschten.

Als es Abend wurde, zündete Nessie ein paar Gartenlichter an und wir setzten uns alle zusammen in den Kreis aus wunderschönen Holzbänken. „Die habe ich alle selbstgeschnitzt", erzählte Nessie. Hübsche Muster und rundgeschliffene Übergänge krönten die schöne Arbeit, die Nessie an dem tollen Erlenholz geleistet hatte. Wir saßen in ihrem Garten, bis es langsam dunkel wurde. Nessie tanzte noch eine Weile um unseren Kreis herum, sang und dampfte, während wir den schönen Abend in vollen Zügen genossen. Sie feierte ihre Lebendigkeit wie immer ohne jede verkrampfte Zurückhaltung, ohne Zwangsjacke oder kühle Distanz. Dies mitzuerleben empfand ich als ein großes Geschenk, es war eine richtige Wohltat für die Seele.

Beim Abschied drückte sie uns alle herzlich und bedankte sich für die schöne Feier. „Schlaf gut, Donny!" verabschiedete sie sich fröhlich von mir und wünschte mir eine gute Nacht. „Ich werde wohl noch die ganze Nacht spülen und aufräumen." Sie lachte munter. Es war unglaublich, wieviel Energie dieses kleine Persönchen besaß. Sie war keine Spur müde. „Je länger ich meinen Geburtstag feiere, desto länger lebe ich", philosophierte sie. Sie unterstrich ihre letzten Worte mit einer fetten Dampfwolke und verschwand dann im Innern ihres bauchigen Häuschens - zweifellos, um noch eine ganze Weile zu zelebrieren, dass sie so wunderbar lebendig war.

Nessie Teil VII - Geöffnete Türen

An einem Sonntagnachmittag im August ging ich mit Nessie in den Zoo. Wir fuhren in das hübsche Örtchen Schwaigern, um den dortigen Leintalzoo zu besuchen. Per Internet hatte ich mich vorher ein wenig über diesen Zoo schlau gemacht, was es dort an Besonderheiten gäbe. Dort hatte ich gelesen, dass im Leintalzoo mit 33 Affen die größte Schimpansen-Gruppe Deutschlands untergebracht ist. Nessie und ich stiegen also an jenem Sonntag in den Bus und nach einer Viertelstunde waren wir auch schon in Schwaigern. Wir freuten uns auf den gemeinsamen Tag im Zoo und hatten uns beide für ein gemütliches Picknick mit Leckereien und Getränken eingedeckt.

„Ich liebe Tiere", hatte Nessie mir vorher eindringlich mitgeteilt. „Aber ich war noch nie im Zoo, Donny. Ich schätze, bei so vielen wundervollen Geschöpfen zerplatze ich vor Glück!" Als wir dann aber durch den Zoo spazierten, ließ sie den Kopf bald immer mehr hängen wie eine vertrocknete Primel. „Das ist ja nicht zu ertragen!" seufzte Nessie. „All diese einzigartigen Geschöpfe hinter Gittern! All diese Pracht und Schönheit eingekerkert und ihrer ursprünglichsten Kraft beraubt, die sie ja erst in Freiheit wirklich entfalten können."

Nessie kroch die Wege entlang, als trüge sie zwei zentnerschwere Taschen auf dem Rücken. Ihre Bedrücktheit war, ebenso wie alle ihre Stimmungen, massiv und mitreißend, so dass auch ich bald niedergeschlagen daher lief. Wir setzten uns auf eine Bank, starrten auf den Staub der Wege, als kämen Rat und Hilfe aus den Ritzen der Erde zu uns heraufgekrochen, doch es blieb still. Selten war es so still, wenn ich mit Nessie zusammen war. Es war eine Stille, die wehtat, weil jeder Laut von

Nessie wie ein Frohlocken an das Leben war. Fehlte dies aber, so taten sich unheimliche Abgründe auf. Wieder konnte ich die Hilflosigkeit des Feuerballs Nessie weder fassen, noch ertragen. Wenn sie keinen Rat wusste, das war wie Weihnachten ohne Geschenke, das konnte einfach nicht wahr sein.

Doch plötzlich sprang ein wildes Funkeln in Nessies Augen. Sie fegte von der Bank hoch und rief beinahe drohend: „Jetzt weiß ich, was ich tue!" Fragend sah ich sie an. „Ich öffne alle Käfige!" flüsterte sie mir aufgeregt ins Ohr. „Mit welchem Schlüssel denn?" fragte ich verwundert. Wie wollte diese kleine Person die großen Gitter öffnen? Nessie aber war nicht zu entmutigen. „Ganz einfach" rief sie, „mit meinem Mut, mit meiner Sehnsucht und mit meiner vollen Lebendigkeit!" Dann lief alles ab wie in einem Film. Ich war starr vor Staunen. Es war, als ob all die schweren Käfigtüren sich gleichzeitig öffneten, so schnell fegte Nessie über das Zoogelände. Kein noch so schweres Schloss war vor ihr sicher. Sie öffnete jede Tür und lachte vor Freude, wenn sie die Tiere hinaus schreiten sah, in ihre Freiheit, in ihr Leben. „Das ist der schönste Tag meines Lebens!" rief Nessie laut.

Das Verrückteste war: über all dem schien ein Zauber zu liegen, denn es brach keinerlei Panik unter den Menschen aus und niemand versuchte, die Tiere wieder einzufangen. Auch die Tiere waren wie verzaubert. Anstatt nach der langen Gefangenschaft verwirrt oder aggressiv herumzulaufen, waren sie alle ruhig und friedlich. Viererorts sahen wir Menschen große wie kleine Tiere streicheln. Nessie und ich beobachteten voll Freude, wie Mensch und Tier einander begegneten und wie von beiden Seiten Offenheit und Zuwendung zueinander strömten. Es war, als ob eine seit Urzeiten vergessene Sprache wieder existierte, die ein verständiges und liebevolles Miteinander ermöglichte. Wir hörten, wie eine Frau ein Känguru zum Kaffeetrinken zu sich nach Hause einlud und sahen fröhlich zu, wie die beiden angeregt plaudernd davon schritten bzw. hüpften. Wir erlebten mit, wie ein Löwe einen alten Mann einlud, sich auf seinen Rücken zu setzen und von ihm nach Hause getragen zu werden. Eine Braunbärin hatte sich mit einem Mädchen angefreundet. Soeben lud die Bärin das Mädchen ein, sie doch einmal bei ihr Zuhause, in den Bergen von Kanada, zu besuchen. „Warum nicht gleich jetzt?" fragte das Mädchen die Braunbärin. „Du hast Recht", antwortete diese und nahm das Mädchen bei der Hand, um sogleich mit ihr die Reise nach Kanada anzutreten. Ein Papagei sang einer Schar von Kindern sein schönstes Lied und die Kinder tanzten mit flatternden Bewegungen um ihn herum. Eine riesige Schlange kroch gemächlich den Weg entlang. Niemand floh vor ihr. Stattdessen gesellte sich eine Frau zu ihr und sagte: „Ich möchte dich ein Stück begleiten, du schönes Geschöpf der Erde." Gemeinsam zogen sie ihres Weges. Ein Affe hüpfte von Baum zu Baum und spielte mit den Kindern Verstecken. Es war ein fröhliches Miteinander. Der ganze Zoo war davon erfüllt.

Nachdem wir all dies eine Weile schweigend bestaunt hatten, hakte ich mich bei Nessie ein. „Gehen wir?" fragte ich. „Was würdest du machen, wenn ich jetzt eine wilde Tigerin wäre?" fragte sie. „Ich würde mich von dir in deine Welt einladen lassen und dich ein Stück begleiten, mit dir reden und lachen, versuchen, dich zu verstehen und mich dir mitzuteilen", antwortete ich. Nessie fauchte. Dann lachte sie. „Ok, die Tigerin in mir ist zufrieden." Wir schritten durch den veränderten, sich immer mehr leerenden Zoo. Nessie sah mich mit ernsten Augen an und sagte: „Ich liebe das Leben. Weißt du das, Donny?" Dann glitt ein verzauberter Schimmer über ihr Gesicht und sie fügte hinzu: „Und ich liebe es, die Welt um mich herum zu verändern, Glück zu verbreiten, Türen zu öffnen für das Leben."

Ich lächelte und sagte: „Ja, Nessie, das kannst du. Das kannst du wunderbar."

Nessie Teil VIII - Happy birthday, liebe Erde

Nessie liebte ausgeflippte und ungewöhnliche Persönlichkeiten. Manchmal saß sie auf zentral gelegenen Plätzen und beobachtete intensiv die umherlaufenden Menschen. Es war inzwischen September und Nessie und ich tummelten uns inmitten unzähliger weiterer Menschen in der Heilbronner City. Nessie wollte ein Geburtstagsgeschenk für eine Freundin kaufen und ich schaute mich nach einem neuen Pullover um. Dabei hatten wir den Kaufhof, die Stadtgalerie (ein Heilbronner Einkaufszentrum) und einige kleinere Geschäfte aufgesucht. Nun waren wir ein wenig erschöpft und hatten uns in das Café Kilian am Kiliansplatz gesetzt. „Ich brauch jetzt erstmal ein dickes Stück Erdbeersahnetorte und dazu einen schönen Milchkaffee!" hatte Nessie verkündet, „und was nimmst du, Donny?" Ich musste lachen. „Mal sehen, Nessie", antwortete ich. „Was steht denn hier so alles in der Karte?"

Als wir das Café Kilian wieder verließen und gerade den Kiliansplatz überquerten, sahen wir eine schätzungsweise 30-jährige Frau, die total schrill gekleidet war und laut singend durch die Straßen lief. Nessie und ich beobachteten, wie einige Leute der Frau irritiert hinterher starrten und wie einzelne sich sogar an die Stirn tippten. Nessie ging auf die Frau zu und sagte: „Freut mich, deine Bekanntschaft zu machen, altes Haus! Ganz schön steif, die Leute, was? Die sind sozusagen nur Wasser und Brot gewöhnt und können damit nicht umgehen, dass du eine andere Speise kennst und sie zur Schau trägst: Lebensfreude!" Die Frau sah Nessie erfreut, aber auch überrascht an. Ganz offensichtlich war sie es nicht gewohnt, angesprochen zu werden. Dann sah die Frau mich an und fragte: „Wieso schweigen die

Leute alle und machen so furchtbar ernste und wichtige Gesichter? Sie kommen mir teilweise wie abgestorbene Bäume vor, so erschreckend still." Ich blickte über die Straße, sah dann wieder die Frau an und sagte: „Die Menschen haben Angst. Sieh doch, wie sie dich anstarren, weil du anders bist. Sie wollen im Strudel wie ein Nichts untertauchen, um nicht bemerkt und nicht verlacht zu werden. Niemand weint oder lacht, singt oder schreit. Ja, ich kann es nachvollziehen, dass sie einfach überhaupt nicht auffallen wollen, um von niemandem angegriffen werden zu können. Ich gebe zu, ich halte mich auch oft gern bedeckt und im Hintergrund. Aber Nessies Lebendigkeit reißt mich immer öfter mit und tut mir so gut." Mein Blick fiel auf Nessie, die mit total verstrubbeltem Haar neben mir stand und dann wieder auf unsere neue Bekannte. „Ja, es ist schon extrem und auch traurig", fuhr ich fort, „weil dadurch so wenig Begegnung möglich ist. Die wenigen, die sich trauen, ihre Individualität auf der Straße deutlicher zu machen, kann man abzählen. Mir ist, als ob es da einen Sog gäbe, immer mehr unterzutauchen in dieser allgemeinen Stimmung. Das vermittelt das Gefühl von Sicherheit, nicht aber von Lebendigkeit."

Die Frau sah uns voll Sympathie an. „Ach, tut das gut, mal Wesensverwandte zu treffen. Ihr seid echt nett. Wollen wir zusammen einen Kaffee trinken gehen?" Zögernd antwortete ich: „Wir waren eigentlich gerade erst im Café Kilian Kaffee trinken. Wir könnten uns ja auch einfach auf eine Bank setzen, oder?" Nessie sah mich leicht irritiert an, doch da antwortete Ranya mir auch schon: „Wenn es ums Geld geht – keine Sorge. Dafür habe ich Verständnis. Ich übernehme. Geht das klar für euch?" Nessie und ich nickten erfreut. „Mein Name ist übrigens Ranya und wer seid ihr?" Wir schüttelten Ranyas Hand und stellten uns ihr vor. „Donny und Nessie, das sind aber auch coole Namen!" lachte Ranya und sah uns freundlich an. Gemeinsam betraten wir bald darauf lachend ein gemütliches Lokal. „Ist das nicht die

Beknackte, die immer singend durch die Straßen zieht?" hörten wir eine dunkle Stimme, kaum dass wir uns an einen Tisch gesetzt hatten. „Ja, das ist die Irre, die das Maul nicht halten kann", ließ sich eine weitere Stimme vernehmen. „Oho, und bei ihr hockt das durchgeknallte Persönchen, das immer Dampf verbreitet!" rief jemand. „Ich krieg zu viel!" Aus einer Ecke des Raumes drang ein hysterisches Kreischen herüber, mit dem eine Männerstimme offenbar versuchte, Ranya auf extrem veralbernde Weise zu imitieren. Unruhe kam auf und einige düstere, leicht drohende Blicke wurden aus verschiedenen Ecken des Raumes zu uns geworfen. Ich bekam ein wenig Angst, doch Nessie wirkte völlig ruhig. Sie suchte uns einen schönen Tisch aus, an dem wir drei Platz nahmen.

Das allgemeine Getuschel im Raum war inzwischen zu einer Welle von Missmut und Kampfgeist gewachsen, die immer stärker zu uns hinüberschwappte. Drei Männer kamen nun mit langsamem Schritt auf unseren Tisch zu und sahen überhaupt nicht freundlich aus. Doch Nessie ließ sich von all dem nicht einschüchtern. Gelassen stand sie auf und lachte den drei Männern, die nun direkt vor ihr standen, entgegen: „Na,na,na, welche Laus ist euch denn über die Leber gelaufen?"

Und dann gab Nessie eine Vorstellung zum Besten, wie selbst ich sie noch nicht bei ihr erlebt hatte. Sie schleuderte ihren rechten Arm gen Himmel, schrie „Juchhu!" und holte mit ihrer Hand weit aus. Sie schien ihre sämtlichen Feuerenergien um sich herum zu ballen und ihre Verbindungen zu Feuergeistern anzurufen. Plötzlich war es, als habe Nessie mit ihrer erhobenen Hand einen Funken gezündet. Sie warf die Hand nach vorne, während gleichzeitig ein lauter Blitz in Richtung der sie bedrohenden Männer niederkrachte. Alle erschraken.
Um Nessie herum sprühte es Funken.

Die Leute waren gebannt von der Kraft dieser kleinen Person. Hatten einige von ihnen Nessie auch für verrückt gehalten, so bekamen sie jetzt doch Respekt vor ihr. Diese wilde, ausgelassene, kleine Frau machte ihnen klar, dass sie sie zu sein lassen hatte, wie sie sein wollte. Gern hätten sie Nessies Kraft genommen, zu gern hätten sie Nessie ebenso müde und resigniert gesehen wie sie selbst waren. Was erlaubte dieser kleine Feuerball sich, so vergnügt und lebendig durch die Welt zu toben? Sie alle hatten schließlich die Last eines entnervenden Alltags zu tragen, fanden jeden Tag neu die Kraft, im alten Trott weiter zu machen, weil es nun mal nicht anders zu gehen schien. So war das Leben eben! Und dann kamen da diese zwei Frauen und sangen, dampften, tobten – es war einfach nicht zu fassen!

In Wirklichkeit beneideten viele von ihnen Nessie und Ranya um ihre Freiheit und um die Freude, die sie empfanden. Das Wasser ihres eigenen Lebens schmeckte ihnen wie eingeschlafene Füße, während diese tanzenden Kreaturen scheinbar einen goldenen Kelch besaßen, aus dem sie Glück trinken konnten. Sie selbst hatten das längst verlernt. Müde und resigniert nahmen die Umstehenden nun wieder Platz, als Nessie ihren impulsiven Feuertanz beendete. Auch die drei Männer hatten sich wieder in ihre Ecke des Lokals verzogen. Niemand sprach ein Wort, als Nessie an unseren Tisch zurückkam. Die Sängerin und ich applaudierten. „Kommt, lasst uns gehen", forderte Nessie uns auf. „In diesem verstaubten Keller kriege ich sonst noch Magengeschwüre."

„Du warst großartig!" sagte ich zu ihr, als wir wieder auf die Straße traten. Nessie seufzte und sah mich an. „Einmal mehr bin ich froh, ich selbst zu sein!" sagte sie inbrünstig. „Ich stelle es mir ganz schön schrecklich vor, so erstarrt zu sein wie diese Leute, die auf mich wirken, als wenn sie sich in ihrem Leben einfach nicht mehr bewegen möchten." Trällernd verabschiedete sich die

Sängerin von uns. „Bis bald mal wieder, Ranya!" riefen wir ihr nach. „Bis bald, Donny! Bis bald, Nessie!" antwortete die Sängerin und dann war sie auch schon um die nächste Ecke gebogen. „Was für ein Glück, dass es Ranya gibt!" sagte Nessie. „Wer weiß, wie viele lustige Powergestalten einst diese Straßen füllen werden. Stell dir mal vor, wie toll das noch werden kann, wenn immer mehr Menschen es wagen, ihr wahres Gesicht zu zeigen. „Happy birthday, liebe Erde!" werde ich dann singen. Nessie sah mich verträumt an. „Dann sieht uns niemand mehr schief an, wenn wir in der Straßenbahn laut lachen. Selbstgespräche werden auch als etwas ganz Normales wahrgenommen werden – was ist denn schon dabei? Und wenn du mal Lust hast, ein bisschen zu kreischen, ruft niemand gleich die Polizei. Wow, das wird ein Leben! Ich stelle es mir wunderbar vor!"

Wir tanzten durch die Straßen, Nessie und ich. Wir bemerkten die vielen Menschen nicht mehr, die uns verwundert anstarrten. Wir sahen nur unseren Traum vor unserem inneren Auge:
eine Welt voll pulsierendem Leben, gelebte Emotionen auf den Straßen, Warmherzigkeit und Spontanität, Begegnungen und ein großes Miteinander, Verständigung und Vertrauen statt der gewohnten Isolation, statt der Kälte und dem Verstecken hinter dem allgemeinen Schweigen.
Nessie und ich tanzten und träumten, hielten einander bei den Händen und zauberten so aus unseren Träumen gemeinsam eine erste Wirklichkeit.

Nessie Teil IX - Die Reise in die Zukunft

„Ich hoffe, ich werde mal eine richtig alte Schachtel", sagte Nessie eines Tages zu mir. Wir saßen im Vorgarten ihres gemütlichen Häuschens. „Stell dir mal vor, wie lustig das sein wird, Donny", kicherte meine Freundin vor sich hin sinnierend. „Dann sitze ich hier mit einer wilden Schar von Lockenwicklern im Haar und abgewetzten Klamotten, schäle Kartoffeln, singe dabei und freue mich immer noch an dieser Welt!"

Ja, das tat Nessie: sie freute sich fast immer an der Welt. Und deshalb wünschte sie sich, uralt zu werden, um dieses „unerschöpfliche, riesengroße Wunder des Lebens", wie sie das Dasein oft nannte, solange wie möglich auszukosten. „Das Leben ist für mich wie ein goldener Krug, der sich immer wieder aufs Neue füllt. Ich trinke und trinke und hoffe, er wird niemals leer. Ich fühle wie das frische Quellwasser meinen Hals hinunter strömt und mich total erfüllt. Es ist, als ob ich an eine Batterie angeschlossen wäre, die mich unaufhörlich mit frischer Energie auflädt. Ich liebe das Gefühl dieses Energiestroms, wie er durch alle meine Adern prickelt, mich von Kopf bis Fuß erwärmt und mich dermaßen erhitzt, dass ich glatt vor Lebensfreude verdampfen könnte!" Sie kicherte. „Ja, ich bin glücklich. Zu leben scheint mir das denkbar schönste Geschenk zu sein."

Ich sah sie an, wie sie mit ihren kurzen, mal wieder rot gefärbten und wild geföhnten Haaren neben mir saß und Kirschen aß. Fröhlich spuckte sie die Kirschkerne in ihren Vorgarten. Ich überlegte gerade, wo sie jetzt, Ende September, noch Kirschen her gezaubert hatte, da stupste Nessie mich munter an.
„Wie wunderbar wird das sein, wenn hier überall Kirschbäume wachsen!" lachte sie zufrieden. „Was bin ich doch für ein kreatives Wunder! Komm mal mit!" Gemeinsam gingen wir in ihr

Häuschen. Ganz am Ende des Flures, direkt hinter dem Wohnzimmer, hatte sie ihren Geheim- und Kreativ- Raum, von dem sie mir schon oft erzählt hatte. Heute durfte ich ihn zum ersten Mal mit ihr betreten. An der Tür klebte ein riesiger Stern. Nessie öffnete die Tür und rief voller Begeisterung: „Schau mal! Ich habe eine Zeitmaschine gebastelt!" Tatsächlich! Inmitten von Kuschelsesseln, herum fliegenden Klamotten, Kerzen, Edelsteinen und einigem mehr stand ein großer blinkender Apparat. Auf eine alte Fußmatte hatte Nessie drei technische Geräte gestellt, die ein magisches Dreieck bildeten. Mein Blick wanderte über die vielen Kabel und blinkenden Lichter, die das Ganze verbanden. Um das mit einigen Brettern verkleidete Gebilde herum hatte Nessie alte Mäntel angebracht, die das Gehäuse der Maschine formten. Den Kopf des Ganzen bildete Nessies elektrische Schreibmaschine. Diese hatte Nessie mit Hilfe von allerhand Stäben und Seilen oberhalb der des Dreiecks befestigt.

„Es ist einfach genial", lachte Nessie. „Ich brauche bloß dort oben einzutippen, wo ich hin möchte - welches Land und welche Zeit - und dann den Starthebel zu ziehen und zwei Minuten später bin ich dort." Ich sah auf ihr phantasievolles Konstrukt und dann wieder auf die völlig überzeugt wirkende Nessie, die neben mir stand. „Hast du es schon ausprobiert?" fragte ich sie zweifelnd. „Ja", nickte sie und eine Wolke allerfeinsten Dampfes umgab sie. „Es war bezaubernd. Gestern machte ich einen kleinen Ausflug nach Alaska, ins Jahr 2048. Ich wackelte mit einem Stock über glitzernde Eiskristalle und wäre beinahe ins Eis eingebrochen, als ich über meine langen, schneeweißen Haare stolperte. Doch eine reizende Eskimodame kam mir mit ihrem Schlittenhund zu Hilfe. Sie lud mich in ihr Iglu ein. Da es dort oben sehr kalt ist, war die gute Frau besonders von meinem Wärme verbreitenden Dampf sehr angetan. Sie bat mich, unbedingt bald einmal wieder zu kommen. Ich versprach es ihr hoch und heilig. Zum Abschied dampfte ich dreimal. Die Eskimodame hatte Tränen der Rührung in den Augen, die jedoch inmitten des warmen Dampfes trockneten. Sie verstand das als magisches Zeichen und schenkte mir total überwältigt zum Abschied ihre Ohrringe. Hier – noch nicht bemerkt?" lachte Nessie. Tatsächlich! An Nessies Ohren baumelten Ohrringe, wie ich sie noch nie gesehen hatte. Die Ohrringe leuchteten wie Kristalle und trugen die Inschrift „Sialuk".

„Sialuk ist der Name der Eskimodame", informierte Nessie mich. „Der Name bedeutet „Regentropfen". Sialuk hat diese Ohrringe selbst einmal als Glücksbringer überreicht bekommen. Es ist ein besonderes Geschenk an mich, das mir immer Kraft und Schutz verleihen soll." Gebannt sah ich Nessie an, die ihren Kopf mit den kristallenen Ohrringen fröhlich schwenkte. „Ja, mögest du immer beschützt sein", wünschte auch ich schweigend in meinem Herzen. Soviel Freude und Lebendigkeit wie Nessie sie verströmte, nie zu zerbrechende Hoffnung und Begeisterungsfähigkeit beim Anblick eines leuchtenden Tautropfens im Gras waren mir noch nie begegnet. Leise drückte ich Nessie fest an mein Herz. Ein liebevolles Dampfen strömte zu mir zurück. „Hast du Lust, eine Reise in die Zukunft zu machen, Donny?" Nessie nahm meine Hand und sah mich fragend an. „Ja, gern", antwortete ich ohne Zögern. „Mit dir immer, Nessie!"

Gemeinsam betraten wir das Innere der geheimnisvollen Zeitmaschine. Plötzlich hatte ich das Gefühl, als blinkten um uns herum, im Mantelgehäuse von Nessies wundersamer Erfindung, unzählige Sterne einer verheißungsvollen Zukunft. „Zieh!" sagte ich zu Nessie. Da zog sie den Starthebel, einen knallroten Besenstiel, den sie geheimnisvoll mit der Schreibmaschine verkabelt hatte. Und los ging es! Es blitzte und krachte und wir stoben durch Zeit und Raum. „Was für einen Landungsort hast du

auf der Schreibmaschine angegeben und welchen Zeitpunkt?" fragte ich Nessie, während wir durch das All jagten.
Ruhig und fest hielt Nessie meine Hand, als sie antwortete: „Irland, 2052". Da waren wir auch schon am Ziel. Scheppernd hielt die Zeitmaschine an. Leicht benebelt von der schnellen Reise taumelten wir hinaus. Doch wie sah Nessie aus? Sie trug eine weiße Perücke und lachte mir aus zahnlosem Mund entgegen, heiter wie eh und je. Ihr Gesicht war von unzähligen Fältchen überdeckt, was ihre Lebensfreude jedoch nicht im Geringsten trüben konnte. Sie hielt mir ihren Taschenspiegel entgegen und ich erblickte mich selbst darin als ebenso rüstige Rentnerin, die mir munter entgegen lachte.

„Ach, ist das schön, mit dir zusammen alt zu sein!" sagte ich zu Nessie. Vor uns lag das Meer, der Wind zauste freundlich in unseren weißen Haaren. Hier zu stehen, gemeinsam mit Nessie, das war wunderschön. Ich blickte auf das Kommen und Gehen der Wellen und lauschte ihrem Wellengesang. Dann fassten wir einander bei den Händen und gingen auf das Meer zu. Wenn das die Zukunft war, ja, dann wollte ich sie eimerweise. Wie oft hatte ich alle möglichen negativen Erfahrungen der Vergangenheit in Gedanken auf meine Zukunft projiziert und die Hände über dem Kopf zusammengeschlagen. Ich hatte es nicht für möglich gehalten, dass doch wieder Glück und Kraft und unzählige wunderschöne Erfahrungen in mein Leben strömten.
Das Leben – war das nicht mein ganz eigenes Geschenk?

Und nun standen wir hier, Nessie und ich, Hand in Hand am Meer, in unserer gemeinsamen Zukunft, und ich wollte nur noch lachen. Ich wollte das Gefühl für immer festhalten, dass ich glücklich war, randvoll und so sehr da. „Du brauchst es nicht festzuhalten, Donny", raunte Nessie mir zu, als habe sie meine Gedanken gelesen. „Lass es los und es kommt wieder, mit jedem einzelnen Atemzug." Und plötzlich konnte ich spüren, was Nessie meinte, als sie gesagt hatte, sie fühle sich wie an eine riesengroße Batterie angeschlossen. Nur der Tod konnte diesen Strom beenden, der mein Leben war. Es war, als habe diese Reise in die Zukunft mit Nessie einen Zauber über mich geworfen, der mich mein Leben mit ganz neuen Augen sehen ließ. Ich war ein Stern und Nessie war meine Antwort – all das Suchen und das Verlorenheitsgefühl der Vergangenheit waren vorbei. Ich wusste, wir würden gemeinsam immer wieder lachen, komme, was wolle. Ja, wir würden lachen und dem Leben unseren Glauben entgegenhalten, den Glauben an das Glück. Denn *Glück*, das war es, was ich jetzt fühlte. Von Kopf bis Fuß durchströmte es mich, zusammen mit einer riesengroßen Dankbarkeit für mein ganzes Leben. Wie oft hatte ich mich beklagt, gemeckert, genörgelt über dieses und jenes, was mir geschah. Ich war Meisterin darin gewesen, in allem das Negative zu finden und Angst und Kritik zu verbreiten. Ich hatte mich selbst in die Enge getrieben wie ein entmutigtes Rehkitz, das sich im Wald verirrt hatte. Jetzt aber empfand ich Zuversicht und unendlich viel Kraft. „Reicht das für den Anfang, Donny?" fragte Nessie und sah mich liebevoll an. „Ja", antwortete ich lächelnd. „Für den *Anfang* reicht das, den Anfang, den ich jetzt machen werde."

Nessie nahm mich bei der Hand und wir ließen das Meer zurück, um wieder die Zeitmaschine zu betreten und zu Nessies Häuschen und der Gegenwart zurückzufliegen. Nessies Hand, die ich fest in der meinen hielt und diese Reise in die Zukunft – das war der Anfang. Von nun an wollte ich meinen Jubel gegen alle Sorgen schmettern, wollte singen, wenn mir zum Verzweifeln war, wollte weitergehen, was auch immer kam. Und ich wollte in jedem Augenblick darauf vertrauen, dass ich an die große Batterie des Lebens angeschlossen war, die mich mit allem versorgte, was ich zum Leben brauchte. Die Zukunft wollte ich in allen Farben anmalen und wieder an das Glück, das ich in Gedanken bereits beerdigt hatte, glauben. Als wir aus der Zeitmaschine ausstiegen und Nessies Häuschen wieder betraten, lag dort ein Brief für mich. Ich erkannte sofort Nessies krakelige Schrift, tat jedoch völlig erstaunt und rief laut: „Von wem in aller Welt ist das denn?"

„*Liebe Donny!*
Willkommen in deiner wunderbaren Zukunft",
las ich staunend.
„*Es ist schön, mit dir auf dieser wundervollen Welt zu sein.*
Ich hab dich sehr gern, deine Nessie."
Ich umarmte Nessie und wir tanzten durch ihr Wohnzimmer. Ja, jetzt begann meine leuchtende Zukunft, dieses war mein Neuanfang, und ich war von ganzem Herzen froh, lebendig zu sein.

Nessie Teil X - Warum bauchig?

„Achtung, ich komme!" kündigte Nessie laut kreischend an und stürmte in das Dachzimmer ihres Häuschens. Ich sah aus dem Fenster auf Nessies Garten hinaus. Wie verzaubert blinkte der frische Schnee, der sich über die Wiese, die Tannen und all die anderen tollen Bäume in Nessies Garten gelegt hatte. Am Vormittag hatten Nessie und ich noch einen Spaziergang durch den nahegelegenen Köpferwald, der ein Teil des Heilbronner Stadtwaldes ist, gemacht. Unser Weg hatte uns dabei bis zum Köpfersee geführt.

„Ist das nicht wundervoll?" raunte Nessie mir zu, als wir am Köpfersee angekommen waren. „Der See ist total zugefroren, das sehe ich genau!" diagnostizierte Nessie nun, während sie kurz mit dem einen Schuh auf das Eis klopfte. „Sei vorsichtig!" wollte ich noch rufen, doch da war Nessie schon auf das Eis gegangen und spazierte fröhlich über den See. „Das ist eine Freiheit, die uns nicht jeden Tag zuteilwird, Donny!" rief sie mir zu. „So über das Wasser zu laufen – ist das nicht traumhaft? Wer kann schon von sich behaupten, das erlebt zu haben?" Ich bevorzugte es, Nessie vom sicheren Ufer aus zuzuschauen. Nessie von etwas abzuhalten, was sie von Herzen gern tun wollte, das war ein Ding der Unmöglichkeit – diese Erfahrung hatte ich schon hinreichend gemacht. Daher ließ ich sie einfach tun, was sie tun wollte und sah ihr vertrauensvoll zu. Nessie war klug genug, nur dann auf das Eis zu gehen, wenn sie sicher war, dass es nicht einbrach, das wusste ich. Letzte Nacht war es sehr kalt gewesen und es hatte nun seit 5 Tagen immer wieder geschneit.

Nessie liebte jede Jahreszeit. „Die Natur spricht ihre ganz eigene Sprache", hatte sie mir einmal gesagt. „So wie die Menschen für sich beanspruchen, mit all ihren Stimmungen geliebt und angenommen zu werden, sollten wir die Natur erst recht mit all ihren Seiten annehmen, oder? Schließlich verdanken wir ihr so viel und haben ihr nicht halb so viel zurückzugeben. Was wären wir ohne die Natur? Ohne uns könnte die Natur allerdings sehr gut zurechtkommen, denke ich. Daher kann ich die Einstellung der Leute, die immer am Wetter herummäkeln, irgendwie überhaupt nicht verstehen. Und was den Winter angeht – ja, ok, es ist kalt. Aber wir haben doch unser warmes Zuhause, warme Klamotten, Regenschirme, Handschuhe etc. Ich finde es wunderbar, wenn es draußen so kalt ist und wir es uns drinnen erst recht so richtig gemütlich machen können!" In den letzten Wochen hatten Nessie und ich in ihrem Garten einige tolle Schneefiguren gebaut, so manche Schneeballschlacht gemacht und waren im Heilbronner Stadtwald Schlitten gefahren. In der Vorweihnachtszeit hatten wir mehrfach den Heilbronner Weihnachtsmarkt aufgesucht. Mit seinen schönen Holzhäuschen erstreckte dieser sich über den Marktplatz, den Kiliansplatz, die Sülmerstraße und die Fleiner Straße. Besonders liebten Nessie und ich es jedoch, durch den verschneiten Wald zu laufen.

Inzwischen war es schon Mitte Januar. Als Nessie von ihrem kleinen Spaziergang über den vereisten See zu mir ans Ufer zurückkam, atmete ich leise auf. Mit leuchtenden Augen strahlte sie mich an. Der Ausflug über den See hatte offensichtlich wieder, wie Nessie es oft nannte „ihre Sinne geklärt".
„Wieso reden die Leute so oft von irgendwelchen Dingen, die ihre Sinne vernebeln?" hatte Nessie mich einmal gefragt und mich dabei eindringlich angesehen. „Und warum scheinen viele diese vernebelten Sinne so erstrebenswert zu finden? Schließlich tun einige Menschen ja viel dafür und sind zum Teil bereit, Unmengen von Geld dafür zu bezahlen, dass ihre Sinne vernebelt werden, mit was auch immer. Kannst du mir sagen,

was daran so enorm ist, Donny? Ja, ich weiß, viele wollen damit ihrem Kummer und Problemen fliehen. Aber warum versuchen sie nicht auch, ein bisschen mehr Freude gegen all das Belastende zu setzen, das sie umgibt? Warum versuchen diese Leute nicht einfach, „ihre Sinne zu klären"?"
Auf diese Frage hin hatte ich leicht mit den Schultern gezuckt und eine Antwort versucht: „Tja, vielleicht wissen die meisten einfach nicht mehr, wie das geht, „die eigenen Sinne zu klären". Ich glaube, du hast in einigen Dingen ein Geschick, um das viele dich beneiden könnten, wenn sie in der Lage wären, dich richtig zu verstehen. Viele verstehen dich ja leider falsch und tun dich als etwas abgedreht ab. Keine Ahnung, warum. Ich jedenfalls werde immer zu dir halten, Nessie!" Daraufhin hatte Nessie mir ein besonders helles Strahlen aus ihren dunklen Augen geschenkt und mir geantwortet: „Genauso wie ich zu dir, Donny!"

„Habe ich dir schon erzählt, dass der Köpferwald auch „Zauberwald" genannt wird?" fragte Nessie mich jetzt. Wir schwiegen einen Augenblick, nur ein leichtes Knacken aus dem Gehölz ringsum war zu hören. „Ja, wer weiß, welche magischen Wesen hier leben. Oder was meinst du, Nessie?" fragte ich sie. „Auch das", flüsterte sie leise und sah verträumt in den Wald hinein, „auch das, Donny." Dann sah sie mich an und zog ihre orange Mütze tief über beide Ohren. „Aber manche Menschen nennen den Wald wirklich so, das war ausnahmsweise mal nicht *meine* Idee! Ich finde, sie liegen damit goldrichtig!" Zur Bestärkung ihrer Worte dampfte Nessie ein paarmal kräftig.

In der Kälte hatte ihr Dampf diesen tollen Wärmeeffekt, wenn man sich in ihrer Nähe befand. Beim Schlittenfahren hatte es mich neulich einmal gestört, als Nessie vor mir auf dem Schlitten saß und vor Begeisterung so dampfte, dass ich nicht mehr richtig sehen konnte, wohin wir fuhren. Doch auch in einer solchen Situation wusste Nessie immer, was sie tat und hatte unseren

Schlitten sicher ans Ziel gelenkt. Mit ihrem Dampf hatten wir schon so manche verrückte Situation erlebt und waren auf die unterschiedlichsten Reaktionen anderer Menschen gestoßen. Besonders im Winter war das manchmal sehr abenteuerlich. Ich mochte es, mit Nessie so ungewöhnliche Dinge zu erleben.

Nachdem wir die letzten Wochen den Winter regelrecht zelebriert hatten, hatte Nessie eine tolle Idee. „Es wird Zeit, dass wir mal wieder ein schönes kleines Fest in meinem Häuschen veranstalten!" hatte sie vor zwei Wochen zu mir gesagt.
„Ich habe auch schon eine Idee. Ich lade ein paar Frauen zu einem besonderen Tag zu mir ein. Du bist natürlich auch herzlich eingeladen, Donny, das versteht sich ja von selbst. In das Programm des Tages wirst du dann schon eingeweiht - lass dich einfach überraschen!"

Nun also war der große Tag gekommen. Nessie trug einen Malkittel, der inzwischen mehr bunt als weiß war. Dasselbe galt für ihr Gesicht. Zwischen unzähligen Farbtupfern blinkte sie mir aus ihren braunen Augen entgegen und reichte mir einen neuen Pinsel. Wir standen gemeinsam mit den anderen Gästen in ihrem Dachzimmer. Nessie hatte fürsorglich für uns alle Malkittel organisiert. Überrascht hatte ich diese Umsicht von ihr und natürlich auch die tolle Einladung mit zwei Kuchen honoriert, die ich mitgebracht hatte. Auch die anderen Frauen hatten etwas zu essen mitgebracht. „Ja, kein Problem!" hatte Nessie zurückhaltend gesagt, als ich fragte, wo sie die 11 Malkittel auf die Schnelle herbekommen hatte. „Du weißt ja, ich kenne einige Leute. In der „ZIGARRE" habe ich eine Künstlerin kennengelernt, die in der OFF-Werkstatt, wie sie das Großraumatelier dort nennen, mitwirkt. Sie heißt Melanie. Die gute Mel ist nicht nur mit dem Einsatz der Farben auf ihren Gemälden sehr freigiebig. Sie hat mich schon mehrmals, wenn ich sie dort besucht hab, auf einen Drink eingeladen und mir Kuchen ausgegeben. Als ich ihr von unserem Fest erzählte, sagte Mel zu mir: „Weißt du, was ihr braucht, damit es ein unschlagbar großartiger Tag wird, Nessie?" Ich hab Mel nur angestaunt und schweigend den Kopf geschüttelt. „Malkittel, Nessie!" war die Antwort dieser sympathischen Künstlerin. „Und weißt du was? Ich habe sehr viele davon, wie du dir ja denken kannst. Nicht nur deshalb, weil ich selbst seit über 10 Jahren zeichne, sondern auch weil ich schon oft bei der VHS Kurse für Jugendliche gegeben habe. Als Kursleiterin habe ich mir angewöhnt, nicht nur auf das zu pochen, was die Leute selbst mitbringen sollen, sondern auch selbst einiges zu stellen. Grundlegend finde ich dabei Malkittel! Ich leihe dir gern ein paar. Wie viele brauchst du denn?" Ich sah Mel mit großen Augen an. „11 Stück. Kannst du so viele auftreiben?" Mel lachte ihr kerniges Lachen. „Machst du Witze, Nessie? 11 Malkittel in den verschiedensten Größen hab ich dir schneller hergezaubert als du mit den Fingern schnippen kannst!" Darüber hab ich mich natürlich riesig gefreut" beendete Nessie ihre Erzählung und dampfte kräftig. „Mel hat definitiv was gut bei mir. Ich glaub, wenn ich ihr übermorgen die Malkittel zurückgebe, bringe ich ihr noch einen tollen, selbstgebackenen Kuchen mit!" So standen wir nun zu elf Frauen in Nessies Dachzimmer und alle trugen einen Malkittel. Für unsere Vorhaben hatten wir hier oben reichlich Platz, denn Nessies Dachzimmer war einladende 35 qm groß.

„Dieses Zimmer ist mein Rückzugsort", eröffnete Nessie uns nun. „Hier möchte ich mich kreativ betätigen, mir Material für Arbeiten mit Speckstein, Perlen, Ton und Buchbinderei lagern. Zudem plane ich, mir hier ein paar schöne Kuschelecken einzurichten, damit ich mich hier rundum wohlfühlen kann. Um diesen Raum noch zu verschönern, wollen wir heute gemeinsam die Wände bemalen. Außerdem werden wir dieses Zimmer mit schöner Musik und einem Fest einweihen. Bisher habe ich es ehrlich

gesagt kaum benutzt und das möchte ich ab jetzt ändern."
Dies hatte Nessie uns vor einer Stunde mitgeteilt, als wir alle gemeinsam im Erdgeschoß in ihrem schönen Wohnzimmer saßen.

Nessie hatte zehn Frauen eingeladen, um einen fidelen „MMM"-Tag mit ihr zu verbringen. Ein paar der Frauen - Carlotta, Sigrun, Lena, Gerti, Erna und Ralli - kannte ich ja bereits. Die drei anderen stellten sich mir als Christine, Wilma und Nora vor.
„**MMM**" bedeutete bei Nessie „**M**al-**M**ampf-**M**usik".
„Muss man sich immer so sittsam und steif ausdrücken, bis das Leben gar keinen Spaß mehr macht? Was meinst du, Donny?" hatte Nessie mich einmal gefragt. Das war an einem Tag gewesen, als ihr jemand die Frage gestellt hatte, warum sie sich solche verrückten Abkürzungen wie „MMM" ausdachte anstatt ununterbrochen „gepflegtes Hochdeutsch" zu sprechen.

Ich mochte Nessies lustige Erfindungen und ihren großen Wortschatz. Dieser Tag sollte also unter dem Motto „MMM" stehen. Nachdem Nessie uns allen den Ablauf der Feier erklärt und nochmal allen ihr Haus und den Garten gezeigt hatte, waren wir schließlich, mit Instrumenten, Farbeimern und Kuchen bepackt, ins Dachzimmer hinauf gegangen. Für das Buffet hatte Nessie hier schon einiges aufgebaut. Die Fußböden an den Wänden hatte sie vorsorglich schon mit Abdeckplanen zugeklebt. Während dann Erna, Wilma, Nessie und Christine den Pinsel schwangen, musizierten Carlotta, Sigrun und ich. Nora, Gerti und Ralli vergnügten sich als erstes an dem riesigen Buffet, das Nessie aufgebaut hatte. Offenbar brauchten die drei erstmal eine Stärkung. Nach einer Weile machte ich dann beim Malen mit. So wechselten wir uns alle immer wieder gegenseitig ab.
Das Buffet bestand aus Käse-Sahnetorte, Heringssalat, Bananenmilch, Nudelauflauf, Vanillezauberpudding u.v.m.

Nessie hatte eine Trommel, zwei Gitarren, eine Mundharmonika und ein paar Rasseln und Zimbeln zur Verfügung gestellt. „Wer möchte, lässt sich einfach musikalisch verwöhnen und wer Lust hat, kann sich gern an meinen Instrumenten versuchen!" bot Nessie uns an.

Schließlich vollendeten Gerti und Carlotta an einer Wand die riesige, goldgelbe Sonne, die Nessie sich dort erträumt hatte. Die Sonne füllte fast die gesamte Wand aus. „Phantastisch!" juchzte Nessie und dampfte voller Glückseligkeit. „Dafür spiele ich euch jetzt ein Ständchen!" rief sie. Sie begann auf ihrer afrikanischen Trommel zu spielen und Sigrun und Wilma gesellten sich mit Rassel und Zimbel dazu. „Hoa, hoa!" rief Nessie im Rhythmus zur Musik. Ja, ihre Musik war anfeuernd. Beschwingt malte ich eine große Tigerin an eine andere Wand - mitten zwischen die vielen Bäume und Sträucher, die Nessies Kuschel-Dschungel darstellen sollten.

„Wenn ich mich mal verkriechen und ausruhen möchte, dann setze ich mich auf mein Sofa, schaue die Dschungel-Wand an und verstecke mich in Gedanken in all dem wild gewachsenen Grün. Ist das nicht toll?" Nessie hatte fröhlich gelacht, als sie diese Wünsche für ihren Kuschel-Dschungel geäußert hatte. Und jetzt, wo diese Wand fast fertig war, glomm ein seliges Feuer in Nessies Augen, während sie trommelte. Ja, Nessie erschuf sich ihre Welt so, wie sie es brauchte, ob daheim oder außerhalb ihrer vier Wände. Genauso war es mit dem Häuschen selbst. Es hatte diese ungewohnt bauchige Form und ich hatte mich schon oft gefragt, wie und warum es dazu gekommen war.

Als wir am Abend dieses impulsiven „MMM"-Tages alle gemeinsam in Nessies Dachzimmer auf großen Kissen im Kreis saßen, bei Kerzenschein die Reste des Buffets genossen und zufrieden die quicklebendigen Wandbilder betrachteten, die uns jetzt umgaben, begann Nessie zu erzählen: „Dieses wundervolle Häuschen, zu dessen Strahlen und Leuchten ihr alle heute beigetragen habt, habe ich vor acht Jahren mit vier Freundinnen gebaut. Es war ein Rundum-Vertrag, in dem wir fünf uns befanden. Jede von uns wollte ein Haus bauen und wir hatten uns verpflichtet, einander beim Bauen zu helfen." Wir alle lauschten gespannt.

„Nachdem die vier anderen Häuser fertig waren, war endlich meines an der Reihe. Ich war mit dieser Reihenfolge total zufrieden, konnte ich mich doch anschließend völlig in Ruhe aufs Einrichten konzentrieren, ohne noch weiter ans Bauen denken zu müssen." Einen Moment schwieg Nessie, sah in die Runde und auf die Lichter der Kerzen, die in der Mitte des Raumes standen. Dann fuhr sie fort: „Als wir die ersten vier Häuser – ein Holzhaus, ein Mediterranes Haus, ein Ziegelhaus und ein Massivhaus – fertig gebaut hatten, fragte mich Eleni, eine der vier Frauen: „Was ist mit dir, Nessie? Was für ein Haus sollen wir für dich bauen?" Martha, Beate und Ariane spuckten sich tatendurstig in die Hände und sahen mich erwartungsvoll an. Sie fielen fast aus allen Wolken, als ich seelenruhig antwortete: „Ich möchte ein Energiesparhaus. Das wichtigste dabei ist mir aber: bauchig soll es sein, schön geräumig und bauchig." Verwundert sahen mich die Frauen an. „Wie kommst du denn darauf?" fragte Martha und schob ihren Spaten in die Erde. Ich merkte, sie brauchte die volle Klarheit über die Hintergründe meines Traumes vom bauchigen Häuschen, um inspiriert zu sein. Die Inspiration gab ihnen Tatendrang und Energie. „Da sind sie mir sehr ähnlich, diese vier Powerfrauen!" Nessie lachte.

Aus einer Schublade zog Nessie ein vergilbtes Foto heraus. Ich erkannte Nessie in der Mitte von vier stämmigen Frauen, die siegessicher in die Kamera lachten. Alle hatten einander die

Arme um die Schultern gelegt. Im Hintergrund war eine Wiese zu erkennen. „Auf dieser Wiese ist dieses Häuschen erbaut", erklärte Nessie. „Ja, ich verdeutlichte ihnen meinen Traum. Ich gab ihnen das Feuer der Inspiration, das ihre Hände ihre Arbeit lieben ließ. Wisst ihr, für mich ist der Bauch das Zentrum meines Daseins. Mein Bauch ist die Höhle, in der alles geborgen liegt, was ich gebären, was ich also in die Welt tragen möchte.
Vor allem beherbergt mein Bauch mein Lachen. Meine Lebensfreude, meine Wonne des Daseins, sie kommen aus meinem Bauch! Um noch mehr in dieses Bewusstsein und diese Lebensqualität einzutauchen, wünschte ich mir, selbst in einem solchen Bauch zu wohnen. „Wie wundervoll muss das sein, selber das Lachen in diesem Bauch zu *sein*!" dachte ich.
„Wieviel Kraft wird mir das alles geben, immer in diese Geborgenheit heimkehren zu können, wenn ich gerade mal wieder alles gegeben habe, total nach außen gegangen bin!" sagte ich zu mir. Es ist nicht so, als ob ich nicht auch das Auftanken bräuchte, die Ruhe, innere Versenkung, Alleinsein. Ihr kennt mich als die, die ohne Ende tanzen kann. Aber ich brauche auch einen Platz, wo ich am Abend meine Füße hochlegen kann und wo ich weiß, dass mich niemand stört.
Ja, als ich Beate, Martha, Eleni und Ariane das alles erläutert hatte, waren sie nicht mehr zu bremsen. Sie verstanden mich total und ab ging die Post. Wir legten sofort los.
Vier Monate später war dieses kuschelige Häuschen fertig."
Ich streckte mich ein wenig auf meinem Kissen und sah die anderen Frauen an. Sie alle blickten verträumt in die Kerzen und waren sicher ebenso wie ich in Nessies Erzählung abgetaucht.

„Einmal im Jahr feiern wir fünf fröhlichen Handwerkerinnen rundum die Geburtstage unserer Häuser", berichtete Nessie. „Dann schwelgen Martha, Ariane, Eleni, Beate und ich in den Erinnerungen an unsere Rückenschmerzen, die Blasen an den Händen und den riesigen Spaß, den wir miteinander hatten. Vor allem aber finden wir es immer wieder großartig, diesen wunderbaren Erfolg gemeinsam zu teilen! Wenn wir dann zusammen in einem der von uns gebauten Häuser sitzen und feiern, dass wir es selbst erschaffen haben – das ist einfach toll!" Nessie übertraf sich selbst in einer wahren Dampforgie. Dann teilte sie eine Runde Vanillezauberpudding aus.

„Eine ebensolche Eigenproduktion ist dieser Pudding!" lachte Nessie munter. „Ich erfand das Rezept vor drei Jahren, als ich mich einmal schrecklich langweilte. Die Zutaten sind mein Geheimnis, aber die *Wirkung* kann keines bleiben." Sie kicherte geheimnisvoll in sich hinein. Als wir einander fragend anblickten, erkannten wir, was Nessie meinte: all unsere Gesichter leuchteten wie die schönsten Sternenhimmel. Ein Funkeln und Glitzern erfüllte den Raum, dass es die reine Freude war. „Nessie, du bist eine echte Zauberin!" sagte Wilma bewundernd. „Ich bin es nicht mehr und nicht weniger als du selbst! Wenn du das nur endlich erkennen wolltest!" sagte Nessie ernsthaft und sah uns alle liebevoll an. „Wir alle sind Zauberinnen, nur ist mir vielleicht das Geschenk zugefallen, das Bewusstsein dafür bei euch zu öffnen. Ich danke euch für eure Hilfe und diesen wunderschönen Tag." Und dann tanzten wir alle, während Nessie trommelte und für uns alle ihr Bestes gab. Unsere funkelnden Gesichter waren die Sterne, die den Himmel ihres bauchigen Häuschens erfüllten. Nessie dankte es uns mit ihrer ganzen Liebe, die der Rhythmus ihres Trommelns war, der Herzschlag ihres Lebens.

Nessie Teil XI - La Dampf contra Lady in Black

Nach dem langen und schneereichen Winter war auch das Frühjahr mit Nessie eine so schöne Jahreszeit für mich gewesen wie vielleicht nie zuvor in meinem Leben. Es war einfach eine Bereicherung, Nessies Freude an allem zu erleben. Gemeinsam mit ihr war mir oft, als wären auch meine „Sinne geklärt". Die kleinste Knospe und die ersten zarten Farben konnten Nessie in derartige Verzückung versetzen. Der ständige Wandel in der Natur, den viele als Selbstverständlichkeit oder sogar als lästig empfinden, weil sie es vielleicht lieber immer gleich hätten, war für Nessie immer wieder aufs Neue ein Wunder. Durch Nessie hatte auch ich angefangen, vieles mit anderen Augen zu sehen.

Inzwischen war es Sommer.
Nessie und ich waren viel mit dem Fahrrad unterwegs. Wir picknickten im Pfühlpark und im Wertwiesenpark, wanderten durch den Heilbronner Stadtwald, gingen schwimmen, aßen viel Eis und liebten es, zusammen am Neckar zu sitzen.
Der Juli ging dem Ende zu und Nessie und ich überlegten wieder einmal, was wir gemeinsam unternehmen könnten. „Willst du nicht mal mit mir zur Kirmes gehen, Donny?" fragte Nessie mich plötzlich und sah mich mit ihren großen, braunen Augen an. Wir saßen in ihrem Garten und ruhten uns nach getaner Gartenarbeit aus. „Ich war gestern schon dort und es ist so toll! Da ist was los, das sag ich dir, Donny! Da kracht es!"

Wie lang war es her, seit ich zuletzt auf der Kirmes gewesen war? Ich wusste es nicht einmal mehr. „Zu lang auf jeden Fall", war Nessies gelassene Antwort. Für sie war Kirmes das bunte Leben überhaupt und sie wollte gern mit mir dorthin gehen. Hier in Heilbronn hieß das natürlich nicht „Kirmes", sondern „Unterländer Volksfest". Ich wohnte nun schon drei Jahre in

Heilbronn, aber um ehrlich zu sein, war ich noch nie auf dem Unterländer Volksfest gewesen. Solche riesigen Veranstaltungen hatte ich viele Jahre bewusst gemieden, fand sie oftmals anstrengend und uninteressant. Doch mit Nessie zusammen bestand ja durchaus die Möglichkeit, einen Kirmesbesuch noch einmal auf ganz neue Art zu erleben. Ich gab mir einen Ruck und antwortete: „Ok, überredet. Warum eigentlich nicht?"

Es war Freitagabend, als Nessie und ich uns dann am Heilbronner Hauptbahnhof trafen. Von dort fuhren wir zur nahegelegenen Theresienwiese, auf der das Unterländer Volksfest seit 1933 jedes Jahr als *das* Heilbronner Stadtfest zelebriert wird. Als Nessie und ich die Theresienwiese betraten, hatten wir Mühe, uns durch die Menschenmenge zu quetschen. Hand in Hand schoben wir uns an mehreren Buden und unzähligen ausgelassenen Gesichtern vorbei, bis wir endlich vor dem großen Karussell standen. „Das ist die Hauptattraktion des diesjährigen Unterländer Volksfestes", erklärte Nessie, „das Mega-Karussell. Es dreht sich nicht nur ultra-schnell, sondern es besitzt diesen gigantischen Quirl-Effekt. Obwohl die Sitze selbst sich nicht drehen, hast du das Gefühl, als wenn du inmitten einer Windhose durch Raum und Zeit gefeuert wirst. Es dreht sich alles um dich. Jedes Mal, wenn ich dieses Karussell wieder verlasse, könnte ich jubeln, so sehr habe ich das Gefühl von Befreiung. Ich fühle mich dann wie neugeboren!" Das Unterländer Volksfest hatte bereits vor zwei Tagen seine Pforten geöffnet und Nessie war gestern schon dreimal mit dem Karussell gefahren, wie sie mir voller Begeisterung erzählt hatte.

Während Nessie jetzt dampfend neben mir daher hüpfte, teilte ich ihre Freude, doch ich wusste, ich würde nicht mit ihr auf das Mega-Karussell gehen. Sie wusste das auch. „Mir wird schon bei einem normalen Kinderkarussell völlig schwindelig und schlecht", hatte ich ihr gestern klar gemacht. Nessie hatte meine Absage, die Hauptattraktion mit ihr zu betreten, akzeptiert, ohne mich im Geringsten zu bedrängen, doch mitzukommen. Nun aber freute sie sich einfach, dass ich sie begleitete. Manchmal war sie wie ein großes Kind. Ich mochte das an ihr.

„Mal sehen, ob ich dich von dort oben bei dem Quirl-Effekt noch was sehen kann", meinte Nessie gespannt. Kurz darauf schwang sie sich mit ca. 30 weiteren Personen kreischend in die Lüfte, während ich – dem Himmel sei Dank! – auf festem Boden stand und ihr lächelnd zusah. Ich winkte Nessie zu, oder besser gesagt dem zischenden und dampfenden Etwas dort oben, von dem ich glaubte, dass Nessie es war. Ich hörte jedenfalls ihr Juchzen – das war eindeutig herauszuhören. Ein paar Minuten später taumelte Nessie strahlend auf mich zu. „Oh, es war himmlisch!" rief sie laut und umarmte mich freudig. „Zu schade, dass du nicht dabei sein konntest, Donny! Wie auch immer, ich bin glücklich!" Sie nahm mich bei der Hand und steuerte mit mir auf die nächste Würstchenbude zu. „Jetzt brauche ich erstmal was zwischen die Kiemen!" lachte sie. Auf einmal blieb Nessie wie erstarrt stehen. „Wer um alles in der Welt ist das denn?"

An der Würstchenbude lehnte eine extrem deprimiert wirkende Gestalt. Die Frau war von Kopf bis Fuß in Schwarz gekleidet. Auch ihre Haare und Wimpern waren schwarz gefärbt. Beinahe schien es, als sei die Luft um sie herum ein grau-schwarzer Nebel. Lustlos kaute die Frau an einem Würstchen und sah Nessie und mir mit tieftraurigem Blick entgegen. Wir kauften Würstchen und gesellten uns dann zu der Frau in Schwarz. „Freut mich, deine Bekanntschaft zu machen", begrüßte Nessie die Frau in Schwarz ermunternd. „Hallo, zusammen", presste diese aus zusammengekniffenen Lippen hervor. „Hast du einen schlechten Tag gehabt?" fragte Nessie mitfühlend und sah der Frau direkt in die Augen. Diese hob die Augenbrauen und erwiderte: „Einen schlechten Tag? Ein schlechtes *Leben*, das trifft es genauer! Alles ist dermaßen verpfuscht und zum Kotzen! Es kommt mir vor, als sei mir mein Leben wie ein Kuscheltier aus kaltem Beton in die Wiege gelegt worden. Niemand liebt mich und ich finde alles unerträglich. Noch nicht einmal diese lausigen Würstchen hier schmecken gut. Morgens wälze ich mich aus meinem Bett und frage mich, wann ich endlich zu meiner Beerdigung eingeladen werde. Ich zähle meine Falten, meine Fehler, meine Misserfolge, meinen Kummer und stelle immer wieder fest, dass alles zusammen ein riesiger Sumpf ist, in dem ich am liebsten versacken würde. „Tu's nicht", sagt eine Stimme in mir. „Denn da ist niemand bei dir, der oder die dich wieder rausholen würde. Du bist einfach zu mangelhaft." Dann fühle ich mich noch armseliger. Ich hülle mich in Schwarz, um der Welt zu zeigen, wie sehr ich sie verachte und dass ich mit nichts auf diesem widerlichen Planeten einverstanden bin. Mit meinem Schwarz sage ich allen, die es wissen wollen: „Ich gehöre nicht dazu, ich bin keine von euch, Leute, denn ihr seid mir alle viel zu oberflächlich." Niemand außer mir scheint wirklich verstanden zu haben, was für ein triumphal grausames Spiel das Leben ist! Ich sage euch: „Lieber heute tot, als morgen nur wieder von der Welt verarscht zu werden." Wer ist denn heutzutage noch ehrlich?"

Die Frau in Schwarz sah uns eindringlich aus ihren grauen Augen an. Prüfend wanderte ihr Blick über Nessies und meine Kleidung und blieb zuletzt einen Moment an unseren Augen hängen. Dann fuhr sie fort: „Die ganze verlogene Show, wo sich alle so cool geben, das übertrieben gut gelaunte Gekicher und das ewige Starksein der Leute kotzen mich derartig an. Jede Art von Frohsinn ist mir unheimlich und ich frage mich: „Welche bösartige Fratze versteckt sich dahinter vor mir und lacht sich über mein dummes Gesicht ins Fäustchen?" Kurzum; das Leben ist doch eine einzige Lüge. Die einzige Art, sich von all dem freizumachen, scheint mir das Leben in Schwarz zu sein, die totale Verweigerung an alle. Nur dass das leider fast schon Selbstmord ist." Die Frau spuckte ein Stück Wurstpelle aus und stellte sich dann vor: „Mein Name ist übrigens Lindy. Getauft wurde ich auf den Namen Delinda. Ich komme aus Italien. Mit meinen Eltern und meinen 5 Geschwistern lebte ich in Rimini, am Meer. Wir waren sehr arm und sind vor 8 Jahren nach Deutschland gekommen. Meine Eltern dachten wohl, hier in Deutschland sei das Leben irgendwie besser, leichter. Ich habe meine Heimat und besonders das Meer lange Zeit sehr vermisst. Irgendwann habe ich mich einfach damit abgefunden, jetzt hier zu leben. Schließlich hat es lang genug gedauert, sich überhaupt umzustellen und einzuleben. Eine solche Umstellung immer wieder aufs Neue zu müssen, ist sicher noch schlimmer, oder? Dann bin ich also hier, in Heilbronn – was soll's. Vermutlich gibt es noch weit Schlimmeres." Wieder sah Lindy Nessie und mich mit bohrendem Blick aus ihren dunklen Augen an. Ihre langen schwarzen Haare sahen toll aus, fand ich. Ob sie das überhaupt wahrnahm? Ich überlegte, dass ich sicher nicht falsch lag in der Annahme, dass Lindy nicht unbedingt als *schön* einsortiert werden wollte, sondern mit ihrer dunklen Haltung für Abstand sorgen wollte. Das war ihr definitiv gelungen. Auch auf Nessie und mich wirkte sie sehr düster und ich spürte deutlich die Wand, die sie wie ein grauer Nebel umgab. Dennoch hatten wir mit unserer Freundlichkeit offenbar ein wenig ihr Interesse geweckt, denn nun fragte Lindy, die meinen nachdenklichen Blick auf sich ruhen spürte: „Und wer seid ihr?"

Ganz erschlagen von der so lebensunfrohen Rede dieser Frau stellten Nessie und ich uns stotternd vor. „Seid mir gegrüßt, Nessie und Donny!" sagte Lindy. „Da verschlägt es euch die Sprache, was?" lachte sie heiser. Lindy deutete auf unsere nur halb aufgegessenen Würstchen. „Und den Appetit scheinbar auch. Da, wo ich die letzten drei Jahre gewohnt habe, nannte mich das ganze Dorf „Lady in Black". Die Leute liefen teilweise weg, wenn sie mich kommen sahen. Naja, seit vier Wochen hause ich nun hier in eurer Stadt. Seit ich nur noch in Schwarz lebe, ist es mir nur äußerst selten passiert, dass mich jemand angesprochen hat. Scheinbar hat das Leben doch noch Überraschungen bereit!"

Lindy sah uns aus ihren dunklen Augen auffordernd an. Ich fand als Erste die Sprache wieder. „Ja, also ich wohne schon drei Jahre hier und Nessie zwanzig Jahre. Wir fühlen uns beide total wohl hier in Heilbronn. Soeben ist Nessie auf dem Mega-Karussell gefahren, dass sie total stark findet", erzählte ich, um die wie platt gebügelte Atmosphäre ein bisschen aufzulockern. „Ja, genau", stimmte Nessie zu, streckte sich und rief ihre Lebensgeister wieder zu sich, die vor Schreck ein paar Meter weiter geflohen waren.

„Total brillant, das Unterländer Volksfest, wenn du mich fragst", fuhr Nessie dann fort. „Überhaupt ist das ganze Leben für mich wie ein großes Karussell. Es dreht sich und dreht sich und du spürst den Wind in deinen Haaren und möchtest schreien vor Glück. Ja, das Karussell ist für mich wie das Rad des Schicksals. Während es mich durch mein Leben trägt, frage ich mich, was ich wohl hinter der nächsten Biegung sehen werde. Es ist so faszinierend, dass sich durch die permanente Bewegung stets der Blickwinkel verändert. Ich sehe die unterschiedlichsten Landschaften, die verschiedensten Menschen, ich erlebe Momente von tiefer Trauer bis zu höchster Freude. Immer verändert es sich, nie steht das Rad still. Ich liebe diese Beweglichkeit. *Das* ist das Leben für mich: Veränderung. Nie weiß ich im Voraus, was geschehen wird und wenn ich mir auch manchmal wünsche, Situationen im Vorfeld einschätzen zu können, so ist das Spannende gerade die Ungewissheit. Ich gehe

auf die nächste Tür zu, sie öffnet sich für mich und ich weiß nicht: was wird dahinter sein? Wie werde ich dort empfangen, wo ich ankomme? Was wird geschehen? Das Einzige, was ich weiß, ist, dass ich mit allem ausgerüstet bin, was ich benötige, um die Reise meines Lebens zu bewältigen.
Ich trage alle Fähigkeiten in mir, die ich brauche. Was auch immer geschehen mag, ich weiß die Antwort in mir und kann reagieren! Ich bin kein Opfer meiner Lebensumstände! Schmeißt mir jemand etwas Blödes an den Kopf, so wehre ich mich eben! Ist für mich eine Station meines Weges unerträglich, so verlasse ich sie und gehe weiter. Meine Füße tragen mich, ich muss nicht still stehen, muss nicht erstarren in einer Lebenssituation, die mir nicht gut tut oder die mich gar quält. Es liegt in meinen Händen, es ist meine Entscheidung. Ich bin beweglich, ebenso wie das Rad des Schicksals. Ich schwinge mich auf die Bewegungsenergie ein und bejahe sie total. Und dann sind meine Füße und das Rad des Schicksals eins! Wenn ich mich aber gegen die Bewegung sperren und mich auf die Erstarrungsenergie einschwingen würde, so würde das Rad des Schicksals sich gegen mich drehen, weil ich mich gegen die Bewegung und für die Verneinung des Lebens entschieden hätte. Durch die Verneinung des Lebens hätte ich mir also selbst geschadet." Nessie sah zu dem Mega-Karussell hinauf und ein flüchtiges Strahlen erhellte ihr Gesicht. „Das lass ich mir doch nicht entgehen - so ein tolles Lebensgefühl!" Ihr Blick fiel wieder auf Lindy, die zu Boden sah und mit den Füßen kleine imaginäre Kreise auf der Theresienwiese zog. Einen Moment lang schwiegen wir alle drei.

„Wundert es dich wirklich, Lindy, dass die Leute vor dir fortlaufen, wo du sie so verachtest?" nahm Nessie dann erneut Anlauf. „Ändere deine Einstellung zur Welt, hülle dich in Farben und die Menschen werden dir anders begegnen. Niemand wird sich für dich ändern, nur weil du dich trotzig auf das schwarze Feld gestellt hast. Niemand wird kommen, dir die Hand reichen und dich auf ein farbiges Feld führen. Du musst es selbst tun! Ich wünsche dir die Kraft dazu." Mit diesen Worten beendete Nessie ihre lange Antwort auf die düsteren Ausführungen der „Lady in Black". „Wir wollen jetzt weiter", sagte Nessie dann und sah mich fragend an: „Oder, Donny?" Ich nickte zustimmend. „Es gibt noch so viel zu sehen und zu erleben", fügte Nessie hinzu. „Ich möchte gern dort hinten an dem Stand ein paar Bälle abfeuern. Ich brauche jetzt erst mal wieder ein paar laute Knaller, die mich wissen lassen: „Hey, Nessie, du lebst und wir alle begrüßen dich mit einem lauten Jubeln!" Es kann und darf nicht sein, dass das Schwarz uns den Blick auf alle anderen Farben versperrt. Das Negative darf uns nicht alle Freude und Lebensenergie nehmen. Auch du solltest das nicht zulassen, Lindy!"

Wir schüttelten Lindy zum Abschied die Hand. „Lass dich nicht unterkriegen, Lindy!" versuchte Nessie freundlich, unserer neuen Bekannten Mut zu machen. „Und bevor du hier nur eingehst wie eine Primel, überlegst du dir vielleicht eines Tages doch, wieder nach Italien zu gehen, hm? Das ist allemal besser, als für immer still zu stehen. Veränderung kann wehtun und dann fühlst du dich wie ein Baum ohne Wurzeln. Aber du bist jetzt erwachsen. Du kannst dein Leben in die Hand nehmen. Das ist ein ganz anderes Gefühl. Ich wünsche dir viele gute Entscheidungen und viel Mut." Lindy sah Nessie an und für einen Moment sah ich einen Hoffnungsschimmer in ihren Augen glimmen. Offenbar hatten Nessies Worte ihr gut getan. Verlegen scharrte Lindy dann mit den Füßen und fragte: „Kann ich euch auf ein paar Buden begleiten?" „Sicher!" bejahte Nessie freudig. „Scheint, als ob deine Füße Lust bekommen hätten, sich daran zu erinnern, dass die Bewegung im Einklang mit dem Rad des Schicksals ein wunderbares Geschenk ist, das sehr viel Freude bereiten kann!" Wir nahmen Lindy in unsere Mitte und zogen los.

Ich dachte noch lange über diesen Nachmittag nach. Das erste Gespräch von Nessie und Lindy war für mich wie ein friedlicher Kampf der Gigantinnen gewesen, zwei Fronten, die aufeinander prallten. Die Welt des Schwarzes war auf die Welt der Farben geprallt, der Tod auf das Leben, das Nein auf das Ja.

Ich freute mich zutiefst, dass diese beiden Pole einander die Hand gereicht hatten, um gemeinsam weiterzugehen. Es war toll gewesen, dass Lindy an diesem Abend mit Nessie und mir über das Unterländer Volksfest gezogen war. In diesem Augenblick hatte sie das Leben bejaht, auch wenn es nur für zwei Stunden gewesen war. Diese Stunden würden Kreise in ihrem Leben ziehen, würden die Umdrehungen ihres Schicksalsrades verändern und Lindy mit sich reißen in die Welt der Farben, in die Welt des Lichts.

Eines Tages würde Lindy ihre schwarzen Gewänder ablegen und sich der Sonne zeigen, das wusste ich auf einmal. Und so wie Lindy sich der Welt zuwenden würde, so würde diese ihr entgegenkommen, Schritt für Schritt, das war gewiss.

Nessie Teil XII - Nessie verliert eine Freundin

Es war ein verregneter Abend Mitte August, als ich an die Tür von Nessies Häuschen klopfte. „Nessie, ich bin's!" rief ich laut. Von drinnen kam keine Reaktion. Ich drückte den Klingelknopf wieder und wieder. Nichts geschah.
Da wir verabredet waren, war anzunehmen, dass Nessie entweder schlief oder in einer sehr schlechten Verfassung war. Ich zückte meinen Zweitschlüssel, den Nessie mir für solche Fälle gegeben hatte und betrat das Häuschen. Drinnen war es gespenstisch still. Mir war immer ganz unheimlich zumute, wenn Nessie, die sonst so gerne ihre Stimmungen mit Lauten untermalte, so still war. Besorgt schlich ich ins Wohnzimmer. Da lag meine Freundin in drei Wolldecken gehüllt auf dem Sofa und grüßte mich mit flüsternder Stimme: „Hallo, Donny, komm rein."

Auf dem Boden neben dem Sofa standen eine riesige Teekanne und eine Schüssel mit Wasser, in die Nessie soeben einen Waschlappen tauchte. Rasch legte sie den nassen Lappen dann wieder auf ihre Stirn. Vorsichtig trat ich näher und setzte mich auf einen Sessel. „Lies selbst", war alles, was die bedrückte Nessie von sich geben konnte. Sie deutete auf einen Brief, der auf dem Tisch lag. Ich nahm das Papier in die Hände und begann zu lesen:

„Liebe Nessie,
wir alle bewundern deinen Tatendrang, deinen Frohsinn und deine endlose Energie. Wo du auftauchst, kommt Stimmung auf. Umso weniger kam ich mit deiner Verfassung am letzten Dienstag klar. Matt und traurig hingst du auf meinem Sofa, hast meiner Ansicht nach die ganze Stimmung auf meiner Geburtstagsfeier damit zerstört. Dass du dann auch noch allen

erzählen musstest, was geschehen war, fand ich total unmöglich! Wie kannst du an einem solchen Freudentag vom Tod deiner alten Bekannten erzählen? Du weißt selbst gut genug, wie mitreißend alle deine Stimmungen sind. Deshalb hat es mich nicht gewundert, dass alle anderen ebenfalls in Tränen ausbrachen, als du die Fassung verlorst und nur noch schluchzend auf dem Sofa hocktest.
Wie konntest du meinen Geburtstag derartig vermiesen?
Ich kündige dir hiermit die Freundschaft auf.
Leb wohl, Sigrun."

Beim Lesen dieses gefühllosen Briefes war mir das Blut in den Adern gefroren. So eine Unverschämtheit von Sigrun, Nessie derartig zu behandeln! Sie hatte Nessies warmherzige Freundschaft wahrlich nicht verdient! „Ich kann doch nicht immer nur toben und tanzen!" schluchzte Nessie jetzt. „Was wollen die eigentlich alle von mir? Bin ich in ihren Augen ein Party-Gag, eine Clownin, eine Rakete mit 100 % Stimmungsgarantie, die im Müll landet, wenn sie versagt?" Wieder überkam Nessie eine Tränenwelle. „Ich bin gern fröhlich und mitreißend, weißt du. Aber wenn die Leute mich nur noch so wollen und mögen, da mach ich nicht mit!" verweigerte sie sich. „Ich bin auch nur ein Mensch mit all meinen Gefühlen und da gehört Trauer ebenso dazu. Und auch mal Wut. Ich zeige *alles*, nicht nur das, was andere gut drauf bringt."

„Das mag ich auch so an dir, Nessie", tröstete ich sie und nahm sie in meine Arme. Ich hielt sie lange, lange fest, während sie schluchzte, als würden wahre Erdrutsche ihre Seele hinunter kullern und alles mitreißen, was ihr Boden unter den Füßen gegeben hatte. Nessie klammerte sich an meinen Schultern fest und fragte schließlich leise: „Wie kannst du mich überhaupt so gern haben? Bin ich dir so, wie ich jetzt bin, nicht furchtbar lästig und unangenehm?"

„Überhaupt nicht, meine Liebe", sagte ich leise und strich ihr über die Haare. „Ich mag *dich* und das umfasst *alles*, was du bist. Du bist in allem, was du von dir gibst und zeigst. Ich habe kein Bild von dir, wie ich dich gern hätte. Ich mag dich einfach. Und ich empfinde es als Geschenk und als Vertrauensbeweis, wenn du dich mir auch traurig zeigst, einfach von *all* deinen Seiten. Wenn ich dich trösten darf, bin ich dir auf eine ganz andere, viel feinere, Art nah als sonst. Das ist schön, auf einer so tiefen Ebene bei dir sein zu können. Ich will dich von allen Seiten gern haben, so wie Wellen eines Sees, wenn du schwimmst. Wie das Wasser will ich dich umgeben, ohne dir aber deinen Freiraum zu nehmen, den du brauchst, um dich zu bewegen. Sei du selbst und ich bin bei dir. Das ist das Geschenk, das wir einander machen können. *Das* ist wirkliche Zuwendung, das ist Freundschaft."

Wir umarmten uns lange und auf einmal spürte ich, dass Nessies Schmerz sich etwas gelöst hatte und sie leise aufatmete. Ich hatte ihr das Angenommen-Sein und die Geborgenheit gegeben, die sie so sehr brauchte, mehr als andere es oft ahnten, in deren Augen sie „die Lustige" war. Mochte Sigrun sie auch gekränkt und allein gelassen haben – ich war da und das gab Nessie Kraft. Sie sah mich liebevoll an und sagte:
„Du bist meine Allerbeste, Donny."
„Ich weiß, Nessie", antwortete ich und drückte sie an mich.
„Dasselbe bist du für mich."

Nessie Teil XIII - Schottland, wir kommen!

„Ich habe Sehnsucht nach meiner Heimat Schottland", eröffnete Nessie mir eines Tages. Wir saßen bei 30 Grad im Schatten vor ihrem Häuschen, tranken Cola und träumten von der weiten Welt. Dass es auch Ende August noch so heiß sein konnte, fand ich schon extrem und war insgeheim froh, dass der Herbst nahte. Aus diesem Sommer hatten Nessie und ich so einiges rausgeholt wie aus einer hübschen, prall gefüllten Schale. Gemeinsam aus Sahne und Früchten Eis herzustellen hatte auch dazu gehört. Unsere heutige Portion Eis hatten wir bereits nach einem Besuch im Heilbronner Freibad „Gesundbrunnen" verputzt.

„*Nomen est omen*, findest du nicht auch, Donny?" hatte Nessie mich vor ein paar Stunden gefragt. „Jedes Mal, wenn ich aus diesem tollen Schwimmbad komme, fühle ich mich, als hätte ich in einem Brunnen gebadet, der mich gesund macht. Es ist immer wieder so belebend!" Ich behielt die etwas nüchterne Frage, ob ihr das nicht in jedem Schwimmbad vor lauter Begeisterung so gehen würde, für mich. Dass allein ihre Begeisterungsfähigkeit imstande war, Nessie immer wieder mit frischer Energie vollzutanken, die sie sich gesund fühlen ließ, hätte ich keine Sekunde bezweifelt. Doch da unser Heilbronner Freibad mit dem schönen Namen „Gesundbrunnen" ihr – ebenso wie auch mir – sehr gut gefiel, schrieb sie es dem Schwimmbad zu. Wieder einmal merkte ich, dass ich mir viel zu viele Gedanken um Dinge machte, die für Nessie so einfach waren. „Ja, du hast völlig recht!" beendete ich daher mein Gedankenkarussell. Wie gut, dass ich Nessie hatte, die mich mit ihrer Lebendigkeit und Lebensfreude immer wieder ins Hier und Jetzt holte.

„Bist du in Schottland geboren?" fragte ich meine Freundin nun. „Ich dachte, du seist von Anfang an in Deutschland aufgewachsen." Nessie nickte und antwortete: „Ja, das ist richtig. Aber die Wurzeln meiner Seele liegen in Schottland. Ich fühle mich vor allem meiner Urahnin Nessa so sehr verbunden. Alle reden von ihr als das „Ungeheuer von Loch Ness", dabei war sie eine so herzensgute Seele. So ist das in dieser Welt: du brauchst nur mal ein bisschen auszuflippen, dann nennen die Leute dich gleich ein Ungeheuer. Es ist ein echtes Trauerspiel." Nessie seufzte und trank noch einen Schluck.

„Unten in Schottland lebte auch meine Tante Nessalia", erzählte sie dann weiter, „die vor 70 Jahren eine echt begnadete Sängerin war. Ihr damaliger Hit „Let's Beat The Drum Until We Die" wird immer mein Lieblingslied sein. In diesem Lied singt sie darüber, wie wichtig es ist, alles zu geben, alles zu versuchen, solange wir leben. Nessalia bedauerte, dass so viele Menschen sich quasi bei lebendigem Leibe begraben. Besonders eindrucksvoll finde ich aus diesem Lied die Textstelle: „We had lost ourselves until we got our voices back and cried it all out to the world". Ich liebe die starke und tiefsinnige Poesie von Nessalias Liedern. Ich fühle mich ihr zutiefst verbunden. Die gute Seele lebte damals in Callander, nahe des Lake Of Menteith. Ich möchte noch einmal dort hinfahren. Ganz in der Nähe lebten vor 200 Jahren Onkel Nessowulf und Tante Nessiedear. Die beiden waren ein besonders Aufsehen erregendes Pärchen. Es verging kein Tag, an dem sie sich nicht leidenschaftlich zankten, so wild und feurig waren ihre Gemüter. Aber ebenso inniglich vertrugen sie sich jeden Abend wieder. Ich möchte gern an die Plätze fahren, wo diese wunderbaren Seelen weilten und mich noch tiefer mit ihnen verbinden. Ich brauche Inspirationen für mein Leben. Sicher, ich bin voller Energie – da kann ich mich nicht beklagen. Aber manchmal mangelt es mir an Visionen, die mir eine Richtung für mein Leben geben. Deshalb möchte ich zu den Kraftplätzen meiner Familiengeschichte fahren, um mich dort inspirieren zu lassen. Hast du Lust mitzukommen? Ich habe bereits mit meiner Oma Nessme telefoniert. Ich habe sie seit fünf Jahren nicht gesehen. Wir können bei meiner Oma wohnen. Sie lebt unweit von Loch Ness. Ach, wie ich mich freue! Es kribbelt mich schon in den Zehen, los zu flitzen! Wie ist es mit dir? Was sagst du dazu?"

Was ich sagte? Ich war begeistert! Ich umarmte Nessie und wir kreischten und juchzten vor Freude so laut, dass die Nachbarin Frau Lummerjahn verstört zum Fenster hinaus schaute. Sie war erst vor zwei Wochen hier eingezogen und musste sich vermutlich erstmal an ihre ausgelassene Nachbarin Nessie gewöhnen. „Hallo, meine Gute!" rief Nessie fröhlich zum Fenster hinauf, aus dem Frau Lummerjahn kritisch hinaus äugte. „Alles klar bei Ihnen? Bei uns schon! Wir düsen in ein paar Wochen nach Schottland! Juchhu!" Und Nessie wirbelte um ihre eigene Achse, dass mir schon vom Zusehen fast schwindelig wurde. Sie jedoch sang und dampfte, was das Zeug hielt. Hustend schloss die Nachbarin ihr Fenster und Nessie und ich besprachen weiter unsere Reisepläne.

Dann endlich war es soweit: an einem herbstlichen Sonntagmorgen luden wir unsere Koffer in das gelbe Auto, das Nessie sich von einer Bekannten geliehen hatte. Vor Aufregung hatte „La Dampf" die letzten drei Nächte kaum schlafen können. Dennoch war meine Freundin energiegeladen wie eh und je und schwang sich vergnügt hinter das Steuer. Ich nahm neben ihr Platz und los ging's. Freudig überrascht war ich von Nessies Fahrstil, der gar nicht ihrem sonstigen, leicht entflammbaren Wesen entsprach. So seelenruhig und total konzentriert wie Nessie das Gefährt lenkte, versprach ihre Fahrweise völlige Unfallfreiheit. Daher kamen wir zwei Tage später, nach kleinen Zwischenaufenthalten, wohlbehalten in Schottland an.

Am Tor des wunderschön gelegenen Landhauses mit dem Namen „Fire Castle" empfing uns Oma Nessme und drückte uns freudig an ihre mit Kuchenkrümeln übersäte Schürze.
„Ach, Kinder, ist das schön, dass ihr da seid!" jubilierte die alte Frau und rückte den knallroten Cowboyhut, der ihre schneeweißen Haare krönte, zurecht. Sie trug schwarze Lederstiefel und eine derbe Reithose. „Reitet deine Oma in dem Alter noch?" frage ich Nessie. „Nein. Wieso?" Nessie sah mich erstaunt an. „Das ist Oma Nessmes ganz normale Kleidung. Als ich sie vor zwei Jahren das letzte Mal sah, trug sie genau dasselbe, außer der Schürze. Der Anlass unserer damaligen Begegnung war die Beerdigung meiner Cousine Nessieluna, die im zarten Alter von 19 Jahren verstorben war. Sie ist in den Bergen im Kampf mit einem Berglöwen ums Leben gekommen. Sie war wirklich eine beherzte Kämpferin. Ach ja!" Nessie seufzte. Dann öffnete sie den Kofferraum, schnappte sich zwei Taschen und trabte hinter Oma Nessme auf das Haus zu. Ich holte ebenfalls mein Gepäck heraus und folgte Nessie. Ich war gespannt, was ich noch alles mit dieser wildlebendigen Familie erleben würde. Nessie zu kennen war schon ein Abenteuer. Ihre Familie kennenzulernen eröffnete mir das Bewusstsein, dass kein Feuerwerk ohne Antwort verhallt. Hier hatten sich einige Seelen getroffen, um gemeinsam Zunder in diese oftmals so festgefahrene, starre und manchmal wie gelähmte Welt zu bringen. Es tat mir gut zu sehen, dass da weit mehr war, als ich geahnt hatte - mehr Potentiale, die anders als viele andere waren, mehr Seelen, die das Leben feiern wollten.

Im Haus war es ziemlich kalt und ich sah Nessie fragend an. Beruhigend hob sie die Hand und wandte sich an ihre Großmutter: „Entschuldige, Oma Nessme. Wir verfügen leider nicht über dein Feuerpotential. Ich weiß, dir ist kuschelig warm hier drin, aber wir beide bräuchten doch etwas Wärme. Verrätst

du mir, wo ich die Heizung aufdrehen darf?"
„Ja, selbstverständlich", bejahte die alte Dame und kurze Zeit später war da nichts mehr, was unser Wohlgefühl hätte stören können. Es war unglaublich behaglich bei Oma Nessme. Die sonnengelbe Farbe, die von sämtlichen Wänden des Hauses auf uns abstrahlte, erleuchtete mein Gemüt und vertrieb jeden sorgenvollen oder befremdeten Gedanken, der noch darin hätte wohnen können. Nessie und ich hatten jede ein 25 qm großes Zimmer, in dem jeweils ein Bett, Schränke, urgemütliche Sessel, Blumen und allerhand eigentümlicher Krimskrams standen. Und dann der Blick aus dem Fenster! Leichter Nebel zog über saftig grüne Wiesen und die Berge im Hintergrund umrahmten diesen Ausblick auf so anheimelnde Weise, dass ich Schottland sofort ins Herz schloss. Und Oma Nessme! Sie war von überfließender Herzlichkeit und buk zum Empfang auf Nessies Wunsch einen Erdbeerkuchen mit Mandelboden, dick belegt mit Streuseln und ganz viel Sahne.

Abends saßen wir schlemmend vor dem Kamin und Oma Nessme erzählte uns abenteuerliche Geschichten aus ihrem Leben. War diese Frau auch 73 Jahre alt, so hatte sie doch nichts an Lebenslust, Abenteuergeist und Esprit verloren. Ihre Augen funkelten begeistert, als sie berichtete: „Letztes Jahr habe ich in den Bergen eine traumhaft schöne Wanderung mit meiner alten Freundin Rayana gemacht. Rayana, eine 70-jährige Russin, die 20 Jahre lang in Schottland lebte, ist fast ebenso wild entschlossen, das Leben wirklich intensiv zu erleben wie ich. Wir kraxelten fünf Tage lang durch die Berge und schliefen mal im Freien, mal in Höhlen oder unter Felsen. Wir hatten alles Notwendige dabei. Wir fühlten uns in diesen Tagen wie die blühende Jugend. Diese Erfahrung in meinem Alter zu machen, war für mich, wie ein Pfefferminzbonbon zu lutschen, das mir die unverhoffte Kraft geben kann, ein Jahr lang von seinem Elixier zu leben. Diese Magie, nachts in den Sternenhimmel zu blicken!

Wir lagen in unseren Daunenschlafsäcken, erzählten uns Gute-Nacht-Geschichten und hielten einander bei den Händen. Plötzlich sagte Rayana zu mir: „Weißt du eigentlich, Nessme, wie glücklich ich gerade jetzt bin? Mein Herz ist voll und ich habe das Schönste erlebt, was dieses Leben mir geben konnte: eine Seelengefährtin wie dich zu finden und mit dir zusammen im Alter noch einmal jung zu sein. Ich fühle mich so voller Liebe, Lebendigkeit und Kraft, als wäre ich Anfang 20! Ich danke dir, Nessme, danke." Dann schlief Rayana ein. Ich hielt noch lange ihre Hand mit den vielen Falten, die so warm und lebendig in der meinen lag, sah in den Sternenhimmel und war glücklich.
„Ja", Oma Nessme wischte sich eine Träne der Rührung aus dem Auge, „das war eine wunderschöne Zeit. Leider ist Rayana nach Russland zurückgegangen, um ihr Leben in der Heimat zu beschließen. Ich werde die Zeit mit ihr nie vergessen."
Oma Nessme blickte lange in die wild flackernden Flammen des Kamins, während wir schwiegen. Vor meinem geistigen Auge sah ich Oma Nessme in ihren Lederstiefeln und mit dem roten Hut auf dem Kopf durch die Berge klettern und lachen. Ich sah sie unterm Sternenhimmel liegen, die 73 Jahre alten Knochen auf ein paar Decken und die Erde gebettet, doch im Herzen kreuzfidel. Ich fühlte ihre Liebe zum Leben und wusste, dass dies wahrhaftig Nessies Großmutter war.

Am nächsten Tag brachen wir früh auf, um Loch Ness zu besichtigen. „Nessa, wir kommen!" jubelte Nessie, als wir die Bergstraße entlang düsten. Sie war völlig aus dem Häuschen und hüpfte beim Fahren auf dem Sitz auf und nieder. „Nessie, bitte!" flehte ich sie an, da ich gern heil am Ziel unserer heutigen Reise ankommen wollte. Dann endlich waren wir am Loch Ness angekommen. Groß und nebelverhangen lag der See vor uns. „Wie wundervoll, wie magisch!" rief Nessie entzückt. Lange wanderten wir am Seeufer entlang. Immer wieder suchte Nessie nach Spuren ihrer Urahnin Nessa, die als „Ungeheuer von Loch Ness" bezeichnet worden war. „Meine Güte, sei doch vernünftig!" mahnte ich meine Freundin. „Nessa ist seit Ewigkeiten tot! Du findest keine Fußabdrücke oder Knochenreste mehr von ihr." Schließlich behauptete Nessie, die nicht kleinzukriegen war, wenn sie sich etwas in den Kopf gesetzt hatte: „Ich rieche einen strengen, urzeitlichen Geruch. Das ist ein Gruß von Nessa, todsicher." Ich ließ Nessie in dem Glauben. Als wir dann zum Auto zurückliefen, teilte Nessie mir mit: „Ich habe das Gefühl, als wenn sämtliche Feuerenergien in mir Geburtstag feiern. Eine Explosion folgt der anderen. Es ist ein derartiges Jubilieren, Zwitschern und Pfeifen in mir, unglaublich. Ich fühle meine Verbindung zu Nessa in mir, ganz stark. Ich bin glücklich und stolz, ihre Erbin zu sein. Was sie mir vererbt hat, ist weit mehr als Geld oder Besitztümer. Es ist der Vulkan, der in mir brodelt, meine freudvolle Lebendigkeit. Danke, Nessa, hab Dank!" rief Nessie zum Abschied über den See und stieg dann wieder ins Auto. „So, und nun bin ich gespannt auf das Häuschen, in dem Tante Nessalia, die Sängerin, gelebt hat!" sagte Nessie, dampfte ein wenig und wir brausten los.

Nessies Aufregung ging auf mich über, ich wurde ganz zappelig. Es waren noch einige Kilometer bis Callander, wo Tante Nessalia gelebt hatte. Auf der Fahrt dorthin sang Nessie ein Lied nach dem anderen – alle von Nessalia, versteht sich. Am lautesten sang Nessie das Lied „Heartland". „Jetzt kommt meine Lieblingspassage aus dem Lied", sagte Nessie und legte dann los: „I love you when you're dancing, I watch you how you grow. Inside my heart there is a place for you forever, I only hope you know."

Schließlich hielt Nessie vor einem blau-orangen Haus. Der Farbton der unteren Haushälfte bewegte sich fließend von einem milden Hellblau zu einem kräftigen Dunkelblau. Die obere

Haushälfte strahlte in einem einheitlich milden Apricot. Das Haus war zudem in einem sehr eigenen Baustil gebaut. Ich betrachtete es eingehend, da fiel mein Blick auf die Inschrift über der Tür: „My life is my song. Come in and dance with me".
Oma Nessme hatte Nessie den Schlüssel des Hauses mitgegeben. Nessie öffnete die Tür und scheu traten wir ein. Drinnen war alles von einer dicken Staub- und Spinnweben-Schicht überzogen. „Ich glaube, seit Tante Nessalia vor 4 Monaten starb, hat hier niemand saubergemacht. Oma Nessme hat mir gesagt, dass mein Cousin Nessbert das Haus geerbt hat und nach wie vor in Kanada lebt. Er kümmert sich gar nicht um Nessalias Andenken. Er hätte das Haus ja auch mal untervermieten oder reinigen können. Hat er es sich überhaupt mal angesehen? Das frage ich mich!" Nessie begann, sich in eine regelrechte Empörung über ihren Cousin zu steigern. „Das ist wohl einer von der gemütlichen Sorte", fuhr sie fort. „Wie kann er all das hier so seinem Schicksal überlassen? Ich werde später mal mit Oma Nessme darüber reden, ob sie meinen Cousin Nessbert nicht mal fragen kann, was er weiter mit dem Haus vorhat. Er will es ja wohl hoffentlich nicht einfach verkommen lassen."

Nessie sah mich fragend an und rief dann: „Egal, ich mach jetzt erstmal ein bisschen sauber. Hilfst du mir, Donny? Den Schlüssel von Tante Nessalias Haus gebe ich Oma Nessme später wieder. Sie meinte, sie sieht ab und zu nach dem Haus. Naja", schnalzte Nessie mit der Zunge. „Allein vom Gucken wird es hier auch nicht sauberer. Aber ok, bei Oma Nessme will ich nichts sagen. Es ist beeindruckend, wie sie in ihrem Alter überhaupt noch allein klar kommt auf ihrem „Fire Castle". Dort hat sie ja auch alles im Griff. Dass ihr das zu viel wird hier, verstehe ich schon. Ich werde sie mal fragen, ob sie nicht wenigstens eine Putzfrau organisieren kann, die sich ab und zu um Tante Nessalias Haus kümmert.

Schließlich hatte Tante Nessalia Oma Nessme auch einen gesalzenen Betrag vererbt. Davon dürfte es doch problemlos möglich sein, eine Putzhilfe dieses Haus in einem gepflegten Zustand halten zu lassen. Es ist doch einfach zu schade um dieses tolle Andenken, findest du nicht, Donny?"

Nachdenklich sah ich Nessie an und fragte dann: „Hat deine Tante Nessalia dir auch etwas vererbt?" Nessie wischte gerade voll Inbrunst das wunderschöne Holz des Treppengeländers und antwortete: „Nein. Wir haben einander ja leider nie kennengelernt. Unsere Familie ist sehr groß und mittlerweile über so viele Länder verstreut. Ich finde es total verständlich, dass sie diejenigen beerbt hat, die in ihrer Nähe lebten, mit denen sie regelmäßigen Kontakt hatte. Vor allem, dass Oma Nessme einiges von ihr geerbt hat, finde ich toll. Dadurch kann sie sich ihr „Fire Castle" erhalten. Mein Cousin Nessbert ist ja hier in der Nähe aufgewachsen und daher kannten die beiden sich gut. Er ist erst vor wenigen Jahren nach Kanada gegangen. Ich bin glücklich, dass ich mir heute Tante Nessalias Haus ansehen und hier sein darf. Das bedeutet mir sehr viel."

Natürlich war ich gern bereit, Nessie beim Saubermachen zu helfen und kurz darauf war kein Laut mehr zu hören außer den eifrigen Wischgeräuschen, die wir machten. Eine Stunde später war das Erdgeschoss fertig. „Wenn Tante Nessalia das sehen könnte, hätte sie ihre helle Freude", meinte Nessie. „Sicher würde sie ein Lied für uns machen." Nessie warf sich kichernd in einen Sessel. Ich folgte ihrem Beispiel. Erst jetzt nahm ich die Einzelheiten des Raumes in mein Bewusstsein auf: das gelbe Piano, das am Kamin stand, das Regal voller Noten und Liederbücher, die vielen Urkunden an den Wänden, der Teppich, der goldene Noten als Muster hatte...Warm und lebendig umfing mich die Atmosphäre des Raumes, fast war mir, als hörte ich Nessalias Stimme, die sagte: „It's in my breath, it's in my voice –

the life I give is a beautiful noise." Ich spürte plötzlich zutiefst: diese Frau hatte sich selbst geliebt. Die Fülle ihrer Kreativität hatte sie glücklich gemacht. Ihr Leben war der pure Ausdruck ihrer Gefühle gewesen. Nicht umsonst hatte sie damals einen Hit nach dem anderen gelandet und sich so großer Beliebtheit erfreut. Die Menschen hatten gespürt, dass das, was sie zeigte, echt war. Nessalia hatte nicht gesungen, um beliebt zu sein und geliebt zu werden. Sie hatte gelebt, um zu singen und all ihre Liebe in ihre Musik gegeben.

Nessie und ich säuberten noch das obere Stockwerk und verließen dann erfüllt Tante Nessalias Haus. Die Arbeit hatte uns nicht ermüdet, sondern uns auf geheimnisvolle Weise Kraft gegeben. Tante Nessalias Dinge zu berühren, hatte uns mit ihrer lichtvollen Energie verbunden. Alles, was ich in diesem Haus anfasste, erfüllte mich mit der Freude und Lebendigkeit, die Tante Nessalia um sich herum verbreitet hatte. Nicht nur Nessie hatte in diesem Haus eine tiefe Verbindung zu der Sängerin gefunden. Auch mir war plötzlich, als hätte ich Nessalia selbst gekannt, so sehr war sie in diesem Haus präsent. Und obwohl Nessie ihre Tante nie persönlich erlebt hatte, war mir, als hätte diese das Lied, das Nessie dann auf der Fahrt sang, genau für ihre quirlige, kleine Nichte geschrieben: „In my heart there is a fire and the burning flame is you."

Wir machten Zwischenstation in einem „Snack In", plauderten und aßen eine Weile, bis wir gestärkt und ausgeruht weiter zogen. Das Anwesen von Tante Nessiedear und Onkel Nessowulf war nur eine halbe Stunde von Tante Nessalias Häuschen entfernt. Es war ein großer Gutshof, der inzwischen von Nessies Familienangehörigen an andere Leute vermietet worden war. Momentan lebten dort drei ältere Damen. Miss Choice, Miss Sweet und Miss Nugget empfingen uns aufs Herzlichste. „Bei einer ordentlichen Tasse Tee und ein paar richtigen Nuggets (Goldklumpen also, wie Miss Nugget ihr Spezialgebäck stolz nannte) plaudert es sich einfach am besten!" meinte eben jene *goldige* Dame, als wir dann gemütlich gemeinsam vor dem Kamin saßen. „Ich bin auf den Spuren meiner Vorfahren", erklärte Nessie bedeutungsvoll. „Ich möchte Lebenszeichen von ihnen finden, Anregungen, wie sie waren. Ich möchte etwas von ihrer Atmosphäre spüren. Haben Sie hier jemals die Präsenz von Tante Nessiedear und Onkel Nessowulf empfunden?" Mit großen Augen sah Nessie die drei Damen erwartungsvoll an. Diese nickten eifrig. „Oh ja", begann Miss Choice. „Wenn ich durch den blauen Korridor im Obergeschoss gehe, ist mir oft, als wenn ich die beiden streiten höre. Oh, es ist keine normale Art des Streitens. Es ist ein so rebellisches und gleichzeitig liebevolles Miteinander, das muss man gehört haben, um es zu verstehen."

Miss Sweet nickte beipflichtend. „Ja, es ist phänomenal", bestätigte sie. „Was mich jedoch immer am meisten berührt, ist die Atmosphäre ihres Wohnzimmers unter dem Dach. Wir haben an diesem Zimmer nichts verändert. Wir betreten es nur, um gelegentlich die Stimmen der beiden zu vernehmen. Es ist so mystisch!" flüsterte die alte Dame. „Wenn ich dort im Sessel sitze, habe ich das Gefühl, als sähe ich um mich herum Stichflammen, so feuergeladen ist die Atmosphäre. Einmal hatte ich tatsächlich eine Brandblase, als ich das Zimmer verließ." Stolz zeigte sie uns eine kleine Narbe. „Es ist ein echtes Erlebnis!"

Miss Nugget reichte die Keksdose herum und begann zu erzählen: „Es war letzten Winter. Ich hatte gerade Schnee geschaufelt. Als ich in die Küche kam, war der Herd an. Verwundert stellte ich fest, dass ein Topf mit Blumenkohl und Kartoffeln darauf stand. Miss Sweet und Miss Choice waren für zwei Tage verreist. Ich war allein im Haus – so glaubte ich jedenfalls. Wer jedoch hatte diesen Topf auf den Herd gestellt? Siedend heiß fiel mir ein, dass Blumenkohl-Kartoffel-Auflauf das Lieblingsgericht von Tante Nessiedear gewesen war. Ist das nicht unglaublich? Ich bereitete ihr den Auflauf zu, stellte das Essen mitsamt zwei Tellern, Besteck und Getränken auf den Tisch vor dem Kamin und verließ für ein paar Stunden das Haus. Als ich abends wiederkam, war alles aufgegessen und auch die Becher waren leergetrunken. Zwischen den leeren Tellern aber lag die Brosche, die Tante Nessiedear auf dem Bild neben der Tür trägt!" Aufgeregt schob Miss Nugget uns zur Tür. Wir betrachteten die Großaufnahme des Paares. Tatsächlich: Tante Nessiedear trug eine Brosche, die genauso aussah, wie die, die Miss Nugget uns jetzt zeigte. Nessie klappte die Brosche mit zittrigen Händen auf. Da war ein Foto von Tante Nessiedear in jungen Jahren. Sie sah Nessie zum Verwechseln ähnlich! Unter dem Foto stand in goldenen Lettern: „Mögest du ewig leben!"

„Oh, ist das schön!" Nessie war vor Begeisterung in einer Dampfwolke verschwunden. Als sie wieder aus dem Nebel auftauchte, nahm sie meine Hand und sagte: „Das ist das Schönste, was ich hier bis jetzt aufgespürt habe, auf dieser Suche nach meinen Wurzeln. Ich meine, alles war tief bewegend bis jetzt, aber dieses hier", Nessie hob die Brosche hoch und lachte, „dies spricht direkt in mein Herz. Tante Nessiedear ist gestorben, doch ich lebe! Ich kann weiter führen, was sie und alle meine Vorfahren mit so viel Kraft und Liebe in die Welt bringen wollten: das Feuer, den Ausdruck, Gesang, Lebensfreude, Impulsivität, Leidenschaftlichkeit für die Dinge. Ich trage das Erbe in meinem Herzen und ich trage es in die weite Welt." Nessie umarmte mich glücklich. „Und du, Donny, wirst immer Zeugin all dessen sein und gemeinsam mitten mit mir im Lebensfeuer stehen." Ich hielt Nessies Hand fest in der meinen und spürte den Feuerstrom, der zu mir floss. Ja, dieses Feuer würde immer brennen, Nessie hatte Recht. Es war vor langer Zeit entzündet worden und weitergereicht worden von Hand zu Hand, von Leben zu Leben. Es würde niemals verlöschen. Ich wollte dabei sein, ich wollte meinen Teil dazu beitragen, dass das Feuer brannte, und mich selbst mit all meinen Fähigkeiten hinaus wagen in die Welt, damit das Feuer wahren Erlebens größer würde und größer – das wusste ich in diesem Augenblick. Nessie und ich sahen die alten Damen dankbar an und wir spürten: Tante Nessiedear und Onkel Nessowulf hatten durch sie zu uns gesprochen. Wir brauchten nicht mehr durch den blauen Korridor zu gehen und nach ihren Stimmen zu lauschen. Wir brauchten das alte Wohnzimmer nicht zu betreten und nicht länger nach Spuren und Zeichen der beiden zu suchen. Es war alles da, tief in unseren Herzen.

Nach mehreren Tassen Tee und freundlich gereichten Nuggets brachen Nessie und ich schließlich müde, aber zufrieden auf. Wir umarmten die drei Damen, die uns ans Herz gewachsen waren und versprachen, wieder zu kommen und im Kontakt zu bleiben. Spät in der Nacht erreichten wir dann Oma Nessmes „Fire Castle". Was hatten wir alles an diesem einen Tag erlebt! Obwohl wir noch zwei Wochen hier bleiben würden, hatte Nessie darauf bestanden, diese für sie so wichtigen Orte gleich am ersten Tag aufzusuchen. Sicher würden wir in den kommenden Tagen noch einmal Loch Ness, Nessalias Haus und das Anwesen von Tante Nessiedear und Onkel Nessowulf aufsuchen. Doch die erste Kontaktaufnahme mit Nessies Wurzeln war geschehen.

Nessie strahlte mich an, als wir auf Oma Nessmes Landhaus zugingen. „Du musst zugeben, dass ich eine spannende Familie habe, Donny!" sagte sie und lachte stolz. „Ja", sagte ich nur, da kam auch schon Oma Nessme auf uns zu. Unter ihrer schweren Wildlederjacke lugte ein langer Nachtmantel hervor. Sie trug gelbe Pantoffeln, die bei jedem Schritt muhten und hielt ein Gewehr in der Hand. „Kinder, hab ich mich erschreckt!" rief sie. „Ich dachte schon, da kommen Einbrecher." Oma Nessme schob ihren knallroten Cowboyhut aus der Stirn und sagte: „Ich werde zwar locker damit fertig, aber einen Schrecken krieg ich doch erst mal. Habe ich euch schon erzählt, wie ich vor vier Jahren eine fünfköpfige Jugendbande, die hier in der Gegend ihr Unwesen trieb, in die Flucht schlug? Haha! Wenn ich auch allein hier lebe, so braucht doch niemand zu glauben, dass diese Burg, die mein „Fire Castle" ist, leicht einzunehmen sei!"

Oma Nessme schwang das Gewehr und lachte siegessicher. Ein Schuss löste sich und knallte in die Nacht hinein. Ich sah die alte Frau in ihrer Wildlederjacke an, die gerade ihrer Enkelin Nessie einen Arm um die Schultern legte, und dachte: „Diese Sicherheit ist beiden gleich. Sie haben keine Angst vor der Welt, keine Angst, verletzt zu werden oder unterlegen zu sein. Bevor jemand anders ihnen Angst machen kann, sind diese beiden schon in ihrer vollen Größe und Lebendigkeit da. Da ist kein Zittern und Zagen. Diese totale Bereitschaft, ihr wahres Selbst zu zeigen, ihr Feuer zu *sein*, gibt ihnen Schutz, Sicherheit, Kraft."
Ja, ich konnte eine Menge von Nessie und ihrer Familie lernen. Nicht umsonst stand ich hier mit Nessie und Oma Nessme unter dem schottischen Sternenhimmel und sah, dass weder Nacht und Dunkelheit, noch Bedrohung und Gewalt über diese beiden Frauen Macht haben konnte, deren Erbe das Feuer war.

Nessie Teil XIV - Du bist ein Wunder

„Hey, ich bin dran!" kreischte Nessie ausgelassen. Wir saßen mit Gerti, Carlotta und Irene, drei Freundinnen von Nessie, in Nessies Garten und würfelten. Es war Anfang November und mittlerweile recht kalt geworden. Doch das konnte uns nicht davon abhalten, zusammen dort draußen zu sitzen. Nessie hatte auf ihrer Feuerstelle ein kleines Lagerfeuer entzündet und wir trugen alle dicke Jacken. Die Ruhe, die der Garten hier in der Nähe des Waldes ausstrahlte, war immer wieder zauberhaft und wohltuend. „Juchhu, Kniffel!" jubelte Nessie und klatschte begeistert in die Hände. Spielen war eine ihrer Lieblingsbeschäftigungen. Neben Schwimmen, Musizieren, Spazierengehen und Tanzen gab es da zwar noch ein paar mehr, aber Spielen stand auf der Hitliste ihrer *Lebendigkeitskrönungen* ziemlich weit oben.

„Weißt du, was das ist, eine *Lebendigkeitskrönung*?" hatte Nessie mich einmal gefragt. Als ich den Kopf schüttelte, erklärte sie: „Siehst du, Donny, jedes Kind kennt die Dornenkrone. Die hat mit viel Leid und Schmerz zu tun. Du weißt, auch wenn ich gern ausgeflippt und ausgelassen bin, lese ich viel, mache mir Gedanken über die Welt. Mal ganz abgesehen von all den ernsten Themen, mit denen ich mich innerhalb meines Studiums befassen muss, das ist ja klar. Aber die Uni-Themen sind ja wieder ein ganz anderes Kapitel und haben mit dem, über das ich grad spreche, gar nichts zu tun. Es geht ja um Lebendigkeit, innere Freiheit, Lebensfreude. Ich versuche, auf meine Art ein bisschen etwas anderes in diese Welt zu tragen." Wir liefen durch den Köpferwald und freuten uns wieder einmal an der Schönheit dieses wunderbaren Fleckchens Erde. Nessie hob einen Tannenzapfen vom Waldboden auf und betrachtete ihn eingehend. „Schau mal, Donny, ein Reh!" rief sie plötzlich. Etwas Hellbraunes flitzte einige Meter entfernt durchs Geäst und war auch schon verschwunden. Nessie sah mich mit ernstem Blick an und fuhr fort: „Der polnische Autor Stanislaw Jerzy Lec schreibt: „Der Mensch ist die Krone der Schöpfung. Nur schade, dass es eine Dornenkrone ist." Muss das so bleiben? Die Menschen Mitgestaltungsmöglichkeiten auf der Erde zu so viel Negativem. Sie fügen der Umwelt und einander viel Schmerz zu und auch sich selbst. Wir alle haben so viel Lebenszeit und setzen unserem Dasein durch negative Gedanken allzu oft die Dornenkrone auf. Mir kommt das ziemlich spanisch vor. Ich finde es verdammt sinnvoll, glücklich zu sein! Welchen Sinn soll das haben, immer mit Leichenmiene und gebückter Haltung durch die Straßen zu ziehen? Als ich mir einmal sehr viele Gedanken über all das machte, erschuf ich das Wort *Lebendigkeitskrönung*. Für mich hat das folgende Bedeutung: ich feiere das Leben und werde dafür sogar mit einem Strom von Freude und Glück gekrönt. Alles, woran ich besonders viel Freude habe, bezeichne ich als Lebendigkeitskrönung, denn es krönt mich mit dem goldenen Strom der Lebendigkeit, kaum, dass ich es berühre. So geht es mir z.B. mit dem Spielen – kaum, dass ich damit beginne, fühle ich, wie es mich durchströmt und ich bin von Lebendigkeit gekrönt."

Ja, und nun saß Nessie neben mir, würfelte, kreischte und strahlte wahrhaftig wie eine Königin. „Ich habe Erdbeereis gemacht!" rief sie plötzlich, sprang auf und kam kurz darauf mit einer großen Schale Eis zu uns hinaus. Noch eine *Lebendigkeitskrönung!* Nessie verteilte Löffel an uns alle und dann speisten wir erstmal alle aus der großen Schale Nessies tolles Erdbeereis, während die Würfel ruhten. Später am Abend, als es kühler wurde, holte Nessie Decken aus dem Haus und wir kuschelten uns alle gemütlich darin ein. „Fehlt nur noch ein

Lagerfeuer", meinte Gerti verträumt. „Also, was mich angeht, so sehe ich unser Lagerfeuer", sagte Nessie. „Schau mal, wie bunt es flackert! Huch, jetzt hätte ich mir beinahe die Füße verbrannt!" Sie zog ihre Füße ein und kicherte. In ihrer Phantasie existierte alles, was sie wollte. Konnte Nessie etwas in der Realität nicht bekommen, dann stellte sie es sich einfach so lange vor, bis es für sie existierte. Das klappte nicht immer, aber bei so simplen Sachen wie einem Lagerfeuer war Nessie darin sehr erfinderisch. „Habe ich euch schon mal erzählt, wie meine Großtante Nessbea damals die Wälder von Kansas unsicher machte? Das war vielleicht ein Weib, so voller Mut und Tatendrang! Sie kannte wahrlich keine Angst. Eines Tages…" Und Nessie hüllte uns mit ihren Geschichten ein, so dass wir uns zutiefst geborgen fühlten.

„Was täten wir bloß, wenn wir dich nicht hätten?" Irene, die mit ihren 53 Jahren die Älteste in unserer heutigen Runde war, sah Nessie liebevoll an. „Was täten wir, wenn die Sonne nicht scheinen würde?" erwiderte Nessie. „Die Sonne scheint. Ich bin da. Daran gibt es nichts zu rütteln." Sie lachte leise und fügte hinzu:" Ich bin sehr froh darüber." Irene nickte und erwiderte: „Und dennoch möchte ich deine Gegenwart und die Freundschaft mit dir ebenso wenig einfach hinnehmen wie die Strahlen der Sonne. Ich schätze dich sehr, Nessie." Irene sah Nessie offen an. „Für mich bist du eine echte *Lebendigkeitskrönung*. Und mehr noch!" Irene erhob sich, zog uns alle zu sich herauf und wir bildeten Arm in Arm einen Kreis um Nessie. Wir erhoben unsere Gläser und prosteten ihr unsere tiefste Wertschätzung zu, so wie sie es für jede von uns getan hätte. „Du schenkst uns allen so viel Kraft, Mut und Freude", fuhr Irene fort. „Wenn du auch manchmal völlig ausgeflippt bist und dich in der Welt der Erwachsenen nicht mit der dort herrschenden ersten Regel „Vernunft und Verstand sind mein Lieblingsgewand" bewegst, so lieben wir doch alle deine wunderbare Lebendigkeit. Danke, dass du da bist! Bleib so, wie du bist!" Irene umarmte Nessie und fügte voll Wärme hinzu: „Du bist ein Wunder."

QUELLEN UND ANMERKUNGEN

In dieser Liste ist aufgeführt,
inwieweit in der jeweiligen Geschichte eingebaute
Ortsangaben, Cafés etc. real existieren.
Aus Quellen im Internet recherchierte Informationen
werden hier angegeben.
Besonderheiten wie von mir geschriebene engl. Liedausschnitte
oder Namen, die Abwandlungen von real existierenden Namen
berühmter Personen/ einer Show/ aus einem Buch sind,
sowie abgewandelte Liedtitel bekannter Personen
werden hier erwähnt.
Auf erfundene Namen von Orten, Lokalen etc. wird verwiesen.
Alles Weitere an den Geschichten ist frei erfunden.)

Zu „Der See der unzähligen Wunder":
a) Die Städtenamen in der Geschichte (auch die in Amerika), auch die Chesapeake Bay in Amerika und die Universität MUIH (Maryland University Of Integrative Health – Website dazu: www.muih.edu) sind alle real existent.
Die Angaben zu dem Doktortitel D.O.M. und den dazugehörigen Studieninhalten entsprechen den realen Gegebenheiten.
b) Die indianischen Worte „Ya´at´eeh" (mit der Bedeutung „Hallo"/"Ich grüße dich bzw. euch") habe ich von der Website : https://navajowotd.com/word/yaat-eeh.
c) Das „American Indian Cultural Center" gibt es in Waldorf in Maryland. Auch dass die Kultur des Indianerstammes der Piscataways, die früher in der Gegend lebten, in dem „American Indian Cultural Center" dokumentiert wird, entspricht den Tatsachen.
(siehe: http://indiancountrytodaymedianetwork.com, http://500nations.com/Maryland_Tribes.asp)
d) Der Name Emerald ist die amerikanische Form von Esmeralda. Die Bedeutung, die ich dem Namen gab, ist frei erfunden.

Die Vornamen in der Geschichte sind aus dem entsprechenden Land..
e) Der Name des Sees „Lake Of First Birth" ist frei erfunden.

Zu „Freigeister":
a) Ortsname, Name des Flusses, des Lokals und des Schwimmbades sind real existent.
b) Der Name der Sängerin ist angelehnt an eine real existierende Sängerin. Die Liedtitel sind leichte Abwandlungen zu den Liedtiteln der echten Sängerin.
c) Der Name der Frauenzeitschrift „Frauenzimmer am Start" ist frei erfunden.
Überrascht war ich, als ich im Internet sah, dass 1787 eine Frauenzeitschrift mit dem Namen „Frauenzimmer" in Kempten herausgegeben wurde. Von daher passt meine Idee ja genau an den Ort Kempten sehr gut.
(siehe:http://www.kreisbote.de/lokales/kempten/vorreiterin-frauenbewegung-2579358.html)

Zu „In unserem Garten":
a) Orts- und Straßennamen (in Deutschland wie in Australien) sind real wie auch der Name des Parks und des Wahrzeichens von Kassel.

Zu „Alles für die Insel":
a) Namen der Orte und Beschreibungen von der Landschaft auf der Insel Rügen sind der Realität entsprechend.
b) Der Begriff „Nauke" ist von der Website „Wikipedia", aus der Liste seemännischer Fachwörter.
c) Der Name des Lokals und des Insel-Ladens sind frei erfunden.
d) Der Vorname Darleen hat wie angegeben die Bedeutung

„Darling".
d) Die Lieder sind von Friederike Twardella, für diese Geschichte geschrieben.

Zu „Die Wölfin":
keine Anmerkungen

Zu „Rotraud, Stimme des Lebens":
keine Anmerkungen

Zu „Das magische Band der Freundschaft":
a) Die Ortsnamen sind real existent.
b) Der Name der Schule ist erfunden.
c) Die Namen der Personen in der Geschichte sind alle aus den entsprechenden Kulturen (Abkürzungen der Namen sind von mir)

Zu „Annika":
a) Nur der Ortsname Köln und das Land Kanada sind real existent.
b) Der Name „Annika Morein" ist wie der Name ihrer Firma „MORE-IN" frei erfunden.

Zu „Das Kamel Edda":
keine Anmerkungen

Zu „Unser Lied":
a) Der Ortsname ist real.
b) Der Name der Show „DSDDT", „Deutschland Sucht Dich, Du Talent", ist eine leichte Abwandlung des Namens einer real existierenden Castingshow für Talente. Der Name des Leiters, Dustin Howlen, ist eine Abwandlung des Namen des Leiters der real existierenden Show.

Zu „Marieluise – Ein Leben als Star":
a) Der Name des Ortes und des Cafés sind real existent.
b) Der Name Marieluise Rosenhügel ist angelehnt an den Namen

einer real existierenden Sängerin. Die erwähnten Liedtitel sind leichte Abwandlungen der Songtitel der echten Sängerin.
c) Auch der Name einer anderen Sängerin, Bea Miller, ist eine Abwandlung von dem Namen einer real existierenden, berühmten Sängerin.
Die Textzeile „Es muss dunkel gewesen sein in meinem Schatten" ist die deutsche Übersetzung einer von mir leicht abgewandelten Textzeile aus einem bekannten Lied dieser Sängerin. Den ohne Namen erwähnten Film, in dem diese Sängerin für ihre beste Freundin dieses Lied singt und die Hauptrolle spielt, gibt es wirklich.
d) Der von mir erfundene Name des Schutzsprays „Protest Youri Privacy" heißt auf Deutsch
„Schütze deine Privatsphäre".

Zu „Die Sicherheitsfabrik":
keine Anmerkungen

Zu „Der Stein „Pferdefuß":
keine Anmerkungen

Zu „Flügel, um so weit zu gehen":
keine Anmerkungen

Zu „Das Mädchen in Blau":
a) Der Ort Rom mit dem Petersplatz ist real existent.

Zu „Die Kuhflüsterin vom Unkental":
a) Das Unkental in Österreich und der Bundesstaat Nebraska in den USA sind real existent.
b) Über Nebraska sind folgende, in die Geschichte eingewebte, Informationen aus dem Internet recherchiert:
„"Nebraska" stammt von einem indianischen Wort, das „flaches Wasser" bedeutet. Ursprünglich war Nebraska einmal ein Teil der

„Great American Desert" und hat sich zu einem der größten Produzenten landwirtschaftlicher Erzeugnisse entwickelt. Die Geschichte dieses Bundestaates von Amerika ist daher sehr mit Landwirtschaft verbunden, da die Menschen dort es schafften, Prärieebenen in ein Land voller Ranchen und Farmen zu verwandeln".
(siehe. https://de.wikipedia.org/wiki/Nebraska)

Zu „Der Schatz aus Rom":
a) Die Namen der Orte sind real und eine italienische Wasserballnationalmannschaft der Frauen gibt es wirklich (siehe im Internet z.B. bei Wikipedia unter Wasserball-Weltmeisterschaften oder unter www.waterpoloworld.de).

Zu „Larry Otter und die sieben Strahlen des Glücks":
a) Die Namen Larry Otter, Robin, Frau Mine und Waldemar, sowie der Name der Zauberschule „Heimwärts" sind abgeleitet von Namen aus einer real existierenden, berühmten Buchreihe.

Zu „Der goldene Kompass":
Keine Anmerkungen

Zu „Die Melodie der Bäume":
a) Der Nationalpark „Sequoia National Park" in Amerika ist real existent, auch mit Riesenmammutbäumen
(siehe zB.: https://usareisetipps.com/sequoia-national-park-reisefuehrer/)

Zu „Die Stimme der Vergänglichkeit":
a) Der Daisetsuzan-Nationalpark in Japan und der Hagoromo-Wasserfall dort sind real existent.
(siehe zB: https://de.wikipedia.org/wiki/Daisetsuzan-Nationalpark, www.world-of-waterfalls.com/asia-hagoromo-waterfall.html
b) Einen Zen-Tisch gibt es wirklich.
(siehe: www.greenliving-shop.de/Wohnen/Tische/Tisch-Zen-10.html

Zu „Die Wette":
a) Der Ort, die Straße und das Café in dieser Stadt sind real existent, sowie erwähnte Namen von Ländern.

Zu „Whelma":
a) Das englische Wort „overwhelming" heißt „überwältigend", wie angegeben.

Zu „Eine Zukunft in Bremen":
a) Die Ortsnamen (Bielefeld und Bremen), das Allgäu, sowie der Straßenname „Holundergrund" in Bielefeld, das genannte Viertel und der See in Bremen sind real existent.
b) Die erwähnte Angelegenheit mit dem Hamburger, der nach Texas ging und dort „Konny Island" gründete, basiert auf realen Gegebenheiten (siehe konny-island.com oder www.express.de/.../vox-auswandererkoenig-hier-zeigt-uns-konny-reimann-sein-glueck).
c) Das Wort „Chi" hat die im Text angegebene Bedeutung und Wichtigkeit im fernöstlichen Denken (siehe zB.: https://taiji-forum.de/**chi**/ .
d) Der Begriff „OMA-Chi" ist von mir erfunden.

Zu „Back To Life":
a) Die Ortsnamen Hamburg und Malaga (Spanien) sind real existent.
b) Der Name der Backstube „Back To Life" heißt übersetzt „Zurück Ins Leben".
„Backy's Back" heißt, wie in der Geschichte angegeben, „Backys Rücken", wobei es auch weitere Übersetzungsmöglichkeiten gibt.
c) Die Namen Cathy Blancetta, Rue-Nia O'Hara sind angelehnt an Namen real existierender Schauspielerinnen. Der Name des Films „Cara" ist angelehnt an den Namen des Films, in dem die beiden die Hauptdarstellerinnen sind. Der Name des Regisseurs ist angelehnt an den Namen des Regisseurs dieses Films.

d) Alle Vornamen in der Geschichte sind reelle Namen aus den entsprechenden Nationalitäten (Abkürzungen sind von mir)
e) Der Name des Ortes Dinkelburg, der Name der Universität, die Namen der Backstube und der Zeitung etc. sind erfunden).

Zu „Jeany und die Motte des Glücks":
a) Der Ort Regensburg und die dortige Clermont-Ferrand-Mittelschule mit dem Schwerpunkt Musik sind real existent, auch der Dultplatz-Flohmarkt in Regensburg.
(siehe zu der Schule: http://cfms.schulen2.regensburg.de/
und zu dem Flohmarkt:
https://www.regensburg.de/veranstaltungen/datum/heute/detail/57299
b) Musical-Chöre sowie das Musical „Tanz der Vampire" und das Lied „Totale Finsternis" aus diesem Musical gibt es
(siehe zB.: www.musicalchor.de/
und
https://www.deutsches-theater.de/tanz-der-vampire/)

Zu „Feuer und Eis":
a) Rovaniemi als Hauptstadt von Lappland ist real existent, auch mit dem dortigen Weihnachtsmanndorf.
(siehe: www.santaclausvillage.info/de/)
b) Alle Vornamen sind aus den entsprechenden Nationalitäten.

Zu „Nessie":
a) Real existent sind der Ort Heilbronn und alle dortigen Straßennamen, das Eiscafé, Kino, Klinikum, der Pfühlpark, der Stadtwald Heilbronn, der Köpferwald und der Köpfersee, das Naturschutzgebiet Köpferberg, die VHS (Volkshochschule) etc (siehe: 1)www.stimme.de/heilbronn/nachrichten/stadt/Neue-Eisdiele-eroeffnet-in-Suelmer-City;...
2)https://www.kliniken.de/.../plz.../heilbronn/klinikum-am-gesundbrunnen-1331K.html
3)www.mein-heilbronn.de/freizeit/parks/naturschutzgebiet-koepfertal.html

4)www.gruenes-heilbronn.de/pfuehlpark.htm
5)www.mein-heilbronn.org/kernstadt/natur-und-umgebung/stadtwald.html)
6)Auch die Hochschule Heilbronn, HHN, ist real existent und wie angegeben Hochschule für Angewandte Wissenschaften, die Studienfächer „Medizinische Informatik" (MIB) und „International Business und Intercultural Management" (MIBIM) gibt es dort auch
(siehe www.hs-heilbronn.de)
7) Das Kunst-und Kulturwerkhaus „ZIGARRE" ist real existent, auch mit den angegebenen kreativen Angeboten (Trommel-,Tanzkurse etc), dem Großraum-Atelier (das von vier Künstlerinnen genutzt und auch OFF-Werkstatt genannt wird), dem Verein Frauenräume e.V. etc.
(siehe: http://www.zigarre-heilbronn.de/
8) Der Burger Grill „Hans im Glück" (eine Kette, die es in mehreren Städten gibt), ist auch in Heilbronn vorhanden
(siehe: https://hansimglueck-burgergrill.de/standorte/heilbronn-suelmercity/
9) Der Wertwiesenpark ist ein großer Park in Heilbronn
(siehe z.B.: www.stimme.de/heilbronn/hn/Heilbronn-begrenzt-Grillbereich-im-Wertwiesenpark;..)
10) die Aussage zum Begriff „Kultur" ist angelehnt an das, was auf Wikipedia dazu steht
(siehe: https://de.wikipedia.org/wiki/Kultur)
11) Der Leintalzoo in Schwaigern ist real existent, ebenso die in Deutschland größte Schimpansenfamilie mit 33 Affen.
(siehe: http://www.tierpark-schwaigern.de/
und siehe: www.neckar-magazin.de/freitzeitangebote/tierparks/
Schwaigern ist in einer Viertelstunde mit dem Bus
von Heilbronn zu erreichen.
(siehe: fahrplan-bus-bahn.de/baden-wuerttemberg/schwaigern/baden.../heilbronn
12) Die Stadtgalerie Heilbronn ist ein in der Heilbronner Innenstadt/Einkaufsmeile gelegenes Einkaufszentrum. (siehe: https://www.stadtgalerie-heilbronn.de/)
13) Das Café Kilian in Heilbronn ist direkt auf dem im Herzen der

Innenstadt gelegenen Kiliansplatz zu finden.
(siehe: http://www.cafe-kilian.de/)
14) Sialuk ist ein real existenter Eskimoname
mit der Bedeutung „Regentropfen" (siehe:
http://www.lowchensaustralia.com/names/eskimonames.htm
15) Die verschiedenen Formen von Häusern, die hier angegeben
sind, existieren wirklich: Energiesparhaus, Holzhaus,
Mediterranes Haus, Ziegelhaus und Massivhaus
(a) siehe zB. :www.hausausstellung.de/energiesparhaus-niedrigenergiehaus.html b) siehe zB: www.chiemgauer-holzhaus.de/ c) siehe gse-haus.de/massivhaus/mediterrane-haeuser-stadtvilla/ d) siehe zB: www.ziegelhaus-giessen.de/
e) siehe zB: www.optamassivhaus.com/massivhaus
16) Auf einer Internetseite mit Fotos wird der Köpferwald
tatsächlich als „Zauberwald" bezeichnet.
(Siehe: https://www.fotocommunity.de/photo/zauberwald-koepferwald-heilbronn.../3507944
17) „Nomen es omen" ist ein real existierendes Sprichwort und
bedeutet „Der Name ist ein Zeichen".
(siehe: https://de.wikipedia.org/wiki/Nomen_est_omen)
18) Das Heilbronner Freibad Gesundbrunnen ist real existent.
(siehe: www.ab-ins-schwimmbad.de/Heilbronn/Freibad-Gesundbrunnen.html)
19) Der Heilbronner Weihnachtsmarkt zieht sich wie im Text
angegeben über den Marktplatz, den Kiliansplatz, die Fleiner
Straße und die Sülmerstraße
(siehe : www.veranstaltung-baden-wuerttemberg.de/weihnachtsmarkt-heilbronn-qqa2849931a
20) Das Unterländer Volksfest ist das jährlich stattfindende
Heilbronner Stadtfest und beginnt immer Ende Juli. Es findet wie
angegeben auf der Theresienwiese statt.
(siehe: https://de.wikipedia.org/wiki/Heilbronner_Volksfest
21) Die Liedtitel und Zeilen aus Liedern in der Schottland-Geschichte sind ebenso wie der Name der Künstlerin (Nessalia)
von mir ausgedacht.
Hier die Übersetzung der englischen Texte:
a) "Let's beat the drum until we die" – deutsch: „Lasst uns die
Trommel schlagen, bis wir sterben."

b) „We had lost ourselves until we got our voices back and cried it all out to the world"- deutsch: „Wir hatten uns selbst verloren, bis wir unsere Stimmen zurück hatten und es alles hinaus in die Welt riefen."
c) „Heartland"- deutsch: „Herzland"
d) „I love you when you're dancing, I watch you how you grow. Inside my heart there is a place for you forever, I only hope you know." - deutsch: „Ich liebe dich wenn du tanzt, ich beobachte dich, wie du wächst. In meinem Herzen ist für immer ein Platz für dich, ich hoffe nur, du weißt das."
e) „My life is my song. Come in and dance with me." – deutsch: "Mein Leben ist mein Lied. Komm herein und tanz mit mir."
f) : „It's in my breath, it's in my voice – the life I give is a beautiful noise."- deutsch: "Es ist in meinem Atem, es ist in meiner Stimme – das Leben, das ich gebe, ist ein wunderschönes Geräusch."
g) „In my heart there is a fire and the burning flame is you." - deutsch: „In meinem Herzen, da ist ein Feuer und die brennende Flamme bist du."
22) Rayana ist ein russischer Vorname mit der Bedeutung: „Tochter, die Glück bringt".
23) Der See mit dem Namen „Lake Of Menteith" und der nahegelegene Ort Callander in Schottland sind real existent.
24) Stanisław Jerzy Lec war ein polnischer Lyriker und Aphoristiker. (siehe: https://de.wikipedia.org/wiki/Stanisław_Jerzy_Lec)
Das angegebene Zitat von S.J.Lec habe ich von folgender Internetseite: raue.it/.../der-mensch-ist-die-krone-der-schoepfung-nur-schade-dass-es-eine-dornenkr...
25) Der Begriff „Lebendigkeitskrönung" und der Satz „Vernunft und Verstand sind mein Lieblingsgewand",
der laut der Geschichte die oberste Regel der Erwachsenenwelt sein soll, sind von mir erfunden.